W0466154

Lynn Blackburn

Das Schweigen des Sees

Deutsch von Dorothee Dziewas

BRUNNEN
Verlag GmbH · Giessen

Copyright © 2018 by Lynn H. Blackburn
Originally published in English under the title *Beneath the Surface*
by Revell, a division of Baker Publishing Group,
Grand Rapids, Michigan, 49516, U.S.A.
All rights reserved.

Die Bibelzitate aus Josua 1,5 und Sprüche 18,10 sind
der Übersetzung Hoffnung für alle® entnommen,
Copyright © 1983, 1996, 2002, 2015 by Biblica, Inc.®.
Verwendet mit freundlicher Genehmigung des Herausgebers Fontis.

MIX
Papier aus verantwortungsvollen Quellen
FSC® C014496

© der deutschen Ausgabe:
2020 Brunnen Verlag GmbH Gießen
Lektorat: Konstanze von der Pahlen
Umschlagfoto: Shutterstock
Umschlaggestaltung: Jonathan Maul
Satz: DTP Brunnen
Druck: GGP Media GmbH, Pößneck
ISBN Buch 978-3-7655-0739-7
ISBN E-Book 978-3-7655-7555-6
www.brunnen-verlag.de

Für James – meinen Lieblingsjungen

Ich genieße jeden Tag mit dir. Du bist mitfühlend,
gewissenhaft und treu und ich finde dich toll.
Jeden Tag bin ich stolz auf dich. Es ist so schön,
dass ich in der ersten Reihe sitzen und dabei zusehen darf,
wie Gott deine Lebensgeschichte schreibt.
Ich liebe dich!

1

Der Kriminalbeamte Ryan Parker gab seinem Kollegen mit erhobenem Daumen ein Zeichen. Gabriel Chavez war nicht nur sein Tauchkumpan, sondern genau wie er Ermittler bei der Mordkommission.

Gabriel erwiderte die Geste, und dann begannen sie den langsamen Abstieg zum Grund von Lake Porter. Ryan atmete langsam und gleichmäßig. Im Gegensatz zu anderen Leuten, die beim Tauchen Platzangst bekamen, genoss Ryan das Gefühl, von Wasser umgeben zu sein. Er hielt inne, um den Druck in seinen Ohren auszugleichen, und vergewisserte sich, dass Gabriel es ebenso machte.

Es war viel zu lange her, dass Ryan seine Tauchausrüstung angelegt hatte, die Welt hinter sich gelassen hatte und abgetaucht war. Unter der Wasseroberfläche konnte ihn nichts ablenken. Hier klingelte kein Telefon. Keine Sirenen ertönten. Keine Tränen tropften auf seine Schulter. Und er sah keine Gesichter, die zu klein waren, um mit treulosen, nichtsnutzigen …

Nein. Daran wollte er nicht denken.

Heute nicht.

Ein Fisch schoss an seinem Arm vorbei. Dann noch einer.

Nicht jeder konnte den Tag damit verbringen, in einem natürlichen Aquarium herumzuschwimmen. Streng genommen war Ryan zwar im Dienst und hatte bis Montagmorgen Bereitschaft. Aber der Gelegenheit, einen Tauchgang zu unternehmen, hatte er nicht widerstehen können. Die meisten üblen Dinge geschahen sowieso mitten in der Nacht. Also war – trotz Bereitschaft – Entspannung angesagt, selbst wenn sie ein Trainingswochenende absolvierten.

„Ihr seid so ruhig. Ist alles in Ordnung?", unterbrach die Stimme seiner Kollegin Ryans Gedanken. Anissa Bell nahm ihre Rolle als Mannschaftsführerin der Polizeitaucheinheit von Carrington County sehr ernst, und Ryan wusste die hochmoderne Ausrüstung, die sie beschafft hatte, durchaus zu schätzen. Aber er hielt nichts von unnötigen Fragen, die ihn bei seinem stillen Abstieg in die Tiefe störten.

„Alles in Ordnung", erwiderte er.

„Wir machen das nach alter Schule", sagte Gabriel lachend. „Ganz ohne Worte."

Anissa lachte nicht über Gabriels Bemerkung. Die beiden mussten ihre Streitigkeiten wirklich mal klären. Doch im Moment konnte nicht einmal Anissas Feindseligkeit seinem Kollegen gegenüber das großartige Gefühl trüben, unter Wasser zu sein.

„Wie ist die Sicht?"

„Ziemlich schlecht", gab er zurück. „Ich kann kaum zwei Meter weit sehen, trotz Scheinwerfer."

„Perfekt."

Nur Anissa konnte sich über schlechte Bedingungen freuen. Ryan stellte sich vor, wie ihre haselnussbraunen Augen vor Freude funkelten. Vielleicht lächelte sie sogar. Vielleicht auch nicht.

„Du musst mich wirklich hassen, Bell", sagte Gabriel.

„Wir suchen uns die Bedingungen nicht aus, Chavez", erwiderte sie.

Ryan mischte sich nicht in ihren Knatsch ein. Anissa hatte ja recht, dadurch wurde das Training auf jeden Fall realistischer. Aber gleichzeitig konnte er es Gabriel nicht verübeln, dass ihm die schlechte Sicht nicht gefiel.

Das Tauchteam war mit Beamten aus verschiedenen Abteilungen besetzt – alle waren erfahrene Taucher, die sich freiwillig gemeldet hatten. Damit standen sie für Notfälle im und ums Wasser, für Unterwasserermittlungen und die Bergung von Beweisstücken im Bereitschaftsdienst zur Verfügung. Trainiert wurde mindestens einmal im Monat.

Für die heutige Übung hatten sie einen tieferen Teil des Sees ausgewählt. Mithilfe des Seitensichtsonars hatten sie dort nach interessanten Dingen gesucht, die sie bergen konnten. Das Seitensichtsonar ermöglichte es ihnen, mittels Schall Gegenstände aufzuspüren, die das trübe Wasser vor ihren Augen verbarg. Tatsächlich waren sie auf eine der spannenderen Unterwassermüllhalden gestoßen, die sie bei ihren Übungen bislang gefunden hatten. Es gab allerlei Unrat zu entdecken: ein Rechteck und ein paar runde Formen, möglicherweise Reifen, daneben auch einige andere Objekte, die sie nicht identifizieren konnten. Deshalb hatten sie, um die Stelle zu markieren, einen Krabbenkorb hinuntergelassen und waren in ihre Tauchanzüge geschlüpft.

Während Ryan sich an dem Seil nach unten hangelte, behielt er im Blick, wie tief er bereits hinuntergestiegen war. Er wollte nicht unvorsichtig auf dem Boden ankommen und eine Menge Zeug aufwirbeln.

„Wir sind gleich da, Anissa", sagte er.

Man wusste nie, was eine Tauchübung zutage förderte. Ryan und seine Freunde wetteten oft, was sie am jeweiligen Tag finden würden. Meistens gewannen die alten Küchengeräte. Hin und wieder entdeckten sie irgendwelche Autoteile. Einmal hatten sie auf einem breiten Streifen am Grund des Sees etwas gefunden, das aussah wie der Inhalt eines Frauenkleiderschranks. Er wünschte, er wüsste, was für eine Geschichte dahintersteckte.

Aber meistens fanden sie … nichts. Ryan konzentrierte

sich und ließ den Lichtkegel seiner Lampe über die Fläche unter ihm wandern. Vielleicht würden sie ja diesmal einen verlorenen Ehering oder eine vermisste Halskette finden, die sie dem rechtmäßigen Besitzer zurückgeben konnten. Es wäre schön, zur Abwechslung einmal jemandem eine Freude zu machen.

„Vorsichtig", sagte Anissa. Sie beobachtete alles mithilfe der Kameras, die an den Taucherhelmen befestigt waren.

Ryan warf einen Blick auf seinen Tauchcomputer. Jede Menge Druck. Jede Menge Luft. Jede Menge noch vorhandenes Tageslicht. Er würde den entspannten Aufstieg genießen, und wenn die Bürger von Carrington County auf unnötige kriminelle Aktivitäten verzichteten, konnte er am Nachmittag vielleicht noch mal zum Vergnügen tauchen gehen.

Auf der anderen Seite von Lake Porter gab es einen tollen Bereich für Freizeittaucher. Einige Höhlen, ein paar alte Boote, sogar Teile eines ehemaligen Dorfes waren von Wasser bedeckt worden, als man das Land vor achtzig Jahren geflutet hatte, um den See zu erschaffen. Ryan musste unbedingt Gabriel fragen, ob er Lust hatte, mit…

Was war das? Unter ihm erschien etwas. Ryan hatte kaum Zeit abzubremsen, um nicht in die undefinierbare Masse zu schwimmen, die da über dem Boden des Sees schwebte.

„Hier ist irgendwas, Gabriel", sagte er.

Gabriel schwamm näher und leuchtete mit seinem Scheinwerfer auf denselben Bereich, den Ryan im Visier hatte. „Ist das …?"

Ein übler Geschmack stieg in Ryans Kehle auf.

Die Sicht war extrem schlecht, aber er konnte Gewichte und Ketten erkennen. Und zwar mehr als genug davon, um den Körper, um den sie gewickelt waren, am Boden zu halten. Oder was vom Körper noch übrig war. Wer auch immer diese Leiche hier entsorgt hatte, war sehr darauf bedacht gewesen, dass niemand sie jemals entdecken würde oder herausfand, wer sie war.

Denn nach allem, was er sehen konnte, hatte der Körper keine Hände.

Und keinen Kopf.

Das scharfe Klopfen an der Tür machte Leigh Westons friedlichem Vormittag ein abruptes Ende. Sie versuchte, den Schrei zu unterdrücken, der ihr entfuhr.

„Alles in Ordnung, Leigh?“

Sie kannte diese Stimme. Erleichterung und Verlegenheit rangen miteinander. Was war nur mit ihr los? Es gab doch nichts, wovor sie sich fürchten müsste. Nicht mehr. Einen Moment lang hielt sie sich an der Küchenzeile fest.

„Leigh? Wenn du die Tür nicht aufmachst, trete ich sie ein.“

„Mir geht es gut, wirklich!“, rief sie, während sie ihre Beine zwang, sich zu bewegen. Gleichzeitig versuchte sie, die Röte durch reine Willenskraft aus ihren Wangen zu verdrängen.

Sie öffnete die Tür. Ryan Parker stand keinen halben Meter von ihr entfernt, etwas zur Seite gedreht, und seine Hände zuckten. Es war leicht vorstellbar, dass er die Tür tatsächlich eingetreten hätte. Sie wusste den Beschützerinstinkt zu schätzen, aber was machte er überhaupt auf ihrer Veranda – und dazu noch im Taucheranzug?

„Was ist los?“, wollte sie wissen

„Warum hast du geschrien?“, fragte er zeitgleich.

„Du zuerst“, sagte sie.

Sein besorgter Blick hielt ihrem eine Weile stand, bevor er nachgab. „Tauchtraining.“

„Hast du deine Kleidung vergessen?“

Der Anflug eines Lächelns. Dann wieder der groß gewachsene, dunkelhaarige Mann mit der nachdenklichen Miene. „Ich geh gleich wieder rein. Warum hast du geschrien?"

Es war klar, dass sie keine weiteren Antworten bekommen würde, bevor sie nicht ihm eine gegeben hatte. „Ich hatte niemanden erwartet. Du hast mich überrascht."

„Das klang mehr nach Panik als nach Überraschung."

„Bist du jetzt Experte fürs Erschrecktwerden?"

„So was in der Art."

Sie weigerte sich, ihr Verhalten näher zu erklären. Was sie plagte, ging ihn nichts an, und er musste nicht wissen …

„Es tut mir leid, dass ich dich *überrascht* habe", sagte er jetzt. „Wir haben hier in der Nähe ein Tauchtraining gemacht und … etwas gefunden …"

Ihr entging nicht, dass er bei dem Wort „etwas" gezögert hatte. Was auch immer dieses Etwas war, es musste ziemlich schlimm gewesen sein.

„Wir müssen noch eine Weile in diesem Teil des Sees tauchen, und ich wollte fragen, ob du etwas dagegen hast, wenn wir deinen Anleger benutzen."

„Natürlich nicht. Da brauchst du doch gar nicht zu fragen."

Jetzt grinste er. Das Grinsen, das früher bei mehr als einem Mädchen für weiche Knie gesorgt hatte, auch bei ihr. „Dachte ich mir, dass du das sagen würdest." Ryan blickte über ihre Schulter. Leigh drehte sich um und folgte seinem Blick. Durch die Fenster konnte sie mindestens vier Beamte auf dem Bootssteg herumlaufen sehen. Auf jeder Seite waren zwei Boote festgemacht.

„Und können wir auch deine Auffahrt benutzen? Nicht alle kommen mit dem Boot", fuhr Ryan fort. „Es dauert höchstens ein paar Tage. Allerdings könnte es später, wenn wir Beweise sichern, ein bisschen lebhafter werden."

Polizeibeamte würden um ihr Haus herumschwärmen. Hervorragend. Leigh hatte Mühe, sich nichts anmerken zu lassen. „Das ist kein Problem. Es ist mir doch immer ein Vergnügen, unseren Freunden und Helfern behilflich zu sein."

„Ich verspreche, dass wir so bald wie möglich wieder weg sind."

„Nein!", protestierte Leigh etwas zu laut. So viel zu dem Vorsatz, ruhig und gefasst zu wirken. „Das ist wirklich überhaupt kein Problem. Bleibt, solange ihr wollt."

Der Blick, den Ryan ihr zuwarf, gefiel ihr nicht. Hatte sie mehr verraten als beabsichtigt?

„Ich weiß Ihre Hilfe zu schätzen, Ma'am", sagte er schließlich gespielt förmlich, wobei er sich an eine imaginäre Kappe tippte.

Das unverkennbare Geräusch von Rotorblättern drang an ihre Ohren. „Ihr habt aber nicht vor, mit einem Hubschrauber in meinem Garten zu landen, oder?"

„Nein", erwiderte Ryan mit gerunzelter Stirn. „Ich nehme an, das sind Reporter." Er trat durch die Tür, stieg die wenigen Stufen hinunter und begab sich auf den Rasen vor dem Haus. Dann schirmte er die Augen gegen die Sonne ab und blickte nach oben.

Leigh konnte der Versuchung, ihm zu folgen, nicht widerstehen. Er hatte recht. Der örtliche Nachrichtensender schwebte dichter über dem Boden, als ihr lieb war. „Erzählst du mir, was ihr im See gefunden habt, oder muss ich warten, bis mein Haus in den Abendnachrichten auftaucht?"

„Ich staune, dass sie so lange gebraucht haben." Ryans Blick war voller Sorge, als er sie ansah. „Wir haben eine Leiche gefunden."

Etwas daran, wie er das sagte, jagte ihr einen Schauer über den Rücken. „Wenn du ‚wir' sagst, meinst du dich, oder?"

Sein kurzes Nicken bestätigte ihren Verdacht.

Sie konnte sich nicht vorstellen, wie das sein musste. Auch

wenn sie mehr als genügend Zeit mit Sterbenden und Toten zugebracht hatte, wollte sie niemals am Grund eines Sees auf eine Leiche stoßen. „Wie schrecklich", sagte sie. „Das tut mir leid."

„Nicht der spaßigste Tauchgang", gab er zu. „Aber kein Grund, Mitleid mit mir zu haben. Bis heute Morgen wussten wir nicht, dass wir ein Problem hatten. Jetzt wissen wir, dass da draußen ein Mörder herumläuft. Es gibt keine Vermisstenmeldungen hier in der Nähe, die zu den wenigen vorhandenen Daten passen. Ich vermute, dass der Verstorbene nicht von hier stammte. Der Gedanke, dass irgendwo ein Angehöriger sitzt, der sich wundert, warum er nicht nach Hause kommt, gefällt mir gar nicht. So können wir jedenfalls die Ungewissheit beenden. Niemand hat es verdient, im Tod vergessen zu werden."

Ryan machte sich auf den Weg zu seinen Kollegen am Anleger.

„Danke, Ryan", sagte Leigh.

Er drehte sich zu ihr um. „Wofür? Dass ich dich am Samstagmorgen überfalle und wir über dein Grundstück trampeln?"

„Nein. Dafür, dass du dir Gedanken machst."

Er sah sie verlegen an und trat von einem Fuß auf den anderen. „Ach, das ist doch nichts Besonderes. Ich muss los."

Diesmal lief er in Richtung Bootssteg, ohne ihr die Gelegenheit zu einer Antwort zu geben.

Wer hätte gedacht, dass ein freundliches Wort Ryan Parker in die Flucht schlagen würde?

2

„Ist das für sie in Ordnung, dass wir hier sind?", fragte Anissa, kaum dass Ryan wieder am Bootssteg erschien.

„Auf jeden Fall. Überhaupt kein Problem."

„Gut. Woher kennst du sie noch mal?"

„Ihr Bruder Kirk ist einer meiner besten Freunde. Wir waren in derselben Klasse. Und sie zwei Jahre drunter."

Ryan ignorierte Anissas prüfenden Blick. Zwischen Leigh und ihm hatte es nie irgendwas Romantisches gegeben. Er könnte wetten, dass Leigh nichts davon wusste, wie unmissverständlich Kirk allen Jungs klargemacht hatte, dass sie tabu war.

„Sie ist doch Krankenschwester, oder? Wie kann sie sich dann so ein Haus leisten?" Anissa drehte sich auf dem Anleger einmal im Kreis. Es war ein Traumhaus auf einem der besten Grundstücke am See.

„Eine studierte Pflegefachkraft. Und sie ist keine Verdächtige."

„Das habe ich ja auch gar nicht behauptet. Ich habe nur eine Frage gestellt."

Es ärgerte ihn, dass Anissa so nüchtern an die Sache heranging, aber sie kannte Leigh nicht und ihre Frage war berechtigt. „Ihr Vater war Anwalt und dann Richter hier in der Stadt. Beide Eltern waren Ende vierzig, als sie beschlossen, Kinder zu adoptieren. Kirk aus Bolivien. Leigh aus China. Sie sind in diesem Haus aufgewachsen."

„Er *war* Anwalt?"

„Mr Weston ist vor fünf Jahren gestorben. Herzinfarkt. Mrs Weston letztes Jahr. Krebs."

„Und Leigh lebt allein?"

„Ich nehme es an. Jedenfalls weiß ich nichts von irgendwelchen Mitbewohnern. Sie ist um Weihnachten rum hierher zurückgezogen. Kirk hat angerufen und mich gebeten, ein Auge auf sie zu haben." Das wusste Leigh wahrscheinlich auch nicht. Oder dass Kirk ihm von dem Stalker erzählt hatte, der Leigh veranlasst hatte, nach Carrington zurückzuziehen.

Anissa nickte. „Was glaubst du, wie gut sie die Alarmanlage hier kennt?"

Wenn man bedachte, warum sie umgezogen war, wahrscheinlich recht gut, vermutete er. „Warum?"

„Sieht aus, als würden ein paar Überwachungskameras in diese Richtung zeigen. Ich frage mich, ob es vielleicht irgendwelche Aufnahmen von einem Boot draußen auf dem See gibt."

„Nicht sehr wahrscheinlich", sagte Ryan.

„Ich weiß."

„Was hast du eigentlich? Du forschst nach den entferntesten Möglichkeiten, obwohl wir die logischsten noch nicht einmal untersucht haben. Bist du sauer, weil Hauptkommissar Mitchell mir den Fall übergeben hat?"

Ryan war auf Bereitschaft, also wäre er ohnehin für den Fall zuständig gewesen, aber er hatte die letzten beiden großen Fälle gehabt, und im Team hatte man spekuliert, dass Anissa den nächsten bekommen würde, unter welchen Umständen auch immer.

„Nein. Überhaupt nicht", erwiderte Anissa überzeugend. „Mir reicht es völlig, wenn ich mich um die Unterwassereinsätze kümmere und dir die restlichen Ermittlungen überlasse. Es ist nur ..."

„Nur was?"

Sie seufzte. „Dieser hier fühlt sich irgendwie an, als könnte er schnell in einer Sackgasse enden."

Ryan ärgerte sich über diese Bemerkung. Es war zu früh,

um solche Vorhersagen zu machen. Schließlich hatten sie die Leiche erst vor wenigen Stunden gefunden.

„Wir werden den Mörder finden." Das musste er einfach glauben.

Anissa antwortete nicht. Sie sah nur auf ihre Uhr und ließ den Blick dann in Richtung See wandern.

„Wer ist unten?", fragte er.

„Adam und Lane. Sie müssten bald wieder raufkommen."

„Haben sie noch was gefunden?" Sie hatten bereits Gewichte, Ketten und ein Stück Sperrholz entdeckt – alles Dinge, die der Entsorgung der Leiche gedient haben konnten.

Anissas Miene verdüsterte sich. „Nein."

Der Helikopter drehte mehrere Runden über dem See. Wahrscheinlich machten die Journalisten ein paar Aufnahmen, die sie in ihre abendliche Nachrichtensendung einbauen konnten. Aber vielleicht berichteten sie auch live. Ryan versuchte, die Presse zu ignorieren, während er darauf wartete, dass Adam und Lane wieder an die Oberfläche kamen.

Es hatte eine Weile gedauert, die Leiche heraufzuholen. Jemanden aus dieser Tiefe zu bergen, war etwas, das sie zwar geübt, aber noch nie im Ernstfall getan hatten. Doch ihre Ausbildung und das Wissen um die korrekten Abläufe hatten sich ausgezahlt. Die Bergung war erfolgreich und reibungslos verlaufen.

Wie sich herausgestellt hatte, fehlten der Leiche nicht nur Kopf und Hände, sondern auch die Füße. Die Tiefe und die Kälte des Seewassers hatten den Verwesungsprozess verlangsamt, aber die Pathologin Dr. Sharon Oliver würde trotzdem veranlassen, dass am Montag eine Gerichtsanthropologin kam und sich die Leiche ansah.

Die gute Nachricht war, dass Ryan die Anthropologin mochte. Sie war eine ausgesprochen intelligente Frau, die sehr gut mit dem Büro des Sheriffs zusammenarbeitete. Die schlechte

Nachricht war, dass sie frühestens am Montagnachmittag eine wie auch immer geartete Identifikation erhalten würden.

Als Adam und Lane wieder auftauchten, versammelte das Team sich am Ende von Leighs Bootssteg.

„Was müssen wir eigentlich machen, damit der Hubschrauber verschwindet?“, fragte Gabriel in die Runde. Ryan klopfte ihm auf die Schulter. „Duck dich einfach, Kumpel.“ Als verdeckter Ermittler musste Gabriel es tunlichst vermeiden, dass ihn jemand fotografierte oder filmte.

„Gut.“ Er starrte auf die Planken des Steges. „Ich habe kein Problem damit, noch mal runterzutauchen, aber ich bezweifle, dass wir dort die restlichen Teile der Leiche finden. Warum sollte jemand sich die Mühe machen, die Extremitäten abzuhacken, wenn er sie dann in der Nähe versenkt?“, gab er zu bedenken. „Ich glaube, der Mörder hat sie woanders weggeworfen.“

„Oder behalten“, sagte Adam.

Ein kollektives Stöhnen ging durch die Gruppe.

„Was denn?“ Adam Campbell, der aus der Abteilung für Wirtschaftskriminalität kam, ließ sich nicht abwimmeln. „Ihr wollt es vielleicht nicht aussprechen, und ich weiß“ – er hob eine Hand, als Anissa anhob, ihn zu unterbrechen –, „ich weiß, dass wir noch keine Beweise haben. Aber wenn jemand sich die Mühe macht, alles abzutrennen, die Leiche dann mit so vielen Gewichten beschwert und sie an der tiefsten Stelle im See versenkt? Dazu gehört Planung. Da müssen wir in Erwägung ziehen, dass der Mörder ein Sammler ist.“

Niemand widersprach ihm.

Wie auch? Man brauchte keinen Profiler vom FBI, um zu wissen, dass der Täter ernsthaft gestört sein musste. Aber ein Sammler? Konnte es sein, dass mitten in North Carolina ein Serienmörder herumlief?

„Es könnte auch eine Bande sein“, schlug Gabriel vor. „Mir

fallen mindestens drei ein, die hinter so einer Sache stecken könnten. Obwohl mir neu wäre, dass sie in Carrington aktiv sind."

Skrupellose Banden oder Serienkiller? So oder so ging in seiner Stadt etwas Übles vor sich. Ryan zügelte seine Gedanken. Das waren doch alles Spekulationen. Sie brauchten Beweise. „Wir fangen mit den Fakten an und folgen den Spuren, die sich dadurch ergeben." Er sah alle Teammitglieder nacheinander an, während er fortfuhr: „Wir untersuchen jede Möglichkeit. Erst mal suchen wir weiter in den Quadranten, die wir aufgeteilt haben. Schließlich wollen wir später nicht feststellen müssen, dass wir einen Hinweis übersehen haben."

Die Gruppe löste sich auf, und Ryan und Gabriel machten sich für den nächsten Tauchgang bereit.

„Wie geht es Leigh?", fragte Gabriel.

„Gut." Ryan überprüfte die Anzeigen seines Sauerstofftanks.

„Das kann ich mir vorstellen", murmelte Gabriel.

„Warte mal. Woher kennst du Leigh?"

„Ich habe sie schon ein paarmal gesehen."

„Wo denn?"

„In der Notaufnahme. In der Kirche. Sie ist toll. Vor allem, wenn man Mädchen mit langen schwarzen Haaren mag, die so viel Selbstbewusstsein ausstrahlen und sich so elegant bewegen wie sie."

Ryan antwortete nicht.

„Dein Schweigen verrät mir nicht nur, dass du mir zustimmst. Es passt dir nicht, wenn ich so rede."

„Sie ist die kleine Schwester meines besten Kumpels."

„Sie ist Kirks *jüngere* Schwester. Außerdem ist sie jetzt erwachsen und kann bestimmt ihre eigenen Entscheidungen treffen. Ich wette, Kirk fände es cool, dich als Schwager zu haben." Gabriel lachte über seinen eigenen Witz, während er die Tauchermaske über seinem Gesicht zurechtrückte.

Ryan versuchte, sich auf seine Vorbereitungen zu konzentrieren. Tauchen machte Spaß, aber es war gleichzeitig eine ernste Angelegenheit. Es war nicht gut, wenn er sich von Dingen ablenken ließ wie Leighs braunen Augen und ihren vollen Lippen …

Nein, nein, nein. Das kam gar nicht infrage. Nicht mit Kirks kleiner Schwester. Und überhaupt mit niemandem. Er war bereit, sich den unterschiedlichsten Gefahren zu stellen – tauchen, Verbrechen lösen, Babysitter bei Nichte und Neffe spielen –, alles gefährlich, aber das Risiko wert.

Aber keine Beziehung. Auf keinen Fall. Kam nicht in die Tüte.

Diesen Kummer wollte er sich so weit wie möglich ersparen.

Er holte tief Luft und stieg in den See. Eigentlich ging er nicht davon aus, dass er etwas finden würde, aber die Leiche hatte es verdient, dass alle ihr Bestes gaben. Irgendwo fragte sich jemand, wo dieser Mann war. Da war es das Mindeste, dass sie versuchten, den Rest von ihm zu finden.

Leigh balancierte ein Tablett mit Sandwiches in der einen Hand und nahm mit der anderen zwei Tüten Chips von der Küchenzeile. Eine ziemlich magere Verpflegung, aber mehr konnte sie nicht anbieten. Schließlich hatte sie nicht geplant, heute Abend eine Horde Polizeibeamte zu verköstigen. Hoffentlich entschädigte der Nachtisch für den mickrigen Hauptgang.

Wenn sie nicht vorgehabt hätte, für ihre Kolleginnen bei der Arbeit etwas mitzunehmen, hätte sie nicht einmal dieses bisschen Essen im Haus gehabt. Die meisten in ihrem Team brachten sich für ihre 12-Stunden-Nachtschicht in der Notaufnahme selbst etwas zu essen mit, aber manchmal war es nett, wenn im Pausenraum etwas stand, woran man sich bedienen konnte, wenn man von einem Zimmer zum nächsten eilte.

Langsam ging sie die Rasenstufen zum Anleger hinunter. Eigentlich fand sie diesen Weg mit verbundenen Augen, aber bei ihrem Glück stolperte sie wahrscheinlich ausgerechnet heute. Sie war schon immer verlegen gewesen, wenn Ryan Parker in der Nähe war, und nach dem zu urteilen, was heute Morgen geschehen war, hatte sich daran offensichtlich nichts geändert.

Warum sahen Männer eigentlich immer besser aus, wenn sie älter wurden? Das war einfach unfair. Als Junge war Ryan süß gewesen. Aber als Mann? Als Mann war er ... Bei dem Gedanken zog sich ihr Magen zusammen. Es waren nicht nur sein Gesicht oder seine Figur, obwohl es an beidem wirklich nichts auszusetzen gab. Bei Ryan war es immer die Persönlichkeit gewesen. Seine Ausstrahlung. Sein Lachen.

Wie viele Nächte hatte sie im Dunkeln gesessen und zugehört, wie Kirk und er sich im Nebenzimmer unterhalten hatten? Sie wusste viel mehr über Ryan, als ihm bewusst war.

Sie riss sich von diesen Gedanken los und konzentrierte sich wieder auf die Gegenwart. Die Vergangenheit war ein schöner Ort für Besuche, aber Leigh lebte nun einmal in der Wirklichkeit. Und in der Wirklichkeit erreichten Typen wie Ryan Parker nicht ihren dreißigsten Geburtstag, ohne zu heiraten, wenn sie nicht extreme Bindungsprobleme hatten.

Nicht dass es eine Rolle spielte. Sie war ohnehin nicht auf eine Beziehung aus.

„Komm, ich helfe dir." Eine tiefe Stimme durchbrach ihre Träumerei.

Ihr Gehirn brauchte nur den Bruchteil einer Sekunde, um zu erkennen, dass es sich um eine freundliche Stimme handelte. Doch währenddessen versuchte ein anderer Teil ihres Gehirns, den Schrei zu unterdrücken, den sie inzwischen reflexartig ausstieß, wenn sie überrascht wurde. Was dabei herauskam, war eher ein ersticktes Quieken als ein Aufschrei.

Leigh spürte, wie ihr Gesicht und ihr Hals heiß wurden. Sie hatte nicht immer geschrien. Oder gequiekt. Oder was auch immer. Ihr Therapeut hatte gesagt, das würde sich mit der Zeit legen. Lügner.

Ryan griff nach dem Tablett mit den Sandwiches. „Alles in Ordnung?", fragte er leise.

Sie holte ein paarmal tief Luft, um sich zu beruhigen, und nickte. „Klar."

Dann sagte er lauter: „Was gibt es denn hier Leckeres?"

Leigh wusste nicht, warum er diesmal nicht nachhakte, so wie heute Morgen, aber sie war froh, dass er sie nicht vor seinen Kollegen in die Mangel nahm.

„Es ist nicht viel. Nur ein paar Sandwiches. Käse und Hähnchensalat."

„Das hättest du aber nicht zu machen brauchen."

„Ihr seid schon den ganzen Tag hier und ich habe nicht mitbekommen, dass irgendeiner von euch einkaufen gegangen wäre."

„Wir haben ein paar Knabbersachen."

„Und jetzt habt ihr noch ein paar Sandwiches."

Ryan lachte. „Wo soll ich die hinstellen?"

Leigh zeigte auf den Picknicktisch am Seeufer. „Ist der in Ordnung?"

„Natürlich." Er stellte das Tablett auf das eine Ende des Tisches, dann nahm er ihr die Chips ab.

„Danke." Sie wandte sich wieder dem Haus zu.

„Wieso läufst du denn weg?"

„Ich laufe nicht weg", erwiderte sie. „Es gibt noch mehr, was ich holen will."

„Dann komme ich mit."

Leigh widersprach nicht. Wahrscheinlich hätte sie es tun sollen, aber normalerweise lief sie nicht draußen herum. Schon gar nicht, wenn es dämmrig wurde.

Früher hatte sie das getan. Im Dunkeln am Wasser zu sitzen, war eine ihrer Lieblingsbeschäftigungen als Kind gewesen. Dann hatte sie den Geräuschen der Nacht gelauscht – wie das Wasser ans Ufer von Lake Porter schlug, die Stimmen aus den Häusern ringsum, das schwache Surren von Booten. Stundenlang hatte sie hier draußen gesessen, von der Zukunft geträumt und über Entscheidungen gebetet, die sie treffen musste.

Auf ihrem Bootssteg hatte sie sich Gott näher gefühlt als irgendwo sonst. Sie war sich nicht sicher, was sie falsch gemacht hatte, aber irgendwann hatte er aufgehört, auf ihre Gebete zu antworten. Oder vielleicht hatte sie aufgehört zu antworten, als sie zu viel zu tun hatte, um zu reden.

So oder so war der Bootssteg kein Zufluchtsort mehr für sie. Wenn sie nicht bei der Arbeit war, verbrachte sie die Abende drinnen. Hinter verschlossenen Türen. Mit eingeschalteter Alarmanlage. Laufenden Kameras. Geladener Pistole.

Seit sie im Dezember in das Haus zurückgezogen war, war dies das erste Mal, dass sie sich so spät aus dem Haus getraut hatte. Sie hatte vergessen, wie sehr sie diesen Ort vermisst hatte.

Noch etwas, das der Stalker ihr geraubt hatte.

Sie schob die melancholischen Erinnerungen so weit wie möglich von sich. Vielleicht konnte sie die Tatsache, dass die Polizei hier war, nutzen und ein paar Abende am Anleger genießen. Obwohl das angesichts der Leiche-im-See-Sache eher unwahrscheinlich schien.

„Was holen wir denn noch?“, fragte Ryan.

„Limonade. Tee. Nachtisch.“

„Soll ich Verstärkung anfordern?“

„Ich glaube, damit werden wir schon fertig.“

„Wenn du meinst?“

Leigh lächelte über seine Skepsis, als sie schweigend den Hügel hinaufgingen, und suchte krampfhaft nach einem Gesprächsthema. Sie wollte nicht, dass er die Chance hatte, ihr irgendwelche tiefschürfenden Fragen zu stellen. „Bist du eigentlich gleich im Anschluss ans College nach Carrington zurückgekommen?“

„Ja. Das war immer der Plan. Ich wollte nie woanders leben.“

Das konnte sie verstehen.

„Warum bist du in Durham geblieben?“, fragte Ryan.

Was für eine Frage. Sie überlegte, bevor sie antwortete. „In der Pflegeausbildung war ich eine Zeit lang in der Onkologie, und es gefiel mir besser, als ich erwartet hatte. Nach meinem Abschluss boten sie mir einen Job an und ich habe ihn genommen. Es lag nicht daran, dass ich nicht hier wohnen wollte, aber die Arbeit, die ich machen wollte, war dort. Dann habe ich beschlossen, weiterzustudieren und einen Master zu machen, also habe ich nebenbei gearbeitet, bis ich mit meinem Studium fertig war.“

„Das verstehe ich. Ich weiß aber nicht, ob ich jemals so eine Arbeit machen könnte. Was hat dich denn an der Onkologie so gereizt? Die meisten Menschen denken, dass es total deprimierend ist.“

„Auch nicht deprimierender als deine Arbeit“, erwiderte sie. „Wenn du mit ihnen zu tun bekommst, sind deine Opfer alle tot. Meine Patienten hatten wenigstens eine Chance. Und viele von ihnen sind gesund geworden und leben weiter.“

Ryan warf den Kopf in den Nacken und lachte. Leigh stimmte unwillkürlich ein. „Stimmt auch wieder“, sagte er, als er ihr die Tür aufhielt und sie die Küche betraten.

Sie holte die Limonade und Eistee aus dem Kühlschrank.

„Aber du hast noch nicht gesagt, warum du dich für die Onkologie entschieden hast. Versteh mich nicht falsch – ich finde, das ist eine wichtige Arbeit. Ich kann mir nur nicht vorstellen, dass jemand sie mit Begeisterung machen kann."

„Das ist kompliziert."

„Ich bin mir sicher, dass ich dir folgen kann."

„Du nervst."

„Das hat man mir schon öfter gesagt."

Leigh lehnte sich an die Kühlschranktür. „Ich glaube, was mich angezogen hat, war das Gefühl, dass es wirklich wichtig war. Dass ich unabhängig vom Ergebnis etwas bewirken konnte. Entweder half ich den Menschen, länger zu leben, als sie gedacht hatten ... oder ich konnte ihre Hand halten, wenn sie starben."

Leigh hörte Ryans leises „Wow" und die Bewunderung in seinem Tonfall, aber es war an der Zeit, das Thema zu wechseln. Sie zog den Kuchen aus dem Kühlschrank und stellte ihn vor Ryan auf die Arbeitsplatte.

Ryan riss die Augen auf. „Ist es das, wofür ich es halte?"

Ihre Mutter hatte ihn den „besten Kuchen der Welt" genannt, und Leigh hatte nicht vergessen, dass es Ryans Lieblingsdessert war.

„Ich kann nicht fassen, dass du den gemacht hast." Er sah sich in der Küche um. „Ich habe viele glückliche Stunden in diesem Haus verbracht."

„Ich auch", sagte sie. „Es war toll, hier aufzuwachsen." Sie wünschte, sie wüsste, was sie tun musste, damit es ebenso toll war, als Erwachsene hier zu leben.

„Ich vermisse deine Mutter", sagte er. „Es tut mir wirklich leid."

Leigh schluckte. „Danke. Aber sie war bereit. Sie wollte bei Dad und bei Jesus sein. Und von irgendwelchen verrückten Behandlungen hatte sie genug. Als wir dann wussten, was es war, konnte man nichts mehr machen."

„Bist du deshalb zurückgekommen? Um dich um sie zu kümmern?“

„Nein. Ich hatte mir Urlaub genommen. Aber sie starb, bevor ich einen Umzug hierher auch nur in Erwägung ziehen konnte.“ Aber das wusste er doch schon, oder nicht?

„Also …“

Wie es aussah, würde er nicht lockerlassen.

„Ich brauchte eine Veränderung. Und wir brauchten jemanden, der während des Sommers in dem Haus wohnt. Weder Kirk noch ich waren so weit, dass wir das Haus vermieten wollten, aber wir konnten uns auch nicht vorstellen, es leer stehen zu lassen.“

„Das klingt logisch“, sagte Ryan, doch seine Miene blieb fragend. Er nahm die Getränke, Leigh tat den Kuchen und das Pappgeschirr in einen Korb und dann gingen sie wieder hinaus.

Sie blieb stehen, um hinter sich zuzumachen, und ein leises Läuten ertönte, als die Tür ins Schloss fiel.

„Anissa wollte, dass ich dich nach der Alarmanlage frage“, sagte Ryan.

„Was ist damit?“

„Hast du Zugang zu den Kameras, oder wird das alles irgendwo anders geregelt?“

„Beides“, sagte sie. „Die Kameras speichern Aufnahmen von ungefähr zwei Wochen. Manche laufen die ganze Zeit, andere werden durch einen Bewegungsmelder aktiviert. Warum?“

„Decken irgendwelche Kameras den See ab?“

„Nicht viel davon“, erwiderte sie. „Es gibt Kameras am Bootssteg und an der Grundstücksgrenze entlang. Tagsüber kann man maximal bis zur Mitte des Sees blicken.“

„Hättest du etwas dagegen, wenn wir uns die Aufnahmen mal ansehen? Und vielleicht können wir verhindern, dass etwas von dem, was im Moment gespeichert ist, gelöscht wird.“

„Du meinst, ihr könnt vielleicht auf meinen Kameras etwas sehen, was euch mit eurer Leiche weiterhilft?"

„Ehrlich gesagt bezweifle ich es. Aber ich habe gelernt, dass man keine Möglichkeit außer Acht lassen darf. Manchmal findet man Dinge, die man gar nicht gesucht hat, und das sind dann genau die, die man braucht, um einen Fall zu lösen."

„Okay. Brauchst du die Aufnahmen heute noch? Mein Dienst beginnt um elf …"

Ryan blieb wie angewurzelt stehen, und sie musste sich umdrehen, um ihn anzusehen.

„Du arbeitest? Heute Nacht?"

Was war daran so ungewöhnlich? „Ja. Ich habe schließlich einen Job."

„Nein." Er schüttelte den Kopf. „Das meinte ich nicht. Ich dachte, du arbeitest 12-Stunden-Schichten."

Woher wusste er, wie viele Stunden sie arbeitete?

„Davon bin ich jedenfalls ausgegangen. Die meisten Krankenschwestern arbeiten doch im Schichtdienst. Hast du als Leitung andere Arbeitszeiten?"

So leicht würde er nicht davonkommen. „Kirk hat dich angerufen, oder?"

„Hmm?" Ryan lief mit schnellen Schritten den Hügel hinunter.

„Lauf ja nicht vor mir weg, Ryan Parker."

Ryan blieb stehen, drehte sich aber nicht um. Als sie ihn erreicht hatte, legte sie los. „Hat mein Bruder dich angerufen? Dir gesagt, dass du auf mich aufpassen sollst? Hast du mich etwa beobachtet?"

„Nein! Ja. Ich meine, nicht so, wie du denkst."

Sie stapfte an ihm vorbei. Eigentlich sollte sie wütend sein. Aber wenn sie ehrlich war, überraschte sie das nicht. Obwohl es nicht nötig war, sah es Kirk ähnlich. Er passte immer auf sie auf. Oder versuchte es jedenfalls.

„Ach, komm, Leigh."

Ryans Hand griff nach ihrem Ellbogen, und sie zuckte zusammen. Er ließ los, als hätte er einen elektrischen Schlag bekommen. War sie so abstoßend? Oder wusste er Bescheid?

„Tut mir leid", sagte er.

Er wusste es.

„Was hat Kirk dir noch erzählt?"

Ryan hielt ihrem Blick stand. Er wich auch nicht zurück. Stattdessen trat er näher. „Er hat mir gesagt, dass ein Patient dich terrorisiert hat."

Sie presste die Lippen zusammen. Super. Einfach fantastisch. Selbst aus dem Grab ruinierte der Mann noch ihr Leben. Zuerst hatte er ihre Welt acht Monate lang in eine Geisterbahn verwandelt, und jetzt ließ er sie wie ein Opfer aussehen. Und das ausgerechnet vor dem einen Menschen, dem sie keine Verletzlichkeit zeigen wollte.

Ryan hatte sie immer wie eine kleine Schwester behandelt.

Sie hingegen hatte in ihm nie einen Bruder gesehen.

„Kirk hat gesagt, dass der Patient tot ist und du beschlossen hast, nach Hause zurückzugehen, um einen klaren Schnitt zu machen. Das klingt total vernünftig. Ich habe schon einige Stalker weggesperrt, bei denen die Lage so schnell eskaliert ist, dass niemand sie aufhalten konnte. Ich bin froh, dass es bei dir nicht so weit gekommen ist, Leigh. Wirklich froh."

Sie wusste nicht, was sie darauf sagen sollte.

„Falls du irgendwann mal darüber reden willst, höre ich gerne zu. Aber wenn es dir lieber ist, dass wir nie wieder davon sprechen, ist das für mich auch okay."

Sie schluckte ein paarmal, bevor sie eine Antwort herausbrachte. „Danke", flüsterte sie.

Ryan räusperte sich und zeigte auf den See. Sie folgte ihm und sie kehrten auf den Weg zurück. Offenbar war ihm das Schweigen nicht unangenehm, und es dauerte einige Sekunden, bis ihr Atem und ihre Nerven sich beruhigt hatten und sie wieder etwas sagen konnte.

„Normalerweise arbeite ich in 12-Stunden-Schichten", sagte sie. „Aber letztes Wochenende habe ich zweimal früher angefangen, deshalb hat die Oberschwester gesagt, ich könne um elf kommen. Wenn du willst, zeige ich dir gerne die Aufnahmen von den Überwachungskameras, bevor ich gehe."

„Klingt gut", sagte er, während sie den Kuchen und die Getränke auf den Picknicktisch stellten. Er rief die Kollegen zusammen, als sei nichts Ungewöhnliches geschehen.

Vielleicht war es ja doch keine Katastrophe, dass er es wusste.

Vielleicht.

3

Ryan saß neben Leigh an der Frühstücksbar in ihrer Küche. Ihr Laptop stand aufgeklappt vor ihr. Vor ihm stand sein drittes Stück Kuchen. Er aß einen Bissen. Schokolade, Schlagsahne und Karamell explodierten auf seinen Geschmacksknospen. „Diesen Kuchen habe ich seit Jahren nicht mehr gegessen", sagte er, während er den nächsten Bissen aufspießte. „Deiner ist genauso, wie ich ihn in Erinnerung habe."

Er hatte erwartet, dass sie etwas sagen würde, aber Leigh antwortete nicht sofort. Mann, er war echt ein Depp. Ihre Mutter war erst seit einem Jahr tot. Vielleicht war es zu früh, um so zu reden.

„Mom hatte die Zutaten immer im Haus", sagte Leigh.

In ihrer Stimme lag eine Menge Nostalgie, aber nur ein Hauch von Traurigkeit. Puh.

„Sie hat wohl auf mich abgefärbt. Hoffentlich auch in vielen anderen Dingen."

Er nahm noch einen Bissen. „Deine Mom wäre auf dein Essen heute Abend stolz gewesen", sagte er.

„Ja", sagte sie lachend. „Ich glaube schon."

Ryan ließ den Blick durch die Küche wandern. „Mir gefällt, was du mit dem Haus gemacht hast."

Sie blickte von ihrem Bildschirm auf und folgte seinem Blick. „Ich habe zu Mom gesagt, dass die Tapete mit dem Obst weg muss." Ihr Lachen war ansteckend, und Ryan stimmte ein. „Mom hat mir das Versprechen abgenommen, alles zu renovieren, wenn sie nicht mehr ist. Es war eines ihrer letzten Geschenke." Leigh lächelte, aber jetzt glänzten in ihren Augen unvergossene Tränen. „Wir sollten nicht das Gefühl haben, dass es ihr Andenken beleidigt, wenn wir etwas ändern."

„Das ist typisch für sie", nickte er.

„Aber sie hätte diese Alarmanlage gehasst. Kameras waren ihr zuwider. Sie war davon überzeugt, dass man sie manipulieren kann. Aber Kirk fand auch, dass sie nötig waren, wenn ich allein hier leben wollte."

Ryan wünschte, er könnte ihr widersprechen, aber das konnte er nicht. „Deine Anlage sieht ziemlich modern aus."

„Das ist sie auch, aber ich habe noch nie versucht, mir Aufnahmen von vor mehreren Tagen oder Wochen anzusehen", sagte Leigh, während sie ihr Passwort eingab. „Die Kameras, die auf den Bootssteg zeigen, werden durch Bewegungsmelder aktiviert und nehmen jedes Mal mehrere Minuten auf. Jetzt muss ich nur noch herausfinden, wie man die Videos aufruft."

„Danke für deine Hilfe", sagte Ryan. „Ich weiß, dass die Chance nicht sehr groß ist, aber ich will gründlich sein. Oh, und ich sollte dir wohl auch sagen, dass ich für die Sichtung deiner Aufnahmen einen Durchsuchungsbeschluss habe." Er tippte auf das Blatt Papier, das er auf die Küchenzeile gelegt hatte. „Ich weiß, du hast nichts dagegen, dass ich sie mir ansehe, aber alles muss seine Ordnung haben. Schließlich will ich nicht, dass ein Verteidiger irgendetwas in der Hand hat und das, was wir vielleicht finden, nicht als Beweis zugelassen wird."

Leigh lächelte. „Meine Polizeikenntnisse beruhen ausschließlich auf Fernsehserien, aber das scheint mir eine vernünftige Überlegung zu sein." Ein paar Tastenanschläge folgten ihren Worten. „Hier sind sie. Wie weit willst du bei deiner Suche zurückgehen?"

Die Leiche war noch gut erhalten, weil sie eingewickelt gewesen war und das kalte Wasser des Sees geholfen hatte, die Verwesung zu verlangsamen. Erst wenn die Gerichtsmedizinerin mit der Autopsie fertig war, würden sie den Todeszeitpunkt kennen.

„Vielleicht zwei Wochen?"

Leigh füllte einige Felder auf der Seite aus und klickte dann auf Suchen.

Auf dem Bildschirm erschien eine Liste mit Videodateien.

„Das ist viel mehr, als ich erwartet hatte", sagte Leigh entschuldigend.

Ryan beugte sich vor, damit er den Bildschirm besser sehen konnte, während sie durch die Liste scrollte. Es waren mehrere Hundert Videos. Sie alle durchzugehen, würde Stunden dauern. Er unterdrückte ein Stöhnen.

„Können wir davon ausgehen, dass euer Verbrecher die Leiche nachts versenkt hat?", fragte sie.

„Ich schließe ungern irgendetwas aus, aber es ist tatsächlich unwahrscheinlich, dass er versucht hat, die Leiche am helllichten Tag zu entsorgen."

„Okay", sagte sie. „Dann grenzen wir die Suchkriterien ein bisschen ein."

Diesmal war die Liste sehr viel kürzer.

„Was hast du gemacht?“, fragte er.

„Ich habe die Aufnahmen zwischen Mitternacht und fünf Uhr morgens ausgewählt. Mir ist klar, dass du dir alle angucken musst, aber ich dachte, diese sind für den Anfang am besten.“

„Gute Idee“, nickte er.

Leigh schob ihm den Computer zu und stand auf. „Ich würde ja gerne sehen, was hier mitten in der Nacht los ist, aber ich muss mich für die Arbeit fertig machen. Viel Spaß.“

„Danke.“ Ryan sah ihr nach, als sie die Treppe hinaufging. Interessant. Das große Schlafzimmer befand sich im Erdgeschoss. Wahrscheinlich hatte sie es trotz der Erlaubnis ihrer Mutter nicht übers Herz gebracht, in das elterliche Schlafzimmer zu ziehen.

Sein Telefon vibrierte. „Hallo, Schwesterherz.“

„Immer noch bei der Arbeit?“, fragte Rebecca.

„Irgendwie schon.“ Er klickte auf die Videodatei vom Vorabend. Die Aufnahmen zeigten einen leeren Bootssteg. Sonst nichts. „Was gibt's?“

„Ich wollte fragen, ob du morgen im Gottesdienst bist.“

„Habe ich vor“, sagte er. Leighs Aufnahme lief weiter. „Brauchst du irgendwas?“

„Eigentlich nicht. Caleb hat gefragt.“

Caleb. Ihn wollte Ryan nicht enttäuschen. „Sag ihm, dass ich versuche zu kommen, aber ich arbeite an einem großen Fall, und es kann sein, dass ich es nicht schaffe.“

„Mach ich. Danke“, sagte Rebecca.

„Bei dir alles in Ordnung?“

„Ich bin nur müde.“

„Vielleicht kann ich diese Woche einen Abend was mit Caleb machen. Damit du mal eine Pause hast.“

„Darauf verlasse ich mich lieber nicht“, antwortete sie lachend. „Ich habe die Nachrichten gesehen, Ryan. Du ermittelst wegen der Leiche im See, oder?"

Er musste sich die Nachrichtensendung in der Mediathek heraussuchen und gucken, was alle in der Stadt an diesem Abend gesehen hatten. „Stimmt, aber das bedeutet nicht, dass ich nicht mit meinem Lieblingsneffen abhängen kann. Ich muss schließlich auch zu Abend essen."

„Lass es uns spontan machen."

Ryan hörte die Erschöpfung in ihrer Stimme. „Ich meine es ernst. Irgendwie mache ich es möglich."

„Okay. Bis morgen."

Er merkte, dass seine Schwester ihm nicht glaubte. Und er konnte es ihr auch nicht verübeln.

Dann hörte er Leigh auf der Treppe. Erst kam ihre Stimme, dann sie. „Irgendwas gefunden?"

„Ich muss …"

„Wer ist denn das?" Er konnte sich die blitzenden Augen seiner Schwester vorstellen. „Ich dachte, du bist bei der Arbeit?"

„Bin ich auch", sagte er ins Telefon. „Noch nichts", antwortete er Leigh.

Sie blieb in der Küchentür stehen. „Sorry", formulierte sie lautlos mit den Lippen.

„Kein Problem", sagte er. „Ich muss Schluss machen, Rebecca."

„Wer ist das?"

Er hatte keine Chance. Wenn er ihr sagte, wo er war, würde sie sofort voreilige Schlüsse ziehen. Wenn er versprach, es ihr später zu erzählen, würde sie genauso voreilige Schlüsse ziehen. „Ich bin bei Leigh Weston und sehe mir Aufnahmen von Überwachungskameras an", sagte er. „Wir können ihren Bootsanleger benutzen."

„Leigh Weston?"

Womit sie bei den voreiligen Schlüssen waren.

„Dann lass ich dich in Ruhe." Ein leises Lachen drang durch die Telefonleitung.

„Rebecca ..."

„Wir sprechen uns morgen." Mit dieser düsteren Prophezeiung legte sie auf.

Er starrte das Handy an.

„Tut mir leid", sagte Leigh. „Mir war nicht klar ..."

„Du brauchst dich nicht zu entschuldigen", erwiderte Ryan. „Das war nur meine Schwester."

Seine Schwester, die zweifellos in diesem Augenblick seine Mutter anrief.

„Wie geht es ihr?"

Die Frage enthielt viel zu viele Untertöne. „Du hast es doch bestimmt gehört, oder?"

Sie zog eine Grimasse. „Der Tratsch im Krankenhaus kann übel sein."

„Was erzählt man sich denn so?"

Leigh sah aus wie ein Tier, das in der Falle sitzt. „Vielleicht kannst du mir sagen, was wirklich passiert ist, statt dass ich dir die Gerüchte erzähle."

„Wie wäre es, wenn ich dir die Wahrheit erzähle und du mir danach die Gerüchte?"

Leigh sah nicht gerade begeistert aus, aber sie nickte.

„Clay hat sie wegen einer Frau verlassen, die er beim zwanzigjährigen Abi-Jubiläum getroffen hat. Sie haben angefangen, sich über Facebook zu unterhalten, dann im echten Leben, und dann hat er an einem Sonntagmorgen die Kirche verlassen und ist zu ihr gegangen anstatt zu seiner Frau und seinen Kindern."

„Das ist so ziemlich das, was ich auch gehört habe", sagte sie. „Es tut mir leid. Ich mochte Rebecca immer."

„Sie mag dich auch."

„Wie wird Caleb damit fertig?"

„Nicht gut. Veränderungen in seinem Alltag sind für ihn schwierig." Bei Caleb hatte man im Alter von zwei Jahren Autismus diagnostiziert. Wie sein eigener Vater ihn im Stich lassen konnte, war unbegreiflich.

Das Video auf dem Bildschirm endete, und Ryan klickte auf die nächste Datei von 3:15 Uhr am Donnerstag.

„Er versteht nicht, warum Clay nicht nach Hause kommt. Wir glauben, dass er ihn vermisst, aber bei den seltenen Gelegenheiten, wenn Clay versucht, ihn zu sehen, dreht er durch." Ryan hielt inne. Leigh musste nicht das ganze Familiendrama hören. Sie hatte genug eigene Probleme. „Es ist ziemlich verfahren."

Leigh schob die Hände in die Taschen ihrer Schwesternjacke. „Ich habe nicht viel mit Dr. Fowler, also mit Clay zu tun", sagte sie. „Aber ich weiß, dass alle im Krankenhaus schockiert waren. Die Schwestern, die am engsten mit ihm zusammenarbeiten, haben nicht viel Gutes über ihn zu sagen. Nicht dass es Rebecca hilft, aber die meisten finden, dass er ein miserabler Vater und ein widerlicher Kerl ist."

„Widerlich trifft es ziemlich gut", nickte Ryan. Wieder nichts in der Videoaufnahme. Die nächste war zehn Minuten später aufgenommen. Er klickte auf Abspielen.

„Könntest du bitte abschließen, wenn du gehst?", fragte Leigh.

Ryan betätigte den Pausenbutton. „Tut mir leid. Ich kann das hier auch später durchsehen."

„Nein, nein. Mach das ruhig zu Ende." Sie kritzelte ein paar Zahlen auf einen Notizblock. „Hier ist meine Nummer. Schick mir eine SMS, wenn du gehst, dann schalte ich die Alarmanlage von meinem Smartphone aus ein."

„Bist du sicher?"

„Hundertprozentig", erwiderte sie. „Aber jetzt muss ich los."

„Danke."

Leigh verschwand durch die Tür zur Garage, und Ryan wandte seine Aufmerksamkeit wieder dem Bildschirm zu. Das Garagentor war gerade zugeschnappt, als Lichter über den Monitor zuckten. Ryan beobachtete, wie die Lichter eines Bootes über den Bildschirm wanderten und dann am Bildrand verschwanden.

Er sah auf die Liste. In dieser Nacht hatte nichts sonst die Kameras ausgelöst. Er notierte sich Datum und Zeit des Videos und sah sich dann die restlichen Aufnahmen von den vergangenen zwei Wochen an. Er sah ein paar Rehe am Seeufer. Ein paar Jugendliche auf Wasserskiern. Ein Boot, das sich so langsam am Ufer entlangbewegte, dass es ein Angler sein musste. Aber nichts sonst schien für den Bootsverkehr auf einem See zu Beginn des Frühlings ungewöhnlich.

Morgen würde er andere Hausbesitzer in dieser Gegend fragen, ob ihre Überwachungskameras in der Nacht von Mittwoch auf Donnerstag zwischen halb drei und halb fünf irgendetwas aufgezeichnet hatten.

Vielleicht hatte es nichts zu bedeuten, aber sein Instinkt sagte ihm, dass es wichtig war.

Jetzt musste er es nur noch beweisen.

Leigh verließ das Krankenhaus morgens um fünf nach halb acht. Während sie zu ihrem Wagen ging, versuchte sie, die Verspannungen in Nacken und Schultern etwas zu lockern. Vielleicht sollte sie sich eine Massage gönnen. Oder einen Chiropraktiker aufsuchen. Der würde sich im wahrsten Sinne des Wortes die Hände reiben. Sie wusste, dass aller Stress sich auf ihre Schultern auswirkte, aber die Arbeit konnte sie diesmal nicht dafür verantwortlich machen. Die hatte in den vergangenen vierundzwanzig Stunden am wenigsten Stress verursacht.

Wenigstens hatte sie gestern Abend einen fantastischen Parkplatz ergattert, sodass sie an diesem Morgen nicht mit dem Shuttlebus zur anderen Seite des riesigen Krankenhausgeländes fahren musste. Ganze zehn Minuten früher als sonst stieg sie in ihren Wagen, um nach Hause zu fahren.

Die Wettervorhersage hatte einen sonnigen Frühlingstag versprochen, aber noch hatte sich der Morgennebel nicht aufgelöst. Leigh schaltete die beheizbare Heckscheibe und die Sitzheizung ein, während sie darauf wartete, dass die Ampel grün wurde und sie links auf die Schnellstraße abbiegen konnte.

Sie legte sich nicht immer nach einer Schicht schlafen, aber heute hatte sie das vor. Ryan hatte ihr versichert, dass die Taucher mit ihrer Suche auf dem Grund des Sees weitermachen würden. Sie dachte an den Mann, der gestorben war, und die Vorstellung, dass seine Familie sich fragte, wo er wohl war und was mit ihm geschehen war, betrübte sie. Aber sie freute sich darauf, tief und fest zu schlafen. Möglicherweise so gut wie seit einem Jahr nicht mehr. Wenn sie allerdings ständig an Ryan Parker dachte, würde es mit dem Schlaf vielleicht doch nichts werden.

Es kam ihr beinahe lächerlich vor, wie seine Gegenwart sie beruhigte. Wie sein Lachen ihr selbst das Lachen leichter machte. Er hatte sich seit der Schule durchaus verändert, aber das, was sie schon immer an ihm gemocht hatte, war noch da: Er lachte laut und lange. Er nahm seine Verpflichtungen ernst. Und er stand treu zu seiner Familie.

Die kaum verhohlene Feindseligkeit seinem Schwager gegenüber hatte Leigh nicht im Geringsten überrascht. Ganz sicher musste Ryan alle seine Selbstbeherrschung zusammennehmen, um Dr. Fowler keinen Besuch abzustatten und ihn in die Mangel zu nehmen.

Dr. Fowler hatte diese Nacht Bereitschaftsdienst gehabt.

Dr. Evans und er hatten im Pausenraum der Notaufnahme einen kurzen Stopp eingelegt – alle wussten, dass es dort den besten Kaffee im ganzen Krankenhaus gab. Als Leigh die beiden gesehen hatte, hatte sie auf dem Absatz kehrtgemacht und war in die entgegengesetzte Richtung gegangen. Vielleicht war es kindisch von ihr, aber für Männer, die ihre Kinder im Stich ließen, hatte sie nichts übrig. Sie würde professionell sein, wenn es nötig war, aber sie hatte nicht vor, auf dem Gang mit ihm zu plaudern.

Nach einigen Meilen nahm sie die Ausfahrt. Den Nachhauseweg konnte sie im Schlaf fahren und hatte es wahrscheinlich schon das eine oder andere Mal versehentlich getan. Die Heimfahrt im übermüdeten Zustand war das Schlimmste an den Nachtschichten.

Leigh fuhr über eine Hügelkuppe und beim Anblick der Landschaft, die sich vor ihr eröffnete, ging ihr das Herz auf. Sie liebte diesen Ort. Noch ein paar Meilen Kuhweiden und Hühnerfarmen, dann war sie zu Hause. Eine schnelle Dusche, bequeme Kleidung. Und dann glückseliger Schlaf.

Leigh gähnte und blinzelte, als sie sich dem Stoppschild am Fuße des Hügels näherte.

Sie tippte auf die Bremse.

Tippte noch einmal.

Trat mit voller Kraft zu.

Nichts.

Mit einem Mal war die Erschöpfung verschwunden und wich einer adrenalingetränkten Panik. Was musste man noch mal tun, wenn die Bremsen versagten? Handbremse? Ja, das klang logisch. Sie riss die Handbremse hoch. Der Wagen verlor etwas an Geschwindigkeit, aber nicht genug. Das Stoppschild kam immer näher. Ein Pick-up kam von rechts. Er hatte Vorfahrt. Würde er weiterfahren?

Der Pick-up rollte auf die Kreuzung zu.

Leigh riss das Lenkrad nach links, während sie weiterrollte.

Der Fahrer des anderen Wagens hupte, während sie versuchte, ihr Auto wieder auf ihre Spur zurückzubringen, aber sie hörte kein knirschendes Metall. Der Typ war vielleicht sauer, aber wenigstens war er unverletzt.

Die Straße wurde jetzt etwas ebener, aber nicht genug, als dass der Wagen zum Stehen gekommen wäre. Nach einer knappen Meile würde die Straße mit leichtem Gefälle bergab führen, bevor sie steil ins Tal abfiel. Wenn niemand kreuzte, bevor sie am Fuße des Hügels angekommen war – und wenn sie den Wagen in der Spur halten konnte –, dann würde ihr nichts passieren. Auf keinen Fall konnte ihr Auto auf der anderen Seite den Berg wieder hinaufrollen. Wenn sie erst einmal genug an Geschwindigkeit verloren hatte, konnte sie an den Straßenrand rollen und Hilfe rufen.

Sie trat wieder auf die Bremse. Noch immer nichts.

Wie konnte das sein?

Leigh spürte ihren Herzschlag in den Ohren rauschen, während sie die Strecke vor ihr nach potenziellen Gefahren absuchte.

Denk nach, Leigh. Denk nach.

Zäune säumten beide Seiten der Straße, aber am rechten Rand standen überall Pinien, und der Graben war tief. Wenn sie die Straße überquerte und die Fahrbahn auf der linken Seite verließ, müsste sie den Graben schaffen, durch den Zaun krachen und dann auf dem Feld zum Stehen kommen. Zaunpfähle waren deutlich weniger standhaft als Bäume und sie konnte den Unfall überleben.

Das hoffte sie jedenfalls.

Sie umfasste das Lenkrad fester, als das Gefälle – und ihre Geschwindigkeit – zunahm. Immer wieder trat sie auf die Bremse. Würde eine Stotterbremsung helfen? In diesem Stadium konnte sie jedenfalls nicht schaden. Aber nichts hielt ihre Abfahrt in das neblige Tal auf.

Ohne Vorwarnung erschien der massige Umriss eines Traktors im Dunst vor ihr.

Sonntagmorgen war normalerweise eine gute Zeit, um mit einem riesigen Trecker auf einer Landstraße unterwegs zu sein, aber nicht heute.

Vielleicht konnte sie an ihm vorbei ...

In diesem Moment leuchteten Scheinwerfer auf der entgegenkommenden Fahrbahn auf.

Sie kam dem Traktor vor sich immer näher und der Wagen auf der anderen Spur näherte sich ebenso unaufhaltsam. Nie im Leben konnte sie sich zwischen den beiden hindurchquetschen.

Jetzt hatte sie keine Wahl.

Leigh riss das Lenkrad nach links und hielt es fest, als ihr Wagen über die durchgezogene gelbe Linie fuhr, die Gegenspur überquerte und dann in den flachen Graben rutschte. Der Winkel in den Graben hinein war jedoch steiler, als sie gedacht hatte. Ihre Motorhaube bohrte sich mit solcher Wucht in den Graben, dass ihr Airbag ausgelöst wurde und ihren Kopf gegen die Rückenlehne schleuderte, während das Heck des Fahrzeugs in die Luft gehoben wurde und dann seitwärts fiel.

Leigh verlor jede Orientierung und jedes Zeitgefühl. Als sie endlich sicher war, dass das Auto sich nicht mehr bewegte, war ihr linker Arm an der Fahrertür eingeklemmt. Sie versuchte, ihre Sitzposition zu verändern. Dabei verspürte sie einen stechenden Schmerz, sodass sie scharf die Luft einsog. Das Armaturenbrett war viel näher, als es sein sollte, und das Lenkrad drückte in ihren Unterleib. Ihr linkes Bein war im kleinen Raum zwischen Lenkrad, Tür und Armaturenbrett gefangen.

Leigh holte einmal tief Luft, dann noch einmal. Anschließend begann sie, ihren Zustand systematisch einzuschätzen. Ihr Kopf, Hals und rechter Arm ließen sich problemlos und ohne besondere Unbehaglichkeit bewegen. Sie waren nur etwas steif, nach einem Unfall nichts Ungewöhnliches. Sie konnte den Oberkörper drehen und ihr rechtes Bein war auch beweglich. Alles schmerzte, aber mit einem Mal wurde ihr bewusst, dass ihr linker Fuß und das Bein langsam taub wurden.

Mit der Hand tastete sie den Teil des Beines ab, den sie erreichen konnte.

Oh-oh.

Sie konnte die schmerzhafte Beule an der Innenseite ihres Oberschenkels nicht sehen, aber das war auch gar nicht nötig. Sie wusste, was das zu bedeuten hatte: Der Aufprall musste eine Verletzung ihrer Oberschenkelarterie verursacht haben. Ein heftiger Schlag konnte dazu führen, dass sich das Blutgefäß beinahe völlig schloss. Oder sie konnte sich das Bein gebrochen haben, und der gebrochene Knochen konnte die Arterie punktiert haben, aber dann hätte sie einen scharfen Schmerz erwartet.

So oder so hatte sie ein Problem. Wenn das Blut nicht mehr durch die Arterie floss, konnte sie ihr Bein verlieren.

Wenn die Arterie verletzt war, verblutete sie möglicherweise, bevor die Sanitäter sie hier herausholen konnten.

4

Du musst ruhig bleiben.

Leigh versuchte, eine andere Erklärung für ihre Symptome zu finden, aber alles, was ihr einfiel, führte zum selben Schluss. Sie zwang sich, langsam durch die Nase ein- und dann durch den Mund wieder auszuatmen.

Es half nicht. Ihre Lage war nicht gut. Überhaupt nicht.

Sie wollte nicht sterben. Nicht jetzt.

Sie hörte den Herzschlag in ihren Ohren hämmern. Fantastisch. Jetzt würde sie noch schneller verbluten, weil sie Angst hatte zu verbluten. Du lieber Himmel.

Was würde sie zu einem Patienten sagen, der in Panik geriet? Dass er tief Luft holen sollte.

Das hatte sie allerdings schon ohne jeden Erfolg versucht.

Was noch?

Schließ die Augen. Konzentrier dich auf meine Stimme.

Na, das würde auch nicht funktionieren.

Was für Tricks hatte sie noch auf Lager? Kindern sang sie etwas vor. Auch das würde hier nichts nützen. Teenager lenkte sie mit lustigen Geschichten über ihre Kollegen ab. Müttern versicherte sie, dass es ihren Babys gut ging, und Vätern, dass sie weiterleben würden, um mit ihren Kindern angeln zu gehen. Keine dieser Bewältigungsstrategien würde ihr jetzt helfen.

Leigh war allein.

Und starb vielleicht.

Ihre Mutter hatte einen unbegreiflichen inneren Frieden empfunden, als sie starb. Sie hatte den Tod willkommen geheißen. Ihn mehr als Übergang begriffen denn als Ende. Moms letzte Worte waren ein Gebet gewesen.

Aber würde Gott Leigh überhaupt beachten, nachdem sie ihn schon so lange ignoriert hatte?

Sie übte so viel Druck wie möglich auf die Beule an ihrem Bein aus.

Was hatte sie in dieser Situation schon zu verlieren?

Äh, himmlischer Vater? Ich … äh … wir haben in letzter Zeit nicht oft miteinander geredet. Ich bin Leigh. Na ja, das weißt du wahrscheinlich schon. Aber, äh …

„Hallo! Sie im Wagen – können Sie mich hören?"

Irgendwie hatte Leigh nicht erwartet, dass Gott einen Südstaatenakzent hatte.

„Ich komme", sagte die Stimme.

Erst jetzt bemerkte Leigh, dass die Stimme gar nicht Gott gehörte. Aber vielleicht war er ja doch bei ihr ...

„Ich stecke fest", antwortete Leigh.

„Kein Problem", sagte der Mann. „Ich bin ganz gut darin, Leuten aus der Klemme zu helfen. Wie heißen Sie denn?"

„Leigh. Leigh Weston. Ich bin Krankenschwester am Carrington Memorial."

„Leigh Weston? Doch nicht etwa die Kleine von Richter Weston?"

„Volltreffer", erwiderte sie.

„Hey, tut mir leid. Ihr Dad war ein Freund von mir. Ich vermisse ihn total. Wahrscheinlich erinnern Sie sich nicht an mich. Floyd Cook."

Ein Bild erschien vor Leighs geistigem Auge. Ein Mann im Alter ihres Vaters, alte Jeans und Flanellhemd, der neben ihrem Vater auf der Tribüne saß. Ihr Dad hatte noch eine Krawatte um, weil er direkt vom Gericht gekommen war, um Kirk bei seinem Basketballspiel zuzusehen.

„Ihr Enkel war mit Kirk in einer Mannschaft", sagte sie. Ein Teil ihres Gehirns merkte, dass Mr Cook ihre eigenen Taktiken bei ihr anwendete. Er versuchte, eine Beziehung herzustellen und sie vom Ernst ihrer Lage abzulenken.

„Stimmt", nickte Floyd jetzt. Sie konnte sehen, dass er um ihren Wagen herumging. „Wie sind Sie denn in diesem Graben gelandet?"

Leigh hob an zu erzählen, wie alles gekommen war, aber die Wörter verhedderten sich immer wieder.

„Keine Bremsen, hm? Klingt so, als hätten Sie die beste Entscheidung getroffen, die in dieser Situation möglich war. Gut gemacht."

„Mein Bein“, erwiderte Leigh. Es war wichtig, dass sie ihm von ihrem Bein erzählte. Er musste wissen, wie ernst es war. „Ich glaube, ich habe ein Pseudoaneurysma in der Oberschenkelarterie.“

„Das sind aber lange Wörter. Können Sie mir vielleicht auf Nichtmedizinisch sagen, was los ist?“

„Ich glaube, ich habe eine innere Blutung der Oberschenkelarterie.“

„Okay, junge Lady. Eine ganze Mannschaft ist auf dem Weg hierher. Zusammen holen wir Sie hier raus. Keine Sorge. Bleiben Sie bei mir.“

Sie versuchte es.

Sie versuchte es wirklich.

Ryan schlug dreimal auf die Snooze-Taste, bevor er sich in die Küche schleppte, um die Kaffeemaschine anzustellen. Er hatte vierzig Minuten Zeit, um sich für die Kirche fertig zu machen, wenn er rechtzeitig zum Frühgottesdienst dort sein wollte. Er hatte seinen Tauchkollegen gesagt, dass er um elf Uhr mit Kaffee auf Leighs Anleger erscheinen würde und dass sie ruhig ohne ihn anfangen konnten, wenn sie wollten. Er hatte in den letzten drei Wochen den Sonntagsgottesdienst verpasst und wollte Rebecca nicht enttäuschen.

Ryan war sehr gut darin, bei Mordfällen jede Eventualität abzuklopfen. Meistens hatte er mehrere Tage lang zu tun, bis ihm die Optionen ausgingen. Diesmal nicht. Er würde an diesem Vormittag die Bewohner am Ufer befragen, aber damit wollte er bis nach dem Gottesdienst warten, weil der Sheriff nicht begeistert war, wenn Ryan sonntags vor zehn Uhr an die Türen seiner Wähler klopfte.

Um halb zehn würde der Gottesdienst zu Ende sein, und vorher würde er bei den Ermittlungen sowieso nichts herauskommen. Die Arbeit in der Mordkommission konnte einen Menschen bitter und zynisch werden lassen. Sein Mentor im Dezernat hatte ihm eingetrichtert, wie wichtig es war, sich die Zeit für den Gottesdienst zu nehmen. Sich neu auf den Einen zu konzentrieren, der in einer Welt der Dunkelheit und Lügen schön und wahrhaftig war.

Außerdem wollte Ryan seine Nichte und seinen Neffen sehen. Zoe war elf Monate alt, und ihr Lächeln konnte ihn beinahe alle seine Sorgen vergessen lassen. Caleb würde nicht viel sagen, aber es würde trotzdem gut für ihn sein, dass Ryan da war.

Mehr konnte er im Moment nicht tun. Nur versuchen, eine Konstante in Calebs Leben zu sein.

Zehn Minuten vor dem Gottesdienst bog er auf den Parkplatz ein und stellte seinen Wagen gerade rechtzeitig neben Rebeccas Minivan ab, um ihr mit den Kindern zu helfen. Er schob sein Handy in die Jackentasche und streckte die Hände nach Zoe aus. Sie quietschte vergnügt, als er sie herumwirbelte und dann auf den Arm nahm. Caleb sagte mürrisch, aber unaufgefordert „Hi". Ein Sieg.

Rebecca und Ryan brachten die Kinder in den Kindergottesdienst und suchten sich dann Plätze in einer der hinteren Reihen, als die Musik begann.

Zehn Minuten später vibrierte sein Telefon. Rebecca warf ihm einen tadelnden Blick zu, als er auf die Textnachricht sah. Sie hielt nichts davon, während des Gottesdienstes Nachrichten zu lesen, aber es konnte mit einem Fall zu tun haben.

Die Nachricht war von Kirk.

Leigh hatte einen Unfall. Bremsen versagt. Sie ist im Krankenhaus.

Ryan las den Text einmal.

Dann noch einmal.

Anschließend beugte er sich zu Rebecca und flüsterte ihr ins Ohr. „Ich muss weg."

Sie bedachte ihn mit einem äußerst missbilligenden Blick, bis er ihr die Nachricht zeigte.

„Geh. Ich bete", sagte sie. Sie drückte seine Hand, als er sich von seinem Platz erhob. Er versuchte, normal zu gehen, bis er draußen war, dann fing er an zu rennen.

Ryan wählte Kirks Nummer. Mailbox.

Er zwang sich, langsam über den Parkplatz zu fahren. Kaum war er auf der Schnellstraße, schaltete er sein Blaulicht ein und gab Vollgas.

Die Fahrt zum Krankenhaus hätte normalerweise fünfzehn Minuten dauern sollen. Ryan brauchte acht. Die Parkplätze für Einsatzfahrzeuge waren besetzt, auf den Behindertenparkplatz wollte er sich nicht stellen und in der Auffahrt war auch kein Platz mehr. An jedem anderen Tag hätte er ein Eckchen in der Nähe des Eingangs gefunden, aber heute dauerte die Parkplatzsuche länger als die Fahrt. Von unterwegs hatte Ryan Anissa angerufen, um ihr zu sagen, dass er sich verspäten würde. Und seinem Kumpel Dante aus der Forensik hatte er Bescheid gesagt, dass Leighs Wagen hereinkommen würde. Dante war gut und würde ihn informieren, sobald er etwas wusste.

Ryan hatte jede Menge Fragen. Warum hatte Kirk ihn nicht zurückgerufen? Aus welchem seltsamen Grund hatten ihre Bremsen versagt? Sie fuhr einen ordentlichen Wagen, und er hatte noch nie gehört, dass bei einem Auto die Bremsen ausgefallen waren, außer … Sofort schaltete er auf Pessimismus um. Konnte das jemand absichtlich getan haben? Das konnte er sich nicht vorstellen. Leigh hatte keine Feinde. Jedenfalls nicht mehr. Ihr Stalker war tot.

Wie viele Feinde konnte sie noch haben?

Ryan betrat die Notfallstation und traf direkt auf seinen So-gut-wie-Ex-Schwager.

Sie starrten einander an. So musste es sich anfühlen, wenn man an einem Duell teilnahm. Nur dass Ryan im Moment der Einzige mit einer Waffe war. Nicht dass er die für einen Nichtsnutz wie den Kerl vor ihm benutzen würde. Der war die Kugel nicht wert.

„Ich habe von Leigh gehört", sagte Clay.

Ryan dachte lieber nicht darüber nach, warum es ihn so wurmte, dass Clay bereits wusste, weswegen er hier war. „Ja", sagte er. „Wo ist sie?"

„Im OP. Mehr kann ich nicht sagen."

„Aha." Dass sie im OP war, verriet Ryan nur, dass sie operiert werden musste. Dabei konnte es sich um einen einfachen Bruch handeln oder massive innere Blutungen, aber Dr. Selbstgefällig konnte nicht einmal eine Andeutung machen, was ihn erwartete.

Blödmann.

Noch immer stand Ryan da und starrte Clay an. Er wollte dem Mann so vieles an den Kopf werfen. Jede einzelne Äußerung, die ihm auf der Zunge lag, entsprach der Wahrheit, aber keine davon war gütig. Oder professionell. Sosehr er diesen Mann auch verachtete, er würde nicht mitten in der Notfallstation eine Prügelei anzetteln. Selbst wenn er bei dem Gedanken daran, wie seine Faust auf Clays Kinn traf, lächeln musste.

Es dauerte noch einige Sekunden, bis Clay sich umdrehte und in derselben Richtung verschwand, aus der er gekommen war. Er zögerte kurz und sagte, ohne sich noch einmal umzudrehen: „Wenn du deine Dienstmarke am Empfang vorzeigst, bekommst du vielleicht mehr Informationen."

Ryan erwiderte nichts. Das hatte er sowieso vorgehabt. Und er wusste etwas, das Clay nicht wusste.

Er zeigte seine Marke vor und der Mann von der Sicherheitsfirma winkte ihn durch. Dann suchte er das Schwesternzimmer und wartete, bis eine gehetzt wirkende Frau hinter dem Tresen aufblickte, bevor sie sich wieder dem Stapel Akten widmete, in dem sie kramte. Miss Edna war in der Notaufnahme des Carrington Memorial eine feste Größe. Sie hatte alle im Griff und hatte keine Geduld mit Dummköpfen. „Ich bin wegen Leigh Weston hier“, sagte er.

„Sind Sie ein Verwandter?“

„Nein, aber …“

„Ich kann keine Informationen an …“

„Ich weiß, Ma'am.“ Ryan unterbrach sie nicht gerne, aber er hatte diese Standpauke schon häufiger gehört. „Aber ich glaube, wenn Sie in Ihren Unterlagen nachschauen, werden Sie sehen, dass ich als Kontaktperson für Notfälle hinterlegt bin und Sie mir medizinische Informationen geben dürfen.“

Ihre Hände erstarrten. „Entschuldigung? Wer sind Sie denn?“

„Sie kennen mich, Miss Edna. Ich bin Ryan Parker von der Mordkommission.“

Sie nahm die Brille ab und musterte ihn. „Parker. Ja. Ich habe Sie schon mal gesehen. Was haben Sie denn mit Leighs medizinischen Unterlagen zu schaffen? Ich kenne Leigh. Arbeite die ganze Zeit mit ihr zusammen. Sie hat Sie noch nie erwähnt.“

„Ja, Ma'am. Das verstehe ich, aber wenn Sie nachschauen, werden Sie sehen, dass ich die Wahrheit sage.“

Miss Ednas Blick war misstrauisch, aber sie legte den Aktenstapel ab und wandte sich ihrer Tastatur zu. Es dauerte dreißig Sekunden und einiges Tippen, bevor ihre Augenbrauen überrascht nach oben wanderten. „Sieh mal einer an. Da stehen Sie ja.“

Sie griff zum Telefon und wählte eine Nummer. „Ich habe hier einen Officer Ryan Parker, den schicke ich ins Wartezimmer", sagte sie. „Er ist als Leighs Notfallkontakt gelistet und ihr könnt ihm medizinische Informationen geben."

Eine lange Pause wurde von einem wenig damenhaften Grunzen unterbrochen. „Das Mädchen lässt sich nicht in die Karten schauen, so viel steht fest. Wir kriegen schon noch raus, was es damit auf sich hat, keine Sorge."

Super. Jetzt würde die Gerüchteküche des Krankenhauses Überstunden machen, während die Leute sich das Maul über etwas zerrissen, was es gar nicht gab. Kirk hatte ihn gefragt, ob Leigh ihn für genau solche Situationen wie diese als Notfallkontakt nennen könne. Er hatte eingewilligt, aber natürlich hatte er nie damit gerechnet, dass so etwas jemals passieren würde.

Miss Edna legte auf und gab ihm einen Zettel. „Das ist die Wegbeschreibung. Fragen Sie nach Carol, wenn Sie dort sind. Sie erzählt Ihnen alles."

„Danke, Miss Edna."

Miss Ednas Antwort bestand darin, dass sie sich wieder ihren Akten zuwandte.

Ryan folgte den Anweisungen, bis er Carol fand, die ihn schon erwartete. Ihr Lächeln hatte keinerlei Ähnlichkeit mit dem von Miss Edna. „Mr Parker, was kann ich für Sie tun?"

„Ich bin wegen Leigh Weston hier."

„Klar." Sie grinste verschlagen. „Wir hatten ja keine Ahnung, dass Sie beide sich so nahestehen."

Was sollte er dazu sagen? Ihm machte es nichts aus, wenn die Leute glaubten, sie seien ein Paar, aber Leigh fand es vielleicht nicht so gut. „Können Sie mir bitte sagen, was passiert ist?"

„Ja, natürlich", erwiderte sie. „Leigh ist mit einem Hämatom an der Oberschenkelarterie eingeliefert worden. Sie operieren seit fünfundvierzig Minuten."

Oberschenkelarterie. Ryans Mund fühlte sich mit einem Mal ganz trocken an. Er war kein Fachmann, aber mit Oberschenkelarterien war nicht zu spaßen. Sie hätte verbluten können.

„Danke“, sagte er. Sein Telefon vibrierte. „Ich gehe kurz raus und nehme das Gespräch an.“

„Es kann sein, dass Sie bis zum Fenster gehen müssen“, sagte Carol. „Der Empfang ist schrecklich hier drin.“

„Danke.“

Sobald Ryan auf dem Flur war, nahm er den Anruf entgegen. „Parker.“

Die Worte am anderen Ende der Leitung waren verzerrt und teilweise unterbrochen, sodass er nichts verstand.

„Einen Moment.“ Er lief zum Ende des Ganges und fand eine Tür, die in einen kleinen Garten führte. Er trat ins Freie.

„Parker? Bist du da?“

„Sorry, Dante. Ich bin im Krankenhaus. Hatte keinen Empfang.“

„Kein Problem“, erwiderte Dante. „Wie geht es Leigh?“

„Sie ist im OP.“

„Mist. Grüß sie von mir, wenn sie aufwacht. Ohne sie hätte ich den Englischkurs nie bestanden.“

„Mach ich. Was gibt's?“

„Wir haben ein Problem“, sagte Dante.

„Wie meinst du das?“

„Ihre Bremsen haben nicht versagt. Sie wurden durchtrennt.“

„Du hast den Wagen schon?“

„Der alte Mr Cook hat sie gefunden. Er hat versucht, sie durch Reden bei Bewusstsein zu halten, und bevor sie ohnmächtig wurde, hat sie ihm erzählt, was passiert ist. Der Wagen hat auf der Seite gelegen. Er konnte die angeschnittenen Bremsleitungen deutlich sehen. Da hat er ein paar Fotos gemacht. Die hat er mir geschickt, und den Jungs hat er gesagt, sie sollen den Wagen schnell zu mir bringen.“

Das klang nach Mr Cook. Die Leute unterschätzten ihn. Sie sahen sein Flanellhemd, hörten seinen Akzent und hielten ihn für dumm. Doch er war alles andere als das.

„Das hier war Absicht, und der Übeltäter hat sich keine Mühe gegeben, seine Spuren zu verwischen. Es gibt andere Möglichkeiten, ein Fahrzeug zu sabotieren, die nicht so offensichtlich sind."

„Und du bist sicher, dass es kein Unfall war? Abnutzung? Schlechte Qualität der Bremsleitungen? Oder vielleicht ist sie über etwas Scharfkantiges drübergefahren?"

„Nee", sagte Dante. Er klang überzeugt. „Die vordere Leitung ist angeschnitten, aber nicht ganz durchtrennt. Es ist ein kleines Loch. Wenn sie die Leitung komplett durchtrennt hätten, dann hätte Leigh von Anfang an keine Bremsen gehabt. Aber mit einem solchen Schnitt ist sie noch vom Parkplatz auf die Straße gekommen, wahrscheinlich auch noch ein paar Meilen gefahren, bevor die Bremsflüssigkeit weg war und die Bremsen gar nicht mehr funktioniert haben."

Ein Klopfen an der Fensterscheibe ließ Ryan aufblicken. Carol stand auf der anderen Seite und winkte ihm zu. Er hob einen Finger, und bevor sie ging, gab sie ihm zu verstehen, er solle wieder reinkommen.

„Hör mal, Dante, das war gute Arbeit, Mann. Ich glaube, Leigh kommt gerade aus dem OP. Ich muss los. Das mit dem Auto will ich mir ansehen, aber es kann eine Weile dauern, bis ich zu dir rauskommen kann."

„Kein Problem. In der Zwischenzeit kann ich dir schon mal ein paar Fotos schicken."

„Danke."

Ryan legte auf und trat wieder in den Krankenhausflur. Als er Carol fand, sagte sie ihm, er solle in einem kleinen Raum neben dem Wartezimmer Platz nehmen. Es kam ihm vor wie eine Stunde, bevor die Tür aufging und der Arzt hereinkam.

„Wie geht es, Ryan, mein Junge?“

„Dr. Price?“ Ryan stand auf und gab dem älteren Mann die Hand. Er war mit den Kindern von Dr. Price aufgewachsen. „Sie haben Leigh operiert? Wie geht es ihr? Was ist passiert?“

Dr. Price setzte sich auf einen der Stühle und auch Ryan nahm wieder Platz. „Ich habe auch ein paar Fragen an dich, junger Mann, aber erst werde ich deine beantworten. Leigh geht es gut. Ihre Oberschenkelarterie wurde beim Unfall leicht verletzt, aber die Kombination aus Druck, weil sie eingeklemmt war, und ihren eigenen Bemühungen konnte einen größeren Blutverlust verhindern. Wir hatten genügend Zeit, um den Blutfluss wieder zu normalisieren, deshalb müssen wir nicht befürchten, dass sie das Bein verliert.“

„Ich habe gehört, dass sie ohnmächtig war …“

„Hmm … Da bin ich mir nicht so sicher. Im Rettungswagen und bei ihrer Ankunft hier war sie ganz wach. Keine Anzeichen von Gehirnerschütterung. Vielleicht ist sie ein paarmal eingenickt. Sie hatte die ganze Nacht gearbeitet, und es war ihre dritte Nachtschicht hintereinander. Ich vermute, die Müdigkeit in Verbindung mit dem Adrenalinstoß hat sie umgehauen.“

Das war ihm neu.

„Aber wie auch immer, die OP war kein Problem. Sie wird sich noch eine Weile wie gerädert fühlen, aber ich gehe davon aus, dass sie bald wieder die Alte ist. Ich möchte sie eine Nacht lang hierbehalten, aber es kann sein, dass wir sie morgen nach Hause schicken können.“

Ryan ließ die Luft ausströmen, die er unbewusst angehalten hatte. „Danke, Gott“, flüsterte er.

„Das kann man so sagen“, nickte Dr. Price. „Nach allem, was ich höre, hatte sie heute eindeutig einen Schutzengel. Aber jetzt erzähl du mir mal, wie dein Name auf ihre Kontaktliste für Notfälle kommt. Mir war gar nicht bewusst, dass ihr zusammen seid.“

5

Leigh schlug die Augen auf. Noch etwas benommen machte sie eine Bestandsaufnahme. Sie konnte ihre Arme und Beine fühlen. Sie konnte den Hals und den Oberkörper bewegen. Ihr Bein war verbunden. An einem Arm hatte sie einen intravenösen Zugang. Ein Pulsoximeter klemmte an ihrem Finger. Sie konnte hören, wie der Monitor zu ihrer Linken ihren Herzschlag aufzeichnete.

Die letzten Dinge, an die sie sich erinnerte, zuckten durch ihre Gedanken. Das Entsetzen. Das Adrenalin. Die Orientierungslosigkeit. Die Bewegungslosigkeit.

Und dann der Schmerz.

Mr Cook war da gewesen. Sie hatte mit ihm gesprochen. Das hatte sie doch, oder? Oder hatte sie das nur geträumt? Nein. Er war eindeutig da gewesen.

Aber sie konnte sich nicht daran erinnern, wie sie das Auto verlassen hatte und ins Krankenhaus gekommen war. Moment mal. Der Rettungswagen. Die Notaufnahme. Ja.

Wenigstens war sie immer noch im Carrington. Das war ein gutes Zeichen. Wäre sie in Lebensgefahr gewesen, hätte man sie vielleicht in eine der Unfallkliniken gebracht.

Eine Schwester, die sie nicht kannte, saß rechts von ihr an einem Computer.

„Hi", sagte sie. „Ich heiße Wren. Alles ist gut."

Leigh versuchte, sich aufzusetzen.

„Immer mit der Ruhe", sagte Wren. „Wir haben es nicht eilig. Sie sind gerade mal eine halbe Stunde aus dem OP raus. Und Sie sind Krankenschwester und wissen, wie das läuft. Entspannen Sie sich."

Irgendetwas nagte an Leighs Unterbewusstsein und ließ ihr keine Ruhe. Sie versuchte krampfhaft, sich zu erinnern, aber es entglitt ihr immer wieder. Irgendetwas stimmte hier nicht. Ganz und gar nicht.

Woran konnte sie sich nicht erinnern?

„Alles in Ordnung“, sagte Wren noch einmal, zweifellos als Reaktion auf das schnellere Piepsen des Monitors. Leigh atmete langsam ein. Ungewissheit, Angst, Verletzlichkeit – all das waren Dinge, die sie um jeden Preis vermied.

„Wie bin ich aus dem Wagen rausgekommen?“, fragte sie. Sie brauchte Antworten. Sie brauchte das Gefühl, ihre Situation wenigstens ansatzweise selbst unter Kontrolle zu haben.

„Tut mir leid, Leigh, das weiß ich nicht“, erwiderte Wren. „Aber ich kann es für Sie herausfinden.“

„Ja, bitte.“

Leigh schloss die Augen. Sie musste nachdenken. Sie brauchte einen Wagen. Sie musste mit Kirk sprechen und ihm sagen, was passiert war. Oder vielleicht besser nicht. Er war in Deutschland. Seine Frau Simone und er waren vor sechs Monaten dorthin umgezogen. Es war eine tolle Gelegenheit für ihn. Internationale Erfahrung war für den Aufstieg in seiner Firma äußerst wichtig.

Sie waren auch froh darüber gewesen, Simones Familie eine Zeit lang zu entfliehen. Ihre Entscheidung vor drei Jahren, vom Islam zum Christentum zu konvertieren und dann den Mann zu heiraten, der ihr von Jesus erzählt hatte, hatte zu einem schrecklichen Bruch mit ihrer Familie geführt. Die meisten ihrer Verwandten taten so, als existiere sie nicht, und diejenigen, die mit ihr sprachen, wollten sie bei jeder Gelegenheit dazu bringen, dass sie ihre Bekehrung verleugnete.

Also hatte Simone die Chance, einen Ozean zwischen sich und ihre Angehörigen zu bringen, als große Erleichterung empfunden.

Aber Leigh wusste, dass Kirk Simones Familie nicht traute, selbst von der anderen Seite des Atlantiks aus, und er würde seine Frau nicht allein lassen. Andererseits würde er kommen wollen, wenn er wusste, dass sie im Krankenhaus war. Und das war lächerlich. Sie konnte für sich selbst sorgen. Obwohl sie nicht wusste, wie sie vom Krankenhaus nach Hause kommen sollte.

Aber warte mal. Natürlich würde sie nach Hause kommen. Sie würde eine Freundin bitten, sie zu fahren. Oder ein Taxi rufen. Das konnte doch nicht so schwierig sein. Wahrscheinlich war die Narkose schuld daran, dass sie so nervös war.

Stimmen auf der anderen Seite des Vorhangs rissen sie aus ihren Gedanken. „Ich bin der Chirurg dieser jungen Frau", sagte eine unwirsche Stimme. „Und ich kenne sie, seit sie geboren wurde. Machen Sie Ihre Arbeit weiter so gut, junger Mann."

„Ja, Sir."

Der Vorhang wurde beiseitegeschoben und Dr. Price trat näher. Dabei erhaschte Leigh einen Blick auf einen Polizisten, der auf der anderen Seite stand.

Irgendwie ergab das keinen Sinn. Hatte Dr. Price mit dem Polizeibeamten gesprochen?

„Ich plaudere immer gerne mit dir, Leigh", sagte Dr. Price, als er an ihr Bett trat, „aber mir ist es lieber, wenn du bei vollem Bewusstsein und mit aufrechtem Gang zu mir kommst. Du hast mir heute Morgen einen ganz schönen Schrecken eingejagt."

„Tut mir leid, Dr. Price." Die jüngste Tochter des Arztes war eine gute Freundin von Leigh gewesen, und er war einer ihrer Lieblingsärzte im ganzen Krankenhaus. Alle mochten ihn.

Seine Tochter war an einer seltenen Form von Leukämie gestorben, als sie im zweiten College-Jahr gewesen war, und mehr als einmal hatte Leigh Dr. Price dabei ertappt, dass er sie wehmütig ansah. Sie hatte das merkwürdige Gefühl, dass er dabei jedes Mal an seine Tochter dachte.

„Erzählen Sie mir alles“, sagte sie.

„Ich kann dir nicht alles erzählen, aber ein paar Lücken kann ich sicherlich schließen. Du wurdest heute Morgen mit dem Rettungswagen hergebracht. Dein kleines Offroad-Abenteuer hatte eine beschädigte Oberschenkelarterie zur Folge, aber du warst so clever, Druck auf die Wunde auszuüben, während du darauf gewartet hast, dass dich jemand aus dem Metallkäfig herausholt, in dem du festgesessen hast. Wir haben das Blut ohne Probleme wieder in Gang gesetzt, und die Verletzung war auch nicht schlimmer als das, was bei einer Herzkatheteruntersuchung passieren kann. Leicht zu reparieren. Das heilt schnell wieder. Ich will dich über Nacht zur Beobachtung hierbehalten, denn immerhin hast du dich heute mit dem Auto überschlagen; aber die Chancen, dass ich dich morgen nach Hause lasse, stehen gut. Vorausgesetzt natürlich, du benimmst dich.“

„Ich werde es versuchen“, erwiderte Leigh.

Dr. Price ging einige der üblichen postoperativen Fragen durch. Er wollte ihr Schmerzniveau wissen, ob ihr übel war, ob sie noch irgendwelche Fragen hatte. Mit ihren Antworten schien er zufrieden zu sein.

Er warf der Schwester, die in der Ecke saß, einen Blick zu, bevor er sich wieder zu Leigh umwandte. Dann senkte er die Stimme. „Da draußen ist ein junger Beamter, der dich gerne sehen würde. Ryan Parker.“

Leigh spürte, wie ihre Wangen warm wurden.

„Du hast ihn doch als Notfallkontakt angegeben, oder?“

Sie würde ihren Bruder umbringen. „Das war Kirks Idee.“

„Eine gute Idee.“

„Na ja, schon irgendwie.“

„Kann er reinkommen? Er macht sich Sorgen um dich.“

Was sollte sie sagen? *Nein, ich will nicht, dass er mich so sieht?* Das wäre peinlich, denn eigentlich sollte es ihr ja völlig egal sein, wie Ryan Parker sie sah. Und es war ja auch nicht so, als würde Ryan in ihr irgendetwas anderes sehen als Kirks kleine Schwester. Wenn Kirk nicht wäre, würde er sich nicht solche Sorgen machen.

„Klar", antwortete sie.

„Wren, ich lasse Officer Parker kurz rein. Dann können wir Leigh für den Rest des Tages in ein Zimmer bringen. Ich glaube, da gibt es schon eine entsprechende Anweisung." Er zeigte auf den riesigen Monitor vor Wren.

„Ist gut, Dr. Price. Ich kümmere mich darum, dass sie gut versorgt ist."

„Ich habe noch ein paar andere Leute, die nicht bis zu meiner offiziellen Sprechstunde warten konnten, um meine Dienste in Anspruch zu nehmen. Deshalb werde ich den Großteil des Tages im OP verbringen. Aber bevor ich heute Abend gehe, sehe ich noch mal nach dir. Wenn du etwas brauchst, rufst du, okay?"

„Ja, Dr. Price. Danke."

Als der Arzt ging, war der Polizist immer noch draußen. Allmählich ließ die Wirkung der Narkose nach, und Leigh konnte wieder klare Gedanken fassen. Irgendetwas stimmte hier nicht. Die Bemerkung von Dr. Price über eine Anweisung im Computer, was ihr Zimmer betraf? Wohin wollte man sie bringen?

„Wren?"

„Ja? Möchten Sie etwas trinken?" Wren nahm eine Dose vom Schreibtisch. „Wie wäre es mit Ginger Ale?"

„Gerne, aber …"

„Klopf, klopf", ertönte in diesem Moment Ryans Stimme durch den Vorhang. „Dr. Price sagt, es ist in Ordnung …"

„Kommen Sie rein, Officer", sagte Wren.

„Danke." Ryan nickte ihr zu. Dann wandte er seine Aufmerksamkeit Leigh zu. „Du hast mich echt zu Tode erschreckt", sagte er.

Er schien es ernst zu meinen.

„Ich habe heute Morgen eine SMS erhalten, in der stand, dass du einen Autounfall hattest. Dass deine Bremsen nicht funktioniert haben. Ich bin hergekommen, so schnell ich konnte, aber da warst du schon im OP. Wie geht es dir?"

„Ganz gut", sagte Leigh. „Aber du hättest nicht herkommen sollen. So eine große Sache ist es doch gar nicht."

Ryan runzelte die Stirn.

„Ryan?"

Wo war Ryans Lächeln? Sein verrücktes Lachen? Warum machte er keine Witze, wie er es sonst tat?

„Warum habe ich das Gefühl, dass ich irgendwas verpasst habe?"

„Wir müssen reden."

Das waren nicht die Worte, die sie jemals von Ryan Parker hatte hören wollen.

„Aber lass uns warten, bis du in deinem Zimmer bist und dich besser fühlst."

„Nein."

„Bitte, Leigh." Ryan warf einen Blick zu Wren hinüber und dann auf die Vorhänge um sie herum. Dann formten seine Lippen das Wort „später".

Das war nicht gut. Das war überhaupt nicht gut.

„Bitte", flüsterte er.

„Okay", erwiderte sie lautlos. „Wren", sagte sie dann in normaler Lautstärke, „was muss ich tun, um hier rauszukommen?"

Wren lachte und reichte ihr einen Becher mit einem geknickten Strohhalm. „Nicht viel mehr als das, was Sie schon machen. Ich warte nur darauf, dass Ihr Zimmer bereit ist und wir Sie verlegen können."

„Danke."

Leigh trank einen Schluck vom Ginger Ale. Eigentlich mochte sie gar kein Ginger Ale. Aber sie wollte sich nicht vor

Ryan übergeben, und von der Mischung aus Narkose und Angst war ihr ganz übel.

„Officer Parker?"

Der Polizist vom Gang streckte den Kopf herein. „Tut mir leid, dass ich störe, Sir. Kann ich Sie mal kurz sprechen?"

Ryan schenkte Leigh ein kleines Lächeln. „Ich bin gleich wieder da", sagte er und verschwand dann auf die andere Seite des Vorhangs.

Sollte sie sich jetzt besser fühlen oder schlechter?

„Er ist wirklich süß", sagte Wren mit einem verschwörerischen Flüstern. „Sind Sie zusammen?"

„Ach Quatsch, nein", sagte Leigh. „Er ist nur ein Freund."

Wren wirkte nicht überzeugt.

„Ich kenne ihn, seit wir ganz klein waren. Er ist der beste Freund meines Bruders."

Wren nickte und tippte etwas in ihren Computer. „Wie Sie meinen", sagte sie. „Bereit für ein Zimmer mit richtigen Türen?"

„Ich bin bereit für mein eigenes Haus", sagte Leigh.

„Eins nach dem anderen", erwiderte Wren.

Draußen erregte ein neuerlicher Lärm ihre Aufmerksamkeit, und ein freundliches Gesicht wurde durch den Vorhang gestreckt.

„Hi, Süße. Du hättest doch was sagen können, wenn du heute Abend nicht arbeiten willst."

Sie lächelte über das verschmitzte Grinsen ihrer Kollegin. Keri Marshall hatte sie in der Notfallstation eingearbeitet, und sie war eine der besten Pflegekräfte, mit der Leigh jemals zusammengearbeitet hatte. „Was machst du hier?", fragte sie.

„Ich wollte nach dir sehen. Du siehst gut aus."

„Lügnerin."

Keri lachte und trat näher. „Ich habe dir ein Geschenk mitgebracht."

Ein Geschenk?

Keri ließ eine kleine Reisetasche aufs Bett fallen. Ein kurzer Blick hinein erklärte alles. Ein neuer Schlafanzug, Unterwäsche und ein paar Toilettenartikel.

Leighs Augen brannten. „Das wäre doch nicht nötig gewesen."

„Kein Ding", sagte Keri achselzuckend. „Wenn ich hier mit einer Horde Kollegen um mich herum liegen müsste, würde ich auch wollen, dass die wesentlichen Teile bedeckt sind."

Leigh dachte an Ryan. Ja. Sie wusste, was Keri meinte. „Danke", sagte sie.

Keri tätschelte ihren Arm. „Ich habe heute Nacht Dienst. Wenn mal weniger los ist, sehe ich nach dir. Und versuch beim nächsten Mal, auf der Straße zu bleiben, okay?" Keri warf ihr eine Kusshand zu und verschwand dann.

„Okay", flüsterte Leigh ins Leere hinein.

Wren machte sich mit dem Bett zu schaffen, befestigte die Schläuche und bereitete sie für den Transport vor. Leigh beachtete sie kaum. Zu viele Fragen überschlugen sich in ihrem Kopf. Wieso hatten ihre Bremsen versagt? Sie hatte den Wagen erst vor einer Woche durchchecken lassen. Hätten die Leute in der Werkstatt das nicht sehen müssen? Und worüber wollte Ryan mit ihr reden? Warum konnten sie das nicht in Wrens Beisein tun?

Glaubte die Polizei, dass sie am Lenkrad eingeschlafen war? Es wäre nicht das erste Mal, dass jemand nach einer Nachtschicht auf dem Heimweg eingenickt wäre. Sie hatte mehr als eine Person nach dem Unfall gesehen, der das passiert war. Aber die konnten sich nie daran erinnern, was geschehen war.

Das war bei ihr nicht der Fall. Sie würde nie den sauren Geschmack im Mund vergessen, als sie die Bremse durchgetreten hatte. Oder den Adrenalinstoß, als sie über die Straße gerutscht und im Graben gelandet war.

Die Ankunft des Helfers, der sie auf die Station bringen sollte, und der uniformierte Polizist holten sie in die Gegenwart zurück.

„Sind Sie bereit, Leigh?“ Das Lächeln des jungen Mannes vom Transportdienst stand in krassem Kontrast zur finsteren Miene des Polizeibeamten. Würde sie etwa Ärger bekommen? Wollte Ryan darüber mit ihr reden? Hatte sie etwas falsch gemacht? Sie hatte das Fahrzeug in den Graben gelenkt, um die Menschen im entgegenkommenden Wagen und den Mann auf dem Traktor zu schützen. Würde man sie wegen irgendeiner Sache verhaften?

Der Polizist beachtete sie kaum, selbst als sie in einen Bettenlift geschoben und in den vierten Stock gebracht wurde. Als sie im Zimmer angekommen waren, ging er zuerst hinein und sah sich um, aber als das Bett aufgestellt und angeschlossen war, trat er wieder auf den Gang hinaus.

„So, das war's“, sagte der junge Transporthelfer. „Ihre Krankenschwester ist unterwegs.“

„Danke.“

Einen kurzen, wundervollen Augenblick lang war Leigh allein. Sie musste nicht so tun, als gehe es ihr gut. Sie musste keinen normalen Gesichtsausdruck aufsetzen oder versuchen, ihre Angst vor den anderen zu verbergen.

Dann kam die Schwester herein. „Ich bin heute Ihre Pflegekraft“, sagte sie. „Ich heiße Megyn. Das wird M-e-g-y-n geschrieben, weil man es nur so richtig schreibt.“

Leigh nickte zustimmend. „Natürlich.“

„Schön, dass wir uns einig sind. Ich bin sicher, wir werden uns blendend verstehen.“

Megyn war effizient und half Leigh mit schnellen Handgriffen, es sich bequem zu machen. Sie war nicht erbaut davon, dass Leigh den Pyjama anziehen wollte, den Keri ihr gebracht hatte, aber schließlich gab sie mit einem theatralischen Seufzer nach.

„Eigentlich dürfte ich Ihnen das nicht erlauben, das wissen Sie."

„Ich weiß", sagte Leigh. „Danke."

Wenigstens konnte sie mit Ryan reden, ohne dass sie immerzu an das dämliche Krankenhaushemd denken musste. Megyn ging mit dem Versprechen, bald wiederzukommen. Die Tür schloss sich hinter ihr, aber eine starke Hand hielt sie auf. Es folgte ein leises Klopfen.

„Kann ich reinkommen?"

Ryan.

„Komm rein", sagte Leigh.

Er riss die Augen auf, als er sich dem Bett näherte. „Ist alles in Ordnung? Stimmt was nicht? Soll ich die Schwester holen?"

Hatte er den Verstand verloren? „Nein, es ist nicht alles in Ordnung. Ja, irgendwas stimmt nicht. Und wag es ja nicht, die Schwester zu holen. Sag mir, was hier los ist, und zwar auf der Stelle."

Die Erleichterung in Ryans Miene angesichts ihres Ausbruchs ergab überhaupt keinen Sinn. Vor allem, als sie einem nachdenklichen und besorgten Ausdruck wich.

„Leigh …" Er ging in ihrem kleinen Zimmer auf und ab, bevor er am Fußende des Bettes stehen blieb. „Ich werde versuchen zu erklären, was ich weiß, aber es ist in Ordnung, wenn du im Moment nicht darüber reden möchtest."

Warum sollte sie nicht darüber reden wollen? „Okay."

„Deine Bremsen haben heute versagt."

„Ja. Das ist mir nicht entgangen, als ich mit 100 Meilen pro Stunde den Hügel runtergerast bin und sie nicht funktioniert haben."

Darüber hätte er lächeln sollen. Aber das tat er nicht.

„Jemand hat deine Bremsleitung durchtrennt, Leigh."

Von allen Dingen, die er hätte sagen können, war dies das Letzte, womit sie gerechnet hatte.

„Wie bitte?"

„Deine Bremsleitung – sie war angeschnitten. Das war Absicht."

Leigh versuchte, seine Worte zu begreifen. „Ich habe erst letzte Woche Inspektion machen lassen. Die hätten doch bemerkt, wenn …"

„Jemand hat das letzte Nacht gemacht. Während du bei der Arbeit warst."

„Woher willst du das wissen?"

„Wenn es früher geschehen wäre, hätten deine Bremsen schon auf dem Weg zum Krankenhaus versagt."

Das konnte nicht wahr sein. Warum sollte …? Wer …?

Die vertraute Panik kroch ihren Rücken hinauf. Nein. Nein. Das konnte nicht sein. Er war weg. Tot. Begraben. Im wahrsten Sinne des Wortes.

„Es tut mir wirklich leid", sagte Ryan. „Aber wenn du so weit bist, musst du mir alles erzählen, was du über deinen Stalker weißt."

Die Farbe wich aus Leighs Gesicht. Die Lautstärke des Monitors war heruntergeregelt, aber Ryan konnte sehen, wie ihr Puls beschleunigte, während er sprach.

„Leigh", sagte er. „Mach dir keine Sorgen. Ich werde nicht zulassen, dass dir etwas passiert. Wir lösen das Problem."

„Er ist tot", flüsterte sie. „Und es war nicht mal seine Schuld. Der Krebs hat sein Gehirn angegriffen. Barry hätte nie etwas von dem gemacht, was er gemacht hat, wenn nicht ein Tumor völliges Chaos in seinem Kopf verursacht hätte."

Ryan sah, dass sie das wirklich glaubte. Aber er würde die Polizeiberichte lesen und mit den Beamten in Durham reden.

Mal sehen, ob sie das auch so sahen. Auf jeden Fall bewunderte er Leigh für ihre Fähigkeit, in dem Mann ein Opfer zu sehen und kein Ungeheuer.

Aber er war schon vielen Ungeheuern begegnet.

Die meisten von ihnen hatten kein Mitleid verdient.

Natürlich hatten sie es im Leben nicht leicht gehabt. Aber niemand hatte das Recht, einem anderen Menschen das Leben zu nehmen. Niemand hatte das Recht, einen anderen Menschen zu missbrauchen und zu terrorisieren.

Ryan wartete ab, ob Leigh noch mehr sagen würde. Es gefiel ihm gar nicht, so mit ihr reden zu müssen. Jetzt. Kurz nach der OP. Ihm hatte man vor ein paar Jahren den Blinddarm entfernt, und er wusste nicht mehr, was in den vierundzwanzig Stunden nach der Operation geschehen war. Würde sie sich an ihre Unterhaltung erinnern? Oder ihm deswegen böse sein?

„Er hat angefangen, im Krankenhaus anzurufen", sagte sie, und ihre Stimme klang so, als sei sie meilenweit entfernt. „Dann wollte er mit mir sprechen und weigerte sich, mit irgendjemand anderem zu reden. Wir wussten alle von dem Tumor. Deshalb haben wir ihm seinen Willen gelassen." Ihr Blick wanderte zum Fenster links von ihr. „Zuerst habe ich mir nichts dabei gedacht. Manchmal hat es mich genervt. Aber meistens tat er mir leid. Ich habe ihm geholfen, mit seinen Symptomen klarzukommen, mit seinen Schmerzen. Und wenn er zur Chemo kam, habe ich sogar nach ihm gesehen." Sie schloss die Augen. „Dann stand er eines Abends plötzlich bei mir zu Hause vor der Tür."

Ryan konnte sich die Szene vorstellen.

„Zuerst war ich nicht besonders beunruhigt." Jetzt sah sie ihn an, und ihr Blick warb um Verständnis. „Er war krank. Todkrank. Ich habe versucht, nett zu sein. Ich habe ihn nicht hereingelassen oder irgendwas. Tausendmal habe ich mir das

Hirn zermartert, aber ich weiß wirklich nicht, was ich getan habe, um ihn zu ermutigen."

„Leigh ..."

„Ich weiß", unterbrach sie ihn. „Es ist nicht meine Schuld. Aber man fragt sich automatisch, ob man etwas hätte anders machen können. Etwas, was das ganze Drama anschließend verhindert hätte."

Ryan versuchte nicht, ihr zu widersprechen. Schließlich konnte er sich vorstellen, wie ihr Mitgefühl damals verhindert hatte, dass sie die Gefahr erkannte – und noch immer fiel es ihr schwer, diesem Mann die Schuld für sein Handeln zu geben.

„Ich habe seine Tochter angerufen. Sie kam und hat ihn abgeholt. Hat sich tausendmal entschuldigt. Aber dann kam er um zwei Uhr morgens wieder. Es hat mich zu Tode erschreckt, als es an der Tür klingelte. Als ich ihn sah, habe ich nicht mal die Tür aufgemacht. Ich habe ihm nur gesagt, dass er nach Hause gehen soll. Und dann habe ich wieder seine Tochter angerufen."

Sie trank einen Schluck von dem hellen Getränk und rümpfte die Nase.

„Soll ich dir was anderes holen? Was möchtest du denn?"

„Cola", sagte sie, ohne zu zögern.

„So gut wie erledigt."

Ryan öffnete die Tür. Der Beamte, der draußen stationiert war, blickte auf. „Hier drin ist alles in Ordnung", sagte Ryan. „Aber können Sie mir einen Gefallen tun? Wenn die Schwester das nächste Mal kommt, sagen Sie ihr bitte, dass sie Leigh eine Cola bringen soll."

„Mach ich", nickte der Polizist.

Ryan trat an Leighs Bett. Sie grinste spöttisch.

„Was denn?"

„Da gibt es dieses praktische kleine Ding am Bett." Sie zeigte auf die Lämpchen am Bettgeländer. „Damit kann man die

Schwester rufen. Du brauchst keine Polizei, um mir eine Cola zu organisieren."

Sie lächelte beinahe.

„Du bist eine ganz schöne Besserwisserin, weißt du das?"

„Manchmal schon."

„Ich erinnere mich."

Einen Moment lang schwiegen sie. „Ich vermute, er ist nicht friedlich abgezogen?"

„O nein. Er hat mich durch die Tür angebrüllt, während ich auf seine Tochter gewartet habe. Und als sie kam, hat er sie auch angeschrien. Ich dachte, damit sei die Sache erledigt. Einige Wochen habe ich nichts mehr von ihm gehört, und dann geschahen plötzlich merkwürdige Dinge. Blumen wurden im Krankenhaus abgegeben. Bei mir zu Hause. Nachrichten, auf denen stand, ich würde für immer ihm gehören. Dass er mich liebte und ohne mich nicht leben konnte. Manche waren eigentlich ganz süß – wenn die Situation nicht so schräg gewesen wäre –, aber andere waren ziemlich explizit und beunruhigend."

Megyn kam mit einer Dose Cola und einem Becher mit Eiswürfeln herein. „Bitte schön. Ich habe auch etwas zu essen für Sie bestellt. Das müsste auch gleich kommen."

„Danke", erwiderte Leigh.

Sobald Megyn gegangen war, stöhnte Leigh auf.

„Hast du Schmerzen?"

„Nein." Sie öffnete die Cola und goss etwas davon über die Eiswürfel. „Hast du das Zeug gesehen, das wir den Leuten nach einer Operation geben? Igitt. Wackelpudding und ungesalzene Brühe. Du musst mich hier rausholen, sonst verhungere ich."

Sobald seine Unterredung mit Leigh beendet war, würde er Dr. Price fragen, ob er ihr etwas Schmackhafteres besorgen konnte. Er würde ihr holen, wonach ihr der Sinn stand, aber natürlich wollte er nicht, dass ihr schlecht wurde. Auf der anderen Seite war sie die Krankenschwester. Sie müsste ja wissen, was sie vertrug und was nicht.

Leigh trank einen Schluck und atmete hörbar aus. „Jedenfalls wurde es immer schlimmer und immer abgedrehter. Er erschien in meiner Gemeinde und machte mir mitten im Gottesdienst eine Szene. Dann tauchte er bei der Geburtstagsfeier einer Freundin auf. Ich weiß immer noch nicht, woher er ständig wusste, wo ich war, es sei denn, er ist mir gefolgt."

„Er ist immer noch Auto gefahren?" Man hätte dem Mann doch sicher den Führerschein entziehen müssen.

„Offiziell nicht", erwiderte sie. „Das Geld war knapp. Die Angehörigen taten, was sie konnten, aber sie hatten noch keine Pflegekraft eingestellt, die rund um die Uhr auf ihn aufgepasst hätte. Und einen Platz im Heim konnten sie sich nicht leisten."

Sie fuhr mit dem Finger über den Rand ihres Bechers.

Ryan drängte sie nicht.

„Dann tauchte er eines Morgens in der Tiefgarage im Krankenhaus auf. Mit einer Waffe. Und sagte, ich müsse mit ihm kommen."

Leigh sah Ryan an. „Weißt du, körperlich war er eigentlich keine große Gefahr. Zu diesem Zeitpunkt wog er keine fünfzig Kilo mehr. Er war gebrechlich und schwach, und ich wäre ihm locker davongelaufen. Aber an dem Tag hatte ich echt Angst, dass er auf mich schießen würde."

„Wie ist die Sache ausgegangen?"

Sie zuckte mit den Schultern. „Ach, es war ein heilloses Durcheinander. Es war ja gerade Schichtwechsel, und die Tiefgarage war voller Leute. Es hat nicht lange gedauert, bis der Sicherheitsdienst erschien, die Polizei auf dem Weg war und ungefähr fünfzig Ärzte und Pfleger um uns herumstanden. Viele von ihnen kannten die Situation. Irgendwann konnte ich ihn dazu bewegen, dass er die Waffe einem der Patienten gab, den er kannte. Dann haben die Wachleute sich ihn geschnappt. Sie haben ihn festgehalten, bis die Polizei kam. An dem Tag habe ich ihn zum letzten Mal gesehen."

Sie seufzte. „Vor zwei Monaten ist er gestorben. Und davor war er mindestens einen Monat lang komplett bettlägerig. Er ist schon lange keine Bedrohung mehr für mich. Das hier war er nicht."

Ihre Argumentation war logisch. Es schien wirklich unwahrscheinlich, dass ihr Stalker für die jetzige Situation verantwortlich war. Nicht dass Ryan das daran hindern würde, den Totenschein anzufordern und sich selbst von alldem zu überzeugen.

Aber wenn es nicht Leighs Stalker war, wer dann?

„Fällt dir irgendjemand anders ein, der auch nur in Betracht ziehen würde, dir etwas zu tun? Irgendwelche Patienten, die du auf der Notfallstation betreut hast und die vielleicht einen Groll hegen?"

Leigh ließ den Kopf auf ihr Kissen sinken und schloss die Augen. „Da fällt mir niemand ein", sagte sie, und ihre Stimme klang müde. „Ich arbeite nachts. Wir bekommen alles, von Babys mit Krupphusten bis zu erwachsenen Männern, die nach einer Kneipenschlägerei genäht werden müssen. Wir haben Patienten mit einer Überdosis und Autounfälle und Fälle von häuslicher Gewalt. Aber das ist ja auch ein Grund, warum ich mich nach meiner Rückkehr hierher für die Notaufnahme entschieden habe. Ich wollte nicht mehr so eng mit dem Leben meiner Patienten zu tun haben. Sie kommen rein. Sie gehen wieder. Sie kommen zu mir, wenn das Baby zu hohes Fieber hat und die Mutter Panik kriegt oder wenn der alte Vater in der Nacht Atemnot bekommt und die Kinder ihn bringen. Unfälle habe ich selten, es sei denn, wir sind unterbesetzt. Abgesehen von ein paar Stammkunden sehe ich die Leute nie wieder."

Ryan versuchte, seine Enttäuschung nicht zu zeigen.

Wie sollte er herausfinden, wer ihre Bremsen sabotiert hatte, wenn es keine Hinweise und kein Motiv gab? Und wie konnte es sein, dass er es innerhalb von vierundzwanzig Stunden mit zwei Fällen zu tun hatte, bei denen er keinerlei Spur hatte?

Während er darauf gewartet hatte, dass Leigh aus dem Aufwachraum kam, hatte er sich auf der Station ein bisschen umgehört. Alle, mit denen er gesprochen hatte, sagten dasselbe. „Leigh Weston ist eine tolle Kollegin. Sie kann richtig gut mit den Patienten umgehen. Mit den Ärzten kommt sie auch ohne Problem aus. Alle Pflegekräfte wollen in ihre Schicht. Sie hat einen guten Draht zu Kindern, alten Leuten und allen dazwischen."

„Eine Frage muss ich dir noch stellen", sagte Ryan jetzt. „Dann lasse ich dich in Ruhe, versprochen." Jedenfalls eine Weile. „War die Polizei hundertprozentig sicher, dass die Blumen und Karten und Nachrichten von dem Patienten stammten, den du betreut hast?"

Leigh blickte ihn verwirrt an. „Ich kann dir nicht folgen."

„Du hattest in Durham Begegnungen mit deinem Patienten. Er ist bei dir zu Hause aufgetaucht. Er hat angerufen. Er hat dich auf offener Straße angegriffen. Das war ganz offensichtlich er. Aber was ist mit den anderen Dingen? Die Geschenke und Blumen und Nachrichten. Hat irgendjemand mal zweifelsfrei bestätigt, dass sie von ihm kamen?"

„Wer hätte sie denn sonst schicken sollen?"

„Hat er jemals geleugnet, dass sie von ihm waren?"

„Ja, aber er hat auch geleugnet, dass er um zwei Uhr morgens auf meiner Matte gestanden hat. Er war zu diesem Zeitpunkt geistig und seelisch nicht mehr stabil."

Ryan machte sich eine kurze Notiz in seinem Smartphone. „Glaubst du, dass es da noch jemanden gab?"

„Ich habe keine Ahnung. Aber ich hätte gerne irgendwelche Beweise, dass es dieser Typ war, der die Sachen geschickt hat. Kreditkartenbelege, Bilder von Überwachungskameras, so was in der Art. Denn ohne diese Beweise und angesichts der jüngsten Entwicklungen muss ich mich fragen, ob du nicht einen, sondern zwei Stalker hattest – von denen einer noch quicklebendig ist."

6

„Hast du deshalb den Polizisten vor meiner Tür platziert? Du glaubst, jemand ist hinter mir her?" Plötzlich ergaben einige undeutliche Erinnerungen einen Sinn. Der Polizist im Aufwachraum war nicht dort gewesen, um sie zu verhaften. Er sollte sie beschützen. Aber vor wem?

Ryans Wangen röteten sich. „Das war ich nicht. Der Sheriff hat es angeordnet. Gleich nachdem Mr Cook ihn angerufen hat."

„Mr Cook?" Er hatte ihr nach dem Unfall Gesellschaft geleistet. Seiner Stimme hatte sie nicht angemerkt, dass er sich Sorgen über irgendetwas gemacht hätte außer um sie.

„Während er mit dir geredet hat, ist ihm aufgefallen, dass die Bremsleitung beschädigt war. Ich bin bereits offiziell mit deinem Fall betraut worden, und du wirst vermehrt Polizei um dich herum haben, bis wir der Sache auf den Grund gegangen sind."

Sie schuldete Mr Cook einen Teller Kekse. Und eine dicke

Umarmung. Aber warum sollte Ryan für ihren Fall zuständig sein? Sie konnten ihn doch nicht von dem Mord abziehen, an dem er gerade arbeitete.

„Du bist bei der Mordkommission, Ryan. Da ist das hier doch bestimmt nicht deine Baustelle. Außerdem bist du mitten in den Ermittlungen zu einem großen Fall."

Er senkte den Kopf. Seine Stimme war leise, aber fest. „Ich bin auch für versuchten Mord zuständig."

Seine Worte waren wie ein Schlag, der Leigh den Atem raubte.

Versuchter Mord. So nannte die Polizei das?

Ist das dein Ernst, Gott? Hast du beschlossen, mich einen richtig üblen Tod sterben zu lassen? Barry hat mich nicht gekriegt, also hast du jemand anderen engagiert, um mich zu quälen?

Ryan ging im Zimmer auf und ab. „Falls es dir lieber ist, wenn jemand anderes den Fall bearbeitet, kann ich versuchen, das zu arrangieren."

Wovon redete er? Und warum war sein Gesicht so gerötet?

„Aber ich habe Bereitschaftsdienst", fuhr er fort, „also wäre ich sowieso zuständig gewesen. Und die Chefin fand, dass es für dich angenehmer wäre. Weil wir uns kennen."

Leigh gab den Versuch auf, seine wirren Worte zu begreifen. „Habe ich irgendwas verpasst?"

„Wie bitte?"

„Ich kann dir nicht folgen. Habe ich irgendwas gesagt, woraus du schließen könntest, dass ich dich nicht als Ermittler in meinem Fall haben will?" Wegen der Narkose und der Schmerzmittel waren Leighs Augen ganz schwer.

„Du hast gesagt, dass ich mit dem anderen Mord beschäftigt bin. Vielleicht denkst du ja, dass ich keine Zeit habe, um mich auch um diesen Fall zu kümmern."

Leigh verstand ihn immer noch nicht. „Das stimmt. Ich meine, du bist damit doch megabeschäftigt, oder nicht? Ist das nicht wichtiger, als für mich und Stalker Nummer zwei Babysitter zu spielen?"

Ryan blieb stehen. „Du hast also nichts dagegen, dass ich an deinem Fall arbeite?"

Musste sie es etwa noch mal sagen? „Ich kenne niemanden, den ich lieber auf meiner Seite hätte, aber ich bin davon ausgegangen, dass die Leiche im See wichtiger ist. Ich will nicht die nervige kleine Schwester sein, mit der du dich abgeben musst, während du deine eigentliche Arbeit machst."

Erinnerungen an ihren Ausflug zu Six Flags kamen Leigh in den Sinn. Ihre Eltern waren schon älter gewesen, als sie Leigh adoptiert hatten, und hatten die Neigung, übervorsichtig zu sein. An dem Morgen, als die Jugendgruppe mit dem Reisebus der Gemeinde aufgebrochen war, mussten Kirk und Ryan versprechen, dass sie auf Leigh und ihre Freundin Shelly aufpassten. Kirk war echt sauer gewesen. Obwohl es Ryan offenbar nichts ausgemacht hatte, wenn sie jetzt daran zurückdachte.

Jetzt stützte er die Hände auf das niedrige Fußteil ihres Bettes. „Leigh Weston. Du warst nie eine nervige kleine Schwester."

Wow. Nicht die Antwort, die sie erwartet hatte.

Sie starrte ihn an. Er starrte zurück.

Aber … Hatte sie das richtig verstanden?

In diesem Moment vibrierte Ryans Handy. Langsam schloss er die Augen und atmete dann tief durch die Nase ein. Als er die Augen wieder öffnete, lächelte er gequält. „Ich muss drangehen."

„Klar", erwiderte Leigh. Sie versuchte, gelassen zu klingen, aber das Wort kam heiser und kratzig heraus.

„Parker", sagte Ryan und trat auf den Gang hinaus.

Dann war sie allein.

Was war das denn gerade gewesen?

Hatte er …? Nein. Das konnte nicht sein. Er musste gemeint haben, dass sie nicht nervig gewesen war. Sie interpretierte mehr in seine Worte hinein, als sie sollte. Sie musste sich zusammenreißen. Wahrscheinlich konnte sie dem Unfall die Schuld geben. Schade, dass der Arzt gesagt hatte, sie hätte keine Gehirnerschütterung.

Die Tür ging auf. Leigh setzte ein munteres Lächeln auf … für eine große Frau mittleren Alters und einen stämmigen Polizisten mit rundem Gesicht, der aussah, als fühlte er sich in einem Football-Trikot am wohlsten.

Der Beamte nickte ihr zu und blieb an der Tür stehen. Die Frau hatte die Hände voll. „Hier ist Ihr Tablett."

Leigh musterte sie. Sie kam ihr bekannt vor, aber das Namensschild war umgedreht, sodass Leigh es nicht sehen konnte.

Sie stellte das Tablett auf dem ausgeklappten Nachttisch ab und schob ihn über ihr Bett. „Die Brühe ist nicht der Hit, aber der Wackelpudding ist gar nicht schlecht." Ihre Miene war voller Mitgefühl.

„Verpetzen Sie mich, wenn ich mir eine Pizza bestelle?", fragte Leigh nur halb im Scherz.

„Nur, wenn Sie mit mir teilen", sagte die Frau zwinkernd. „Aber keine Sorge, Sie haben heute Nacht eine prima Krankenschwester. Die macht Ihnen keinen Kummer."

„Gut zu wissen. Muss ich mich vor irgendeiner Pflegekraft in Acht nehmen?", fragte Leigh.

„O ja", erwiderte die Frau. „Wenn Sie Tiffany bekommen, haben Sie ein Problem. Sie macht gerade eine üble Scheidung durch und hält jeden Patienten für medikamentenabhängig, der nach einer OP wegen der Schmerzen Tabletten braucht. Aber alle anderen sind okay."

„Danke für die Warnung", sagte Leigh.

„Gern geschehen. Guten Appetit", erwiderte die Schwester,

als sie ging. Der Beamte nickte wieder und folgte der Frau hinaus.

Leigh betrachtete die erbärmlichen Zutaten ihrer Mahlzeit. Ein Tee, von dem sie wusste, dass er genug Zucker enthielt, um jede Honigbiene in der ganzen Umgebung anzulocken. Ein Becher mit Brühe. Ein Plastikschälchen mit neongelbem Wackelpudding.

Nein. Das brachte sie nicht über sich. Sie schob das Tablett beiseite.

Leighs Magen quittierte das mit einem Knurren. Vielleicht konnte sie Ryan dazu bringen, zum Pfannkuchenhaus zu fahren und ihr Rührei und Toast zu besorgen.

Ryan.

Bei dem Gedanken an ihn reagierte ihr Magen ganz anders. Leigh ließ den Kopf aufs Kissen sinken und schloss die Augen. Sie hatte Probleme. Echte Probleme. Sich seinetwegen Sorgen zu machen, war Zeit- und Energieverschwendung.

Sie versuchte, ihn aus ihren Gedanken zu verdrängen.

Aber bevor sie die Augen schloss und einschlief, war es sein Gesicht, das sie sah.

Und es war seine Stimme – rau und flüsternd –, die sie weckte.

„Das mache ich nicht. Bestimmt nicht“, sagte er. „… Ich weiß.“

Sie lag still und hielt die Augen geschlossen.

„Wir sehen uns später … ja … in Ordnung … ich dich auch.“

Die Worte durchbohrten sie. Mann, was war sie doch für ein Dummkopf. Natürlich gab es jemanden in seinem Leben. Warum auch nicht?

Sie war der einzige Mensch, dem das nicht möglich war.

Ganz bewusst streckte sie sich ausgiebig.

„Hi“, sagte Ryan jetzt an sie gewandt. „Ich hoffe, ich habe dich nicht geweckt.“

„Hmm?“, machte sie. War es eine Lüge, wenn sie einfach gar nicht antwortete? Wahrscheinlich.

Er stand so nahe bei ihr. „Du hast dein Essen ja gar nicht angerührt.“

Leigh fand nicht, dass diese Bemerkung einer erklärenden Antwort bedurfte.

„Na, ich kann es dir nicht verdenken. Aber du musst was essen.“ Ryan schwenkte sein Telefon durch die Luft. „Rebecca ist davon überzeugt, dass ich irgendwann verhungern werde. Ich habe ihr versprochen, etwas zu essen. Kann ich dir auch etwas holen?“

Seine Schwester?

Plötzlich sah alles im Zimmer heller aus. Warum war sie so erleichtert? Bestimmt lag es daran, dass sie Hunger hatte. Und sie wollte etwas Richtiges zu essen.

„Ich habe mit Dr. Price gesprochen“, sagte Ryan. „Und ihm erzählt, dass du dieses Zeug hier nicht willst. Er sagt, du kannst essen, was du willst, wenn du das Gefühl hast, dass es dir guttut. Er hat Suppe vorgeschlagen. Oder Eier. Oder Suppe mit Eierstich. Oder Reis. Ich weiß nicht.“ Er zog die Nase kraus. „Besonders hilfreich war er nicht.“

„Seine Erlaubnis zu haben, hilft sehr. Ich glaube, ich möchte mit ein paar Kräckern anfangen. Dann vielleicht Rührei mit Toast. Hier um die Ecke gibt es ein Pfannkuchenhaus …“

„Eins meiner Lieblingslokale“, nickte er.

„Meins auch.“

„Ich nehme jedes Mal den Hausteller.“

„Im Ernst?“ Der Hausteller bestand aus drei Pfannkuchen, zwei Eiern, Frühstücksspeck und Polenta. Die Pfannkuchen waren so groß wie Ufos.

„Natürlich. Was denn sonst? Was nimmst du denn dort? Bitte kein Eiweißomelett. Oder Haferflocken. Bitte keine Haferflocken!“

Sie versuchte, nicht über seine entsetzte Miene zu lachen. „Was hast du gegen Haferflocken?“

„Nichts“, sagte er. „Aber ins Pfannkuchenhaus geht man nicht, um Haferflocken zu essen. Die kann man zu Hause essen. Wenn du mir sagst, dass du normalerweise Haferflocken bestellst, weiß ich nicht, ob ich das verkraften kann.“

Sie grinste. „Also, wenn ich keine Haferflocken bestelle …“

Ryan riss in gespieltem Entsetzen die Augen auf.

„… dann nehme ich das Gemüsefrühstück.“

„Das Gemüsefrühstück. Auch nett.“

Das Gemüsefrühstück war ein großes Omelett, das mit jedem nur erdenklichen Gemüse gefüllt war und mit einem Pfannkuchen als Beilage serviert wurde. Jetzt sah Ryan Leigh mit offensichtlicher Zustimmung an. „Ich mache dir einen Vorschlag. Heute besorge ich dir Rührei, Toast und Polenta. Und später, wenn du wieder auf den Beinen bist, lade ich dich zu einem Gemüsefrühstück ein.“

War das ein …? Nein, Ryan wollte nur freundlich sein. Leigh durfte nie vergessen, dass er sich wie ein *Bruder* um sie kümmerte. „Wenn du das so sagst, klingt das ja sehr ritterlich, aber ich glaube, du machst das nur, damit du den Hausteller bestellen kannst.“ Sie hielt zwei Finger in die Luft. „Zweimal.“

Ryan ließ den Kopf hängen. „Ertappt. Du würdest eine super Ermittlerin abgeben.“

„Ha!“, erwiderte sie. „Ich kann dir versichern, dass dem nicht so ist. Ich wäre ein hoffnungsloser Fall bei der Polizei. Dafür bin ich ein viel zu großer Feigling.“ Dieser Teil war leider wahr. Kaum verlor ein Patient im wahrsten Sinne des Wortes den Verstand, bekam Leigh einen Nervenzusammenbruch. Musste in eine andere Stadt ziehen und noch mal ganz von vorne anfangen.

Nein. Sie wäre eine lausige Polizistin.

„Erde an Leigh.“ Ryan stand am Fußende ihres Bettes und

winkte mit der Hand in ihre Richtung. Hatte sie sich etwa in ihren Gedanken verheddert?

„Sorry“, sagte sie.

„Kein Problem. Ich habe gefragt, ob du außer diesem Zuckerwasser, das sie dir gebracht haben, noch etwas trinken möchtest.“ Er zeigte auf ihr Tablett.

„Noch eine Cola.“

„Cola, alles klar. Bin gleich wieder da.“

„Warte“, sagte sie. „Ich ... äh ...“ Wo waren ihre Sachen? Ihr Portemonnaie?

„Was ist?“ Ryan eilte zu ihrem Bett zurück, Sorgenfalten auf der Stirn.

„Ich habe kein Geld“, sagte sie und spürte, wie ihre Wangen sich vor Verlegenheit röteten.

Ryan zog eine Augenbraue hoch. „Das kannst du später zurückzahlen. In Form von Kuchen.“

In ihrer Unterhaltung heute gab es eine Menge „später“. „Okay.“

Er zwinkerte ihr zu und ging zur Tür.

Leigh ließ wieder den Kopf sinken. Schloss die Augen. Was war das nur für ein Tag? Was ging hier vor sich? Jemand hatte ihre Bremsen manipuliert? Warum? Sie hätte umkommen können. Oder jemand anderen töten, was noch viel schlimmer gewesen wäre.

Es ergab überhaupt keinen Sinn. Nichts von alldem. Bei Barry hatte alles irgendwie einen Sinn ergeben, so bizarr die Situation auch gewesen war. Sie war seine Krankenschwester. Sie war es, die mit ihm und seiner Tochter über Behandlung und Schmerzmedikation geredet und ihnen geholfen hatte, die Dienste der wunderbaren Krebshilfe zu organisieren. Sie war dabei gewesen, als sie die Untersuchungsergebnisse erhalten hatten. Sie hatte zusammen mit dem Onkologen mehr als eine Träne vergossen, als sie die Ergebnisse begutachtet hatten, und dann noch einmal mit Barry, als er diese Ergebnisse verdauen musste.

Es gab eine Beziehung zwischen ihnen, und als sein Gehirn ihn im Stich ließ, war es nur logisch, dass es sich auf sie richtete.

Aber jetzt? Jetzt gab es niemanden. Ihre Patienten kamen und gingen. Sie hatten ein paar Stammkunden in der Notaufnahme, aber niemanden, der so etwas tun würde. Sie hatte keine Feinde.

Sie hatte ja kaum Freunde.

Aber das stimmte nicht. Sie hatte Freunde. Gute Freunde. Enge Freunde. Und welche dazwischen. Aber in den letzten Monaten hatte sie eine ziemlich dicke Mauer um sich herum errichtet. Und nur sehr wenige hatten es geschafft, sie zu durchbrechen.

Sie musste nur eine Nachricht in den sozialen Medien absetzen oder die eine oder andere WhatsApp-Nachricht abschicken, und schon wäre ihr Freizeitkalender gefüllt.

Aber das wollte sie nicht.

Und jetzt? Jetzt traute sie sich nicht mehr. Jeder, den sie kannte, konnte eine Gefahr sein. Könnte Ryan recht haben? Konnte es wirklich sein, dass es die ganze Zeit einen zweiten Stalker gegeben hatte?

Aber warum hatte er sich dann so lange zurückgehalten?

Ein Grund fiel ihr ein.

Gefängnis.

Er könnte im Gefängnis gesessen haben und jetzt wieder frei sein.

Fantastisch. Ein Verbrecher war hinter ihr her.

Hör auf. Diese Gedanken würden ihr gar nichts bringen außer Stress und Herzrasen. Leigh holte mehrmals tief Luft und versuchte, einige der Beruhigungstechniken anzuwenden, die sie von ihrem Therapeuten gelernt hatte. Sie funktionierten ganz gut.

Aber sie hatten besser funktioniert, als sie noch keine Angst gehabt hatte, dass jemand sie umbringen wollte.

So wie jetzt.

Irgendwo, wahrscheinlich ganz in der Nähe, gab es jemanden, der sie so sehr hasste, dass er bereit war, ihrem Leben ein Ende zu machen und vielleicht auch noch einigen anderen.

Warum?

Ryan lief durch die Krankenhausgänge, um einen Ort zu finden, an dem er ordentlichen Handyempfang hatte. Als er eine Stelle gefunden hatte, stellte er sich an die Glaswand und wählte.

Sein erster Anruf galt dem Pfannkuchenhaus, wo er die Bestellung aufgab.

Als Zweites rief er die Zentrale im Büro des Sheriffs an. Es war zwar nicht ganz vorschriftsgemäß, aber tatsächlich befand sich gerade ein Beamter in der Nähe des Pfannkuchenhauses, der bereit war, die Bestellung abzuholen.

Die dritte Nummer, die er wählte, war die von Kirk. Es klingelte zweimal, bevor Kirk dranging. „Ryan. Was ist los?"

„Wo warst du, Mann?"

„Arbeiten."

„Bei euch ist es zehn Uhr abends."

„Das weiß ich. Es war eine Besprechung mit meinem Chef. Mein dämliches Handy funktioniert nicht immer. Als ich aus dem Büro bin, habe ich alle deine Nachrichten auf einmal bekommen. Wie geht es Leigh?"

„Es geht ihr gut", erwiderte Ryan. Er berichtete Kirk von der Operation und von der Situation mit der Bremsleitung.

„Jemand hat versucht, sie umzubringen?" Er konnte Kirks Entsetzen über mehrere Tausend Kilometer hinweg hören.

„Ja."

„Aber … warum?"

Ryan erzählte ihm von der Stalker-Theorie.

„Es klingt nicht so, als würdest du das wirklich glauben", sagte Kirk.

„Merkt man das?" Er dachte, er hätte seine Zweifel ganz gut verborgen.

„Ich kenne dich schon mein ganzes Leben, Mann. Was verschweigst du mir?"

„Es ergibt keinen Sinn. Nichts von all dem. Und es gefällt mir nicht, wenn die Dinge keinen Sinn ergeben. Es kann sein, dass es noch einen Stalker gibt, der die letzten paar Monate abgewartet hat, aber es ist ungewöhnlich, so wieder aufzutauchen. Da hätte ich wieder Blumen, weitere merkwürdige Nachrichten, neue unheimliche Briefe erwartet. Aber nicht eine durchgeschnittene Bremsleitung. Das ist eine Eskalation, die unnormal ist. Etwas anderes wäre es, wenn es einen Mann in ihrem Leben gäbe, aber sie ist nicht liiert."

„Stimmt."

Ryan ließ die Luft entweichen, von der er gar nicht gemerkt hatte, dass er sie angehalten hatte.

„Was kann ich tun?", wollte Kirk wissen.

„Sei einfach für sie da."

„Meinst du, ich soll nach Hause kommen? Ich kann Simone nicht allein hierlassen. Ich traue ihren Onkeln zu, dass sie sie entführen."

„Ich meine nicht, dass du hier sein sollst. Du sollst sie emotional unterstützen. Sag ihr, sie soll mit mir reden und mir Bescheid sagen, wenn sie auch nur glaubt, etwas Verdächtiges bemerkt zu haben. Hilf mir, sie weiter zum Reden zu bringen."

„Du hast sie zum Reden gebracht?"

„Ja."

„Ich bin beeindruckt. Du bist gut. Danke, dass du dich um sie kümmerst."

Ryan war nicht sicher, was er darauf erwidern sollte. Wenn Kirk wüsste, wie sehr er es genoss, sich um Leigh zu kümmern, würde er wahrscheinlich durch die Telefonleitung kriechen und ihn erwürgen. „Kein Problem", murmelte er schließlich.

Nachdem er versprochen hatte, Kirk zu informieren, sobald es weitere Neuigkeiten gab, beendete Ryan das Gespräch. Außerdem hatte er versprechen müssen, Leigh im Auge zu behalten.

Das mit den Neuigkeiten konnte schwierig werden.

Leigh im Auge zu behalten, hingegen nicht.

Ryan rief noch einmal bei der Zentrale an und machte Leighs Sachen aus ihrem Auto ausfindig. Dann rief er Gabriel an.

„Du hast heute einiges verpasst, Parker", sagte Gabriel, als er den Anruf entgegennahm. „Wenn du nicht da bist, ist Anissa besonders gemein zu mir."

„Was hat sie gemacht?"

„Sie hat mich alle Tauchgänge machen lassen, bei denen man nichts sehen konnte."

„Das liegt daran, dass du neben ihr der beste Taucher im Team bist. Sie wollte nicht gemein sein. Sie hat nur ihren Job gemacht."

Und zwar gut.

„Wahrscheinlich hast du recht." Gabriels Tonfall verriet, wie schwer es ihm fiel, das zuzugeben. „Sie hat mir früher freigegeben, damit ich dich nachher besuchen kann. Und sie will, dass ich ihr berichte."

„Siehst du, so schlimm ist sie gar nicht. Wenn du ihr nur eine Chance geben würdest ..."

„Wie auch immer. Was kann ich für dich tun?"

„Einen Gefallen kannst du mir tun."

Als Ryan das Gespräch mit Gabriel beendet hatte, ging er zum Haupteingang hinunter. Fünf Minuten später hielt ein Wagen davor.

„Danke“, sagte Ryan zu dem jungen Beamten, der ihm eine Plastiktüte überreichte.

Der Duft von Pfannkuchen und Speck zog durch die Flure, während er zu Leigh zurückeilte. Er wusste, dass sie ihn wegen des Haustellers aufziehen würde, aber er hatte seit Stunden nichts gegessen. Und er wollte, dass sie etwas Warmes zu essen bekam. Niemand mochte kalten Maisbrei.

Der Beamte vor Leighs Zimmer deutete mit dem Kinn auf die Tür. „Die Schwester ist gerade drin, Sir.“

„Danke. Wie heißen Sie?“

„Peter Stanfield.“

„Danke, Peter. Sonst jemand hier gewesen?“

„Niemand außer der Frau, die das Essenstablett gebracht hat, und der Frau, die alle Stunde kommt, um die Vitalwerte zu überprüfen. Oh, und dann war da noch die Frau, die vor ein paar Minuten hier war, um das Tablett abzuholen. Wenn jemand anders außer Schwester Megyn reingeht, gehe ich mit.“

„Danke.“

„Gern geschehen. Ich kannte Miss Weston vorher nicht, aber sie ist wirklich nett.“ Er blickte sich auf dem Flur um. „Glauben Sie wirklich, jemand wird hier drinnen irgendwas unternehmen?“

„Ich glaube sogar, dass es sehr wahrscheinlich ist“, sagte er. „Jemand, der sich im Krankenhaus und auf dem Gelände auskennt, konnte zwischen elf Uhr gestern Abend und sieben Uhr heute Morgen ihre Bremsen sabotieren. Es ist gut möglich, dass es sich um jemanden handelt, der hier arbeitet.“

Peters Miene verfinsterte sich. „Ich werde aufpassen.“

Megyn kam aus Leighs Zimmer. Sie warf einen Blick auf die Tüte in Ryans Hand, und er wappnete sich für eine Gardinenpredigt. Einen Moment lang funkelte sie ihn an, dann fing sie an zu lachen. „Sie ist erwachsen. Aber wenn sie ihr Bett vollspuckt, sind Sie dran."

„Ja, Ma'am", sagte Ryan und klopfte an die Tür.

Leigh war am Telefon, als er eintrat.

„Ich weiß. Das mach ich. Okay. Ja. Er kommt gerade rein. Ich werde ihn einfach nicht los. Was hast du zu ihm gesagt?", sagte Leigh und zwinkerte Ryan dabei schelmisch zu.

Leigh zwinkerte ihm zu? Interessant. Vorhin hätte er es beinahe vermasselt. Sie war ein Opfer – sosehr er dieses Wort auch hasste, war es in dieser Situation doch zutreffend – in laufenden Ermittlungen. Ermittlungen, die er leitete.

Und Kirk würde ihn umbringen.

Aber vielleicht war es das wert.

Trotzdem war dies weder der richtige Zeitpunkt noch der richtige Ort. Bestimmt waren ihre Gefühle zum Zerreißen angespannt. Das Ganze wäre beängstigend genug gewesen, wenn die vergangenen Monate sie nicht traumatisiert hätten. Aber in Verbindung mit dem Stalker war davon auszugehen, dass sie im Moment ziemlich labil war.

Nicht dass er sie für schwach hielt. Ganz und gar nicht. Sie war einer der mutigsten Menschen, die er kannte. Aber selbst der imposanteste Turm konnte geschwächt sein, wenn das Fundament erschüttert wurde. Und ihr Fundament hatte einiges aushalten müssen.

Ryan zog eine Flasche Cola aus der Tüte und hielt sie Leigh hin, als sei er ein Sommelier, der einen Wein präsentiert. Während sie weiter mit Kirk redete, drehte sie den Deckel auf und schnupperte gierig an dem Getränk.

Da musste er einfach lachen.

Während Leigh ihr Telefonat mit Kirk beendete, zog Ryan die Styroporschachteln aus der Tüte, dazu Portionsförmchen mit Butter, winzige Sirupflaschen und Messer und Gabeln.

Als Leigh das Handy auf ihren Nachttisch legte, hörte er sie seufzen.

„Alles in Ordnung?“, wollte er wissen.

„Kirk ist aufgebracht. Er will nach Hause kommen. Ich habe ihm gesagt, dass er es bleiben lassen soll. Er kann Simone sowieso nicht allein lassen, und sie bekommt keinen Urlaub. Wahrscheinlich würde er auch seinen Job verlieren. Der Fall, an dem er arbeitet, ist wichtig.“

„Du bist auch wichtig.“

Ein Lächeln erhellte Leighs Züge. „Das hat er auch gesagt. Aber ich glaube, ich konnte ihn davon überzeugen, dass er besser abwartet.“ Ihre Miene wurde nachdenklich, aber er konnte sich nicht überwinden zu fragen, woran sie gerade dachte.

Ryan breitete die Schalen mit Rührei, Polenta, Toast, Butter und Gelee auf dem Tablett aus und schob den Nachttisch so, dass er über ihr Bett ragte.

Sie lächelte dankbar.

„Darf ich ein Tischgebet sprechen?“, fragte er.

„Ja, gerne.“

„Vater, wir danken dir für das Essen. Wir danken dir dafür, dass du Leigh heute bewahrt hast, und wir bitten dich um Weisheit bei unseren Ermittlungen und dass du uns hilfst herauszufinden, was los ist. Wir bitten dich, dass du auch weiterhin deine schützende Hand über Leigh hältst. Danke, dass wir zu dir kommen können, weil wir wissen, dass du uns hörst. In Jesu Namen, amen.“

„Amen.“ Leigh hob den Kopf und zeigte auf das Essen. „Ich danke dir.“

Ryan goss eine ordentliche Portion Sirup über seine Pfannkuchen. „Nein, ich danke *dir*“, erwiderte er. „Jede Ausrede, einen Hausteller zu essen, ist mir ein Vergnügen.“

Während sie aßen, plauderten sie angeregt über Kirks Fall und Simones Familie. Ryan erzählte Leigh, was Zoe angestellt hatte und was für geniale Sachen Caleb mit Lego bauen konnte. In Windeseile hatte Ryan sein Essen verputzt, während Leigh nur kleine Häppchen aß. Etwas von dem Ei. Dann einen Bissen Toast. Dann eine Pause, bevor sie die Polenta probierte.

„Du spuckst das aber nicht alles wieder aus, oder?“, fragte Ryan. „Dann verprügelt die Schwester mich nämlich.“

Leigh prustete los. „Megyn kann keiner Fliege etwas zuleide tun. Ich glaube, dir passiert nichts.“

„Das ist gut zu wissen, aber du hast meine Frage nicht beantwortet.“

„Mir geht’s gut. Ich will nur sicher sein, dass es auch so bleibt. Es schmeckt herrlich, aber ich werde garantiert nicht alles schaffen. Willst du noch etwas davon?“

„Im Ernst?“

„So wie du über die Pfannkuchen hergefallen bist, hast du heute offensichtlich noch nichts gegessen. Und du hattest nicht den Vorteil, unter Vollnarkose zu sein.“

„Das würde ich kaum als Vorteil bezeichnen.“

Leigh lächelte und schob die Polenta in seine Richtung. „Willst du?“

„Na gut, gib her“, sagte Ryan nach kurzem Zögern. Dann nahm er die Schale mit dem Maisbrei und leerte sie auf seinen Teller.

Ein lautes Geräusch ertönte auf dem Flur. Die Polenta verpasste den Teller und landete auf dem Boden, als Ryan aufsprang. Er griff nach seiner Waffe und baute sich zwischen Leigh und der Tür auf.

Dann flog die Tür auf und Megyn stand dort, ihr Gesicht blass. „Tut mir leid, dass ich störe, aber irgendwas stimmt mit dem Beamten hier nicht.“

„Was ist denn?“ Leighs Frage folgte Ryan bis zur Tür. Keinesfalls durfte er sie in Gefahr bringen, indem er sie unbewacht ließ. Er wagte es nicht, den Gang hinunterzurennen. Es konnte eine Falle sein.

„Was ist hier denn los?"

Ryan atmete erleichtert auf, als er Gabriels Stimme draußen auf dem Gang hörte.

„Parker? Ist bei euch alles in Ordnung? Ich könnte Hilfe gebrauchen", rief Gabriel.

Vorsichtig streckte Ryan den Kopf durch den Türrahmen. Megyn kniete auf dem Boden neben Peter, der Mühe hatte aufzustehen.

„Ihr wollt mich umbringen, oder?" Peters Worte waren undeutlich, und Ryan brauchte einen Moment, bis er verstand, was der Polizist gesagt hatte.

Ryans Blick ging von Peter zu Megyn und dann zu Gabriel. Megyn wirkte schockiert. Gabriel … nicht.

„Hey, Peter, mein Junge", sage Gabriel, als er mit langsamen Schritten näher kam. Er suchte den Blickkontakt zu Ryan und sah dann auf die Waffe an Peters Hüfte.

„Komm nicht näher", murmelte Peter. Er versuchte erneut aufzustehen, aber irgendwie gehorchten seine Beine ihm nicht. „Ich bin zu jung, um zu sterben."

Was war denn hier los? Peter benahm sich, als wäre er auf irgendeinem merkwürdigen Acid-Trip.

Oh.

Gabriel ließ Peter keine Sekunde aus den Augen. Ryan hatte keine Ahnung, was er vorhatte, aber er vertraute seinem Freund. Gabriel kniete sich neben Peter, und mit einer schnellen Bewegung hatte er ihn auf den Bauch gedreht und mit Handschellen versehen.

Peter versuchte, um sich zu schlagen, während Ryan Peters Dienstwaffe aus ihrem Holster zog.

„Tut mir leid, dass ich das machen musste, Peter", sagte Gabriel mit sanfter Stimme. „Ich verspreche, dass Ihnen nichts passiert. Ich muss nur die Damen beschützen. Ruf Verstärkung, Ryan."

Ryan wartete nicht auf eine Erklärung. Er wählte die Nummer der Zentrale und meldete den Vorfall, während Peter stöhnend auf dem Boden lag.

„Schwester?", sagte Gabriel mit derselben beruhigenden Stimme zu Megyn.

„Ja?" Ihre Stimme zitterte, aber sie kam vorsichtig näher.

„Ich glaube, jemand hat diesem Beamten Drogen verabreicht. Er braucht ärztliche Hilfe."

Sie nickte.

„Sofort", sagte Gabriel mit etwas mehr Dringlichkeit, und jetzt lief Megyn zum nächsten Telefon. Er hörte sie etwas sagen, das als Echo über den Lautsprecher im Flur hallte. Hoffentlich rief sie Verstärkung.

„Was ist passiert?"

Leighs Stimme war deutlich näher, als sie hätte sein dürfen. Als Ryan sich umdrehte, stand sie direkt hinter ihm, den Schlauch der Infusion am Arm.

„Was machst du? Du musst wieder ins Bett. Du bist gerade erst operiert worden."

Leigh ignorierte ihn und kniete sich neben Peter. Es musste wehtun, denn sie stöhnte leise, als ihr Knie den Boden berührte. „Peter? Hallo, Peter?"

Sie sah ihm in die Augen und riss dann ihre weit auf. „Ein K-Loch?" Die Frage war an Gabriel gerichtet.

„Könnte sein. Jedenfalls ist er auf irgendeinem Trip."

„Er muss sich hinsetzen. Sofort", sagte sie. Es klang wie ein Befehl.

Ryan eilte dazu und half Gabriel, Peter an die Wand zu lehnen, während er mit einem Auge den Flur im Blick behielt.

„Du könntest die Handschellen losmachen, Gabriel", sagte Leigh.

Aha, die beiden duzten sich also?

„Er wird niemandem etwas tun."

Ryan war sich nicht so sicher, ob das stimmte, aber Gabriel war der Drogenexperte. Er half, Peter aufrecht zu halten, während Gabriel die Handschellen entfernte.

„Danke. Dann ist es für die Kollegen einfacher", sagte Leigh.

Jedes Mal, wenn sie versuchten, Peter loszulassen, rutschte er die Wand hinunter und sank auf einer Seite zu Boden. Seine Augen waren unfokussiert und er war nicht ansprechbar.

Leigh hatte eine Hand an Peters Handgelenk. „Sein Puls geht durch die Decke", sagte sie.

Ryan und Gabriel sprangen gleichzeitig zurück, als Peter sich plötzlich übergab. Etwas von dem Erbrochenen traf Leigh. Sie zuckte nicht einmal mit der Wimper.

Deshalb hatte sie ihn aufsetzen wollen. Er hätte ersticken können. „Ihr solltet etwas davon als Beweismaterial sichern", schlug sie vor. Wenn sie sich ekelte, zeigte sie es nicht. „Megyn, könnten Sie uns ein paar Schüsseln holen?"

Geräusche bei den Aufzügen ließen Ryan aufblicken. Ärzte und Krankenschwestern kamen auf sie zugerannt.

„Du musst in dein Zimmer zurück, Leigh", sagte Ryan.

„Gleich", antwortete sie. „Erst muss ich berichten."

„Leigh Weston." Der Arzt, der zuerst bei ihnen war, sah nicht glücklich aus. „Wieso sind Sie nicht im Bett?"

„Dr. Sloan, dieser Beamte hat den ganzen Nachmittag über mein Zimmer bewacht", sagte sie. „Ich habe keine Ahnung, wie es dazu kommen konnte, aber er weist Symptome einer Ketaminvergiftung auf."

Jetzt schien der Arzt nicht mehr verärgert. „Wie lange?"

„Es ist keine fünf Minuten her, dass Megyn das merkwürdige Verhalten bemerkt hat. Er hat das K-Loch gesehen, dann hat er sich erbrochen und ist anschließend katatonisch geworden."

„Das ist echt schnell“, sagte Gabriel leise.

Der Arzt fing an, Befehle zu brüllen, und keine Minute später lag Peter auf einer Krankenliege und wurde im Laufschritt den Flur hinuntergeschoben. Als sie um die Ecke bogen, sah der Arzt sich noch einmal um.

„Zurück ins Bett, junge Frau“, rief er.

„Ja, Sir.“

„Ist mit dir alles in Ordnung?“, fragte Ryan Leigh.

Ihre Miene hätte Stahl schmelzen können. „Mir geht es gut.“ Sie schluckte.

Zwei Beamte traten aus dem Aufzug. Ryan zeigte auf die beiden und dann nach rechts und links. „Jeder ein Ende des Ganges“, befahl er den Männern.

Ryan sah Gabriel an. „Ich habe kein gutes Gefühl bei der Sache.“

„Ich auch nicht.“ Gabriel hob eine kleine Schachtel vom Boden auf und gab sie ihm.

Megyn lehnte an der Wand und schob sich mit einer zitternden Hand die Haare aus der Stirn. „Deshalb arbeite ich nicht in der Notfallabteilung. Er hat angefangen, Unsinn zu reden. Und dann ist er einfach umgefallen. Vor meinen Augen. Er ist noch so jung. Was könnte passiert sein?“

Gabriel ging zu Megyn und lehnte sich neben ihr an die Wand. „Ich bin mir nicht sicher“, sagte er. „Aber ich muss Ihnen ein paar Fragen stellen. Tut mir leid, aber es hilft uns vielleicht, die Ursache herauszufinden.“

Megyn schluckte, und ihre Miene wirkte jetzt entschlossen. „Nein, Sie brauchen sich nicht zu entschuldigen. Ich bin zäher, als ich aussehe. Ich werde alle Ihre Fragen beantworten, wenn ich dabei meiner Patientin ins Bett helfen kann.“

Gabriel lächelte aufmunternd, als sie Leighs Zimmer betraten. „Haben Sie heute irgendjemanden gesehen, den Sie nicht erwartet hatten?“, fragte er Megyn.

Ryan fand es gut, dass sie sich mit der Antwort Zeit ließ.

Megyn biss sich auf die Lippe und schüttelte den Kopf. „Ich weiß nicht. Wir haben wahnsinnig viel zu tun. Heute arbeiten Leute aus dem ganzen Krankenhaus an Stellen, wo sie sonst nicht sind. Die Pflegehelfer sind überlastet. Die Leute vom Essensdienst sind überlastet. Ich weiß wirklich nicht, ob jemand hier war, der hier nichts zu suchen hatte."

Leigh lehnte sich an ihr Bett. „O nein." Ihre Stimme klang heiser.

„Was ist denn? Tut dir was weh? Du musst dich hinlegen." Ryan nahm ihren Arm, aber sie rührte sich nicht vom Fleck.

„Nein. Das Essen."

Das Essen? Wen kümmerte jetzt das Essen?

„Mein Essen. Ich war das Ziel", sagte sie entsetzt.

„Wovon redest du?"

„Ich habe Peter meinen Wackelpudding gegeben."

„Wie bitte?"

„Den Wackelpudding von meinem Tablett. Ich wollte ihn nicht. Als die Schwester kam, um das Tablett wieder abzuholen, ist er mit reingekommen. Er hat eine Bemerkung gemacht, dass ich ja gar nichts gegessen hätte. Ich habe gesagt, ich hätte überlegt, den Pudding zu essen, mich dann aber doch anders entschieden. Er meinte, dass er eine Schwäche für Wackelpudding habe, und da habe ich ihm den Pudding gegeben."

Leigh ließ den Kopf hängen. „Und er hat ihn gegessen."

„Was für ein Geschmack war es?", fragte Gabriel.

„Zitrone. Kräftig genug, um den Geschmack von Special K zu überdecken", erwiderte sie.

Ryan war kein Drogenfachmann, aber er war ziemlich sicher, dass sie nicht von Cornflakes sprachen. „Was ist Special K?"

„Das ist die landläufige Bezeichnung für Ketamin", schaltete sich Gabriel ein. „Es wird in Tierarztpraxen und manchmal von Anästhesisten als Medikament vor der eigentlichen Narkose benutzt. Aber es gibt auch Leute, die das Zeug nehmen, um einen dissoziativen Zustand zu erreichen. Es kann Halluzinationen verursachen. Dann sehen sie etwas, das man K-Loch nennt. Es kommt ihnen so vor, als gäbe es ein Loch etwa so groß wie ein Tennisball, und sie können nur durch dieses Loch sehen. Alles andere wird schwarz. Special K wird in Nachtklubs und so genommen, aber wenn die Dosis groß genug ist, kann es tödlich sein."

Leigh starrte immer noch auf den Boden. „Das war für mich gedacht."

7

Leigh konnte niemanden ansehen. Am liebsten wäre sie im Erdboden versunken.

Peter war vergiftet worden.

Und weil er so schnell auf die Droge reagiert hatte, musste es eine riesige Menge gewesen sein. Genug, um sie zu töten, und vielleicht auch genug, um einen kräftigen Kerl wie Peter zu töten.

„Meine Herren." Megyns Stimme durchbrach ihre Gedanken. „Ich glaube nicht, dass wir das Problem in den nächsten zwei Minuten lösen werden, und meine Patientin muss saubere Sachen anziehen und sich ausruhen."

„Natürlich", sagte Ryan. „Wie können wir helfen?"

„Indem Sie das Zimmer für ein paar Minuten verlassen."

Er spürte, wie seine Wangen heiß wurden. „Ja, Schwester."

Leigh versuchte, sich auf das Positive zu konzentrieren. Die Ärzte wussten, was los war. Dr. Sloan war fantastisch. Peter bekam jetzt die bestmögliche medizinische Versorgung.

Aber würde das genügen? Special K verursachte Halluzinationen und Lähmungen, und in hohen Dosen konnte es die Lungenfunktion unterbinden. Und wenn das Gehirn nicht ausreichend mit Sauerstoff versorgt wurde, konnte ein Mensch bleibende Hirnschäden davontragen.

Wenn sie den Pudding gegessen hätte, während sie allein im Zimmer war, hätte sie sterben können, bevor irgendjemand mitbekommen hätte, dass es ihr schlecht ging.

Warum?

Während Megyn nach ein paar Handtüchern griff, schloss Leigh die Augen und betete im Stillen, wie sie seit Monaten nicht mehr gebetet hatte. Vielleicht konnte sie nicht die rechte Motivation aufbringen, um für sich selbst zu beten, aber Gott wollte doch sicher nicht, dass Peter starb. Wenn Gott ein Problem hatte, dann mit ihr, nicht mit dem armen Peter.

„Geht es Ihnen gut?“, fragte Megyn, als sie Leigh aus dem besudelten Hemd half. Zum Glück hatte Keri einen Schlafanzug zum Zuknöpfen mitgebracht, sonst wäre es noch weniger angenehm gewesen.

„Nein“, sagte Leigh.

„Sie hätten nicht aufstehen sollen“, sagte Megyn mit vorwurfsvoller Stimme.

„Ich konnte doch nicht einfach hier liegen bleiben.“

„Die meisten Menschen hätten genau das getan.“

Das glaubte Leigh nicht.

Megyn lächelte sie an, und jetzt war ihr Blick voller Mitgefühl. „Ich weiß nicht, was hier los ist, aber ich werde für Sie beten. Und ich werde dafür sorgen, dass Sie eine besonders nette Nachtschwester bekommen. Aber Sie müssen mir versprechen, dass Sie sich schonen. Wenn nicht, werden Sie es bereuen. Es bringt überhaupt nichts, wenn Sie Ihre Heilung sabotieren. Am schnellsten kommen Sie wieder ganz auf die Beine, wenn Sie es nicht übertreiben."

„Ja, Schwester", seufzte Leigh. Megyn hatte recht. Das wusste sie. Aber sich zu schonen, war ihr noch nie leichtgefallen.

Den sauberen Schlafanzug anzuziehen und unter die Bettdecke zu kriechen, dauerte fünfzehn Minuten.

Als Megyn ging, versprach sie, bald wieder nach Leigh zu sehen.

Die Tür schloss sich gar nicht erst. Stattdessen streckte Ryan den Kopf hinein. „Können wir reinkommen?"

„Klar", erwiderte Leigh. Wenn er wollte, konnte er auch eine ganze Armee mitbringen. Sie hatte schreckliche Angst davor, allein zu sein, aber zugleich verlangten ihr hämmernder Schädel und ihr pochendes Bein, dass sie die Augen schloss und still lag. Wenn Megyn zurückkam, würde sie um ein Schmerzmittel bitten müssen, sonst würde sie die Nacht niemals durchstehen.

Gabriel folgte Ryan ins Zimmer. „Hallo", sagte er.

„Selbst hallo. Dich habe ich in letzter Zeit aber nicht sehr oft hier gesehen."

Gabriel senkte den Blick und zuckte mit den Schultern. „Stimmt."

Mehr bekam sie nicht als Antwort. Offenbar gab es da etwas, das er nicht sagen wollte oder konnte. Sie hatte ihn in ihrem ersten Monat in der Notaufnahme ein paarmal zusammengeflickt. Einmal, weil er „den Bordstein verpasst" und sich irgendwie den Hinterkopf aufgeschlagen hatte. Ein anderes Mal hatte er sich „mit der Schere geschnitten" – am Unterarm.

Dr. Sloan hatte ihn beide Male sehr schnell und stillschweigend verarztet, und dann war Gabriel wieder gegangen. Als Leigh dieses Vorgehen hinterfragt hatte, war ihr gesagt worden, es sei für alle besser, wenn sie vergessen würde, dass sie ihn jemals gesehen hatte.

Aber Gabriel war niemand, den man vergaß. Nicht nur, weil er allen Frauen im Krankenhaus den Kopf verdrehte. Sondern vor allem, weil er witzig und voller Charisma war.

In manchen Dingen war er Ryan sehr ähnlich, in anderen wieder das komplette Gegenteil. Sie schienen sehr entspannt im Umgang miteinander. So als wären sie schon lange befreundet. Aber vielleicht hatten sie auch sehr schnell Freundschaft geschlossen, weil sie so viel zusammen durchgemacht hatten.

Vor zwei Monaten war Gabriels Gesicht in allen Medien zu sehen gewesen, nachdem der Sheriff und seine Leute einen Drogenring hatten auffliegen lassen und die ganze Sache live von einem Journalisten von den Lokalnachrichten gefilmt worden war. Als Leigh Gabriels Gesicht im Fernsehen gesehen hatte, ergab plötzlich alles einen Sinn. Er hatte sich immer wieder Verletzungen zugezogen, weil er als verdeckter Ermittler gearbeitet hatte. Aber das ging jetzt nicht mehr. Jedenfalls nicht in Carrington.

Ryan gab ihr einen kleinen Karton. „Das hat Gabriel von der Wache mitgebracht", sagte er.

Leigh öffnete den Karton. Ihr Handy, ihr Portemonnaie, die Sonnenbrille, der Dienstausweis und Ohrhörer starrten sie an. Ihre Augen brannten und sie blinzelte ein paarmal, bevor sie aufblickte. „Danke", sagte sie, zuerst zu Ryan und dann zu Gabriel. „Das weiß ich wirklich zu schätzen."

„Gern geschehen", sagte Gabriel. „Das war Ryans Idee."

Leigh stellte den Karton beiseite.

Ryan trat von einem Fuß auf den anderen. Gabriel räusperte sich. Offensichtlich mussten die beiden etwas loswerden, aber keiner von ihnen wollte als Erster sprechen.

„Was gibt es denn, meine Herren?"

Ryan holte tief Luft.

„So schlimm?“, fragte sie.

Ryan zog eine kleine, durchsichtige Tüte aus der Tasche.

Leigh starrte den Puddingbecher an. „Wo habt ihr denn den gefunden?“

„Im Mülleimer keinen halben Meter von deiner Tür entfernt“, sagte Ryan.

Er hatte im Abfall gewühlt?

„Und du glaubst, es ist der von meinem Tablett?“

„Das werden wir erst sicher wissen, wenn wir ihn untersuchen lassen. Er enthielt Zitronenpudding. Er war in der Nähe deiner Tür. In dem Mülleimer waren keine anderen Essenspackungen. Die Chancen stehen gut.“

Er gab den Becher an Gabriel weiter. „Gabriel lässt den Becher auf Drogen untersuchen. Dann vergleichen wir diese Probe mit dem Erbrochenen. Wenn wir eine Übereinstimmung bekommen, wissen wir es ganz sicher. Das könnte ein echtes Beweisstück sein.“

Beweisstück. Bei einem versuchten Mord.

Vielleicht sogar einem gelungenen Mord, wenn Peter starb.

Leigh versuchte, das Telefon auf ihrem Nachttisch zu erreichen, aber die Infusion, die Megyn wieder angelegt hatte, blieb an ihrem Kopfkissenbezug hängen.

„Moment mal“, sagte Ryan, währen der aufsprang, um ihr zu helfen. „Was willst du denn machen?“

„Ich will hören, wie es Peter geht“, sagte sie. „Hat er Angehörige? Eine Frau? Kinder?“

Ryan gab ihr das Telefon. „Ich weiß nicht. Er ist noch ziemlich neu. Ich habe ihn ein paarmal gesehen, aber wir haben noch nie zusammengearbeitet.“ Er sah Gabriel an, doch der konnte auch nichts hinzufügen. „Aber ich kann es herausfinden.“

Leigh rief die Schwesternstation der Notaufnahme an. Miss Edna ging dran. „Miss Edna, hier ist Leigh Weston“, sagte sie.

Gabriel blieb an der Tür stehen. Ryan und er wollten wahrscheinlich auch hören, was Miss Edna zu sagen hatte.

„Leigh Weston, wieso rufst du mich an? Du solltest schlafen. Ich habe schon gehört, dass du aus dem Bett gesprungen bist und vollgekotzt wurdest. Muss ich etwa raufkommen und dich festbinden? Dazu bin ich sehr wohl in der Lage."

Miss Edna drückte ihre Zuneigung dadurch aus, dass sie andere herumkommandierte.

„Ja, Ma'am. Ich bin im Bett und gehe nirgends hin."

„Gut", sagte Miss Edna mit einem leisen Schnauben.

„Können Sie mir sagen, wie es dem Beamten geht?"

Bitte hilf, dass es ihm besser geht, Vater. Bitte.

„Ach, Liebes", sagte Miss Edna.

Das Mitgefühl in ihren Worten verhieß nichts Gutes.

„Es geht ihm nicht besonders gut. Hier schwirren gerade hundert Polizisten rum. Ich weiß nicht, wer sich gerade um die Sicherheit in der Stadt kümmert, weil sie sich alle in meiner Abteilung versammelt haben."

Miss Edna hielt nichts von Versammlungen.

„Dr. Sloan ist immer noch drin. Gleich bringen sie ihn auf die Intensivstation. Er wird künstlich beatmet, weil seine Lunge versagt hat. Sie versuchen, so viel wie möglich von dem Zeug aus seinem Körper zu holen. Ich habe gehört, dass jemand gesagt hat, wenn sie die Sauerstoffversorgung aufrechterhalten können, wird er wieder. Da müssen wir wohl abwarten."

Leigh hielt das Handy weiter weg, als Miss Edna jemanden anbrüllte. Sie war froh, dass sie jetzt nicht arbeiten musste. Wegen dieser Sache würde Miss Edna den Rest der Schicht auf dem Kriegspfad sein – wenn nicht gar die ganze Woche.

„Leigh, Liebes, ich muss Schluss machen. Ruf ruhig wieder an, wenn du willst, ja?"

„Ja, das mache ich. Danke."

Sie gab Ryan das Telefon, und er legte es wieder auf den

Nachttisch. „Es sieht nicht gut aus“, sagte Leigh und erzählte den anderen von Peters Zustand.

„Ich bringe das hier besser ins Labor und sehe, was ich erreichen kann“, sagte Gabriel. „Ich rufe dich an, wenn ich mehr über Peter in Erfahrung gebracht habe“, versprach er Ryan. „Und du benimmst dich“, fügte er an Leigh gewandt hinzu.

Als die Tür hinter ihm ins Schloss fiel, lehnte Ryan sich an die Wand. Ihr entging nicht, dass er sich erneut zwischen ihr und der Tür platziert hatte.

„Ich muss hier raus“, sagte sie.

„Du musst dich erholen.“

„Wie viele Menschen werden wohl noch meinetwegen verletzt?“

„Erst einmal ist niemand deinetwegen verletzt worden“, sagte Ryan. „Und in Peters Fall wissen wir nicht einmal, ob der Anschlag überhaupt dir galt.“

„Ryan Parker. Du erwartest doch wohl nicht im Ernst, dass ich das glaube, oder?“

Er lächelte schwach. „Es war einen Versuch wert.“

Sie konnte nicht fassen, was hier geschah. „Ich kann hier nicht einmal etwas essen“, sagte sie. „Und ich bin Krankenschwester. Zu Hause kann ich selbst auf mich aufpassen.“

„Wir können dir jede Menge zu essen besorgen. Etwas von außerhalb – und keiner erfährt, woher. Und dann rede ich mit Dr. Price, dass ich dich hier herausholen kann, sobald es für deine Gesundheit ganz und gar ungefährlich ist.“

„*Hier* zu sein, gefährdet meine Gesundheit.“

„Heute Nacht nicht. Während die Schwester dir beim Umziehen geholfen hat, habe ich ein paar Leute angerufen. Und ich glaube, deine Nachtschwester wird dir gefallen. Du kannst irgendein Hammerschmerzmittel nehmen und dich ausschlafen.“

Als könnte sie jetzt schlafen. „Danke, aber ich bleibe bei Ibuprofen, wenn du nichts dagegen hast."

„Ich habe aber was dagegen", sagte Keri von der Tür aus.

„Ich weiß nicht, welche Fäden Sie hier gezogen haben, Officer Parker, aber ich komme hier an und erfahre, dass ich mich heute Nacht um eine besonders schwierige Patientin hier oben kümmern soll. Das verstößt gegen die Dienstregeln."

Ryan wirkte kein bisschen reumütig.

„Bist du meine Nachtschwester?", fragte sie Keri.

„So ist es. Und du wirst es noch bereuen. Ich werde nämlich darauf bestehen, dass du Schmerzmittel nimmst. Und dass du was anderes als Cola trinkst." Keri warf einen finsteren Blick auf die Coladose direkt neben Leigh.

„Ich mag Cola."

„Das Zeug kann dich umbringen."

„Da muss es sich wohl hinten anstellen."

Bei dieser Bemerkung runzelte Keri die Stirn. Ryan sah aus, als hätte er Lust, irgendjemanden zu verprügeln.

„Heute Nacht nicht", sagte Keri.

„Wir lösen das Problem", ergänzte Ryan.

Schweigen legte sich wie eine schwere Decke über das Zimmer.

„Du musst wenigstens so lange am Leben bleiben, dass du dich um meine Katzen kümmern kannst, während ich im Urlaub bin", sagte Keri in dem offensichtlichen Bemühen, der Situation ein wenig von ihrem Ernst zu nehmen.

„Du fährst nie in Urlaub", antwortete Leigh.

„Weil ich für eine große Reise spare. Ich fliege für einen Monat nach Irland."

„Wann?"

Keri ignorierte ihre Frage. „Und was Sie betrifft, Mr Ermittler – wenn Sie keine weiteren Fragen mehr an meine Patientin haben, sollten Sie dann nicht irgendwo da draußen ermitteln?"

Leigh war natürlich nicht entgangen, dass Keri bewusst das Thema gewechselt hatte. Aber sie hatte recht.

„Das stimmt eigentlich. Musst du nicht an deinem anderen Fall arbeiten?“

Ryan stöhnte.

Hatte sie etwas Falsches gesagt? Vielleicht hätte sie das nicht vor Keri erwähnen sollen.

„Tut mir leid. Darf ich darüber nicht reden?“

„Nein, nein. Das ist es nicht. Ich bin nur frustriert, weil wir bei dem Fall momentan völlig in der Luft hängen. Wir müssen die Autopsie abwarten, und weil die Situation so komplex ist, wollte die Gerichtsmedizinerin noch eine Kollegin aus Raleigh zu Rate ziehen. Wasser hat ziemlich drastische Auswirkungen auf den Verwesungsprozess. Frühestens morgen bekomme ich irgendwas.“

„Ich könnte mir vorstellen, dass Wasser eine Menge Beweise vernichtet, oder?“, überlegte Leigh.

„Das stimmt“, nickte Ryan. „Höchstwahrscheinlich wird bei den toxikologischen Untersuchungen nichts herauskommen. Und diese Untersuchungen und die DNA-Analyse dauern sowieso viel länger, als man denkt. Bei toxikologischen Befunden reden wir von Wochen und bei der DNA von Monaten.“

„Dieses ganze Mordkommissar-Sein klingt gar nicht so aufregend wie im Fernsehen“, sagte Keri.

„Normalerweise ist es das auch nicht. Aber ich finde es auch total in Ordnung, dass nicht jede Woche jemand auf mich schießt.“ Ryan lächelte schief. „Die Wirklichkeit sind lange Arbeitstage und zu wenig Schlaf. Im Moment brütet ein Kollege über den Vermisstenfällen in konzentrischen Kreisen und sucht nach irgendwelchen Anhaltspunkten. Leider wissen wir nur, dass unsere Leiche männlich ist. Die Gerichtsmedizinerin vermutet, dass er etwa eins achtzig groß war und möglicherweise um die fünfzig Jahre alt, aber bis sie ihn obduziert hat, weiß sie auch nicht mehr."

„Das grenzt die Zielgruppe ja nicht sehr ein", sagte Leigh.

„Es grenzt sie gar nicht ein", fügte Keri hinzu.

„Der Typ hat keine Tätowierungen oder auffälligen Muttermale. Falls nicht jemand einen Vermissten meldet, der in irgendeiner Weise zu unserer Leiche passt, haben wir gar nichts."

Ryans Frust war spürbar, und Leigh wünschte, Keri würde gehen, damit sie ihn ohne Publikum aufbauen konnte. Unter den jetzigen Umständen fiel ihr nichts Hilfreiches ein, was sie sagen konnte.

Keri hatte dieses Problem nicht. „Das ist ja echt ätzend", sagte sie.

„Stimmt", nickte Ryan. „Aber während ich warte, habe ich nichts dagegen, dir was Leckeres fürs Abendessen zu besorgen. Wenn dein Ernährungsvormund mich lässt."

„Ernährungsvormund." Keri ließ sich das Wort auf der Zunge zergehen. „Das gefällt mir."

„Im Moment brauche ich nichts, aber irgendwann hätte ich gerne noch eine Cola", sagte Leigh. „Und ein paar Salzkräcker, natürlich nicht von hier."

Keri klatschte in die Hände. „Ich hab's!", sagte sie. „Wir bestellen eine Suppe vom Suppenladen. Die Hühnersuppe ist super und wird dir nicht zu schwer im Magen liegen. Und der Imbiss ist nur zehn Minuten von hier entfernt."

Ryan nickte. „Wird erledigt."

Er sah aus, als wollte er noch etwas sagen, überlegte es sich dann aber doch anders. Sich räuspernd zog er sein Handy aus der Tasche. „Schick mir eine Nachricht, wenn du etwas essen willst, dann hole ich es. Ansonsten habe ich vor, so um sieben wieder hier zu sein." Mit diesen Worten verschwand er durch die Tür.

Das war merkwürdig.

„O Leigh“, sagte Keri. „Ich glaube, du hast Geheimnisse vor mir. Sehr attraktive Geheimnisse …“

Eine Stunde später starrte Ryan an seinem Schreibtisch auf den Bildschirm. Er hatte sich gezwungen, ins Büro zurückzukehren. Am liebsten wäre er einfach bei Leigh im Krankenhaus geblieben, aber als er die Suppe gebracht hatte, war sie gerade weggedöst. Keri sagte, sie sei erschöpft und würde möglicherweise die ganze Nacht durchschlafen. Er hatte ihr eine Notiz hinterlassen, in der stand, dass er am nächsten Morgen wieder nach ihr sehen würde.

Außerdem hatte er sie darum gebeten, das Krankenhaus nicht zu verlassen, ohne ihm vorher Bescheid zu sagen. Die Vorstellung, dass irgendein Verrückter sich als Polizist ausgab und Leigh entführte, ließ ihm keine Ruhe.

Er schob diese Gedanken beiseite. Leigh war klug und sich der Gefahr durchaus bewusst. Sie würde keine Dummheiten machen. Im Moment schlief sie und war gut bewacht.

Und sowenig er es Leigh gegenüber auch zugeben wollte, hatte er eine Menge Arbeit. Ryan verbrachte mehrere Stunden damit, die Unterlagen zu sichten, die bereits zur namenlosen Leiche eingetrudelt waren. Berichte von jedem Taucher im Team und von den Beamten, die den Fundort gesichert hatten, sowie Aussagen der Hausbesitzer, die sie befragt hatten – alle mussten durchgesehen und abgeheftet werden. Bei einem solchen Fall war der Papierkram ein Ungeheuer, das er zähmen musste, sonst würde es ihn verschlingen.

Es war für die Ermittler erstaunlich schwierig gewesen, Aufnahmen von Überwachungskameras zu bekommen. Nicht weil sie die nötigen Durchsuchungsbeschlüsse am Wochenende nicht bekommen konnten oder weil die Hausbesitzer sich querstellten. Das Problem war, dass viele der Anwohner nicht zu Hause waren. Sie hatten nur von fünf anderen Häusern Videomaterial erhalten. Bei zweien waren Kameras so ausgerichtet, dass in dem fraglichen Zeitraum ein Boot zu sehen war, aber in beiden Fällen war das Boot zu weit entfernt, als dass man es hätte identifizieren können.

Ryan hatte mehrere Kollegen, die sich bereit erklärt hatten, von Haus zu Haus zu gehen, und die jetzt überall anriefen, um weitere Aufnahmen zu erhalten. Es dauerte eine Ewigkeit. Ryan war nicht klar gewesen, dass die Hälfte der Anwohner des Sees im April im Urlaub war, aber in diesem Tempo würde es zwei Wochen dauern, bis sie alle Videos gesichtet hatten.

Vielleicht war morgen ja ein besserer Tag.

Er legte die Akte der Wasserleiche zur Seite. Im Moment war sie noch überschaubar. Aber wenn der Fall irgendwann vor Gericht landete, würde die Akte dreißig Zentimeter dick sein. Mindestens. Und der Fall *würde* vor Gericht landen. Sie würden den Schuldigen finden. Unmöglich konnten sie aufgeben, bevor der Täter hinter Gittern saß.

Gabriel kam herein und warf eine Schachtel vom Imbiss auf Ryans Schreibtisch. Knoblauchduft zog durch die Luft. „Lass mich raten", sagte Ryan und öffnete den Deckel der Box. Knoblauchbrot mit Butter und Gewürzen. Das Wasser lief ihm im Mund zusammen. „Du warst ohne mich bei Luigi?"

„Du warst ohne mich im Pfannkuchenhaus."

„Das war eine gute Tat."

„Ja, klar", sagte Gabriel. „Ich habe dir auch Rigatoni mitgebracht, wenn du willst."

„Danke", erwiderte Ryan. „Du hast was gut bei mir."

Er schuldete seinem Freund mehr als das Geld für die Pasta und das Pizzabrot. Gabriel war noch nicht mal offiziell im

Dienst. Eigentlich brauchte er gar nicht hier zu sein, aber er hatte den ganzen Nachmittag gearbeitet und Personalakten vom Krankenhaus, Aufnahmen von der Tiefgarage und Videos von den Straßen gesichtet, die Leigh auf der Fahrt zum Krankenhaus und zurück genommen hatte.

Rayn betrachtete die riesige Tafel, die sie für ihre namenlose Leiche angelegt hatten. Viele Fragen, aber keine Antworten. Dann sah er auf die neue Tafel daneben. Die für Leigh. Viele Fragen, aber keine Antworten.

So stellte er sich seine Arbeit eigentlich nicht vor.

Für einen Mord gab es immer einen Grund. Immer. Und einen perfekten Mord gab es nicht. Es gab Hinweise. Sie hatten nur noch nicht die richtigen Fragen gestellt. Oder vielleicht gab es die Antworten auch noch gar nicht.

Das Schwierigste bei Mordermittlungen war manchmal, dass man all die Fragen stellte, die man für wichtig hielt, und mehr zufällig auf diejenigen stieß, die tatsächlich entscheidend waren. Und wie sein Ausbilder ihm tausendmal gesagt hatte: Es gab keine Abkürzungen. Man traf nie die richtige Frage, ohne vorher eine Menge falscher Fragen zu stellen.

Also sollte er anfangen zu fragen.

Gabriel ließ sich auf den Stuhl Ryan gegenüber fallen. „Bist du sicher, dass du diesen Fall bearbeiten willst?“

„Was meinst du?“

„Leigh. Bist du sicher, dass du das machen willst? Ihr steht euch ziemlich nahe …“

„Deshalb will ich ihn ja übernehmen.“

Gabriel zog die Augenbrauen hoch. „Du bist zu dicht dran.“

„Diese Argumentation zieht bei mir nicht.“

Gabriel widersprach nicht, aber Ryan merkte, dass er auch nicht zustimmte. Gabriel war ein zu guter Freund, als dass er Schwierigkeiten gemacht hätte. Und ein zu guter Polizist, um das Thema nicht anzusprechen.

„Hör zu“, sagte Ryan. „Ich muss etwas tun, während wir im anderen Fall auf die Ergebnisse der Forensik warten.“

„Wie du meinst.“

Das „Sag aber nicht, ich hätte dich nicht gewarnt“ blieb unausgesprochen.

8

Der Montagmorgen kam viel zu schnell. Ryan bog auf den Krankenhausparkplatz ein, nachdem er gerade mal drei Stunden geschlafen und anschließend einen großen Kaffee und ein mit Hühnchen belegtes Brötchen verzehrt hatte.

Seine erste Station war nicht Leighs Zimmer.

Seine erste Station war ein Wartezimmer im dritten Stock. Er hatte auf dem Weg hierher angerufen, um zu hören, was es Neues gab. Peter hing nicht mehr am Sauerstoffgerät und war auf eine normale Station verlegt worden.

Zwei Beamte standen vor seiner Tür. Ein Seelsorger und mehrere Freunde von Peter unterhielten sich in einer Sitzecke mit gedämpften Stimmen. Peters Eltern waren gerade angekommen, nachdem sie ohne Zwischenstopp von ihrem Haus in Iowa hergefahren waren. Peters Freundin war mit ihrer Schwester auf einer Kreuzfahrt in der Karibik. Sie wusste noch gar nicht, was geschehen war.

Ryans Magen zog sich zusammen, als er auf Peters Eltern zuging. „Mr und Mrs Stanfield, ich bin Ryan Parker.“

„Sie waren bei ihm, als es passiert ist“, sagte Mrs Stanfield.

„Ja, Ma'am."

Sie deutete mit dem Kinn auf den Seelsorger und senkte die Stimme. „Er hat uns gesagt, unser Junge hätte jemanden bewacht?"

„Das stimmt, Ma'am. Ich fürchte, ich kann nichts über die laufenden Ermittlungen sagen, aber er wurde im Dienst verwundet, und wir tun alles, um herauszufinden, wer das getan hat."

Mr Stanfields Stimme bebte, als er sprach. „Können Sie uns sagen, ob er einen Gefangenen bewacht hat oder ..."

Oh. Jetzt verstand er.

„Nein, Sir. Er hat eine unschuldige Person beschützt, auf die am selben Tag ein Anschlag verübt wurde."

Irgendwie schien das Mr Stanfield zu beruhigen. Nicht dass es etwas am Ergebnis änderte, aber vielleicht konnte er es so besser verkraften.

„Ich wollte gleich heute Morgen nach Ihnen sehen, bevor ich ins Büro fahre", fuhr Ryan fort. Er deutete mit dem Kopf auf den Seelsorger. „Wenn Sie mich sprechen wollen, hat Chaplain Sullivan meine Kontaktdaten."

Peters Eltern nickten und bedankten sich.

Ryan wusste nicht genau, wofür. Er hatte noch immer keine Ahnung, was geschehen war oder warum. Aber vielleicht half es ihnen, wenn der Mann, der den Täter suchte, ein Gesicht und einen Namen hatte.

Ryan nahm die Treppe in den vierten Stock und ging durch die verschachtelten Gänge zu Leighs Zimmer. Dort blieb er wie angewurzelt stehen. Vor der Tür sollte ein Beamter Wache stehen, doch niemand war zu sehen. Ryan legte eine Hand auf seine Waffe und bewegte sich langsam auf die Tür zu.

In diesem Moment ging die Tür ging auf und zwei Polizisten kamen heraus.

„O hallo, Parker", sagte Carlos. „Ich habe Leigh mit Charlie bekannt gemacht. Er übernimmt jetzt. Hier ist alles ruhig."

Na, da hast du ja wohl überreagiert, Parker.

Ryan hoffte, dass sein Lachen natürlich klang. „Super", sagte er. „Ich nehme an, sie ist wach?"

„Ja."

Ryan klopfte an die noch geöffnete Tür und sah, dass Leigh auf einem Stuhl saß. Ihre Augen leuchteten.

„Hast du mir was zu essen mitgebracht?", fragte sie.

Ryan reichte ihr die Papiertüte. „Wie gewünscht", sagte er. In Windeseile hatte Leigh das belegte Brötchen ausgepackt.

„Dem Himmel sei Dank", murmelte Keri, die in der Ecke saß. „Sie ist nicht sehr nett, wenn sie Hunger hat."

„Bin ich doch", widersprach Leigh mit vollem Mund.

Keri versuchte gar nicht erst zu verbergen, dass sie das offensichtlich anders sah. Sie sah Ryan mit einem Ausdruck an, der besagte: „Sehen Sie, was ich die ganze Nacht aushalten musste?"

Leigh warf eine zusammengeknüllte Serviette in Keris Richtung und alle lachten. Sie schien an diesem Morgen entspannter.

„Also, wann lässt du mich hier raus?", fragte Leigh.

„Das könnte ich auch fragen", fügte Keri hinzu.

„Sobald der Arzt dich entlässt", erwiderte Ryan. „Ich muss ins Büro, aber er hat versprochen, dass er mich anruft, wenn du raus darfst."

Keri grinste. „Tja, das gilt nicht für mich. Sobald Megyn kommt, verschwinde ich in mein schönes, warmes Bett."

Ryan hatte keine drei Sekunden gebraucht, um zu bemerken, dass Keri sich schreckliche Sorgen um Leigh machte. Sie hatte ihn vor dem Aufwachraum abgefangen, und so wie sie ihn bedrängt hatte und wissen wollte, was geschehen war, hatte er sich gefragt, ob sie vielleicht dachte, er selbst hätte Leighs

Bremsleitung zerschnitten. Aber dann hatte ihre Stimme angefangen zu zittern. Die große Klappe war nur ein Schutzschild, den sie wahrscheinlich regelmäßig einsetzte, um sich selbst dahinter zu verstecken. Aber selbst wenn sie es versuchte, konnte sie nicht verbergen, wie gern sie Leigh hatte.

Und Leigh wusste das offenbar, denn der Blick, den sie Keri zuwarf, war voller gespielter Entrüstung. „Na gut“, sagte sie, als sei sie beleidigt. „Dann lass mich doch allein. Geh schlafen. Ich komme schon klar.“

Keri faltete die Hände und flüsterte: „Lieber Gott, schenk mir Geduld mit dieser Patientin.“

„Ich komme wieder“, grinste Ryan. Das Lachen der beiden folgte ihm auf den Gang hinaus. Wenigstens lenkte Keri Leigh etwas ab. Und wenn sie abgelenkt war, hatte er Grund zur Hoffnung, dass sie vor Angst nicht verrückt wurde. Nach dem, was sie durchgemacht hatte, musste alles, was ihre Gedanken beschäftigte, gute Medizin sein.

Dreißig Minuten im dichten morgendlichen Verkehr, dann war Ryan endlich bei seinem Büro in der Innenstadt von Carrington angekommen. Der Tag heute würde heftig werden.

Zehn Stunden später kam er endlich zum Luftholen an die Oberfläche.

Einer seiner Tauchkumpane, Adam Campbell, hatte Leigh inzwischen nach Hause gebracht. Er berichtete, sie sei guter Dinge gewesen, als er gegangen war. Der Sheriff hatte Personenschutz rund um die Uhr bewilligt und es gab jede Menge Freiwillige.

Jeder Gesetzeshüter – in den Polizeiwachen und im Büro des Sheriffs – war entsetzt über das, was mit Peter geschehen war.

Wer auch immer hinter dieser Sache steckte, hatte es den Ermittlern unbewusst leichter gemacht, ihn zu fassen. Leighs

Fall wäre ernst genommen worden und sie hätten den Verbrecher hinter der Tat auch irgendwann gefunden. Aber weil jetzt zusätzlich einer der Ihren die Nacht auf der Intensivstation und mindestens noch einen Tag im Krankenhaus verbrachte, wurden sie mit Hilfsangeboten nur so zugeschüttet.

Und der Sheriff war nicht zu stolz, die Hilfe anzunehmen. Er hatte sogar einen Anruf von einer Professorin des Fachbereichs für Computerwissenschaft und Cybersicherheit erhalten, die sich mit ihren Mitarbeitern anbot, Videomaterial auszuwerten. Adam kannte sie gut und würde mit ihrem Büro zusammenarbeiten.

Während Leigh aus dem Krankenhaus entlassen wurde, hatte Ryan den Großteil des Tages damit zugebracht, Papierkram zu erledigen, die Freiwilligen und Hilfsangebote zu koordinieren und den Personenschutz sowohl für Leigh als auch für Peter zu organisieren. Und dann hatte er natürlich auch noch zwei Stunden bei der Autopsie der namenlosen Leiche verbracht.

Er nahm einen Schluck von seinem abgestandenen Kaffee, während er den Bericht noch einmal durchging. Sowohl die Pathologin als auch die Anthropologin hatten alles untersucht, ihm aber fast nichts geben können, was ihm weiterhalf.

Ihre Leiche war weiß und männlich. Wahrscheinlich zwischen fünfundfünfzig und sechzig Jahre alt. Der Mann war in ordentlicher körperlicher Verfassung gewesen. Irgendwann, wahrscheinlich als Teenager, hatte er sich den rechten Arm und den linken Oberschenkel gebrochen, und beide Knie waren operiert. Sie schätzten seine Größe auf zwischen eins fünfundachtzig und eins neunzig.

Ryan hatte keine Ahnung, wie sie zu diesem Schluss gekommen waren. Immerhin fehlten ein paar entscheidende Teile. Aber sie waren die Expertinnen.

Dass die Leiche im Wasser gewesen war, hatte so ziemlich

alle anderen Dinge vernichtet, die man normalerweise an einer Leiche feststellen konnte. Eine toxologische Untersuchung wäre sinnlos. Für die DNA-Analyse würden sie die Knochen nehmen müssen, und diese Untersuchungen dauerten Monate. Brauchbare Ergebnisse gab es nur dann, wenn das Opfer in irgendeiner Datenbank registriert war, was beinahe nie der Fall war.

Mit Blick auf den bisherigen Verlauf des Falles verließ er sich lieber nicht darauf.

Aber es gab einige andere ungewöhnliche Aspekte bei dem Fall. Der Mörder hatte die Leiche nicht entkleidet. Der Täter hatte Kopf, Hände und Füße abgehackt, aber sich nicht die Mühe gemacht, die Kleidung seines Opfers zu entfernen. Diese Kleidung war in ziemlich schlechtem Zustand, denn wie es aussah, hatte der Mörder die Leiche in irgendeine Säure getaucht, bevor er sie wie eine Mumie eingewickelt und in den See geworfen hatte. Die Kleidung war zerfressen, so wie auch ein Teil der Haut, aber nicht komplett.

Jedes Mal, wenn Ryan eine neue Information bekam, wurde der Fall merkwürdiger.

Die Gerichtsmedizinerin war zuversichtlich, dass einige Pathologenfreunde von ihr etwas mit der Kleidung anfangen konnten. Vielleicht fanden sie eine Marke oder erfuhren etwas über die Chemikalien, die benutzt worden waren.

Noch etwas, worauf Ryan lieber nicht zählte.

Er warf einen Blick auf seine Armbanduhr. Halb sieben. Nicht gerade Überstunden in der ersten Phase der Ermittlungen, aber er war mal wieder in einer Sackgasse gelandet.

Die Untätigkeit war allerdings nur vorübergehend. Morgen konnte er weitere Vermisstenfälle durchgehen, die nächsten Videos von Überwachungskameras ansehen, noch mehr Hausbesitzer abklappern, die aus dem Urlaub zurück waren.

Normalerweise machte eine solche Verzögerung ihn wahnsinnig, aber an diesem Abend nicht.

Er wählte Leighs Nummer.

„Solltest du nicht arbeiten?" So hatte Leigh alle seine Anrufe an diesem Tag kommentiert. Nicht dass er oft angerufen hätte. Sechsmal war doch nicht oft, oder?

„Du wirst es kaum glauben, aber ich verlasse gerade das Büro und wollte fragen, ob du schon was zu Abend gegessen hast."

„Du verlässt das Büro?" Skepsis schwang in ihren Worten mit.

„Ja, Ma'am." Er wartete auf eine Antwort und war überrascht, dass sie nicht wie aus der Pistole geschossen kam. Aber als das Schweigen am anderen Ende anhielt, wurde es unangenehm.

„Leigh?"

„Ja, ich bin noch da", gab sie zurück. „Ich will dich nicht belästigen."

„Was ist los?"

„Nichts", erwiderte sie. „Abgesehen davon, was offensichtlich ist, natürlich."

„Natürlich", sagte er. „Aber was hast du dann?"

Ihr Seufzer schwebte durch den Hörer. „Du bist bestimmt müde. Und du willst natürlich lieber nach Hause fahren ..."

Sie glaubte, dass er sie nicht besuchen wollte? Wow. Er musste seine gemischten Gefühle besser verbergen, als er dachte. Oder vielleicht waren ihre Sinne von der Narkose doch so beeinträchtigt, dass sie sich nicht mehr an die gestrige angespannte Unterhaltung in ihrem Zimmer erinnerte.

Sachlich bleiben. Freundlich bleiben. Nichts tun, weswegen Kirk dich umbringen oder der Sheriff dich feuern wird. „Ich muss essen. Du musst essen. Wenn ich nach Hause gehe, esse ich Tiefkühlpizza. Wenn ich dir etwas bringe, kann ich wahrscheinlich den Sheriff dazu bringen, dass er es bezahlt. Glaub mir, du tust mir einen Gefallen."

Als Leigh nicht gleich antwortete, fragte sich Ryan, ob sie

ihm sein Argument abkaufte. „Gut“, erwiderte sie. „Aber ich will mir nicht selbst etwas aussuchen. Überrasch mich.“

Na wunderbar.

„Ist gut! Bis gleich dann.“

Gern hätte Ryan Kirk eine Textnachricht geschickt, um nach Leighs Lieblingsgerichten zu fragen; aber wegen des Zeitunterschieds schlief Leighs Bruder jetzt. Also tat Ryan das Nächstbeste: Er schaute sich Leighs Profile in den sozialen Medien an und recherchierte dort. Sie mochte Kaffee. Sie mochte Football. Sie mochte den See.

Und sie mochte Barbecue.

Wie es aussah, war Leigh Weston die perfekte Frau.

Mann oh Mann. Immer mit der Ruhe, Parker. Eine Beziehung konnte man nicht auf einem gemeinsamen Faible für gegrilltes Schweinefleisch gründen. Leigh war schön und sensibel, und sie brauchte niemanden wie ihn – mit einem Job wie seinem –, der ihre Welt durcheinanderbrachte.

Aber das bedeutete nicht, dass er ihre Gesellschaft nicht eine Zeit lang genießen konnte. Dagegen konnte niemand etwas einwenden.

—

Leigh ging im Wohnzimmer auf und ab, rückte die ohnehin schon säuberlich aufgestapelten Bücherstapel zurecht und lockerte ein bereits aufgelockertes Sofakissen noch einmal auf. Alles tat weh, aber je mehr sie sich bewegte, desto schneller würde es besser werden.

Ihr Atem stockte, als ihr Telefon einen Ton von sich gab, aber als sie die Nachricht las, entspannte sich jede Zelle in ihrem Körper.

Ryan war da.

Reiß dich zusammen, Leigh. Das ist kein Date.

Es klingelte an der Tür. Leighs pochendes Bein verhinderte, dass sie zur Tür eilen konnte, also mäßigte sie sich und hinkte langsam zur Tür. „Wer ist da?“, fragte sie vorsichtshalber, bevor sie öffnete.

„Ryan.“

Leigh warf einen Blick durch den Spion, dann schaltete sie die Alarmanlage aus und schob den Riegel zurück.

Ryan trat mit zwei Plastiktüten in der Hand ein und stellte sie mit einem triumphierenden Lächeln auf die Arbeitsplatte. „Abendessen ist fertig.“

Das feine Räucheraroma in der Luft konnte nur eins bedeuten. „Du hast Barbecue mitgebracht? Oh, ich könnte dich küssen!“

Überrascht sah er sie an.

Leigh erstarrte. Wenn sie doch die letzten vier Worte zurückholen oder sich entschuldigen könnte. Aber das würde es nur noch schlimmer machen. Nein. Besser so tun, als sei nichts geschehen. Es war nur eine Redewendung.

Ryan räusperte sich. „Ich war mir nicht sicher, was du magst oder was dein empfindlicher Magen verträgt. Da habe ich von allem ein bisschen besorgt.“ Er zog runde und eckige Boxen heraus, winzige Behälter mit Sauce und ein kleines Eimerchen, das offenbar Krautsalat enthielt.

„Fantastisch“, freute sich Leigh. Sie holte Teller, Gabeln und Löffel heraus, und dann bedienten sich beide am Minibüffet, das Ryan mitgebracht hatte. Leigh nahm von allem eine kleine Portion – Bohnen, Salat, Makkaroni mit Käse, Pulled Pork und fritierte Maisbällchen.

Als sie ihre Teller gefüllt hatten, setzten sie sich an die Frühstücksbar, so wie sie es zwei Abende zuvor gemacht hatten. Ryan sprach ein Tischgebet, und dann ließen sie es sich schmecken.

„Hast du heute überhaupt schon was gegessen?", fragte sie, als er Schweinefleisch, Krautsalat und Barbecuesoße auf das zweite Brötchen türmte.

„Eine Kleinigkeit", erwiderte Ryan. „Mehr als sonst, wenn ein Fall auf Hochtouren läuft."

„Gibt es denn bei der Leiche im See irgendwelche Spuren?"

Ryan hielt einen Finger hoch, während er kaute. Vielleicht hätte sie den Zeitpunkt für ihre Frage besser wählen sollen. Leigh biss in ein Maisbällchen und wartete. Das Essen war umwerfend, aber sie zwang sich, jeden Bissen gründlich zu kauen, zu schlucken und dann einen Moment zu warten.

Ryan nahm einen Schluck von seinem Eistee, bevor er ihre Frage beantwortete. „Nicht viel. Aber genug, damit es weitergeht. Unter den Bedingungen ist das schon mehr, als ich erwartet hatte."

Schweigend aßen die beiden weiter. Mehr würde Leigh über den Fall wohl nicht erfahren. Wahrscheinlich durfte Ryan über laufende Ermittlungen nicht reden.

„Irgendwelche Spuren, wer meine Bremsen sabotiert hat?"

Ryans ganzer Körper erstarrte, und die Gabel hing einen Moment lang reglos in der Luft. Sofort bereute Leigh die Frage. Sie hätte warten sollen. Wenigstens bis nach dem Essen.

Ryan legte die Gabel ab und wandte sich zu ihr. „Tut mir leid. Ich hätte nicht warten dürfen, bis du fragst. Das war nicht gerade einfühlsam von mir."

„Nein, kein Problem", sagte sie.

„Gabriel und ich sind die Aufnahmen der Kameras im Krankenhaus durchgegangen."

„Und habt ihr etwas gefunden?"

„Nein", antwortete er. „Aber das werden wir noch."

Bis zum Ende der Woche hatten sie eine gewisse Routine entwickelt. Ryan rief jeden Morgen auf dem Weg zur Arbeit an.

Wechselnde Beamte oder Freunde brachten Lebensmittel und Essen aus verschiedenen Restaurants. Ryan kam jeden Abend zum Essen. Inzwischen hatten sie Thailändisch, Mexikanisch und Kubanisch gegessen, Salat und Pizza.

Noch immer hatte Leigh keinen Fuß vor die Tür gesetzt. Und allmählich wurde sie hier drin wahnsinnig. Gut, im Haus war sie sicher, aber das war doch kein Leben. Es war nur ein Überleben. Ein Verstecken.

Eine Woche war es jetzt her, dass Ryan und Gabriel die Leiche im See entdeckt hatten, und soweit sie wusste, hatten sie bislang nicht viel über den getöteten Mann herausgefunden, geschweige denn in Erfahrung gebracht, wer ihn im See versenkt hatte.

Heute war ein herrlicher Frühlingssamstag. Durch die Fenster konnte Leigh sehen, dass die Bäume blühten. Auf dem See waren mehr Boote unterwegs, weil Familien einen Tag auf dem Wasser verbrachten.

Aber sie konnte nicht einmal die Fenster öffnen, um frische Luft hereinzulassen.

Vor sechs Tagen hatte jemand ihre Bremsleitung durchtrennt, und auch diesem Täter waren sie kein bisschen näher. Ryan versuchte, optimistisch zu sein. Wenigstens in ihrem Beisein.

Sie verstand, warum er nicht zugeben wollte, dass die Ermittlungen in eine Sackgasse geraten waren. Gerade ihr gegenüber. Und sie wollte nicht, dass er ein schlechtes Gewissen hatte. Sie war sicher, dass er alles tat und weiter tun würde, was in seiner Macht stand.

Aber sie war es leid, hier zu sitzen und darauf zu warten, dass etwas geschah.

Sie griff zu ihrem Telefon und rief Dr. Price an.

Als sie gerade wieder aufgelegt hatte, klingelte ihr Handy.

Ryan.

„Ich bin heute Vormittag in deiner Gegend", sagte er. „Da dachte ich, ich komme kurz vorbei, bevor ich wieder ins Büro fahre. Hast du was dagegen?"

„Natürlich nicht", erwiderte Leigh.

„Gut. Kannst du die Tür aufmachen?"

Er war schon hier? Sie sah sich im Haus um. Dass sie hier festsaß, hatte den Vorteil, dass sie keine Mühe hatte, alles sauber und ordentlich zu halten.

Und dass ihr Haus von Polizisten umzingelt war, sorgte dafür, dass sie jeden Morgen aufstand und sich etwas Ordentliches anzog. Wenn Fremde auf ihrem Bootssteg herumliefen, konnte sie schlecht den ganzen Tag im Schlafanzug herumlungern.

Leigh öffnete die Tür. Ryan kam mit einem Blumenstrauß in einer Hand und einem Bündel Luftballons in der anderen herein.

„Du hast eine Menge Verehrer", sagte er, während er die Blumen neben die vier anderen Sträuße auf die Küchenzeile legte.

„Eigentlich nicht", sagte sie. „Ich vermute, dass Keri etwas damit zu tun hat."

„Wie meinst du das?"

Sie sah auf die Karte. „Der Strauß heute kommt von meinen Freunden aus der Intensivstation."

„Und …"

„Ich habe nicht viele Freunde auf der Intensiv." Sie zeigte nacheinander auf die anderen Blumensträuße, die im Laufe der Woche geliefert worden waren. „Ich habe auch nicht viele Freunde in der Peri-Anästhesie und auf der Kinderstation." Dann deutete sie auf den letzten Strauß. „In der Radiologie kenne ich die meisten Kollegen, aber ich vermute, Keri hat organisiert, dass jeden Tag von einer anderen Station Blumen kommen. Von wem sind die Luftballons?" Sie suchte nach einer Karte und fand keine.

„Die kamen zusammen mit den Blumen. Wo soll ich sie hintun?“

Sie wurden von einem hübschen kleinen Topf beschwert. „Ich würde sagen, auf den Esszimmertisch“, sagte sie.

Ryan trug die Ballons zu der Stelle, auf die sie gezeigt hatte. Dann rückte er sie so, dass sie genau in der Mitte des Tisches standen.

„Wenn das mit der Mordkommission nicht so klappt, könntest du auch Karriere beim Blumendienst machen.“

Ryan warf den Kopf zurück und lachte laut.

Das war der Ryan, den sie kannte. Der gerne lachte. Der Spaß liebte. Der andere gerne aufzog.

Nicht der Ryan, der sich Sorgen machte und gestresst war.

„Ich muss ins Büro zurück“, sagte er.

„Okay.“ Es war an der Zeit, es ihm zu sagen. Sie holte tief Luft. Irgendwie hatte sie das Gefühl, dass der gestresste und besorgte Ryan gleich mit voller Wucht zurückkehren würde.

„Ich wollte dir noch sagen“, begann sie, „dass ich wieder arbeiten darf.“

„Wie bitte?“

„Ich werde wieder arbeiten gehen“, sagte sie. „Morgen.“

9

„Das kann nicht dein Ernst sein.“ Ryan schrie die Worte beinahe.

Dies war eine Seite von Ryan Parker, die sie nicht gewohnt war. Natürlich hatte sie nicht angenommen, dass er begeistert sein würde, aber das hier hatte sie auch nicht erwartet.

Für wen hielt er sich eigentlich? Er war weder ihr Vorgesetzter noch ihr Vater oder auch nur ihr Bruder. Sie war erwachsen. Eine intelligente, unabhängige Frau, die sich keinen Tag länger zu Hause einsperren lassen würde.

Obwohl ...

Da war etwas in seinem Blick. Etwas in seinem Tonfall. Beinahe hätte sie es bei ihrer reflexartigen Reaktion auf seine Worte nicht mitbekommen.

Er hatte Angst.

Um sie?

Ryan schritt zu dem riesigen Fenster, das auf den See hinausging. Dann fuhr er sich mit beiden Händen durch die Haare. Sie waren gerade so lang, dass sie anfingen, sich zu locken. Bald würde er sie wieder schneiden lassen.

Schade eigentlich.

Leigh dachte daran, wie es in der Highschool gewesen war, als er die Haare hatte länger wachsen lassen. Schwarze Wellen, in die alle Mädchen verliebt und auf die alle Jungs neidisch waren.

Jetzt fuhr er herum, und die Intensität seiner Bewegungen verdrängte alle anderen Gedanken.

„Bitte, Leigh. Mach das nicht. Im Krankenhaus ist die Gefahr für dich am größten. Dort kann ich dich nicht schützen.“

„Du kannst mich nicht rund um die Uhr bewachen. In der vergangenen Woche ist nichts passiert."

„Soweit wir wissen."

„Ich weiß, was ich tun muss. Unterschiedliche Wege zur Arbeit fahren. Mein eigenes Essen mitnehmen. Die Türen verschlossen halten. Mich nicht am Fenster aufhalten. Nicht ins Kino gehen. Abends überhaupt nirgendwo hingehen. Mich dort aufhalten, wo viele Menschen sind." Sie ratterte die Liste herunter. „Ich habe das Ganze schon mal mitgemacht, Ryan."

„Ja, und trotzdem hattest du irgendwann eine Pistole an der Schläfe."

Seine Worte verschlugen Leigh den Atem. Sie hätte so gerne eine scharfe Antwort gegeben, aber in diesem Augenblick fiel ihr nichts ein, was sie erwidern konnte.

„Leigh", flüsterte Ryan. Er streckte die Hand nach ihrem Arm aus. Sie zuckte zurück.

„Es war nicht meine Schuld." Hatten das nicht alle gesagt? Es sei nicht *ihre* Schuld gewesen, dass Barry es auf sie abgesehen hatte? Alles gelogen.

„Nein", sagte er. „Es war nicht deine Schuld. Und das hier ist auch nicht deine Schuld. Aber das bedeutet nicht, dass du unnötige Risiken eingehen solltest."

„Arbeiten zu gehen ..."

„... ist ein unnötiges Risiko."

„Ich bin nicht reich, Ryan", sagte sie. „Was glaubst du denn, wie lange ich mich in meinem Haus verschanzen kann? Noch eine Woche? Oder zwei? Ich will ja nichts gegen deine Fähigkeiten als Ermittler sagen, aber du hast keine Ahnung, wer das war und warum er es getan hat. Und ich weiß es auch nicht. Ich kann mich nicht den Rest meines Lebens verstecken."

„Du könntest getötet werden."

„Hier könnte ich auch getötet werden. Wieso sollte irgendein Verrückter nicht auf die Idee kommen, mein Haus in die Luft zu jagen, wenn ich immer hier bin? Hm? Hast du darüber mal nachgedacht?"

Warum grinste er jetzt? Das war ja wohl nicht wahr!

„Darüber hast du nachgedacht?"

„Niemand kann sich deinem Haus nähern, ohne eine Polizeisperre zu überwinden, Leigh."

„Das ist aber kein Dauerzustand. Ich koste den Steuerzahler Unmengen Geld."

„Kaum. Wir haben schon so viele Knöllchen wegen zu schnellen Fahrens verteilt, dass wir sogar noch Gewinn machen. Niemand weiß, was hier los ist. Sie denken alle, dass es eine Radarfalle ist. Und dazu noch eine gute."

„Du hast auf alles eine Antwort, oder?"

Das Lächeln erstarb in Ryans Gesicht. „Nein", sagte er. Es klang so schwer, dass es Leigh fast schmerzte. „Das habe ich nicht. Wenn ich ehrlich bin, verliere ich allmählich den Verstand. Ich weiß nicht, warum dir all das zustößt. Ich weiß nicht, warum ein Toter im See war. Ich weiß nicht, warum mein Schwager meine Schwester verlassen hat. Ich weiß nicht, warum deine Mutter an Krebs gestorben ist. Und ich weiß nicht, warum mein Neffe Autist ist."

Er holte Luft und fuhr fort: „Und weißt du was? Es gefällt mir gar nicht, wenn ich nicht weiß, warum Dinge geschehen. Also: Nein, ich habe keine Antwort. Aber ich tue, was ich kann, mit dem Wissen, das ich habe. Und wenn du wieder arbeiten gehst, wird das für mich viel schwerer."

Seine Argumente, seine Verletzlichkeit, seine Ehrlichkeit. Das alles erschütterte Leighs Entschlossenheit.

Aber es änderte nichts an ihrer Entscheidung.

„Das verstehe ich. Wirklich."

„Aber es ist dir egal."

„Es ist mir nicht egal." Er hatte ja keine Ahnung, wie sehr

sie mit ihm fühlte. „Aber das hier“ – sie machte eine Handbewegung, die das Wohnzimmer umfasste –, „ist keine Dauerlösung. Ich muss arbeiten. Ich habe nichts dagegen, zu Hause zu bleiben, wenn ich nicht arbeite. Im Moment. Aber meine Patienten sind nicht gefährlich.“ Meistens jedenfalls.

Leigh gab Ryan nicht die Chance, ihr zu widersprechen. „Und meine Kollegen sind auch nicht gefährlich. Man kann ja keine Station betreten, ohne den Dienstausweis einzuscannen. Der Sicherheitsdienst ist immer im Einsatz. Ich erkläre mich damit einverstanden, dass jemand mich auf dem Weg zur und von der Arbeit begleitet, wenn du willst, aber du kannst mich nicht davon abhalten, wieder zu arbeiten. Dr. Price hat mir grünes Licht gegeben. Er sagt, es gebe keine medizinischen Gründe, warum ich nicht wieder arbeiten sollte.“

Ryan sah sie prüfend an. „Was ist, wenn du deine Kolleginnen in Gefahr bringst?“

Es war nicht fair, das Messer in der Wunde herumzudrehen. Was mit Peter geschehen war, hatte ihnen allen einen Schrecken eingejagt, aber nachdem sie die Drogen aus seinem Körper bekommen hatten, war es ihm schnell besser gegangen. Am Montag hatte man ihn nach Hause entlassen und jetzt war er schon wieder im Dienst. Aber wenn er nicht im Krankenhaus gewesen wäre, als er diese hohe Dosis Ketamin zu sich genommen hatte, wäre er jetzt tot. Konnte sie riskieren, dass noch jemand ihretwegen sein Leben aufs Spiel setzte?

Leigh hatte den Großteil des Vormittags darüber nachgedacht und war zu dem Schluss gekommen, dass die Risiken minimal waren. Ihre Kolleginnen würden nicht mehr gefährdet sein, als sie es auf der Notfallstation ohnehin waren. Wenn sie wieder arbeiten ging, konnten die Polizeibeamten sich wieder ihren Ermittlungen widmen und dadurch würden letzten Endes weniger Menschen in Gefahr sein.

„Es ist eine sichere Station.“

Ryan wandte Leigh den Rücken zu und stapfte zum Fenster. „Das gefällt mir gar nicht."

Was konnte sie darauf schon erwidern?

„Wann willst du wieder anfangen?"

„Morgen Abend."

„Das ist wirklich riskant", sagte Ryan resigniert.

„Ich werde die Station nicht ohne Begleitung verlassen. Wenn du willst, warte ich sogar, bis du mich abholen kommst."

Wenn dieser Wahnsinn andauerte, würde sie noch das Autofahren verlernen. Aber Leigh hatte mehrere Gründe, warum sie auf Ryans Zustimmung hoffte. Natürlich konnte sie tun, was sie wollte; aber wenn sie ohne sein Einverständnis wieder arbeiten gehen würde, würde er Kirk anrufen, und Kirk würde ihr das Leben schwer machen. Vielleicht würde er dann sogar in Erwägung ziehen, nach Hause zu kommen.

Und so sehr Ryans Einstellung sie auch wurmte, wusste sie doch, dass niemand so entschlossen war wie er, sie zu beschützen. Sie wollte sich lieber nicht vorstellen, wie die letzte Woche sich angefühlt hätte, wenn Ryan nicht da gewesen wäre.

„Ich organisiere Personenschutz für dich. Bitte versprich mir, dass du auf die Kollegen hörst, wenn sie sagen, dass du gehen musst."

Das konnte sie versprechen. „Mache ich."

„Ich muss ein paar Anrufe erledigen", sagte Ryan jetzt. Dann ging er auf die Terrasse hinaus. Sie beobachtete, wie er hin und her lief, während er telefonierte. Manchmal konnte sie sogar seine Stimme hören.

Leigh griff selbst auch zum Telefon, um der Pflegedienstleitung zu sagen, dass sie morgen, Sonntag, um 19 Uhr kommen würde.

Dann ging sie in die Küche. Cookies waren jetzt das, was sie brauchte. Sie zog die Backbleche ihrer Mutter heraus und steckte die Rührhaken in die Küchenmaschine. Immer wenn sie backte, zogen mit dem Ofenduft auch Erinnerungen an ihre Mom durch den Raum.

Ihre Mutter hatte mit ihrer Meinung nie hinterm Berg gehalten. Ihr Vater war der Überzeugung gewesen, sie sei die perfekte Ergänzung für ihn. Als Richter war er es gewohnt, dass die Leute taten, was er ihnen sagte, aber seine Frau erdete ihn. Immer wenn er das gesagt hatte, hatte ihre Mutter die Augen verdreht oder seine Schulter geknufft.

Jedenfalls hatte ihre Mutter keine Scheu vor Konflikten gehabt. Aber selbst wenn die beiden eine Meinungsverschiedenheit gehabt hatten, herrschten zwischen ihnen so viel Liebe und gegenseitiger Respekt, dass Leigh niemals Angst gehabt hatte, ihre Beziehung könnte in Gefahr sein. Eher noch hatte die Art, wie ihre Eltern Meinungsverschiedenheiten ausdiskutierten und eine gemeinsame Lösung fanden, sie gelehrt, dass es in Ordnung war, unterschiedlicher Ansicht zu sein. Nur weil sie etwas anders sah als ihr Gegenüber, bedeutete das nicht, dass sie nicht befreundet sein konnten. Oder noch mehr als das.

Es hatte sie auch gelehrt, dass wahre, tiefe, dauerhafte Beziehungen mehr darauf gründeten, wie ein Paar mit Konflikten und Schwierigkeiten umging, als auf romantische Essen und Spaziergänge im Mondschein.

Nicht dass ihre Eltern nicht auch diese reichlich genossen hatten.

Leigh fügte die Schokostückchen und eine Tasse Karamell hinzu und rührte den Teig noch ein letztes Mal um. Dann nahm sie einen Löffel und probierte.

Genau richtig.

„Du lebst wirklich gerne gefährlich, oder?“, fragte Ryan von der anderen Seite der Frühstücksbar aus.

Leigh hatte ihn nicht hereinkommen hören und drehte sich jetzt auch nicht um, als sie den Cookieteig löffelweise auf dem Backblech verteilte.

„Du wirst doch wohl keine Angst vor einem rohen Ei haben."

Ryan lachte. „Nein. Aber es wäre gefährlich für dich, mir nichts vom Teig abzugeben."

Leigh nahm einen zweiten Löffel und häufte die klebrige Masse darauf. Als sie ihm den Löffel reichte, nahm er ihn und drückte dabei ihre Hand.

„Tut mir leid, dass ich dich vorhin so abgekanzelt habe", sagte er, bevor er den Teig probierte.

„Ist schon okay", erwiderte Leigh. „Ich weiß ja, dass du dir nur Sorgen machst."

Ryan schob sich den restlichen Teig in den Mund. „Der ist wirklich gut."

„Stimmt", nickte sie. „Und mir tut es leid, dass ich so stur bin."

„Du bist nun mal stur", erwiderte Ryan, aber diesmal klangen die neckenden Worte nicht scharf. „Das sind meine Lieblingscookies."

„Ich weiß."

Jetzt starrte Ryan sie so lange an, dass Leigh irgendwann den Blick senkte. Sie wusste nicht, was sie tat. Und sie musste damit aufhören. Auf der Stelle.

Ryans Telefon klingelte. Er ging hinaus, um den Anruf entgegenzunehmen.

Puh.

Sie musste sich zusammenreißen. So ein Mädchen war sie noch nie gewesen. Und Ryan war nicht der Typ … Nein. Das war ja das Problem. Ryan war genau der Typ, mit dem sie sich vorstellen konnte, den Rest ihres Lebens zu verbringen.

Vielleicht der einzige Typ.

Genau.

Das war ein echtes Problem.

„Parker, wo sind Sie?"

Ryan hatte keine Ahnung, warum der Hauptkommissar wissen wollte, wo er sich am Samstagnachmittag aufhielt. Er hatte keinen Bereitschaftsdienst. Alle Mordfälle würden heute bei Anissa landen. Aber etwas am Tonfall seines Vorgesetzten ließ ihn vermuten, dass es ein Problem gab.

„Ich bin im Haus von Leigh Weston, Sir."

„Sie müssen zu Cooks Farm fahren."

„Sir?"

„Ich will jetzt nicht darüber reden. Machen Sie sich auf den Weg."

„Ist mit Mr Cook alles in Ordnung?"

„Parker."

Wow. Dann musste es übel sein. Den Hauptkommissar noch weiter zu bedrängen, wagte er nicht. „Ich bin in zehn Minuten da."

„Ich gebe Ihnen fünf."

Ryan lief ins Haus zurück und erklärte Leigh, was los war. Dann schnappte er sich seine Jacke und rannte zur Tür hinaus.

Leigh stand mit einem Pappteller voller Cookies in der Hand da. „Nimm die mit. Man weiß nie …"

„Du bist ein Schatz", erwiderte Ryan und nahm den Teller. Dann drückte er ihr einen schnellen Kuss auf die Wange. Als ihre Blicke sich begegneten, stockte Ryans Atem einen Moment lang. O Mann. Ihr Mund hatte die Anziehungskraft einer Supernova.

Die Zeitschaltuhr am Ofen piepste und durchbrach die Kraft, die sie zueinander hinzog. Ryan trat einen Schritt zurück, Leigh ebenso.

„Danke", sagte er, seine Stimme rauer, als er es erwartet hatte.

„Pass auf dich auf", antwortete Leigh, während sie ihn mit großen Augen ansah.

Dann riss Ryan die Tür auf und lief zu seinem Auto. Nachdem er die Cookies und seine Jacke auf dem Beifahrersitz abgelegt hatte, gab er Vollgas.

Warum war er so außer Atem?

Was hatte er getan?

Was wäre wohl geschehen, wenn er sie geküsst hätte? So richtig.

Es gab so viel Spannung, so viele Fragen, so viel Ungeklärtes, so viel Was-wäre-wenn, dass ihm ganz schwindelig wurde. Eins war sicher. Wenn diese dämliche Zeitschaltuhr am Ofen nicht losgegangen wäre, würde er sich das jetzt nicht mehr fragen. Und er wäre deutlich zu spät bei Mr Cook erschienen.

Sechs Minuten später traf er auf eine Polizeiabsperrung.

Was war hier los?

Ryan zeigte seine Dienstmarke vor und wurde durchgewinkt. Mr Cook besaß zwei Morgen Land am Rande des Distrikts. Ein Teil davon, mit dem er nie etwas gemacht hatte, lag am Seeufer. Er wollte auch nicht, dass jemand anders dort baute. Der größte Teil davon war bewaldet und der Weg schlängelte sich bis zur Mitte des Waldes, wo Cook in dem alten Bauernhaus lebte, in dem er auch geboren war. Zwei Hühnerhäuser standen auf einer Seite. Auf der anderen Seite erstreckte sich eine Weide mit zwanzig Rindern. Hinter dem Haus wuchsen mehrere Morgen Soja.

Als er Mr Cook auf der breiten Veranda neben seinem Chef stehen sah, atmete Ryan erleichtert auf. Wenigstens war dem alten Herrn nichts passiert. Sobald der Hauptkommissar Ryan sah, winkte er ihn zu sich.

„Hauptkommissar, Mr Cook“, nickte Ryan. „Alles in Ordnung?“

„Nicht mal annähernd“, sagte Mr Cook. „Kommen Sie mit.“

Mr Cook ging mit raschen Schritten los, und Ryan eilte ihm hinterher. Der Hauptkommissar folgte ebenfalls.

„Heute Morgen habe ich eine Runde über mein Grundstück gedreht. Das mache ich nicht sehr oft, aber ich habe eine Menge Land in der Gegend. Ab und zu entdecke ich eine Stelle, wo Jugendliche sich treffen, so was halt", sagte Mr Cook, während er sie tief in das bewaldete Grundstück führte. „Ich hatte Ole Blue mit. Wir sind einfach nur so herumgelaufen. Laufen und beten, das machen wir."

Mr Cooks Gebetsspaziergänge waren legendär. Manche Leute behaupteten, wenn man Mr Cook darum bat, auf einem seiner Spaziergänge für eine Situation zu beten, konnte man sicher sein, dass Gott die Geschichte zu Ohren kam. Wenn Mr Cook so etwas hörte, fuhr er demjenigen über den Mund und erinnerte ihn daran, dass Gott die Gebete aller seiner Kinder hörte und seine Gebete nichts Besonderes waren.

Niemand glaubte ihm.

Wenn Mr Cook beschloss, für jemanden zu beten, konnte man sicher sein, dass der Allmächtige sich einschalten würde.

„Ole Blue ist durch den Wald gelaufen. Manchmal fängt er ein Kaninchen oder Eichhörnchen. Normalerweise jagt er sie aber nur. Heute Morgen war er plötzlich ganz aufgeregt, deshalb bin ich vom Weg runter, um nachzusehen, was los war."

Klänge, die nicht zur Stille ihrer Umgebung passten, drangen zwischen den Bäumen hindurch. Als sie um eine Kurve bogen und den Weg verließen, sah Ryan gelbes Polizeiabsperrband aufleuchten. Dann hörte er Anissa, die Anweisungen gab. Sie mussten noch ein, zwei Minuten durch dichtes Unterholz stapfen, wobei ihm dornige Äste auf Hände und Arme schlugen. Ryan war froh, dass er seine Jacke angezogen hatte, als er aus dem Wagen gestiegen war.

Mr Cook zögerte. „Ich kann es immer noch nicht fassen", sagte er. Er zeigte in die Richtung, aus der Anissas Stimme kam, und nachdem sie sich noch dreißig Meter weit einen Weg durch das Dickicht gebahnt hatten, stand Ryan an einem Tatort.

Ein flaches Grab. Eine Leiche. Oder was davon übrig war. Eine von oben bis unten verdreckte Anissa. Kollegen von der Spurensicherung, die Beweise markierten, und die Gerichtsmedizinerin, die den Leichensack vorbereitete.

Ryan versuchte zu verarbeiten, was er da sah. Er wollte nicht voreilig den Mund aufmachen und sich vor seinem Chef und einem der einflussreichsten Männer im County zum Narren machen.

„Parker", rief Anissa ihm zu. „Bin ich froh, dass du da bist."

Wirklich? Er kam gut mit Anissa aus, aber vor zwei Jahren waren sie beide befördert und damit zu den jüngsten Ermittlern der Mordkommission in der Geschichte des Distrikts geworden. Seitdem hatte er den Verdacht, dass sie fest entschlossen war, niemandem jemals den Eindruck zu vermitteln, sie wüsste nicht, was sie tat. Es kam höchst selten vor, dass sie um Hilfe bat. Das nahm er nicht persönlich. Sie brauchte tatsächlich nur selten Hilfe.

Ryan machte ein paar Schritte auf sie zu. „Was ist hier los?", fragte er mit gedämpfter Stimme.

„Haben sie dir das nicht erzählt?", erwiderte Anissa ebenfalls leise.

„Nein. Sie haben mich nur hierher geschleift."

„Sorry", sagte sie, „aber ich habe darauf bestanden."

Okay. Das war wirklich seltsam.

Sie zeigte auf die Leiche. „Das musst du dir ansehen."

Er trat zur Gerichtsmedizinerin. „Darf ich?"

„Oh, hi Ryan." Sharon Oliver lächelte grimmig. „Ich bin diese Fälle echt leid." Sie zeigte auf die Leiche. Jetzt, wo er näher stand, konnte Ryan ein Skelett sehen.

Oder das, was davon übrig war.

„Wo ist der Schädel?"

Sharon zuckte mit den Schultern. „Gute Frage. Wir suchen ihn noch."

Ryan ging neben den Knochen in die Hocke. Das konnte nicht wahr sein. „Wir können wohl davon ausgehen, dass Hände und Füße nicht von irgendwelchen Tieren verschleppt wurden?"

„Wir müssen die Anthropologin noch mal holen", antwortete sie. „Aber nein. Hände, Füße und Kopf wurden vom restlichen Körper abgetrennt. Ich will keine wilden Spekulationen anstellen, aber es würde mich nicht überraschen, wenn die Methode dieselbe wäre wie bei eurer Leiche aus dem See."

Ryan sah sich um. Eine Leiche hierherzubringen, erforderte Geduld. Das Grab war nicht tief. Gerade einmal tief genug, damit keine wilden Tiere die Leiche ausgruben. „Irgendeine Idee, was den Zeitpunkt betrifft?"

„Ein Jahr, vielleicht ein bisschen weniger", sagte sie. „Wenn wir die Überreste untersucht haben, kann ich das genauer bestätigen."

Ryan ging zur Stelle zurück, an der Anissa in Gedanken vertieft schien. „Geht's dir gut?", fragte er.

„Ja."

„Zwei Leichen."

„Das ärgert mich. Adam wird unausstehlich sein."

Anissa war verunsichert. Und das war sie normalerweise nie.

„Nein, wird er nicht. Bei einer solchen Sache will niemand recht haben."

Anissa schnaubte verächtlich. Noch immer hatte sie Ryan nicht in die Augen gesehen.

„Danke, dass du mich hergerufen hast", sagte er.

„Gern geschehen. Der Hauptkommissar will versuchen, die Sache möglichst unter Verschluss zu halten."

Das konnte er verstehen. Niemand wollte ein ganzes County in Aufruhr bringen wegen eines potenziellen Serienmörders, der Hände und Füße abhackte.

„Willst du den Fall?"

Wow. Anissa schlug vor, einen wichtigen Fall abzugeben? Das war nicht normal.

„Wenn du willst, übernehme ich ihn, aber eigentlich will ich den Fall nicht."

Jetzt sah sie ihn endlich an. „Warum nicht?"

„Ich bin an der Leiche aus dem See dran und an Leighs Stalker, außerdem habe ich noch vier andere offene Akten, bei denen Gerichtstermine anstehen."

„Das heißt, du hast zu viel zu tun?"

„Nein, das nicht. Ich kann ihn übernehmen, aber ich fände es sinnvoller, wenn du in diesem Fall ermittelst, während ich die Leiche aus dem See bearbeite. Wenn wir sicher sind, dass es sich um denselben Mörder handelt, dann sollten wir die Ermittlungen zusammenlegen. Bei diesem hier wird es viele Unbekannte geben. Vier Augen sehen da mehr als zwei."

Anissa nickte. „Danke, Parker."

„Bist du sicher, dass alles in Ordnung ist?"

Ihre Lippen bildeten eine dünne Linie. „Ganz sicher."

Das war gelogen. Es ging ihr nicht gut, das sah er, aber mehr würde sie nicht sagen. Jedenfalls im Moment nicht.

„Gut, dann lasse ich dich weitermachen", sagte Ryan. „Vielleicht können wir heute Abend oder morgen reden und unsere Ergebnisse vergleichen."

„Klingt gut", sagte Anissa.

Dann ging Ryan zu Mr Cook und dem Hauptkommissar zurück. „Ole Blue hat die Leiche gefunden?"

„In gewisser Weise schon", erwiderte Mr Cook. „Er ist hier drüben richtig ausgeflippt, also bin ich ihm gefolgt. Als er dann einen Knochen zutage förderte, habe ich ihn weggezogen und den Hauptkommissar angerufen."

„Waren Sie in letzter Zeit mal im Urlaub, Mr Cook?"

„Hm?“

„Waren Sie im letzten Jahr irgendwann verreist? Eine Zeit lang nicht zu Hause?“

„Ich mache keinen Urlaub. Warum fragen Sie?“

„Ich frage mich, wie jemand eine Leiche hierherschaffen und vergraben konnte, ohne dass Sie etwas gehört oder gesehen haben.“

„Halten Sie mich für einen Mörder?“

„Ganz und gar nicht, Sir.“

„Werden Sie mich dann auf die Verdächtigenliste setzen?“

„Auf jeden Fall, Sir.“

Mr Cook klopfte dem Hauptkommissar auf den Rücken und lachte schallend. „Da haben Sie aber einen guten Mann, Mitchell.“

Der Hauptkommissar sah aus, als hätte er einen Eiswürfel verschluckt.

„Ich schaue mal in meinem Kalender nach, Parker. Vielleicht kann ich einen Zeitraum in den letzten zwei Jahren ausmachen, in dem ich mehr als einen Tag weg war. So spontan fällt mir keine solche Gelegenheit ein, aber das will inzwischen nichts mehr heißen.“

Mr Cook schüttelte den Kopf. „Ich kann nicht fassen, dass diese Art Übel so dicht an mich herangekommen ist“, sagte er. „Da wird mir ganz schlecht. Aber ich bin froh, dass Mrs Cook das nicht mehr erleben muss.“ Er wandte sich an den Hauptkommissar. „Ich habe schon zu Anissa gesagt: Sie haben meine Erlaubnis, überall auf meinem Grund und Boden herumzulaufen. Tun Sie, was Sie tun müssen. Bringen Sie Hunde mit. Ich werde mich nicht beschweren. Halten Sie sich nicht aus Höflichkeit zurück. Verstanden?“

„Ja, Sir“, nickte der Hauptkommissar.

„Das hier muss aufhören. Ich werde beten.“

Ryan folgte Mr Cook und dem Hauptkommissar durch den

Wald zurück zum Weg und schließlich zum Haus. Die ganze Zeit über sagte Mr Cook kein Wort mehr.

Wahrscheinlich hatte er schon angefangen zu beten.

Ryan verabschiedete sich und ging zu seinem Wagen. Doch bevor er losfahren konnte, bedeutete Mr Cook ihm zu warten. Ryan ließ das Fenster hinunter. „Kann ich noch etwas für Sie tun, Mr Cook?"

Der alte Mann kam näher. „Wie geht es Leigh Weston?"

Woher wusste Mr Cook, dass er …? Es hatte keinen Sinn, es abzustreiten. Der Mann wusste alles und kannte jeden.

„Es geht ihr gut, Sir. Morgen geht sie wieder arbeiten."

„Gut. Gut. Da bin ich froh. Der Hauptkommissar sagt, Sie arbeiten an ihrem Fall."

„Ja, Sir."

„Irgendwelche Spuren?"

Ryan vermutete, was immer Mr Cook an ihm mochte, würde sich gleich in Luft auflösen, aber er konnte nicht schwindeln. Es wäre so, als würde man einen Pastor belügen „Nein, Sir. Eigentlich nicht."

Mr Cook nickte. „Dann bete ich auch dafür."

10

20.58. Leigh starrte auf die Ziffern der Ofenuhr.

Er kam nicht.

Was in Ordnung war. Schließlich hatten sie keine Verabredung oder so was.

Aber diese Woche war er jeden Abend hergekommen. Und nach dem, wie sie zuletzt auseinandergegangen waren …

Sie sah auf ihr Handy. Keine verpassten Anrufe. Keine Textnachrichten. Er hätte wenigstens anrufen können.

Leigh holte eine Flasche Wasser aus dem Kühlschrank und ließ sich aufs Sofa fallen. Es war beinahe komisch. Beinahe, aber nicht ganz. Den größten Teil ihrer Highschool-Zeit hatte sie Ryan angeschmachtet. Sie hatte Pyjamapartys mit ihren Freundinnen abgesagt, wenn er bei ihrem Bruder zu Besuch war. Am Samstagmorgen war sie früh aufgestanden und hatte sich die Haare gemacht und Wimperntusche aufgelegt, weil sie nicht riskieren wollte, dass er sie in ihrem Schlafanzug sah, wenn er zum Frühstück herunterkam. Natürlich waren Kirk und er normalerweise so lange aufgeblieben, dass sie bis mittags schliefen, und Leigh war auf Zehenspitzen durchs Haus gegangen, um sie nicht zu wecken, während sie insgeheim gehofft hatte, sie würden aufstehen.

Achtzehn Jahre später lag sie auf diesem Sofa und kämpfte mit den Tränen, weil er nicht gekommen war, um Gute Nacht zu sagen. Hatte sie die Situation falsch gedeutet?

Jede Faser ihres Körpers wurde warm. Das war es. Er hatte die aufgeladenen Gefühle, die sie ausstrahlte, durchaus bemerkte, war aber zu nett gewesen, um ihr zu sagen, dass er kein Interesse hatte. Dann heute Morgen …

Aber es hatte nicht den Anschein gehabt, als sei nur sie interessiert.

Mann.

Leigh schnappte sich ein Sofakissen und vergrub das Gesicht darin. Am liebsten hätte sie laut geschrien. Sie wollte gegen alles aufbegehren, was geschehen war. Ihr war danach zumute zu brüllen und zu wüten gegen …

Nein. Nicht gegen Gott. Sie wusste, dass das keinen Sinn hatte.

Aber …

Wie konnte er all das geschehen lassen? Er war Gott. Er hatte alles in der Hand. Er hatte die Macht, die Sache zu beenden. Oder etwa nicht? Sie wusste, dass er allmächtig war. Aber wenn er die Macht dazu hatte, warum setzte er sie dann nicht für Leighs Belange ein?

War sie ihm egal?

Sie hatte keine Antworten. Ihre Eltern hätten gesagt, dass sie ihm natürlich nicht egal sei. Er würde alles so fügen, dass es ihr zum Besten diente und ihm zur Ehre gereichte. Aber so fühlte es sich ganz und gar nicht an.

Es fühlte sich an, als sei sie im Stich gelassen worden. Wieder mal.

Sie erinnerte sich nicht an das Waisenhaus in China. Aber sie wusste noch, dass sie auch nach ihrer Adoption schreckliche Angst gehabt hatte, dass ihre Eltern sie verlassen würden. Dass sie etwas Falsches tat und dann weggeschickt wurde.

Als Erwachsene verstand sie, woher ihre Verlustangst kam. Sie verstand auch, wie bedingungslos ihre Eltern sie geliebt hatten. Wie sehr Kirk sie liebte. Sie waren nicht durch Blutsbande, aber durch geteilte Erfahrungen miteinander verbunden.

Sie konnte Kirk anrufen. Er würde sie verstehen.

Aber er würde sie zu gut verstehen. Er würde sich Sorgen

machen, noch mehr als jetzt schon, und dann würde er herkommen.

Ein Bild kam Leigh in den Sinn. Sie konnte es vor ihrem geistigen Auge sehen. Mom und Dad, die einander an den Händen fassten, die Köpfe senkten. Und beteten.

Sie hatten geglaubt. Als sie selbst keine Kinder bekommen konnten, hatten sie sich für Adoption entschieden. Mom hatte die Tatsache, dass ihre Unfruchtbarkeit einen tiefen Schmerz in ihr verursacht hatte, nie verschwiegen. Aber sie hatte auch immer gesagt, dass sie es nicht anders hätte haben wollen. Dass sie Gott niemals gebeten hatte, ihr ein leibliches Kind zu schenken, weil sie Kirk und Leigh gehabt hatte. Und eine Beziehung zu ihrem himmlischen Vater, die durch diesen Kampf nur stärker geworden war.

„Du kannst dich von ihm abwenden, wenn Schwierigkeiten kommen, oder du kannst dich ihm zuwenden, Leigh", hatte sie immer gesagt. „Ich habe mich ihm zugewandt. Und er war treu."

Treu?

Er kam ihr nicht treu vor. Leigh hatte eher das Gefühl, als sei er ganz weit weg.

„Ich lasse dich nicht im Stich, nie wende ich mich von dir ab." Die Worte, die sie vor langer Zeit in der Sonntagsschule gelernt hatte, drängten sich in ihre Gedanken.

Wirklich? Du warst nie weg? Das heißt, du warst da, als Barry den Verstand verloren hat? Du warst da, als ich in den Wagen mit den manipulierten Bremsleitungen gestiegen bin? Du hast zugesehen, wie Peter den vergifteten Pudding gegessen hat, der für mich bestimmt war?

Das Herz hämmerte in ihrem Leib angesichts der Kühnheit ihrer Gedanken. Ihr Atem klang laut in ihren Ohren.

Sie war am Leben.

Dabei sollte sie tot sein. Barry hätte sie mehrmals töten können. Am Sonntag hätte sie sterben sollen. Zwei Mal sogar.

Aber sie war immer noch hier.

Was wollte Gott ihr damit zeigen? Dass er sie die ganze Zeit beschützt hatte?

Leigh ignorierte das Klingeln ihres Handys, damit dieser Gedanke noch etwas länger reifen konnte. Wenn Gott sie beschützt hatte, dann war das toll. Aber warum ließ er das alles dann überhaupt zu? War das ein Versuch, sie zu sich zu ziehen, anstatt sie zu vertreiben?

Vielleicht.

Ihr Puls ging jetzt wieder langsamer, ihr Atem ruhiger. Sie war immer noch nicht sicher, was das alles betraf, und sie wusste nicht, warum Gott *sie* beschützen sollte, aber nicht Peter. Warum hatte er sie vor Barry beschützt, aber zugelassen, dass ihn ein Tumor umbrachte?

Dass sie einfach still hier saß und diese Fragen stellte, war das irgendwie – warte mal, war das Beten? Es war nicht das, was sie normalerweise darunter verstand. Aber vielleicht war dieses Ringen mit den schwierigen Dingen das, wovon ihre Mutter gesprochen hatte.

Leigh verspürte einen Stich. Wenn ihre Mutter noch hier wäre, könnte sie ihr das alles erklären. Warum hatte sie Mom nicht früher darum gebeten, als sie noch die Gelegenheit dazu gehabt hätten?

Das Hämmern an der Tür ließ Leighs Gedanken in tausend Richtungen zerbersten. Sie sprang vom Sofa, das Kissen noch immer umklammert.

„Leigh! Ist alles okay bei dir? Mach die Tür auf."

Ryan. Der Kerl hatte vielleicht Nerven.

„Ich komme", antwortete Leigh, ließ sich aber Zeit dabei, ihn hereinzulassen.

„Du hast mir eine Heidenangst gemacht", schimpfte Ryan lautstark, als sie schließlich die Tür öffnete. „Warum bist du nicht ans Telefon gegangen."

„Ich hatte zu tun.“

„Zu tun? Ist das dein Ernst? Ich mache mir tierische Sorgen. Ich … du …“

„Wage es ja nicht, mir Vorwürfe zu machen. Ich bin dir keinerlei Erklärung schuldig.“

Bei diesen Worten wich Ryan zurück, als hätte Leigh ihn geschlagen. Aber sie hielt seinem Blick stand. Sie würde sich nicht entschuldigen. Er hatte sie den ganzen Abend warten lassen. Und jetzt stauchte er sie zusammen, weil sie nicht sofort ans Telefon gegangen war?

Die Spannung, die nun zwischen ihnen herrschte, hatte keine Ähnlichkeit mit der Elektrizität von heute Morgen.

Ryan trat einen Schritt zurück. „Tut mir leid, wenn ich dich belästigt habe, Leigh. Dann lasse ich dich in Ruhe. Gute Nacht.“

Damit drehte er sich um und ging.

Leigh starrte auf die Tür. Er würde doch wohl zurückkommen.

Aber das tat er nicht.

Um 23.13 Uhr hielt Gabriels Auto neben dem von Ryan. Ryan ließ das Fenster herunter. „Was machst du denn hier?“

„Ich habe in der Zentrale angerufen und erfahren, dass du die Nachtschicht im Streifenwagen übernommen hast. Was hast du denn gemacht, um rauszufliegen?“

Na, super.

„Ich hätte sowieso nicht die Nacht im Haus verbracht“, sagte er. „Da kann ich genauso gut hier sitzen.“

„Weil sie dich rausgeworfen hat?“

„Das hat sie nicht.“

„Wie ich gehört habe, hast du fast die Tür eingeschlagen, damit sie aufmacht, und dann warst du ganze zwei Minuten drin, bevor du wieder rausgekommen bist und angefangen hast zu schmollen."

„Ich schmolle nicht."

Gabriel verdrehte die Augen. „Okay. Du ziehst eine Flappe? Bläst Trübsal? Warte mal, du hast doch nicht etwa geheult, oder?"

„Halt die Klappe."

Gabriel lachte eine halbe Minute lang über seinen eigenen Witz, bevor er sich wieder sammelte. „Im Ernst, Mann. Was ist passiert? Ich dachte, du machst Fortschritte."

„Was denn für Fortschritte? Du weißt so gut wie ich, dass wir in diesem Fall überhaupt keine Anhaltspunkte haben. Nichts. Wenn diese Computerprofessorin, die Adam aufgetan hat, auch nichts findet, sind wir mit unserem Latein am Ende."

„Adam sagt, sie sei toll", sagte Gabriel. „Ich bin mir sicher, sie findet was. Aber davon habe ich nicht gesprochen und das weißt du auch."

Ryan verschränkte die Arme. Auf keinen Fall würde er mit Gabriel über die Sache sprechen. Was auch immer *die Sache* war. Oder nicht war. Da er offensichtlich jede Botschaft missverstanden hatte, die Leigh seiner Meinung nach gesendet hatte.

„Wow", sagte Gabriel. „Dich hat es aber böse erwischt."

Ryan wollte ihm widersprechen, aber das würde auch nichts nützen. Gabriel liebte Diskussionen. Er würde schon aus Spaß an der Freude dagegenhalten.

Seine beste Chance war, das Thema zu wechseln. „Bist du eigentlich extra hergekommen, um mich zu nerven?"

„Vor allem deswegen."

Fantastisch.

„Du hättest dich entschuldigen können."

„Wofür? Dass ich mir Sorgen um sie mache?"

„Ich habe gehört, du hättest sie angeschrien, weil sie nicht ans Telefon gegangen ist."

„Ach, du liebe Güte. Ich habe nicht geschrien."

Gabriel blickte betont gelangweilt durch die Gegend, während er mit den Fingern auf das Lenkrad trommelte. „Ich weiß ja nicht, wie der Beamte draußen es hören konnte, wenn du nicht gebrüllt hast."

„Ich habe …"

„Ja?"

„Ich hatte Angst, es könnte etwas passiert sein. Seit Stunden hatte niemand mehr mit ihr gesprochen. Sie hätte tot in ihrem Haus liegen können. Und sie weiß, dass wir Leute haben, die auf sie aufpassen. Da hätte sie wenigstens ans Telefon gehen können."

Gabriel schürzte die Lippen. „Hast du dir mal überlegt, dass sie vielleicht nicht ans Telefon gehen konnte?"

„Genau das habe ich mir überlegt, du Depp. Deshalb habe ich mir doch Sorgen gemacht." Was war daran so schwer zu verstehen? Warum war er der Buhmann, nur weil er Angst hatte, dass Leigh etwas zugestoßen sein könnte?

Gabriel sah ihn an, als sei er ein fünfjähriges Kind, das nicht versteht, warum es nicht noch mehr Süßigkeiten bekommt.

„Du bist der Depp. Vielleicht war sie im Bad. Vielleicht hat sie sich die Zähne geputzt und das Telefon nicht gehört. Wer weiß, was Frauen machen, wenn wir nicht dabei sind. Ich weiß es jedenfalls nicht. Unterm Strich heißt das, du hättest zu ihren Gunsten annehmen können, dass sie drangegangen wäre, wenn sie gekonnt hätte."

„Ich bin aber nicht sicher, ob sie drangegangen wäre."

„Habt ihr euch heute Morgen gestritten?"

Heute Morgen. Ihre weiche Wange. Wie ihr Atem gestockt hatte, als seine Lippen sie berührt hatten. Wie er buchstäblich hatte weglaufen müssen, damit er sie nicht in seine Arme zog.

Gabriel wedelte mit der Hand vor Ryans Augen herum. „Deinem leeren, verträumten Gesichtsausdruck nach zu schließen, wohl nicht. Hast du sie heute Morgen geküsst?"

Nicht so, wie Gabriel es meinte. Obwohl er es gerne getan hätte.

„Hast du?"

„Nein. Ich meine, ja. Nein. Ich habe ihr einen Kuss auf die Wange gegeben."

„Ich bin verwirrt", erwiderte Gabriel.

„Da sind wir schon zu zweit, Kumpel."

Einige Minuten lang saßen sie schweigend da.

„Ich finde immer noch, dass du dich entschuldigen solltest. Oder sie wenigstens fragen, ob ihr reden könnt. Um die Sache aus der Welt zu schaffen."

„Wahrscheinlich ist es besser, wenn ich das nicht mache."

„Also, wenn du so weitermachst, dann fallen mir die Augen noch aus dem Kopf", sagte Gabriel und verdrehte die Augen, als wollte er seine Behauptung beweisen. „Das kann doch nicht dein Ernst sein."

„Sie war völlig irrational."

„Jemand hat vor einer Woche zweimal versucht, sie umzubringen, und seitdem ist sie in ihrem Haus eingesperrt. Ich würde ihr eine Medaille dafür verleihen, dass sie noch nicht völlig den Verstand verloren hat."

„Du hast aber auch keine besonders hohen Maßstäbe."

„Im Gegenteil", widersprach Gabriel. „Meine Maßstäbe sind so hoch, dass keine Frau sie jemals erfüllen wird. Das habe ich absichtlich so gemacht. Ich bin nicht zum Heiraten geboren, und ich will nicht mit einer Frau zusammen sein, nur um nicht alleine zu sein und jemandem einen Gutenachtkuss geben zu können."

„Was willst du damit sagen?"

„Du dagegen *bist* zum Heiraten geboren. Du willst Frau und

Kinder und ein Haus. Vielleicht ein Haus am See mit Boot und Skiern und Taucherei und dem ganzen Familiensegen."

Ryan schnaubte verächtlich.

„Warum wehrst du dich so dagegen, Kumpel?"

„Ich habe gesehen, was passieren kann."

„Du redest von Rebecca?"

„Natürlich rede ich von Rebecca. Sie hat diesen Idioten geliebt. Ich glaube sogar, dass sie ihn immer noch liebt. Und er hat uns alle an der Nase herumgeführt. Und was bleibt ihr jetzt?"

„Ihr bleiben zwei tolle Kinder und ein Leben, das nicht so ist, wie sie es geplant hat, aber auch nicht so schlimm, wie du es darstellst", antwortete Gabriel.

„Sie hat ein schweres Leben."

„Es wäre sowieso schwer gewesen."

„Was ist das denn für eine merkwürdige Philosophie? Hast du die in all den Nächten als verdeckter Ermittler ausgebrütet?"

Gabriel ließ sich nicht provozieren. „Das Leben ist nun mal schwer, Parker. Jeder hat Probleme. Es gibt keine perfekte Beziehung und keinen perfekten Job und kein perfektes Haus, die einem ein leichtes Leben bescheren. Was uns aus der Bahn wirft, sind die Gelegenheiten, bei denen das Leben auf eine Weise schwer ist, mit der wir nicht gerechnet haben. Scheidung. Krankheit. Behinderung. Geldprobleme. Rebellische Kinder. Reporter, die verdeckte Ermittlungen platzen lassen. Freunde, die nicht einsehen, dass sie etwas richtig Gutes vermasseln, das ihnen in den Schoß gefallen ist, und dass sie es lieber reparieren sollten, bevor es zu spät ist."

Typisch Gabriel: Er tischte einem tiefe Wahrheiten auf und garnierte sie dann mit einem Seitenhieb.

„Na gut. Ich rufe sie morgen früh an."

„Schreib ihr eine Nachricht."

„Jetzt? Sie schläft doch längst."

„Das bezweifle ich."
Ryan nahm sein Telefon von der Mittelkonsole.

Können wir reden?

„Zufrieden?" Er zeigte Gabriel das Telefon.
Gabriel grinste. „Ich hatte recht", sagte er.
Ryan blickte auf den Bildschirm. Drei kleine Punkte blinkten ihn an. Leigh tippte bereits ihre Antwort.
Ryans ganzer Körper war angespannt. Die Punkte blinkten immer noch. Schrieb sie einen ganzen Roman? Wie lange dauerte es denn, Ja oder Nein zu tippen?
Plötzlich verschwanden die Punkte. Würde sie doch nicht antworten?
Immer wieder erschienen die Punkte und verschwanden dann wieder.
Mit jeder Sekunde, die verstrich, wuchs Ryans Frust.
Dass Gabriel lachte, half auch nicht.

Natürlich.

Das war nicht ihr Ernst, oder? Zwei Minuten tippen für ein Wort? Er hielt Gabriel das Handy hin, der sich vor Lachen gar nicht mehr einkriegte. „Du bist echt in Schwierigkeiten, Kumpel. Aber ich glaube, du wirst es überleben."

Jetzt?

Von mir aus. Warum, bist du noch auf?

Ich sitze vor deinem Haus.

Diesmal kamen keine Punkte. Drei Sekunden später ging die Haustür auf. „Das ist nicht dein Ernst, oder?" Leigh schien nicht begeistert, ihn zu sehen.

Gabriel rutschte auf seinem Sitz nach unten. „Ich sehe dich, Gabriel Chavez“, rief Leigh.

„Viel Glück“, sagte Gabriel.

Ryan fuhr sein Fenster hoch und stieg aus. „Vielen Dank“, sagte er noch zu Gabriel, bevor er auf das Haus zuging.

„Ich bin für dich da, Kumpel“, rief Gabriel ihm hinterher.

Leigh lehnte an der Hauswand. „Du wolltest reden?“, sagte sie nur.

Mist. Sie war immer noch sauer. Nicht gut.

„Ja. Aber nicht hier draußen.“

Leigh schnaubte, ging aber ins Haus zurück und schlug ihm die Tür nicht vor der Nase zu, als er ihr folgte. Vielleicht war das ja ein gutes Zeichen. „Ich habe mich gefragt, ob wir vielleicht mal durchgehen könnten, was unser jeweiliger Tag zwischen heute Morgen und heute Abend gebracht hat. Ich habe nämlich den Eindruck, dass ich irgendwas verpasst habe.“

„Ich habe keine Ahnung, was du den ganzen Tag gemacht hast“, sagte sie. „Ich war hier. Den ganzen Tag. Wie die ganze letzte Woche.“

Irgendwas entging ihm hier ganz eindeutig, aber was? „Okay. Als ich von hier weg bin, bin ich zu Mr Cook gefahren, weil er und sein Hund heute Morgen eine Leiche gefunden haben. Dieselbe Vorgehensweise wie bei unserer namenlosen Leiche aus dem See.“

„Oh nein.“ Leighs Miene war voller Kummer.

„Doch“, sagte er. Zum Glück war die Feindseligkeit jetzt aus ihrer Stimme verschwunden.

„Übernimmst du den Fall auch noch?“

„Nein. Anissa übernimmt ihn, aber wenn es sich wirklich um denselben Mörder handelt, arbeiten wir zusammen weiter.“

„Ist das für dich in Ordnung?“

„Klar. Sie ist eine gute Ermittlerin. Den größten Teil des Nachmittags habe ich an deinem Fall gearbeitet, und dann hat ein Anwohner vom See angerufen. Er war zwei Wochen weg und ist gerade erst nach Hause gekommen. Adam und ich waren bei ihm und haben uns die Aufnahmen seiner Kameras angesehen. Ich habe dich angerufen, gleich nachdem wir damit fertig waren. Es tut mir leid, dass ich mich nicht eher gemeldet habe. Jedes Mal, wenn ich dich anrufen wollte, hat das Telefon geklingelt."

Leigh schluckte. „Kein Problem. Du musst deine Arbeit machen. Das verstehe ich."

Sie trat von einem Fuß auf den anderen, als sie sprach, und wandte den Blick ab. Sie sagte nicht die Wahrheit.

Oder hatte es zumindest nicht getan.

Aber …

„Warst du sauer, weil ich den ganzen Tag nicht angerufen habe?", wagte Ryan sich vor und trat näher. Leigh wich nicht zurück.

„Nein." Sie lachte, als sei das die lächerlichste Idee der Welt. Was ihn vermuten ließ, dass er auf der richtigen Fährte war.

„Leigh, du weißt doch, dass ich Leute verhöre, oder?"

Sie antwortete nicht.

„Ich glaube, du warst vielleicht ein bisschen sauer, und das tut mir leid. Ich wollte dich anrufen. Ich habe den ganzen Tag über an dich gedacht."

„Wirklich?" Es war kaum zu hören, und weil sie zurückwich, als sie es sagte, hätte er wetten können, dass sie es gar nicht hatte laut aussprechen wollen.

Ryan trat wieder einen Schritt näher. „Wirklich."

Leigh nickte ein paarmal. „Ich habe deinen Anruf nicht richtig ignoriert", sagte sie jetzt. „Wenn du es unbedingt wissen willst, habe ich irgendwie gebetet. Na ja, so was Ähnliches. Ist schwer zu erklären. Und als das Telefon geklingelt hat, habe ich nicht mal draufgesehen. Ich wusste nicht, dass du versucht hattest, mich zu erreichen, bis du es mir gesagt hast. Nachdem du gegangen warst, habe ich gesehen, dass du eine Nachricht geschickt hat und dass ich einen Anruf verpasst hatte. Ich wusste nicht, dass du dir Sorgen gemacht hast."

Das war höchstwahrscheinlich nicht der richtige Zeitpunkt für Machogehabe. „Ich hatte schreckliche Angst", sagte er.

„Ich habe wohl zu heftig reagiert."

„Ich wohl auch."

„Tut mir leid", sagten beide gleichzeitig. Leigh schien nicht zu wissen, wohin sie gucken sollte. Ihr Blick wanderte zwischen Fußboden und Decke hin und her. Überallhin, nur ihn sah sie nicht an. Schließlich starrte sie die Tür an.

„Warum habt ihr vor meiner Tür gesessen?"

„Ich wollte nicht fahren", sagte er. „Gabriel ist vorbeigekommen, um mir Gesellschaft zu leisten."

„Um Mitternacht?"

„Er ist ein guter Freund."

„Ich wusste nicht, dass du die ganze Nacht hier sein wolltest", sagte sie.

„Ich hatte auch nicht vor, es dir zu erzählen." Besser, wenn er ehrlich war.

Noch eine lange Pause. Gefüllt mit merkwürdigen Schwingungen. Sie hatten ihren ersten richtigen Krach gehabt und überlebt. Aber sie konnten sich nicht küssen und versöhnen, weil sie sich ja überhaupt noch nie geküsst hatten, und irgendwie wollte er nicht, dass ihr erster Kuss so war.

„Ich gehe besser wieder raus", sagte er. „Gabriel fährt garantiert nicht, bevor ich ihm berichtet habe."

„In Ordnung", nickte sie. „Gute Nacht."

Sie folgte ihm zur Tür. Wenn er sich jetzt umdrehte … nein. Jetzt nicht. Er ging weiter, bis er hörte, wie die Tür sich hinter ihm schloss. Dann stützte er sich einen Moment lang auf das Terrassengeländer. Es hatte keinen Sinn, wie ein liebeskranker Hund hier draußen herumzustehen. Er lief zum Auto.

Gabriel lehnte sich aus dem Fenster. „Und?"

In diesem Augenblick hörten die beiden einen Knall. Dann einen Schrei.

Sofort rannte Ryan zum Haus zurück, dicht gefolgt von Gabriel. Er hielt sich nicht damit auf zu klopfen. Stattdessen holte er den Schlüssel aus der Hosentasche, den Leigh ihm Anfang der Woche gegeben hatte. Hektisch schloss er auf und wappnete sich für das, was er vielleicht vorfand, wenn er das Haus betrat.

Bitte, Vater, bitte lass ihr nichts passiert sein.

11

Leigh hatte keine Ahnung, warum ihr Esszimmertisch von jetzt auf gleich explodiert war. Sie rappelte sich hinter dem Sofa auf, wo sie bei ihrem Hechtsprung gelandet war, und rannte los, um den Feuerlöscher zu holen, während orangefarbene Flammen über den Esszimmerstühlen tanzten.

Mit dem Feuerlöscher in der Hand baute sich Leigh ein, zwei Meter vor dem Feuer auf. Ziehen. Zielen. Drücken. Schwenken.

Ein Stuhl gelöscht.

Sie musste sehr viel näher an die Flammen heran, als ihr lieb war, wenn sie den Brand löschen wollte. Der Schweiß lief ihr übers Gesicht und brannte in ihren Augen, als sie sich über den brennenden Stuhl links von ihr hermachte.

„Leigh!" Plötzlich war Ryan neben ihr. „Raus hier!"

„Nein!“ Die Feuerwehr war keine zwei Kilometer entfernt, aber wenn Leigh das Feuer brennen ließ, würde das Haus zerstört, bevor der Löschzug hier war. Ein brennender Stuhl stand in der Nähe der Vorhänge. Wenn die in Flammen aufgingen …

Sie durfte das Haus nicht verlieren. Sie hatte schon zu viel verloren.

Der zweite Stuhl war gelöscht.

Gabriel kam zu ihnen. Wo hatte er zwei weitere Feuerlöscher her? Er gab Ryan einen und zu dritt löschten sie die letzten beiden Stühle, während die Sirenen der Löschzüge näher kamen. „Ich habe den Notruf abgesetzt. Sie haben gesagt, sie sind in zwei Minuten da.“

Alle drei hatten sie ihre Feuerlöscher auf die rauchenden Überreste dessen gerichtet, was vorher ein hundert Jahre alter Weichholztisch gewesen war.

Was war passiert? Leigh hatte keine Ahnung, wie lange sie dastanden, bevor die ersten beiden Feuerwehrleute in den Raum gestürmt kamen. Einer von ihnen griff nach dem Feuerlöscher, den sie noch immer in der Hand hielt. „Den nehme ich jetzt, Ma'am.“

Sie musste jeden Finger zwingen, den Griff loszulassen. Warum wog die Flasche jetzt so viel mehr als noch vor wenigen Augenblicken? Oder vielleicht waren es ihre Arme, die schwerer waren als sonst. Das Adrenalin war verebbt und wich einer tiefen Erschöpfung.

Leigh wankte und stieß an die Küchenzeile, während ihr Haus sich mit Feuerwehrleuten füllte.

Ryan lehnte neben ihr an der Frühstücksbar. „Danke“, sagte sie. Die Worte drückten nicht annähernd aus, welche tiefen Emotionen in ihrem Herzen und in ihrem Kopf rotierten. Die Erleichterung, die sie verspürt hatte, als sie wusste, dass sie nicht allein war. Die Dankbarkeit für Ryans und Gabriels Bemühungen, das Feuer zu löschen. Aber wenn sie versuchte, diese Gefühle in Worte zu fassen, würde sie zusammenbrechen.

Ryan stand mehrere Minuten lang bei ihr, ohne etwas zu sagen. „Was ist passiert, als du reingekommen bist?“, fragte er schließlich.

Gott sei Dank, diese Frage konnte sie beantworten. „Der Tisch ist explodiert“, sagte Leigh. „Ich weiß nicht, was ich dir sonst sagen soll. Ich bin ins Wohnzimmer gegangen, um ein Buch zu holen, und da ist er … in die Luft geflogen.“

Jetzt legte Ryan einen Arm um sie. Sie lehnte sich an ihn und protestierte nicht, als sein anderer Arm sich um sie schlang und er sie fest an sich drückte. Ihr ganzer Körper zitterte, und sie konnte nichts dagegen tun. War das eine Reaktion auf seine Berührung oder auf den Stress der letzten Minuten? Oder beides?

Sie hatte auch keine Einwände, als er ihr über den Rücken strich. „Ist schon gut. Dir ist nichts passiert.“

Ryan drückte seine Lippen auf ihre Haare, und es war ihr egal, dass zehn Männer in Schutzkleidung durch ihr Haus liefen und sie so sahen.

Jemand räusperte sich. „Entschuldigung“, sagte eine tiefe Stimme hinter Ryan. Er drückte sie noch ein wenig fester, bevor er sie losließ. Jedenfalls so gut wie. Einen Arm ließ er um ihre Schultern liegen, als sie sich zur Stimme umdrehten.

„Ms Weston.“ Der Mann streckte ihr eine große Hand entgegen. Sein Handschlag war fest und seine Augen waren freundlich. „Wir würden gerne ein paar Hunde reinbringen, um festzustellen, ob es noch andere brennbare Gegenstände hier gibt.“

„Natürlich“, erwiderte sie. „Tun Sie, was nötig ist.“

Er nickte und gab einem anderen Feuerwehrmann an der Tür ein Zeichen. Der Mann erwiderte das Nicken und verschwand.

„Das Feuer war aufs Esszimmer beschränkt", sagte er. „Ich kann nicht gutheißen, dass Sie bei einem Brand im Haus geblieben sind. Aber ich muss sagen, Sie haben gute Arbeit geleistet, als Sie das Feuer gelöscht haben, bevor wir gekommen sind. Es gibt keine Hinweise auf irgendwelche Gebäudeschäden, aber vielleicht wollen Sie heute trotzdem woanders übernachten. Wir müssen das Haus gründlich untersuchen."

Leigh war immer noch fassungslos. Vor ein paar Stunden hatte sie sich nichts sehnlicher gewünscht, als dieses Haus zu verlassen. Aber nicht unter diesen Umständen ...

Ein Feuerwehrmann rief vom Esszimmer herüber: „Was war auf dem Tisch, Ma'am?"

Auf dem Tisch? Sie versuchte, sich zu erinnern.

„War es der Strauß Luftballons, den ich heute Morgen vorbeigebracht habe?", fragte Ryan.

„Ja, genau", nickte sie.

„Ballons?", sagten die drei Feuerwehrleute zeitgleich.

„Das erklärt einiges", fügte einer von ihnen hinzu.

„Das kann man jetzt noch nicht sagen", wandte der älteste von ihnen ein.

„Aber wir können jetzt schon sagen, dass irgendetwas auf diesem Tisch explodiert ist." Ein anderer Mann hielt einen verkohlten Gegenstand in der Hand.

„Das war ein kleiner Blumentopf mit einer Grünpflanze drin", sagte Ryan. „Die Ballons waren daran befestigt."

„Sieht aus, als sei Ihre Pflanze explodiert und hätte die Ballons angezündet. Ein hübsches kleines Feuerwerk, und ich vermute, der Tisch war gutes Brennholz."

„Die Pflanze ist explodiert?", fragte Leigh.

„Schwören kann ich es nicht, aber das ist meine Vermutung. Woher hatten Sie sie?"

„Die haben Freunde aus dem Krankenhaus geschickt", erwiderte Leigh. Welche Abteilung war es heute gewesen? Die

Kollegen aus der Aufwachstation? Ja. Aber niemand dort würde so etwas tun.

„Ballons explodieren nicht“, sagte Ryan. „Helium ist ein träges Gas. Es würde nicht so brennen.“

„Wir werden es vielleicht nie beweisen können, aber ich vermute, dass die Ballons mit Wasserstoff gefüllt waren, nicht mit Helium“, sagte der Feuerwehrmann.

„Das wäre eine Erklärung“, nickte Gabriel.

Leigh zermarterte sich das Hirn. Wasserstoff war extrem brennbar. Niemand, der einigermaßen bei Verstand war, würde Ballons damit füllen. Es sei denn …

Jemand hatte versucht, sie mit einem Blumentopf zu töten.

Die nächste Stunde kam Leigh wie ein wirres Durcheinander vor. Feuerwehr. Spurensicherung. Ermittler. Jemand hatte Kaffee gemacht. Sie saß auf ihrem Sofa und nippte an dem bitteren Getränk. Wer hatte den denn gebraut? Der war ja furchtbar.

Jemand kam mit Hunden. Noch eine Stunde verging. Die Feuerwehr erklärte das Haus für sicher. Alle Blumensträuße waren auf Sprengstoffe untersucht worden, man hatte nichts gefunden. Ihr Schlafzimmer. Ihre Garage. Das Zimmer ihrer Eltern. Alles.

Aber sie war nirgendwo sicher.

Der Herr ist eine starke Festung: Wer das Rechte tut, findet bei ihm sichere Zuflucht.

An diesen Vers hatte sie schon sehr lange nicht mehr gedacht.

Jetzt stand sie im Dunkeln im ehemaligen Arbeitszimmer ihres Vaters und blickte auf den See hinaus. Ihr Dad hatte ihr so viele Bibelverse über Sicherheit und Geborgenheit beigebracht, wie er finden konnte. Er wollte, dass sie als Kind Gottes diese Gewissheit hatte. Dass sie mit der Angst und den Sorgen, die sie seit China verfolgt hatten, besser umgehen konnte.

Ihr Vater hatte immer gewollt, dass sie mutig durchs Leben ging. Sich mit allem auseinandersetzte. Und wusste, dass sie geborgen war – in seiner Liebe und in Gottes Liebe.

Sie hatte zu lange in Angst gelebt.

Jetzt war es genug. Sie würde sich nicht aus ihrem Haus vertreiben lassen. Und niemand konnte sie zwingen, sich darin zu verstecken. Entweder es gelang diesem Menschen, sie zu töten, oder er machte einen Fehler, sodass Ryan ihn fangen konnte.

Sie würde leben oder sterben.

Aber sie würde nicht in Todesangst leben.

Nicht dass sie sich den Tod herbeiwünschte. Es gab so viele schöne Dinge, für die zu leben sich lohnte.

„Leigh?“ Ryans Stimme drang durch die Dunkelheit zu ihr. „Kann ich reinkommen?“

„Klar“, sagte sie. „Was brauchen die Leute noch?“

„Nichts. Sie packen ihre Sachen.“

„Gut.“ Sie sollte nach unten gehen und ihnen danken.

Sie hörte, dass Ryan näher kam. Mit langsamen Schritten. Hinter ihr blieb er stehen. „Aber was brauchst *du,* Leigh? Was kann ich tun?“

Sie wusste nicht, wie sie darauf antworten sollte.

Seine Hände legten sich auf ihre Schultern, und ohne eine bewusste Entscheidung ließ sie sich fallen. Dann spürte sie seine Arme um sich. Und sein Kinn, das auf ihrem Kopf ruhte.

„Ich werde ihn kriegen, Leigh.“

Sie wusste, dass er es mit aller Kraft versuchen würde.

Das Telefon in seiner Tasche klingelte. Ryan nahm den Anruf entgegen, ließ aber einen Arm um sie liegen. „Das ist Kirk. Ich habe ihn vorhin angerufen und eine Nachricht hinterlassen.“

Leigh konnte die Panik in der Stimme ihres Bruders hören. Ryan erklärte, was geschehen war.

„Sie ist hier. Es geht ihr gut … Hier“, sagte er und gab ihr das Telefon. „Er will mit dir reden.“

„Kirk.“

Zehn Minuten später gab sie das Handy zurück. Die ganze Zeit hatte Ryan sie im Arm gehalten. Abgesehen von dem Augenblick, als er angefangen hatte, über ihre Haare zu streichen.

„Leigh“, sagte Ryan jetzt und seine Stimme klang heiser. „Ich muss dir etwas sagen.“

Sie hatte das ungute Gefühl, dass es ihr nicht gefallen würde.

„Vor Jahren, als du noch in der Mittelstufe warst, hat Kirk sehr deutlich gemacht, dass du tabu bist.“

„Wie bitte?“

„Seinen Freunden gegenüber. Er hat uns zu verstehen gegeben, dass keiner von uns mit dir ausgehen durfte.“

Sie würde ihren Bruder umbringen.

„Ich habe seine Wünsche respektiert, aber ich habe mich immer gefragt, ob du jemals daran gedacht hast …“

„Hey! Parker! Mann, wo bist du?“ Leigh hörte, wie Gabriel die Treppe hinaufkam.

„Ich glaub’s nicht“, murmelte Ryan. Er ließ sie los und trat zurück. „Wir sind im Arbeitszimmer“, rief er.

Gabriel näherte sich der Tür mit dem üblichen federnden Schritt, aber als er in das dunkle Zimmer trat, blieb er stehen. „Oh, sorry. Ich … äh … hoffe, ich habe euch nicht bei irgendwas gestört. Obwohl, das stimmt nicht. Ich hoffe, ich *habe* euch bei was gestört, denn wenn nicht, bist du ein Idiot, Ryan.“

Leigh spürte, wie ihre Wangen brannten. Ryan ging nicht auf Gabriels Anspielungen ein. „Was ist?“

„Ich wollte Leigh fragen, ob ich ein Hotelzimmer für sie organisieren soll oder ob sie hierbleiben will.“

„Hotelzimmer“, sagte Ryan.

„Hierbleiben“, sagte Leigh im selben Moment.

„Wie bitte?“, fragten dann beide gleichzeitig.

„Okay“, erwiderte Gabriel und trat wieder auf den Flur hinaus. „Das ist also noch nicht klar. Sagt mir Bescheid, wenn ihr euch entschieden habt. Ich bin hier draußen.“

Er lehnte sich bewusst lässig an die Wand, noch immer in Sichtweite der Tür.

„Leigh“, sagte Ryan.

„Nein. Ich gehe nicht.“

„Bitte.“

„Glaubst du wirklich, dass ich in irgendeinem Hotel sicherer bin?“

„Ich glaube, dass du dort am sichersten bist, wo keiner dich vermutet.“

„Ich werde mich nicht verstecken.“

Ryan fuhr sich mit den Händen durch die Haare. Er hatte sie noch immer nicht schneiden lassen. Wie es wohl wäre, wenn ihre Hände …

Sie bemerkte erst, dass sie zu ihm getreten war, als ihre Hände auf seiner Brust lagen. Bei der Berührung erstarrte er. „Ich werde mich nicht verstecken.“

Ryan ließ den Kopf sinken, bis seine Stirn ihre berührte. „Ich weiß nicht, wie ich dich beschützen soll.“ Es klang so, als hätte er diese Worte aus den tiefsten Tiefen seines Wesens hervorgeholt.

„Ich glaube nicht, dass das deine Aufgabe ist.“

Nicht seine Aufgabe?

Was glaubte sie, wer sie vor diesem Irren beschützen würde?

„Du kannst nicht für mein Leben garantieren.“

„Aber ich werde es versuchen, und wenn es das Letzte ist, was ich tue.“

„Ich weiß." Ryan hörte die Wärme in ihrer Stimme. „Und ich finde es wunderbar, dass du tust, was in deiner Macht steht, um mich zu retten. Aber es gibt nur Einen, der das kann, Ryan. Ich habe damit gerungen und bin noch immer nicht glücklich mit all dem, was in meinem Leben passiert. Aber eins weiß ich: Er hat alles in der Hand. Ob es mir gefällt oder nicht."

Leigh sprach all das aus, was sein Herz ihm auch sagte. All das, was er immer versuchte zu ignorieren.

„Du darfst dich nicht verrückt machen vor Sorge, dass jemand eine Bombe in einem Blumentopf ins Haus schmuggelt."

„Ich hätte darauf kommen sollen", wandte Ryan ein.

„Jetzt weißt du es. Beim nächsten Mal, wenn jemand von einem mörderischen Wahnsinnigen verfolgt wird, verbietest du seinen Freunden, Blumen zu schicken."

Sollte das witzig sein?

„Ich finde das nicht zum Lachen."

„Ich lache auch nicht. Und ich mache keine Witze."

„Du hättest getötet werden können."

„Du auch. Du hast die Ballons hergebracht. Was ist, wenn sie in deiner Hand explodiert wären? Hast du daran mal gedacht?"

Hatte er nicht.

„Was ist, wenn ich gar nicht die Zielscheibe war?"

Ihm gefiel überhaupt nicht, was sie damit andeuten wollte. „Es ist eine interessante Theorie, aber niemand konnte wissen, dass ich die Ballons herbringen würde. Ich denke immer noch, dass die Bombe für dich gedacht war."

„Wir müssen herausfinden, ob die Kollegen von der Aufwachstation wirklich die Blumen geschickt haben", sagte Leigh. „Beziehungsweise, ob überhaupt jemand vom Krankenhaus diese Woche Blumen geschickt hat."

Wie konnte sie so ruhig und sachlich sein?

„Ich kümmere mich darum“, sagte er.

„Ich kann mich umhö…“

„Nein“, widersprach er. Dass Leigh ihre eigenen Ermittlungen anstellte, war das Letzte, was er jetzt brauchte.

„Warum nicht?“ Sie löste sich von ihm und sah ihm in die Augen. „Was ist verkehrt daran, wenn ich ein paar Fragen stelle?“

„Du könntest den Täter unbeabsichtigt warnen. Ich werde nicht mit gezückter Dienstmarke im Krankenhaus herumlaufen. Ich werde den Blumenladen anrufen. Ich werde unauffällig Fragen stellen. Ich habe einen Plan. Bitte.“ Er streckte die Hand nach ihrem Gesicht aus. Er wusste, dass er es nicht tun sollte. Sie war ein Opfer. Eine Zeugin. Sie stand unter Polizeischutz. Unter seinem Schutz. Er hatte heute schon viel zu viel Körperkontakt zwischen ihnen beiden zugelassen. Er sollte sie nicht berühren.

Ryan schloss die Augen und zwang sich, die Hand sinken zu lassen und einen Schritt zurückzutreten. Als er die Augen wieder öffnete, sah er Leighs Blick. Was er darin las, war Verwirrung. Vielleicht sogar Kränkung.

„Leigh, wenn das hier vorbei ist …“ Er holte tief Luft. „Hör zu, ich will dich nicht ausnutzen. Diese Situation. Wenn es vorbei ist, dann würde ich gerne mit dir zusammen sein, wenn du mich lässt. Die ganze Zeit.“

„Machst du dir Sorgen, dass ich emotional zu instabil bin?“ Sie trat näher. Er wich erneut einen Schritt zurück.

„So würde ich es nicht ausdrücken, aber ich glaube, wenn man dem Tod nahe ist, dann sind die Emotionen sehr stark, und ich will nicht …“

„Hast du Angst, meine Gefühle könnten sich ändern, wenn das hier vorbei ist? Oder hast du Angst, dass deine sich ändern könnten?“

Nie im Leben würden sie das tun.

„Oder hast du Angst, dass Kirk es erfährt? Oder dein Chef?“

„Ja."

„Welcher von den beiden?"

„Beide."

Wieder machte sie einen Schritt auf ihn zu. „Weißt du was?"

Jetzt stießen seine Beine an den Schreibtisch ihres Vaters.

„Ich habe vor beiden keine Angst."

Sie beugte sich vor, die Hände auf seine Unterarme gelegt. Irgendwie bewegten seine Hände sich zu ihrer Hüfte. Ihre Lippen berührten seine Wange. Wenn er den Kopf nur ein wenig drehte …

„Danke, dass du so ein Gentleman bist", sagte sie.

Ryan presste die Lippen aufeinander.

„Und ich verspreche, dass ich im Krankenhaus keine Fragen stellen werde, wenn ich heute Abend arbeiten gehe."

Diese Frau würde ihn noch umbringen.

„Und mach dir keine Gedanken wegen Kirk. Ich werde dich vor ihm beschützen", sagte Leigh lächelnd, während sie seinen Armen entglitt und zur Tür hinausging. Auf dem Flur blieb sie stehen. „Ich werde ein bisschen schlafen. Ihr zwei könnt gerne bleiben. Sagt mir Bescheid, wie ihr euch entschieden habt."

Als Ryan auf den Korridor hinaustrat, sah er gerade noch, wie sie in ihrem Schlafzimmer verschwand.

Gabriel stieß sich von der Wand ab. „Du sitzt in der Patsche", sagte er in einem belustigten Singsang. Ryan folgte ihm die Treppe hinunter.

Was war da gerade passiert? Hatte sie gesagt, dass sie ebenso interessiert war wie er? Oder war sie nur dankbar, weil er sie nicht zu etwas drängte, was sie vielleicht gar nicht wollte?

Ryan rieb sich die Augen. Wann hatte er eigentlich das letzte Mal geschlafen? Wahrscheinlich würde Schlaf helfen.

„Ich bin dafür, dass wir uns auf die Sofas hauen", schlug Gabriel vor.

„Das ganze Erdgeschoss stinkt nach Rauch“, wandte Ryan ein. „Wenn wir dort die Nacht verbringen, haben wir morgen bestimmt Kopfschmerzen.“

„Im Keller sind zwei Gästezimmer“, sagte Leigh vom Ende des Ganges aus. Ryan blieb auf der Treppe stehen, während Leigh sich über das Geländer lehnte. „Wenn ihr nicht nach Hause fahrt, könnt ihr unten duschen und schlafen. Ich nehme an, ihr habt frische Sachen dabei?“

Gabriel zuckte zustimmend mit den Schultern.

„Danke. Dann sind wir unten, falls du uns brauchst“, sagte Ryan.

Ohne Antwort verschwand Leigh wieder.

„Sie ist wie ein Ninja“, sagte Gabriel leise. „Furchtlos und irgendwie Furcht einflößend.“

Das war eine ziemlich gute Beschreibung.

Die zwei Männer gingen nach draußen, um ihre Taschen aus den Autos zu holen. „Worüber habt ihr geredet?“, fragte Gabriel. „Ich habe versucht zu lauschen, aber ihr habt zu leise gesprochen.“

„Nichts, was dich interessieren könnte.“

„Das bezweifle ich sehr.“

„Außer einer Sache …“

„Und?“

„Sie meinte, es könnte sein, dass die Blumen explodieren sollten, während ich sie in der Hand hatte.“

„Das wäre ungünstig.“

Wohl wahr. „Ich glaube nicht, dass da was dran ist, aber …“

„Wir müssen es im Hinterkopf behalten.“

„Genau.“

„Noch was?“

„Ja“, nickte Ryan. Er senkte die Stimme, nur für den Fall, dass Leighs Fenster offen war. „Wir müssen über alle Mitarbeiter der Notaufnahme Nachforschungen anstellen. Wie lange arbeiten sie schon dort? Hat Leigh vielleicht mit einem von ihnen irgendwo anders zusammengearbeitet?"

„Du glaubst, ihr Stalker ist ein Kollege?"

„Denk dran: Wir sind nicht mal sicher, ob es ein Stalker ist. Dieses Verhalten ist nicht typisch für einen Stalker. Es ist …"

„… verrückt", ergänzte Gabriel.

„Und es passt zu keinem Profil, das irgendeinen Sinn ergibt."

„Vielleicht hat sie einen neuen Stalker. Sie scheint etwas an sich zu haben, was bewirkt, dass erwachsene Männer innerhalb von wenigen Tagen den Verstand verlieren." Gabriel boxte spielerisch Ryans Schulter.

„Ich habe nicht den Verstand verloren", protestierte Ryan.

„Wieso denkst du denn, dass ich von dir rede?"

„Wen solltest du denn sonst meinen?"

„Niemanden. Ich finde es nur interessant, dass du dir den Schuh so schnell anziehst."

„Geh schlafen, Gabriel", sagte Ryan. „Ich rede noch mit den Kollegen, die heute Nacht hier draußen Wache schieben, dann komme ich auch rein."

Gabriel lachte und ging zum Haus zurück. Ryan hatte seinen Kollegen immer gemocht, aber seit er nicht mehr als verdeckter Ermittler arbeitete, hatte er seine Zurückhaltung völlig verloren. Was ihm in den Sinn kam, sprach er auch aus. Es war beinahe so, als hätte er in all den Jahren so viel in sich hineingefressen, dass es jetzt bei jeder Gelegenheit herauskam.

In gewisser Weise war diese Ehrlichkeit erfrischend. Bei Gabriel wusste man immer, woran man war. Aber manchmal, so wie heute Abend, erschien es Ryan aufdringlich und peinlich.

Er vergewisserte sich, dass die Beamten der Nachtschicht seine Telefonnummer hatten. Dann schloss Ryan die Türen ab und schaltete die Alarmanlage ein, bevor er ins Untergeschoss ging. Dort duschte er schnell und ließ sich endlich ins Bett fallen. Die Nacht würde kurz sein, aber vielleicht halfen ihm ein paar Stunden Schlaf, um zu begreifen, was hier vor sich ging.

Denn im Moment wusste er nur eines ganz genau.

Bisher hatte er irgendetwas übersehen.

Irgendetwas Wichtiges.

Und wenn er nicht bald herausfand, was das war, dann würde jemand sterben.

12

Am Sonntagmorgen schlief Leigh bis 10 Uhr.

Noch bevor sie die Augen aufschlug, griff sie zu ihrem Telefon. Drei Nachrichten waren eingegangen.

Eine von Keri.

Eine von Gabriel.

Eine von Ryan.

Keris Nachricht war voller Ausrufezeichen und Emojis und zeigte, wie erleichtert sie war, dass Leigh nichts passiert war, und wie froh darüber, dass Leigh wieder arbeiten kommen würde.

Gabriels Nachricht überraschte Leigh. Er hatte nur wenige Worte geschrieben.

Es hat ihn böse erwischt.

Wen hatte es böse erwischt? Darauf gab es nur eine mögliche Antwort, und Leigh spürte sie, wie sie beim Gedanken daran rot wurde. Hatte Ryan Gabriel eingeweiht? Was hatte er wohl gesagt? Mochte er sie wirklich? Das hatte er jedenfalls gesagt. Irgendwie. Zumindest wenn „Ich möchte die ganze Zeit mit dir zusammen sein“ bedeutete, dass er sie mochte.

Die Nachricht von Ryan war länger.

Hoffe, du hast gut geschlafen. Danke, dass wir so spontan bei dir übernachten konnten. Haben alles ordentlich hinterlassen. Ich gehe mit meiner Schwester und ihren Kindern in die Kirche und dann etwas essen. Würde mich freuen, wenn du uns mal begleitest, wenn die Sache hier vorbei ist. Heute Nachmittag werde ich ein paar Spuren verfolgen, aber wenn du nichts dagegen hast, würde ich dich gerne zur Arbeit fahren. Dann kann ich mir auch einen Eindruck davon verschaffen, wie es in deiner Station mit der Sicherheit aussieht. Sag mir Bescheid.

Drei kleine Punkte fingen an, über ihren Bildschirm zu tanzen. Sie wartete ab, ob er noch mehr zu sagen hatte.

Wenn das für dich okay ist, kommt Adam Campbell heute Nachmittag vorbei, um mit dir zu reden. Ich will, dass noch jemand von außen draufguckt. Einverstanden?

Leigh schickte eine Nachricht zurück, in der sie zustimmte und sagte, dass sie gegen sechs Uhr das Haus verlassen wollte.

Drei Stunden später klopfte Adam Campbell an die Tür. Leigh kannte ihn schon seit ewigen Zeiten. Er war in der Schule zwei Jahrgänge unter ihr und ein bisschen unbeholfen gewesen. Der selbstbewusste Mann, der jetzt vor Leighs Tür stand – schlank, sportlich, mit hellbraunen Haaren und grünen Augen –, wirkte so, wie man sich den mittleren Sohn der mächtigen Campbell-Familie vorstellte. Den Campbells gehörte halb Carrington. Adam hätte alles machen können, aber er hatte Strafrecht studiert, dann die Polizeiakademie absolviert und anschließend wie jeder andere auch als uniformierter Polizist begonnen. Sein Fachbereich war Wirtschaftskriminalität – eine Welt, die er wahrscheinlich besser verstand als die meisten anderen Menschen.

Aber trotzdem: Was konnte er zu den Ermittlungen beisteuern? Was für Spuren verfolgte Ryan? Warum schrieb er ihr eine Nachricht, anstatt anzurufen?

Als Leigh an den vergangenen Abend zurückdachte, wurde ihr Gesicht ganz warm. Das dunkle Arbeitszimmer, der Mond überm See. Sie war so offen zu Ryan gewesen, dass es sie selbst überrascht hatte. Und sie war ziemlich sicher, dass er auch überrascht gewesen war.

Sie würde Kirk umbringen. Wenn er anrief, würde sie ihm ordentlich die Leviten lesen. Und zwar so, dass ihm die Ohren klingelten. Wie konnte er es wagen! War Adam auch von Kirks Warnung betroffen gewesen? Wie weit hatte Kirk das Netz ausgeworfen, um seine kleine Schwester zu beschützen?

Der Adam, der jetzt vor ihrer Tür stand, sah aus, als käme er gerade von einem sonntäglichen Segelausflug auf dem See. Shorts. Bootsschuhe. Polohemd. Sonnenbrille auf dem Kopf. Die Dienstmarke und die Waffe machten den Freizeiteindruck nur wenig zunichte.

„Adam." Leigh streckte die Hand aus. „Komm rein. Was kann ich für dich tun?"

Sie setzten sich ins Wohnzimmer. „Es wird nicht lange dauern. Ich helfe Ryan ein bisschen bei seinen Ermittlungen. Ich wollte fragen, ob ich mal einen Blick auf deine Alarmanlage werfen darf."

„Sicher, aber warum?"

„Ich will sie mir genauer ansehen, als wir das bisher getan haben. Ich möchte jeden Kamerawinkel überprüfen und sehen, ob irgendetwas auffällig ist. Wahrscheinlich kommt nichts dabei heraus, aber es ist erstaunlich, wie viele Ermittlungen an solchen Dingen hängen."

„Was brauchst du?"

„Eigentlich nur deine Erlaubnis. Wir beantragen einen Durchsuchungsbeschluss und können dann direkt mit der Sicherheitsfirma zusammenarbeiten, aber mit deiner Erlaubnis geht es schneller."

„Du hast sie. Was noch?"

Adam setzte sich ein wenig anders hin. „Es tut mir leid, aber ich muss dich nach deinen Beziehungen fragen. Ehemalige, aktuelle, gute, schlechte – all so was."

Jetzt wurde ihr einiges klarer. Dass Ryan nicht hier war und stattdessen Adam geschickt hatte. Natürlich hätte er sie selbst fragen können, aber das wäre unangenehm gewesen.

Nicht dass das jetzt angenehm war.

„Da gibt es nicht viel zu erzählen."

Adam zog eine Augenbraue hoch.

„Ist so. Im College war ich mit zwei Typen zusammen ..."

„Namen?"

„Die haben mit der Sache hier doch nichts zu tun."

„Woher weißt du das?"

„Einer von ihnen ist verheiratet und lebt in Virginia. Ich war bei seiner Hochzeit. Seine Frau ist jetzt eine sehr gute Freundin. Der andere ist Missionar in Brasilien."

„Ich brauche trotzdem ihre Namen."

Die nächste halbe Stunde verbrachte Leigh damit, ihm die Namen von jedem männlichen Wesen zu nennen, mit dem sie jemals ausgegangen war, und sei es auch nur ein einziges Mal gewesen. Dann wollte er die Namen all der Männer, die mit ihr hatten ausgehen wollen. Diese Liste war ein bisschen länger.

„Ich bin wählerisch", sagte Leigh.

„War das bei irgendeinem von ihnen besonders unangenehm?"

„Nur so unangenehm, wie es nun mal ist, jemandem einen Korb zu geben, der sich ein Herz fasst und fragt und damit Zurückweisung riskiert. Es ist schmeichelhaft, gefragt zu werden, aber ich gehe nicht mit Ärzten aus, ich gehe nicht mit Kollegen aus, und ich gehe nicht mit Männern aus, die noch nicht erwachsen geworden sind."

Adam tippte mit dem Stift auf das Notizbuch, in dem er seine Notizen gemacht hatte. „Wenn man bedenkt, wie viele Leute ihre Partner bei der Arbeit kennenlernen, könnte ich mir vorstellen, dass das Feld dadurch deutlich kleiner wird."

„Das könnte man sagen."

„Also, was hat Ryan an sich …"

„Okay, das war's", unterbracht Leigh Adams Versuch, sie aus der Reserve zu locken.

Adam lachte. „Danke für deine Zeit, Leigh. Morgen komme ich mit dem Durchsuchungsbeschluss wieder, und dann gehen wir deine Unterlagen durch. Wie lange schläfst du nach der Arbeit?"

Wow. Das war aber rücksichtsvoll. „Normalerweise schlafe ich bis 3 oder 4 Uhr. Aber ich bezweifle, dass es morgen so sein wird."

„Ruf doch einfach an, wenn du wach bist."

„Klingt gut."

Als Adam ging, packte Leigh ihr Essen ein, zog ihre Arbeitskleidung an und dachte noch einmal über die Namen nach, die sie Adam genannt hatte.

Keiner von diesen Männern konnte das hier getan haben.

Oder?

Die Fahrt zum Krankenhaus mit Ryan war … merkwürdig.

Das hätte sie sich eigentlich denken können nach allem, was gestern Abend zwischen ihnen gewesen war. Ungeklärte Gefühle waren keine gute Grundlage für eine entspannte Unterhaltung.

Ryan schien entschlossen, nicht über irgendwas zu reden, was mit ihrem Fall oder der Leiche im See zu tun hatte. Er fragte Leigh, wie sie geschlafen hatte. Er sprach vom Wetter – die Vorhersage hatte schwere Gewitter für den Abend angekündigt. Dann fragte er noch, wie es ihr gehe und wann ihre Schicht am Morgen zu Ende sein würde.

Leigh beantwortete alle seine Fragen und biss sich auf die Zunge, um sich nicht nach all dem zu erkundigen, was sie wirklich wissen wollte. Was hatte es mit Adams Beziehungsquiz auf sich? Was konnte Ryan über die Leiche sagen, die sie auf Mr Cooks Grundstück gefunden hatten? Was geschah jetzt mit der namenlosen Leiche aus dem See? Was hatte er den ganzen Tag gemacht? Wollte er mit ihr zusammen sein, weil er an ihr Interesse hatte? Oder war er der Meinung, wenn er mit ihr zusammen war, konnte er sie am besten beschützen?

Als er auf den Parkplatz der Notfallstation fuhr, griff Leigh nach ihrer Tasche. Das Ding wog heute eine Tonne. Aber da sie versprochen hatte, nichts zu essen oder zu trinken, was sie nicht selbst zubereitet hatte, hatte sie Kaffee und Sandwiches einpacken müssen. Und Schokolade.

„Warte, Leigh." Ryan packte sie am Arm. Hatte er etwas Verdächtiges gesehen? Sollte sie sich ducken?

„Was ist?" Sie konnte die Besorgnis in ihrer eigenen Stimme hören.

Einen Moment lang wirkte er verwirrt, dann schien er zu begreifen. „Tut mir leid, ich wollte dich nicht erschrecken. Ich …" Ryan starrte einen Moment lang das Lenkrad an. „Sei heute Nacht vorsichtig, ja?"

„Natürlich“, erwiderte Leigh mit aufgesetzter Fröhlichkeit. „Du brauchst dir keine Sorgen zu machen.“

Sie wünschte, sie könnte es selbst glauben.

Ryan antwortete nicht, als sie ausstiegen, aber sie war ziemlich sicher, dass er ihr auch nicht glaubte.

Auf dem Weg zum Eingang des Krankenhauses blieb er dicht neben ihr. Sie scannte ihren Dienstausweis ein, sodass sie beide durch die Pforte gehen konnten. Dann blieb sie stehen. „Ich muss meine Sachen wegpacken und mich zum Dienst melden.“

Ryan nickte. „Ich sehe mich noch ein bisschen um.“

„Bevor du dich umsiehst, meldest du dich besser bei Miss Edna.“

„Gute Idee.“

„Bis später.“

Sie konnte Ryans Blick in ihrem Rücken spüren, als sie den Flur hinunterging.

Kaum hatte sie ihre Tasche hinter der Schwesternstation abgestellt, wurde sie auch schon umarmt. „Leigh!“ Keris Freude war ansteckend. Und laut. In den nächsten paar Minuten wurde Leigh von allen Seiten umarmt und gedrückt und begrüßt. Auf keinen Fall hatte einer von diesen Menschen versucht, sie umzubringen.

Heute Nacht war sie hier sicher.

Die Nachricht von einem Unfall mit fünf Fahrzeugen kam zehn Minuten nach ihrem Dienstbeginn herein. In den vier folgenden Stunden eilte Leigh von einem Notfall zum nächsten. Von einem Patienten zum nächsten. Zwei Patienten waren Kinder, die untersucht werden mussten, denen es aber dank ihrer Autositze körperlich gut ging. Zwei andere Patienten kamen mit Schürfwunden und möglicher Gehirnerschütterung herein. Schmerzhaft und auf ihre Weise auch traumatisch, aber nichts, was sie das Leben kosten würde.

Ein Patient starb, bevor sie ihn aus dem Rettungswagen holen konnten. Die Kombination von Kopfwunde und Blutverlust war zu schlimm gewesen, als dass er hätte überleben können.

Seine Frau war völlig aufgelöst. Leigh hatte sie unten im Foyer weinen hören, als Dr. Sloan und sie eine fünfundzwanzigjährige Frau behandelt hatten, die auf dem Beifahrersitz eines Kleinwagens eingeklemmt gewesen war. Die Rettungssanitäter hatten sie aus ihrem Wagen herausschneiden müssen. Sie stand unter Schock. Es hatte eine Weile gedauert, ihre Wunden zu säubern und zu nähen.

„Ich begreife immer noch nicht, was passiert ist", murmelte sie.

„Ich weiß." Leigh versuchte, sie zu trösten. „Ich hatte vor einer Woche selbst einen Unfall. Es bringt einen völlig durcheinander."

Die junge Frau nickte, sagte aber sonst nichts mehr.

Ihr Freund kam ganz aufgelöst an und brach in Tränen aus, als er sie sah. „Ich dachte, ich hätte dich verloren", sagte er immer wieder.

Nach wenigen Minuten verbannte Dr. Sloan ihn aus dem Behandlungszimmer. Zum Glück. Leigh wusste nicht, wie viel Gefühlsausbruch sie noch ertragen hätte. Als sie das Zimmer der Patientin verließen, blieb sie kurz stehen, um Luft zu schnappen.

In diesem Moment kam Dr. Price den Korridor entlang auf sie zu. „Alles in Ordnung, Leigh?"

„Mir geht es gut", antwortete sie. „Ich brauchte nur eine kurze Pause. Was machen Sie denn hier?"

„Ich sehe nach meiner Lieblingspatientin", sagte er. „Bist du sicher, dass es dir gut geht?"

„Sie war umwerfend", sagte Dr. Sloan lächelnd. „Ich bin froh, dass Sie wieder da sind, Leigh."

„Danke."

„Ach, Leigh, hier bist du." Barb winkte ihr vom Ende des Ganges aus zu. Barb war eine der Pflegehelferinnen, die in der Nachtschicht arbeitete. „Ich habe eine Nachricht für dich. Von dem Polizisten, mit dem du heute Abend hergekommen bist."

„Du bist mit einem Beamten hergekommen?" Dr. Price sah sie prüfend an. „Das war nicht zufällig Ryan Parker, oder?"

„Doch", kicherte Barb. „Wie hast du ihn eigentlich kennengelernt?"

Das durfte doch wohl nicht wahr sein.

„Ryan Parker?", schaltete Dr. Sloan sich ein. „Den kenne ich. Mordkommission, richtig?"

„Ja, stimmt." Leigh versuchte höflich zu sein, aber sie wollte nur, dass alle sie in Ruhe ließen, damit sie die Nachricht lesen konnte.

„Er hat mich gestern Abend wegen der Sicherheitsvorkehrungen hier in die Mangel genommen. Jetzt weiß ich auch, warum."

„Tut mir leid", erwiderte Leigh.

„Sie brauchen sich nicht zu entschuldigen. Er hat ein paar gute Fragen gestellt. Die Notfallstation sollte eigentlich der sicherste Ort im Krankenhaus sein. Und alle, die hier arbeiten, sollten ohne Sorge herkommen, dass sich jemand auf den Gängen herumtreibt, der dort nichts zu suchen hat. Ich fand die Unterhaltung sehr angenehm", sagte er. Dann zwinkerte er Leigh zu. „Und es wird mir Spaß machen, ihn ein bisschen aufzuziehen, nachdem ich jetzt sein Motiv kenne."

Na, super.

Dr. Price erbarmte sich ihrer. „Kommen Sie", sagte er zu den anderen. „Lassen wir Ms Weston in Ruhe, damit sie ihren Liebesbrief lesen kann."

So viel zum Thema Mitgefühl. Leigh presste die Lippen fest aufeinander, damit sie ihm nicht die Zunge rausstreckte.

Dann öffnete sie den Umschlag.

Wir sehen uns um sieben. Bleib auf deiner Station. Verlass dich auf dein Bauchgefühl. Wenn dir irgendwas komisch vorkommt, schnapp dir die Kollegen am Eingang oder ruf mich an. R.

Wohl kaum ein Liebesbrief. Obwohl sie in den Worten Ryans Dringlichkeit und auch seine Angst regelrecht spüren konnte.

Leigh steckte den Zettel in ihre Tasche. Jetzt, wo sie Zeit gehabt hatte, eine Pause zu machen, merkte sie plötzlich, dass sie Hunger hatte. Also ging sie in den Pausenraum und holte ihr Essen aus dem abgeschlossenen Kühlschrank, in dem sie nach Ryans Anweisung ihren Proviant verstaut hatte. Sie aß etwas vom Hühnersalat und trank dazu ein Mineralwasser aus der Dose. Niemandem würde es gelingen, sie zu vergiften. Zumindest nicht heute Nacht.

Jetzt kam auch Dr. Fowler in den Pausenraum und machte sich eine Tasse Kaffee. Leigh sah ihn nicht an. Dieser Mann konnte ihr gestohlen bleiben. Er war ein guter Radiologe. Aber deshalb war er noch lange kein guter Mensch.

„Ich bin froh, dass es dir gut geht, Leigh", sagte er.

„Danke." Sie aß noch einen Bissen. Vielleicht begriff er ja, dass sie nicht reden wollte.

Der Doktor setzte sich auf einen der Stühle und nippte an seinem Kaffee. Konnte er den nicht woanders trinken? Zum Beispiel in seinem eigenen Büro? Oder im Ärztezimmer? Das hatten sie davon, dass es hier den besten Kaffee im ganzen Krankenhaus gab. Dann kamen ein paar Schwestern herein, deren Geplauder die angespannte Atmosphäre im Raum etwas auflockerte.

Leigh aß ihren Salat auf und warf einen Blick auf die Mandarinen, die sie mitgebracht hatte. Vielleicht würde sie die für später aufheben.

„Dr. Fowler? Alles in Ordnung, Dr. Fowler?", hörte sie eine der Schwestern fragen.

Dr. Fowler saß vornübergebeugt, die Arme um den Bauch geschlungen. Dann sprang er auf, wankte zum Mülleimer und übergab sich.

Na, toll.

Die Krankenschwestern verschwanden. Feiglinge.

Leigh ging zur Spüle und ließ Wasser über ein paar Papiertücher laufen. Sie reichte sie Dr. Fowler. Er griff danach, begann dann aber so heftig zu würgen, dass sie Sorge hatte, er könnte umfallen.

„Dr. Fowler? Haben Sie sich heute Abend schlecht gefühlt?"

„Nein", keuchte er.

„Haben Sie etwas gegessen?"

„Nur …" Er zeigte auf seine Kaffeetasse.

„Okay. Wollen Sie sich setzen?"

Er schüttelte den Kopf und würgte noch eine Weile weiter.

Leigh holte noch mehr Papiertücher.

In diesem Augenblick flog die Tür auf und Keri kam hereingerannt. „Oh, hi", sagte sie, als sie nach ihrer Tasche griff. „Claire kotzt sich gerade die Seele aus dem Leib. Hat es nicht bis zur Toilette geschafft. Entsprechend sieht sie aus."

„Dr. Fowler erbricht sich auch gerade", sagte Leigh und zeigte auf den Mülleimer.

Keri runzelte die Stirn. „Das ist aber seltsam."

„Ist sonst noch jemand krank?"

„Nicht, dass ich wüsste."

Einer der Helfer, die Patienten beförderten, kam ins Zimmer gestolpert. „Mir geht es nicht gut", sagte er. „Kann ich mich kurz hinsetzen?"

„Das ist vielleicht nicht der beste Ort …"

„Zu spät", seufzte Keri, als Glen sich ebenfalls übergab.

„Ich hasse Erbrochenes", sagte sie. „Blut. Knochen, die rausgucken. Kein Problem. Aber Erbrechen?" Sie erschauerte.

Leigh zog einen Stuhl zum Mülleimer und half Dr. Fowler,

darauf Platz zu nehmen. Dann reichte sie ihm die nassen Papiertücher. „Bleiben Sie hier sitzen."

Was für eine Nacht. Sie wandte sich an Keri. „Bring die Klamotten zu Claire, aber geh auf dem Weg bei der Schwesternstation vorbei und hol jemanden von der Verwaltung und einen der Beamten. Okay?"

Sie wartete Keris Antwort nicht ab, sondern griff nach einem zweiten Mülleimer und brachte ihn zu Glen.

„Du bist eine Heilige", sagte Keri, während sie hinauslief.

Leigh blickte zwischen Dr. Fowler und Glen hin und her. Alle ihre Nervenenden kribbelten. Irgendetwas stimmte hier nicht. Lag es vielleicht daran, dass sie allein mit zwei Männern im Raum war? Nein. Keiner von den beiden stellte eine Gefahr für sie dar. Sie konnten ja kaum aufrecht sitzen.

Der Polizist erschien als Erster. „Leigh? Alles in Ordnung?"

„Bei mir schon", sagte sie. „Aber ich muss herausfinden, ob sich hier im Krankenhaus noch jemand heute Nacht so heftig übergeben musste."

„Wieso?"

„Mindestens drei Personen erbrechen sich gerade. Kommt Ihnen das nicht komisch vor?"

Der Beamte zuckte mit den Schultern. „Kann sein."

„Bitte hören Sie sich um."

„In Ordnung, Ma'am."

Sie sah auf ihre Uhr. Ein Uhr morgens. Wenn sie Ryan anrief, würde sie ihn wecken. Und er hatte gestern Nacht schon nicht viel Schlaf bekommen. Wahrscheinlich machte sie sich unnötige Gedanken. Witterte Gefahr, wo es sich nur um einen hässlichen Magen-Darm-Virus handelte. Der drei Personen innerhalb von zehn Minuten überfiel?

Aber wenn sie Ryan anrief, würde er sagen, dass sie auf der Notfallstation nicht sicher war. Nur dass keine dieser Personen auf dieser Station tätig war. Claire arbeitete im Labor. Glen fuhr Patienten durch das ganze Krankenhaus, und Dr. Fowler war in der Radiologie.

„Wir haben noch einen“, rief Keri von der Tür aus.

Im Ernst? „Wer ist es denn jetzt?“

„Dr. Price.“

O nein. „Wo ist er?“

„Im OP.“

Jetzt reichte es. Zitternd griff Leigh zu ihrem Telefon.

Ryan stapfte durch die Gänge der Notfallstation. Er versuchte sich einzureden, dass er sich wegen der vier Leute so beeilte, die krank geworden waren. Aber er kannte die Wahrheit. Im Moment war ihm nur Leigh wichtig.

Er sah sich um.

„Sie ist in Zimmer drei“, sagte Keri.

„Geht es ihr gut?“

„Sie ist bei einem Patienten.“

Natürlich.

„Was machen Sie denn eigentlich hier?“, fragte Keri.

Interessant. Offenbar hatte Leigh niemandem erzählt, dass sie ihn angerufen hatte. „Ich sehe nur nach dem Rechten.“

„Hier steppt echt der Bär. Ich bin froh, wenn ich nach Hause und unter die Bettdecke kriechen kann. Nach einer sehr heißen Dusche.“ Keri zeigte auf eine Reihe Räume. „Zimmer drei.“

„Danke.“ Ryan ging den Flur hinunter. Niemand fragte ihn, was er hier wollte, allerdings waren sowohl seine Dienstmarke als auch seine Waffe gut sichtbar. Er wartete vor dem Zimmer. Fünf Minuten. Zehn Minuten.

Zwölf Minuten später erschien Leigh, die der Schwester neben ihr Anweisungen gab. Etwas von einer Infusion und

Schmerzmitteln. Der Patient rief aus dem Zimmer, und Leigh und die Schwester wechselten einen genervten Blick.

„Gehen Sie ruhig", sagte Leigh zu der Schwester. „Ich kümmere mich um ihn."

Die Schwester eilte den Gang hinunter, aber Leigh kam Ryan näher, sodass er ihr Shampoo riechen konnte. Sie drückte kurz seinen Unterarm. „Gib mir fünf Minuten."

Als sie gehen wollte, ergriff er ihre Hand, sodass sie sich umwandte. Ryan sah Erstaunen, aber keine Angst in ihrem Blick. Er zog ein wenig an ihrer Hand, sodass sie wieder zu ihm trat. „Alles in Ordnung bei dir?", fragte er.

„Alles wunderbar", erwiderte Leigh mit einem kleinen Lächeln und besänftigte damit das wütende Tier in seinem Innern, das bereit war, alles und jeden zur Seite zu räumen, der ihr wehtat. „Versprochen."

Diesmal ließ er sie gehen.

Fünf Minuten später war Leigh tatsächlich wieder da und führte Ryan zu einem kleinen Pausenraum.

„Tut mir leid, dass ich dich wegen so einer Sache geweckt habe."

„Ich habe doch gesagt, du sollst auf dein Bauchgefühl vertrauen."

„In Zukunft sagst du das vielleicht nicht mehr."

„Lassen wir es darauf ankommen. Wie viele Personen sind denn betroffen?"

„Ursprünglich waren es vier."

„Und jetzt?"

„Seit ich dich angerufen habe, haben wir auf den anderen Stationen nachgefragt. Drei in der Aufwachstation. Zwei auf der Kinderstation."

„Wo sind die?"

„Im Moment sind alle in einem Zimmer gleich um die Ecke."

„Nein, ich meine die Stationen."

„Das ist ja das Verrückte. Die Aufwachstation ist im zweiten Stock. Die Kinderstation im fünften. Keine der Personen, die dort erkrankt sind, hat heute Nacht ihre Station verlassen. Zuerst dachte ich, es könnte etwas hier auf der Notfallstation sein, aber jetzt bin ich mir nicht mehr sicher."

Ryan konnte ein Lächeln nicht unterdrücken. „Und du hast gesagt, du würdest eine lausige Ermittlerin abgeben."

„Und ich hatte recht." Leigh stemmte die Hände in die Hüften. „Ich wäre eine lausige Ermittlerin, weil meine Ermittlungen ein dickes, fettes Nichts ergeben haben."

„Willkommen in meinem Job."

Sie schnaubte frustriert.

„Hast du eine Ahnung, was die Ursache sein könnte?"

„Vielleicht."

„Und, weihst du mich ein?"

„Es könnte der Kaffee gewesen sein."

„Der Kaffee war schlecht?"

„Eher, dass jemand was reingetan hat", sagte Leigh. „Es gibt eine ganze Reihe Medikamente in einem Krankenhaus, mit denen man Erbrechen herbeiführen kann. Und meistens ist der Kaffee so furchtbar, dass man es nicht schmecken würde, wenn man etwas untermischt. Wir hier unten haben tollen Kaffee, und alle, die davon getrunken haben, haben Kaffeeweißer benutzt. Es könnte also da drin oder im Kaffee gewesen sein. So oder so wäre der Geschmack vielleicht deshalb nicht aufgefallen." Leigh trat von einem Fuß auf den anderen. „Wahrscheinlich ist beides nicht der Fall, aber eine andere Idee habe ich nicht. Leider hatten alle Stationen, auf denen Leute Probleme bekommen haben, schon neuen Kaffee gekocht, als ich mir das zusammengereimt hatte."

„Sogar hier unten?"

„Eine Weile herrschte hier Chaos, als sie eine Schwester und einen Pflegehelfer von der Kinderstation hergebracht haben. Eine der Sekretärinnen kam rein, sah, dass die Kanne so gut wie leer war, und dachte, nachher würden sicher alle Kaffee wollen. Sie hat den Rest ausgeschüttet und eine frische Kanne aufgebrüht." Leigh zeigte auf sich selbst. „Wie gesagt. Ungeeignet für den Polizeijob."

Ryan zog ihre Hand weg. „Unsinn", erwiderte er. „Du hast mir eine Menge nützliche Infos gegeben. Und ich bin froh, dass dir nichts passiert ist." Er drückte ihre Finger.

Konzentrier dich auf deine Arbeit, Ryan. Dafür ist jetzt keine Zeit.

Er ließ ihre Hand los und zog sein Notizbuch heraus. „Erzähl mir der Reihe nach, was passiert ist."

Sie zog eine Grimasse.

„Ist was?"

„Nein …", sagte Leigh zögerlich.

„Also offenbar gibt es ein Problem, aber aus irgendeinem Grund willst du es mir nicht erzählen."

„Es ist nicht direkt ein Problem."

Ryan wartete.

„Als ich gerade etwas gegessen habe, kam Dr. … Dr. Fowler rein und holte sich eine Tasse Kaffee. Er setzte sich auf einen Stuhl und machte irgendwas an seinem Handy. Er sagte, er sei froh, dass es mir besser geht. Ich habe Danke gesagt. Das war unsere ganze Unterhaltung, und dann hat er sich plötzlich gekrümmt und angefangen, sich zu erbrechen."

„Dr. Fowler. Du meinst Dr. Clay Fowler?" Es war gemein, so zu denken. Aber Ryan freute sich beinah, dass es Clay war, dem von einem Medikament kotzübel geworden war.

„Ja", sagte sie. „Tut mir leid."

„Warum tut dir das leid?"

„Weil du dann mit ihm reden musst."

„Kein Problem. Gehört zum Job. Wir haben in den letzten Monaten schon die eine oder andere Unterhaltung gehabt. Allesamt unangenehm. Das wird diesmal auch nichts anderes sein."

„Vielleicht doch."

Leigh blickte auf ihre Schuhe und kaute auf ihrer Lippe herum.

„Leigh? Was ist los?"

Die junge Frau beugte sich vor und senkte die Stimme. *„Sie* ist hier."

Es konnte nur eine Person geben, die eine solche Antwort auslöste. Die Freundin.

„Du machst Witze."

Aber Leigh würde keine Witze darüber machen. Das wusste er.

„Okay. Dann erzähl mir den Rest."

Leigh berichtete aus ihrer Perspektive, was geschehen war. Dann ging sie wieder an die Arbeit, und Ryan befragte jeden, der ihm in den Sinn kam, bevor er schließlich mit dem Zeitschinden aufhörte und in Clays Zimmer ging.

Auf dem Flur begegnete ihm Keri. „Ich gehe gerade rein. Haben Sie was dagegen, dass ich dabei bin, wenn Sie ihn in die Mangel nehmen?"

Ryan musste lachen. „Ist mir egal."

„Super", sagte Keri mit einem schelmischen Grinsen. „Kommen Sie mit."

Ryan folgte ihr ins Zimmer. Clay lag im Bett. Mit fahlem Gesicht und roten Augen. Eine hübsche Frau saß neben ihm. Ryan wusste, wer sie war. Er wusste, wo sie zur Schule gegangen war. Wusste, in welchem Krankenhaus in Raleigh sie arbeitete. Wahrscheinlich wusste er mehr über sie als Clay. Aber er nannte sie nie bei ihrem Namen, selbst in Gedanken nicht. Für ihn war sie „die Freundin". Die Familienzerstörerin.

„Dr. Fowler", sagte Keri lauter als nötig. „Officer Ryan Parker muss Ihnen ein paar Fragen zu dem stellen, was heute passiert ist."

Clays einzige Reaktion war ein leichtes Nicken.

„Kannst du mir sagen, was heute Nacht vorgefallen ist?"

„Ich habe mich übergeben."

Keri schnaubte. Ryan funkelte sie an. Wenn sie nicht professionell sein konnte, würde sie gehen müssen. Aber er musste zugeben, dass ihm gefiel, wie offen sie ihre Meinung kundtat. Sie zuckte entschuldigend mit den Schultern und überprüfte dann ausführlich Clays Infusion.

„Davon habe ich schon gehört. Ich meine vorher. Was hast du unten auf der Notfallstation gemacht?"

Clay schluckte. Es schien wehzutun. Er verzog das Gesicht, worauf seine Freundin seine Hand streichelte.

Wenn Ryan das noch länger mit ansehen musste, würde er sich auch gleich übergeben.

„Ich hatte heute Nacht Bereitschaft. Bin runter, um mir Kaffee zu holen. Dann habe ich beschlossen, ein paar Minuten im Pausenraum zu sitzen. Es war ruhig. Leigh war die Einzige dort, und sie ist nicht sehr gesprächig."

Keri verdrehte übertrieben die Augen. Sie wussten beide, warum Leigh nicht mit Clay redete.

„Nach ein paar Minuten wurde mir schlecht. Dann schwindelig. Ich hatte Angst, dass ich beim Aufstehen umfalle. Kalter Schweiß. Magenkrämpfe. Und dann ging es los. Ich habe keine Ahnung, wie lange ich mich erbrochen habe. So etwas habe ich noch nie erlebt."

Ryan bemühte sich um einen neutralen Gesichtsausdruck. Es gab doch noch Gerechtigkeit. Er verwettete sein nächstes Gehalt darauf, dass Clay keine Ahnung hatte, was Rebecca getan hatte, als sie von seiner Untreue erfahren hatte. Sie hatte sich übergeben.

„Ist vorher irgendetwas Ungewöhnliches passiert?"

Clays Kopf bewegte sich auf dem Kissen hin und her. „Nein. Es hatte einen schlimmen Unfall gegeben. Ich hatte mehrere Notfälle auf einmal, aber so ist das nun mal, wenn man Bereitschaft hat. Ich würde nicht sagen, dass das ungewöhnlich ist."

„Okay. Wenn dir noch was einfällt, ruf mich an."

Sie wussten beide, dass das niemals geschehen würde.

Ryan ging bewusst langsam hinaus, obwohl er am liebsten gerannt wäre. Schon im selben Zimmer zu sein und zu sehen, wie diese Frau an Clay herumfingerte. Schämte sie sich nicht?

Keri folgte ihm hinaus und murmelte einige Worte, die Ryan am liebsten selbst geäußert hätte.

„Wie lange wird er hier sein?"

„Nicht lange", sagte sie. „Das Erbrechen hat aufgehört, also wird er wahrscheinlich entlassen, wenn er sich ausgeruht und die restliche Flüssigkeit intus hat. Er ist Arzt. Sie ist Krankenschwester. Wenn sie nicht wissen, was sie zu Hause machen müssen, sollten sie sich einen anderen Beruf suchen."

Typisch Keri, dass sie sagte, was sie dachte.

„Danke."

Ryan lehnte sich an die Wand. Über die Schulter rief Keri ihm zu: „Sie ist in der Acht."

Ryan hob dankend die Hand und machte sich auf den Weg zu Leigh. Er musste nur kurz warten, bis sie herauskam.

„Wie ist es gelaufen?", fragte sie.

„Ich hab's überlebt."

„Und er?"

„Leider auch."

„Das meinst du nicht im Ernst."

„Manchmal schon."

Leigh ging voran zu einer kleinen Sitzecke, in der sie etwas ungestörter waren als auf dem Gang. „Was passiert jetzt?"

„Heute Mittag übernimmt jemand anderes den Fall", antwortete Ryan. „Eigentlich habe ich gar keine Rechte hier in der

Stadt. Dafür ist die lokale Polizeiwache zuständig. Sie werden sich die Aufnahmen der Kameras ansehen. Ich werde ihnen sagen, dass sie besonders darauf achten sollen, was unsere Opfer gemacht haben – und auf alles, was sie miteinander verbindet. Das mit dem Kaffee sage ich ihnen auch. Mal sehen, ob sie etwas herausfinden."

„Tut mir leid, dass ich dich deshalb geweckt habe", sagte sie. „Aber du hast gesagt, ich soll auf meinen Bauch hören."

„Und ich bin froh, dass du es getan hast."

„Aber mein Bauchgefühl hat mich getäuscht."

„Da bin ich mir nicht so sicher", sagte er. „Heute Nacht ist etwas Merkwürdiges vorgefallen. Wir werden es uns merken. Wir vergessen die Sache nicht. Und wir suchen nach Mustern. Wer weiß, wohin uns das führt."

„Ja, aber jemand anders hätte sich darum kümmern können. Ich hätte die Polizei anrufen und dich schlafen lassen können."

„Das wäre keine gute Idee gewesen. Wenn ich heute Morgen aufgestanden wäre und von dieser Sache gehört hätte …" Er verstummte. Sie war kein Kind. Er war nicht ihr Vorgesetzter. Er konnte ihr sagen, dass der Gedanke, ihr könnte irgendetwas zustoßen, ihn nachts vor Panik hochschrecken ließ. Oder dass er sie bei dem Gedanken, ein anderer Mann könnte in Bezug auf sie romantische Ambitionen haben, am liebsten auf eine einsame Insel entführen würde, wo niemand sie fand.

Aber das war vielleicht auch keine gute Idee.

Sie hätte nachhaken können, aber das tat sie nicht. „Ich gehe besser wieder an die Arbeit."

„Dann komme ich um sieben wieder her."

„Das ist nicht nötig. Keri kann mich mitnehmen. Du brauchst deinen Schlaf."

Die Besorgnis in ihrer Stimme verursachte ein komisches Gefühl in Ryans Magengegend.

„Ich hole dich ab."

13

Ryan hielt Leigh die Wagentür auf und lief dann zur Fahrerseite hinüber.

„Das ist doch albern“, protestierte Leigh. „Du solltest Schlaf nachholen. Keri hätte mich mitnehmen können, das hat sie selbst angeboten.“

„Ich habe es auch angeboten“, gab er zurück.

Sie antwortete nicht. Als er ihr einen Blick zuwarf, waren ihre Augen geschlossen. Sie musste völlig fertig sein.

Er war es jedenfalls.

„Alle erkrankten Schwestern und Ärzte und Pflegehelfer sind inzwischen zu Hause“, berichtete sie. „Irgendwie werde ich das Gefühl nicht los, dass diese Sache irgendwas zu bedeuten hat.“

Das sah er genauso.

„Vielleicht ergibt es einen Sinn, wenn ich eine Mütze Schlaf bekommen habe“, sagte Leigh.

„Sag mir Bescheid, wenn dir etwas einfällt“, sagte er. „Manchmal ist ein wenig Abstand genau das, was nötig ist.“

„Hmm.“

Den restlichen Weg zu Leighs Haus legten sie schweigend zurück. Ryan war nicht sicher, ob sie schlief oder nicht, aber wenn es so war, wollte er sie nicht aufwecken. Er winkte dem Beamten zu, der während der Nacht Wachdienst gehabt hatte. Der Kollege hob den Daumen. Hier war also alles ruhig geblieben. Wenigstens etwas, wofür sie dankbar sein konnten.

Als er den Schalthebel in die Parkstellung schob, rührte sie sich. „Danke fürs Bringen.“

„Es war mir ein Vergnügen“, erwiderte Ryan.

Unbewegt starrte Leigh ihr Haus an. Etwas beunruhigte sie. Ihr ganzer Körper war angespannt, und sie verkrampfte die Hände.

Hatte sie Angst? Das wäre völlig verständlich. „Hättest du was dagegen, wenn ich eine Runde durchs Haus drehe, bevor du reingehst? Zu meiner Beruhigung?“, fragte Ryan.

Die Erleichterung in Leighs Miene ließ Ryans Beschützerinstinkt noch anwachsen. Er hatte recht gehabt. Leigh sollte keine Angst haben, nach Hause zu kommen, dachte er wütend.

„Bleib solange im Wagen“, sagte er. „Ich bin in zwei Minuten wieder da.“

Ryan fing im Keller an und arbeitete sich von dort aus nach oben vor. Als er bei Leighs Schlafzimmertür ankam, zögerte er. Er wollte nicht in ihre Privatsphäre eindringen, aber wenn es einen Stalker gab, dann war ihr Zimmer der logischste Ort für einen Angriff.

Leighs Zimmer war so ordentlich, wie er es erwartet hatte. Das Bett gemacht. Eine Bibel auf der Armlehne eines Sessels am Fenster. Er öffnete die Jalousien. Von hier aus hatte sie einen herrlichen Blick auf den See. Wenn die Bäume wieder austrieben, würde man die Häuser am anderen Ufer nicht mehr sehen können, aber im Moment konnte er zwei Häuser ausmachen. Er notierte sich, dass er herausfinden musste, wer dort wohnte. Mit einem guten Fernglas könnte man von dort aus in Leighs Zimmer sehen. Bei dem Gedanken wurde ihm ganz schlecht.

Ryan wandte sich um und begutachtete den restlichen Raum. Es gab ein paar Kindheitserinnerungen und Pokale aus ihrer Turnerzeit, aber die anderen Dinge deuteten darauf hin, dass hier eine reifere Frau lebte. Die Farben, die Möbel, die Fotos am Spiegel – alles zeugte von Leighs Persönlichkeit. Ryans Blick blieb an einem der Fotos hängen. Er trat näher, um es genauer zu betrachten.

Er erinnerte sich noch gut an diesen Abend – Kirks und seine Abifeier. Mrs Weston hatte Bilder von Kirk und Leigh gemacht, und Ryan war in der letzten Sekunde ins Bild gesprungen. Dabei hatte er einen Arm um Leigh gelegt. Alle lachten. Warum hatte sie dieses Foto an ihrem Spiegel befestigt?

So verlockend es war, darüber nachzudenken – er hatte keine Zeit dafür. Rasch beendete Ryan seinen Rundgang durchs Haus und ging wieder zu Leigh hinaus. „Alles in Ordnung."

Sie lächelte dankbar. „Hast du es eilig, wieder an die Arbeit zu gehen?"

Die Frage überraschte ihn. „Äh, nein. Eigentlich nicht. Warum?", schwindelte er.

„Hast du schon gefrühstückt?"

„Nein." Worauf wollte sie hinaus?

„Ich auch nicht. Und beim Abendessen gestern wurde ich gestört. Dann mache ich uns Frühstück, bevor du zur Arbeit gehst. Es dauert nur ein paar Minuten. Es ist nicht das Pfannkuchenhaus, aber ich kann gutes Omelett machen."

„Bevor ich mich schlagen lasse …", grinste Ryan.

Er folgte Leigh ins Haus und protestierte nicht, als sie seine Hilfe beim Frühstückmachen ausschlug. Sie war geschickt in der Küche. Und sie hatte nicht gelogen, was das Omelett betraf. Es war fabelhaft. Schinkenspeck, Tomaten, gedünstete Zwiebeln, Ziegenkäse und Spinat. Nach dem letzten Bissen griff Ryan pappsatt zu seiner Kaffeetasse.

„Das war fantastisch", lobte er.

„Ich hoffe, du kommst jetzt nicht meinetwegen zu spät zur Arbeit", erwiderte Leigh und stocherte in ihrem Omelett herum. Für jemanden, der kurz vor dem Verhungern gewesen war, hatte sie nicht sehr viel gegessen.

„Ich kann nicht einmal in Worte fassen, wie egal mir das ist."

Ihr Lachen wärmte ihn bis in sein Innerstes. Sie war immer toll, aber wenn sie lachte, strahlte sie echte Freude aus. Er konnte sich gar nicht sattsehen. Als sie ihn dabei ertappte, wie er sie unverhohlen ansah, wich sie seinem Blick nicht aus.

Wenn das so weiterging, würde er etwas tun, was er nicht tun sollte, bevor dieser Fall gelöst war. Fühlte sie es auch? Zog es sie so zu ihm hin, wie er sich zu ihr hingezogen fühlte?

In diesem Moment klingelte Ryans Telefon und der knisternde Augenblick war vorbei. Bei dem bedauernden Lächeln, das Leigh ihm zuwarf, war er versucht, den Anruf zu ignorieren.

„Du gehst wohl besser dran", sagte sie dann.

„Ja."

Ryan stand auf, entfernte sich ein paar Schritte und sah auf das Display. Gabriel. Ryan hatte ihm eine Nachricht geschickt, um ihm zu sagen, wo er war. Wehe, wenn es jetzt nichts Dringendes war.

„Parker", nahm Ryan den Anruf entgegen und trat auf Leighs Terrasse. Er hatte diesen Ausblick schon immer geliebt. Und er würde ihm noch besser gefallen, wenn es für Leigh ungefährlich wäre, hier draußen mit ihm zu sitzen und die Aussicht zu genießen. „Sag mir, dass ihr was gefunden habt."

„Vielleicht", antwortete Gabriel. „Als ich heute Morgen im Krankenhaus angerufen habe, um dort wegen des Durchsuchungsbeschlusses für die Kameraaufnahmen von gestern Abend Bescheid zu sagen, fiel ihnen ein, dass sie doch Videomaterial aus der Tiefgarage haben, um das wir sie gebeten haben."

„Wie gut, dass ihnen das noch eingefallen ist", sagte Ryan.

„Ja. Der Sicherheitsdienst scheint mir nicht sehr verlässlich. Adam sagt, der Angestellte, der eigentlich zuständig ist, ist im Urlaub und kommt Ende der Woche zurück. Wenn er wieder da ist, müssen wir mit ihm reden. Bis dahin dachte ich, du willst dir die Aufnahmen vielleicht selbst angucken."

„In Ordnung", erwiderte Ryan. „Musstest du mich dafür beim Frühstück stören?"

Gabriels Lachen sprach Bände.

„Schon deshalb bringe ich dir keine Cookies mit."

„Sie hat Cookies gebacken?"

„Ja. Sie hatte Teig im Kühlschrank und schiebt gerade das nächste Blech in den Ofen. Aber ich werde ganz zufällig vergessen, dir welche mitzunehmen."

Als er das Gespräch beendet hatte, half Ryan Leigh, die Küche aufzuräumen. Eine Stunde später erschien er – bewaffnet mit zwei Dutzend Cookies – an Gabriels Schreibtisch.

„Cookies. Super." Gabriel nahm sich einen und schob ihn sich sofort in den Mund. „Hey, Parker hat was zu essen mitgebracht", rief er den Kollegen zu.

Ryan nahm sich einen Keks, bevor die Geier einfielen. Leigh hatte ihm die Cookies gegeben, damit er sie mit den Kollegen teilte, aber er hatte nicht versprochen, alle herzugeben.

Er setzte sich an seinen Schreibtisch und rief eine Videodatei auf. Krankenhausbilder flimmerten über den Bildschirm. Das Team starrte seit Tagen stundenlang auf diese Bilder auf der Suche nach einem Hinweis auf die Person, die den Anschlag auf Leigh verübt hatte.

„Ich habe noch nichts entdeckt", sagte Gabriel. „Allerdings haben wir längst nicht alles gesichtet."

Es konnte wieder eine Sackgasse sein. Oder der Durchbruch, auf den sie warteten. Das wusste man nie, bevor man die Arbeit machte.

Eine halbe Stunde später fiel Ryan eine schemenhafte Bewegung an der Seite der Parkgarage auf.

„Sieh dir das hier mal an", sagte er. Gabriel stellte sich hinter Ryans Stuhl. „Bilde ich mir was ein, oder siehst du das auch?" Er zeigte auf den Schatten am Bildschirmrand. Er bewegte sich an der Wand entlang und verschwand dann.

„Spiel's noch mal ab", bat Gabriel.

Das tat Ryan.

„Das ist seltsam. Für ein Tier ist es zu groß. Und die Stelle ist ungewöhnlich. Es gibt keinen Grund, an dieser Wand entlangzugehen – es sei denn, man ist sturzbetrunken oder versucht, die Kameras zu vermeiden."

„Der Zeitpunkt kommt hin. Wir haben keine Aufnahmen von jemandem an Leighs Wagen, aber wir wissen, dass das Auto während dieser Zeit dort stand."

Schnell sah Ryan sich das nächste Video an. Im Laufe der nächsten paar Stunden verließen fünfzehn Fahrzeuge die Tiefgarage. Zum Schichtwechsel kamen und verschwanden die Autos in schneller Folge.

„Lass uns dieses Material zu den Technikern bringen, damit sie die Aufnahme vergrößern. Dann sehen wir vielleicht mehr."

„Ich würde nicht darauf wetten", wandte Gabriel ein. „Wer auch immer das ist, die Kamera hat ihn nicht erfasst."

„Das stimmt, aber wir müssen es trotzdem versuchen. Vielleicht erfahren wir mehr über Statur oder Kleidung oder irgendwas anderes, was zu weiteren Aufnahmen passt."

„Klingt gut, aber es gibt ein Problem. Die Technik ist mindestens zwei Wochen im Rückstand."

„Wir haben keine zwei Wochen."

Ryan streckte den Kopf aus dem Büro der Mordkommission und suchte die Schreibtische im Hauptbüro ab. „Adam. Kannst du bitte mal kurz herkommen?"

Adam hob einen Finger. Nachdem er etwas in seine Tastatur getippt hatte, nahm er sein Tablet, das er immer bei sich trug, und schlängelte sich durch das Labyrinth an Schreibtischen. Er streckte die Hand aus. „Parker. Wie geht's? Hast du die Notizen zu meiner Unterhaltung mit Leigh bekommen?

„Ja, habe ich. Danke noch mal dafür."

„Kein Problem."

„Hast du kurz Zeit?“

„Für die Mordkommission immer.“

Ryan ging voran in das Büro, das er sich mit Gabriel, Anissa und den anderen Ermittlern teilte.

Gabriel sprang auf, als er Adam sah. „Campbell. Was gibt's, Mann?“

„Keine Ahnung“, erwiderte Adam, während er sich auf den Stuhl fallen ließ, den Ryan für ihn herausgezogen hatte.

„Du kannst uns einen Gefallen tun“, sagte Ryan.

„Uns?“, protestierte Gabriel. „Hey, nutz deine eigenen Beziehungen, ich brauch meine noch.“

Adam lachte. Es war ein Running Gag. Seine Eltern waren mit seiner Entscheidung, Polizist zu werden, nicht einverstanden gewesen, vor allem, als sie erfuhren, dass er die ersten beiden Jahre in Uniform verbringen würde. Ohne sein Wissen hatten sie versucht, Beziehungen spielen zu lassen, damit er früher in die Kriminalpolizei versetzt wurde.

Damals war Ryan bei der Abteilung für Eigentumsdelikte gewesen. Er hatte Adam kennengelernt, als dieser zum Tauchteam gestoßen war. Zuerst war er skeptisch gewesen, weil er befürchtete, der Neue könnte ein verwöhntes Balg sein, das Polizist spielt. Aber während des Trainings hatte Adam ihn mit seiner Ernsthaftigkeit beeindruckt, und sie waren Freunde geworden.

Ryan war es auch gewesen, der Adam erzählt hatte, was seine Eltern angestellt hatten. Adam war ausgerastet und hatte ihnen die Leviten gelesen. Er hatte die ganze Sache eigentlich gut gemanagt, aber seither zog Ryan ihn auf, wenn es darum ging, Beziehungen auszuspielen.

Tatsächlich waren Adams Beziehungen in mehr als einem Fall von unschätzbarem Wert gewesen. Aber diesmal hatte Ryan kein Interesse daran, die Schlagkraft des Campbell-Namens auszunutzen. Diesmal brauchte er eine andere Art der Verbindung.

„Wie gut kennst du die Forensik-Professorin von der Uni?"
„Du meinst Sabrina Fleming?"
„Genau."
„Ganz gut. Warum?"
„Erzähl mir von ihr."

Adam warf ihm einen fragenden Blick zu. „Sie hat einen Doktor in Computerforensik und Cybersicherheit. In dem Bereich gibt es nicht viele Leute mit einem solchen akademischen Grad. Wir rufen sie immer an, wenn unsere Techniker einen Computer nicht knacken können oder wenn wir Informationen von einer Festplatte brauchen, die jemand in die Badewanne geworfen hat, damit wir die Daten nicht als Beweis verwenden können. Wenn wir jemanden brauchen, der auf die Schnelle Computerdaten analysiert, hilft sie uns auch aus. Aber sie ist generell ein Computergenie und hat in ihrem Labor die beste Ausrüstung zur Verfügung. Sie und einige andere Professoren in der Abteilung machen viel ehrenamtliche Arbeit mit Gruppen, die Cyberkriminelle jagen. Außerdem sind sie dabei, effizientere Methoden zu entwickeln, um Videoaufnahmen zu analysieren. Das Ziel ist, diese Technologie dann den Behörden im ganzen Land zur Verfügung zu stellen."

Wow. Schlau und großherzig. Ryan verstand, warum Adam von der Professorin so beeindruckt war. „Sie klingt toll, aber eins muss ich trotzdem fragen: Was kostet sie?"

„Warum?"

„Ich habe mich gefragt, ob sie uns noch mal mit den Videos helfen kann. Wir haben die Aufnahmen, die analysiert werden müssen, aber die Techniker sind mindestens zwei Wochen im Rückstand und so lange will ich nicht warten."

„Ich dachte, sie ist schon dabei, sich die Sache vom See anzugucken."

„Ja, aber hier geht es um Leigh Westons Bremsen."

„Oh. Dann musst du es erst genehmigen lassen. Aber Sabrina wird nicht versuchen, sich am Sheriff und seinen Leuten eine goldene Nase zu verdienen", sagte er. „Ihr Fachbereich arbeitet mit Behörden im ganzen Land zusammen, wir haben Priorität. Sie sagt, wenn sie nicht mal ihrem eigenen Umfeld helfen kann, die Sicherheit zu verbessern, dann sollte sie die Finger von anderen Anfragen lassen."

„Sieht sie gut aus?", fragte Gabriel.

Adams Augen blitzten auf. „Ja", erwiderte er. „Und sie ist nicht dein Typ."

„Ah, verstehe", nickte Gabriel. „Ich will sie kennenlernen."

„Sie kommt normalerweise nicht hierher", sagte Adam. „Sorry."

Gabriel versuchte gar nicht, seine Belustigung zu verbergen.

Ryan für seinen Teil interessierte sich nicht dafür, ob Adam in die Professorin verliebt war. Ihn interessierte nur, ob sie sich die Videoaufnahmen ansehen konnte oder nicht.

„Wenn der Hauptkommissar Ja sagt, stellst du sie mir dann vor? Ich möchte sie fragen, ob sie sich ein paar Daten ansieht."

„Klar. Ich rufe sie an und frage sie, wie ihr Kalender aussieht."

„Danke."

Nachdem Adam gegangen war, lehnte Gabriel sich in seinem Stuhl zurück. „Ich glaube, Adam will nicht, dass ich die reizende Dr. Fleming kennenlerne."

„Stimmt, aber das ist mir egal."

Eine Stunde später hatte er die Genehmigung seines Vorgesetzten eingeholt, um Dr. Fleming auf die Videos gucken zu lassen, und Adam hatte ihr die Dateien geschickt.

Er fing an, die Fahrzeuge ausfindig zu machen, die aus der Tiefgarage gekommen waren, und sie ihren Besitzern zuzuordnen. Sein nächster Schritt war, eine Liste mit allen Autos zu erstellen, die das Parkhaus beim Schichtwechsel verlassen hatten.

Wenn ihr Täter schlau genug war, den Kameras auszuweichen, war er auch so klug, dass er den Schichtwechsel abwartete, um die Tiefgarage zu verlassen. Jeder, der hinausfuhr, konnte derjenige sein, der es auf Leigh abgesehen hatte. Oder keiner von ihnen.

Die Leute glaubten immer, die Arbeit eines Mordkommissars sei besonders spannend. Aber Bilder von Überwachungskameras anzuschauen, bis einem die Augen zufielen, war nicht gerade aufregend.

Zwei Stunden später hatte Ryan sich gerade auf seinem Stuhl zurückgelehnt, als es an der Bürotür klopfte.

Adam streckte den Kopf herein. „Hast du eine Minute?"

„Klar. Was gibt's?"

Adam zog die Tür ganz auf und führte eine Frau herein – ihr dunkles Brillengestell verlieh ihr einen gelehrten Anstrich, und ihr T-Shirt mit einer Superheldenfigur darauf hätte perfekt in eine Comic-Con gepasst. Aber ihr Blick sagte ihm, dass sie mit wichtigen Informationen gekommen war.

„Dr. Fleming, nehme ich an?" Ryan stand auf und gab ihr die Hand. Ihr Handschlag war fest und sachlich.

„Sie müssen Officer Parker sein."

„Ryan, aber ansonsten ja."

Sie hatte ein reizendes Lächeln. „Ich heiße Sabrina."

Gabriel tänzelte zwischen den Schreibtischen hindurch und streckte ebenfalls die Hand aus. „Gabriel Chavez", sagte er und seine Zähne leuchteten weiß in seinem dunkelbraunen Gesicht.

Adam, der hinter Sabrina stand, spießte Gabriel förmlich mit seinem Blick auf.

Ryan musste sich beherrschen, um nicht zu lachen. „Sabrina", sagte er und führte sie von Gabriel weg, „was führt Sie an diesem schönen Montagnachmittag in das Büro des Sheriffs?"

„Ich war sowieso in der Gegend und dachte, ich komme vorbei und stelle mich vor. Außerdem konnte ich mir Ihr Videomaterial vorhin schon mal ansehen und habe etwas, das Ihnen vielleicht nützen kann."

„Machen Sie es nicht so spannend", bat Gabriel.

Sabrina grinste Gabriel an. Adams Miene verfinsterte sich. „Sie können hiermit niemanden identifizieren, aber es könnte helfen, ein paar Leute auszuschließen. Ihr Schatten ist zwischen eins siebzig und eins achtzig groß."

War das ihr Ernst?

„Das ist …" Am liebsten hätte er „überhaupt keine Hilfe" gesagt, aber das würde ihm keine Freunde machen.

„Sehen Sie in Ihre E-Mails", sagte Sabrina. „Ich habe Ihnen die verbesserte Datei geschickt."

Sabrina wartete neben ihm, als er die Datei öffnete. „Darf ich?" Sie zeigte auf die Maus auf seinem Schreibtisch.

„Natürlich."

Es dauerte nur wenige Sekunden, bis sie den Ausschnitt, den sie suchte, auf den Bildschirm gezoomt hatte. „Sehen Sie hier?" Ryan beobachtete den Schatten. Er stammte eindeutig von einem Menschen und nicht von einem Tier.

„Trägt er eine Kappe?"

„Die Person trägt eine Kopfbedeckung. Ich kann nicht sehen, was draufsteht, aber sie ähnelt einer Baseballkappe."

Die Leute von der Forensik waren immer sehr vorsichtig, wenn es um konkrete Aussagen ging. Für Ryan sah es aus wie eine Baseballkappe.

„Diese Person ist entweder ziemlich stämmig oder trägt dicke Kleidung. Kann man nicht genau sagen."

Das konnte er sehen. Es sah aus wie eine Art Jacke, aber die konnte dazu gedacht sein, eine schlanke Gestalt zu verbergen.

„Und hier ist die Stelle, die ich Ihnen zeigen wollte. Ich habe mit einem Kollegen gesprochen und wir haben ein paar Berechnungen angestellt, die Lichtverhältnisse betrachtet und Dinge verglichen, die wir messen konnten. Schatten sind schwierig, weil jemand groß oder klein wirken kann, je nachdem, in welchem Winkel das Licht einfällt. Aber es würde mich wundern, wenn die Person größer wäre als eins achtzig. Ich glaube, eher eins fünfundsiebzig, aber eindeutig nicht größer als eins achtzig oder kleiner als eins siebzig."

„Was ist, wenn die Person sich geduckt hat?"

„Das habe ich schon berücksichtigt", sagte sie. „Wenn man die Form des Schattens und den Winkel der Mütze und dann die Beine betrachtet, ist da nicht viel Spielraum für ein Vorbeugen."

„Danke", sagte Ryan. „Ich weiß Ihre Hilfe zu schätzen."

„Kein Problem. Wir haben ein Team, das mit einem Programm zu Verbesserung der Bildqualität experimentiert, und sie waren begeistert, es ausprobieren zu können. Sie wollen sehen, ob sie noch bessere Bilder herausbekommen. Wenn, dann werden Sie es als Erster erfahren." Sabrina sah Adam an. „Ich muss los. Mein Unterricht fängt in zwanzig Minuten an."

„Ich bringe Sie runter", sagte Adam.

„Sie ist sogar noch hübscher, als ich erwartet hatte", stellte Gabriel fest, als die beiden gegangen waren. „Hast du Adams Reaktion gesehen? Er wäre beinahe über den Schreibtisch gesprungen." Gabriel rieb sich die Hände. „Oh, ich werde so viel Spaß haben."

„Du solltest nicht so mit ihr flirten", sagte Ryan.

„Was meinst du? Ich habe doch nur mit ihr geredet."

Es hatte keinen Sinn zu widersprechen. Gabriel flirtete, ohne dass es ihm bewusst war. Aber zu seiner Ehrenrettung musste man sagen, dass er Frauen immer mit Respekt behandelte. Und er hatte nicht viele Dates, selbst wenn er sie hätte haben können. Die meisten Frauen schienen ihn attraktiv zu finden.

„Adam kann mich nicht daran hindern, mit ihr zu reden", sagte Gabriel. „Und ich habe einen Fall, bei dem ich ihr Wissen sehr gut gebrauchen könnte …"

„Widmen wir uns doch erst mal dem vorliegenden Fall", schlug Ryan vor.

„Gut." Gabriel kehrte zu seinem Stuhl zurück. „Kleiner als eins achtzig, hat sie gesagt? Größer als eins siebzig? Das schließt schon mal eine Menge Leute aus."

„Jedenfalls können wir unsere Verdächtigen entsprechend einordnen", sagte Ryan. „Nicht dass ich ihr nicht traue, aber ich will keine voreiligen Schlüsse ziehen, die sich später vielleicht rächen."

„Wir suchen also einen Kerl zwischen eins siebzig und eins achtzig?"

„Nein", erwiderte Ryan. „Wir suchen irgendjemanden mit dieser Körpergröße. Männlich oder weiblich."

„Du meinst, eine Frau hat Leighs Bremsleitung durchgetrennt?"

„Willst du damit sagen, dass eine Frau das nicht könnte?"

„Nein. Natürlich nicht. Aber du musst zugeben, dass die Vorgehensweise eher auf einen Mann schließen lässt."

„Da gebe ich dir durchaus recht. Aber ich will sicher sein, dass wir nichts ausschließen, bis wir Beweise haben, die eine solche Entscheidung rechtfertigen."

„Okay. Dann sortieren wir unsere Verdächtigen nach Größe und konzentrieren uns auf die Männer und Frauen, die zwischen eins siebzig und eins achtzig sind, mit besonderem Schwerpunkt auf denjenigen, die eins fünfundsiebzig groß sind."

„Genau."

Gabriel stöhnte. „Das grenzt die Zielgruppe ja unheimlich ein." Der Sarkasmus war nicht zu überhören.

Ryan konnte ihn verstehen. Es würde ewig dauern.

In den nächsten paar Stunden verglich er Fahrzeiten und Personalakten und sah sich Gesichter an und beobachtete Leute, die das Krankenhaus betraten oder verließen.

Möglicherweise war das alles zu nichts nütze.

Sie jagten im wahrsten Sinne des Wortes einen Schatten.

Leighs Telefon klingelte um zwanzig nach fünf. Ryan war unterwegs.

Sie verteilte frische Petersilie über einer Kasserolle mit Hühnchen und Klößen. Ihre Mutter hatte dieses Gericht mindestens zweimal im Monat gemacht. Es war Leighs Inbegriff von Wohlfühlessen.

Nach den letzten Tagen brauchte sie etwas für die Seele. Sie hatte an diesem Nachmittag bis zwei Uhr geschlafen, dann war sie aufgestanden und hatte das Durcheinander im Esszimmer aufgeräumt. Der Tisch war nicht mehr zu retten gewesen und die Feuerwehrleute waren so nett gewesen, ihn aus dem Haus zu entfernen. Aber alles roch noch nach Rauch – obwohl sie alle Vorsicht in den Wind geschlagen und die Fenster geöffnet hatte, damit eine frische Brise durchs Haus ziehen konnte.

Doch sie sollte nicht klagen. Die Decke würde neu gestrichen werden müssen und die Wände wahrscheinlich auch, aber das Haus war nicht abgebrannt und niemand war umgekommen.

Merkwürdig, wie sich das, wofür sie dankbar war, im Lauf der letzten Woche verändert hatte. Sie erlebte jetzt alles viel intensiver. Leigh blickte über ihre Schulter in das inzwischen leere Zimmer. Sie hatte sowieso überlegt, es in einer anderen Farbe zu streichen. Vielleicht würde sie sogar ein Experiment wagen und die Decke mal nicht weiß streichen – vorausgesetzt, sie lebte lange genug.

Das war auch merkwürdig. Irgendwie war ihr in der vergangenen Woche klar geworden, wie sehr sie am Leben hing. Nicht dass sie vorher hatte sterben wollen. Sie hatte nie suizidale Tendenzen gehabt, selbst in den dunkelsten Zeiten nicht, als Barry hinter ihr her gewesen war. Aber es hatte sich auch nicht so angefühlt, als hätte sie viel gehabt, wofür es sich zu leben lohnte.

Aber jetzt?

Das kräftige Klopfen an der Tür ließ Schmetterlinge in ihrem Bauch aufflattern.

Ja, es gab ein paar neue Dinge, für die es sich zu leben lohnte. Dinge, die sie wenigstens erforschen wollte, um zu sehen, wohin sie führten.

Sie öffnete die Tür und lächelte Ryan an. „Komm rein."

„Danke."

„Hast du Hunger? Ich habe was gekocht", sagte sie.

„Falls du es noch nicht bemerkt hast, ich habe immer Hunger."

Leigh lachte. Sie hatte es bemerkt.

Ryan folgte ihr in die Küche. „Nein, das ist nicht wahr", sagte er, eine Hand auf sein Herz gepresst. „Hühnchen mit Klößen?"

„Das magst du doch, oder?"

„Ich liebe dieses Gericht", sagte er. „Rebecca macht es manchmal. Sie hat sogar mal versucht, mir beizubringen, wie man es kocht. Es war eine Katastrophe."

„Ach, komm, so schlimm wird es schon nicht gewesen sein."

„Glaub mir", sagte Ryan. „Ich weiß nicht, wie es passiert ist, aber der Topf ist übergelaufen und das ganze Teil ist verbrannt. Wir mussten was zu essen bestellen. Sie hat hinterher nicht noch mal vorgeschlagen, dass ich es versuche."

Wieder musste Leigh lachen. „Das werde ich mir merken",

sagte sie. „Obwohl ich mich frage, ob es nicht vielleicht Taktik von dir war, damit du es nicht selbst kochen musst."

In gespielter Unschuld riss Ryan die Augen weit auf. „Ich? Niemals."

Leigh füllte zwei tiefe Teller mit Hühnchen und Klößen und schenkte Eistee in zwei Gläser ein. Dann setzten sie sich an die Kücheninsel, so wie sie es in der vergangenen Woche beinahe jeden Abend getan hatten.

Ryan sprach das Tischgebet und dann machten sie sich über das Essen her, während sie sich unterhielten. Sie sprachen übers Wetter, über die Touristenflut, die bald über Lake Porter hereinbrechen würde, das Boot, das Leigh eingelagert hatte und wieder zu Wasser lassen wollte, Kirks jüngste Neuigkeiten aus Deutschland und die niedlichen Dinge, die Ryans Nichte und Neffe in der letzten Zeit gemacht hatten.

Ihre Unterhaltung war so normal, dass sie sich dabei ertappte, wie sie ein paar Tränen wegblinzelte. So sollte das Leben sein. Gutes Essen mit lieben Menschen, Gespräche über Kinder und Boote und die Ereignisse in der Stadt. Es war wunderbar, aber sie musste unwillkürlich denken, dass ihre ganze Unterhaltung nur eine Verschleierung dessen war, worüber sie eigentlich reden sollten.

Zum Beispiel die Anschläge auf ihr Leben.

Drei waren es jetzt, wenn man die explodierten Ballons dazurechnete. Aber sie war noch nicht bereit, all das anzusprechen. Lieber wollte sie den Augenblick und Ryans Gegenwart genießen.

Aber das echte Leben würde sich nicht ewig verdrängen lassen. Sie aßen die letzten Bissen und Leigh packte die noch warmen Reste in eine Warmhaltedose. „Hast du Peter gesehen? Geht es ihm immer noch gut?"

„Wie es aussieht, ist er wie du. Er kann auch nicht einfach zu Hause zu bleiben – auch wenn er allen Grund dazu hätte.

Er ist wieder bei der Arbeit und versucht den Hauptkommissar dazu zu bringen, diese Woche nicht mehr am Schreibtisch sitzen zu müssen."

Leigh seufzte. „Ich möchte ihm etwas Gutes tun, aber ich will nicht in seine Nähe kommen. Es wäre furchtbar, ihn noch einmal zu gefährden."

Ryan lehnte sich an die Küchenzeile. „Versteh mich nicht falsch, aber ich mache mir mehr Sorgen darüber, dass du in der Stadt herumläufst, als darüber, dass du Peter in Gefahr bringen könntest. Ich kann ihm deine guten Wünsche ausrichten und werde dabei auch erwähnen, dass wir gesagt haben, du solltest dich im Moment von ihm fernhalten."

„Das ist doch alles albern", sagte Leigh.

„Wir haben heute eine mögliche Spur entdeckt", erwiderte er. „Es ist nicht viel, aber wir arbeiten manchmal mit einer Professorin vom Fachbereich Forensik der Universität zusammen, und sie hat einen verdächtigen Schatten auf einem Video aus der Tiefgarage gesehen."

Leigh sah ihn an. „Aus der Tiefgarage?"

„Wir glauben, dass der Täter sich gut damit auskennen muss, wie das Krankenhaus funktioniert, und vielleicht ein Angestellter ist – oder zumindest jemand, der oft zu Besuch ist. Wir haben einige Aufnahmen von Überwachungskameras überprüft, aber wie du dir vorstellen kannst, gibt es viele Kameras im Krankenhaus und es hat eine Weile gedauert."

Das war alles sehr spannend, aber die Methoden, die er anwandte, interessierten sie eigentlich nicht besonders. „Und was habt ihr herausgefunden?"

„Die Professorin glaubt, dass wir jemanden suchen, der zwischen eins siebzig und eins achtzig groß ist."

Das war eine Spur? Leigh stellte den leeren Topf in die Spüle. Was hatte sie erwartet? Vielleicht etwas wie Geschlecht, ethnische Herkunft, Augenfarbe, Kleidung.

Und was hatten sie? Eine Bandbreite von zehn Zentimetern?

„Ich weiß", sagte Ryan hinter ihr. Sie wagte nicht, sich umzudrehen, sonst würde sie genau auf seinen Brustkorb starren. „Es klingt nicht nach viel, aber es könnte die entscheidende Information sein. Dadurch werden viele Personen ausgeschlossen und jedes Mal, wenn wir jemanden von der Verdächtigenliste streichen können, kommen wir dem Schuldigen etwas näher."

Er durfte nicht merken, wie viel Angst sie hatte.

Eine Woche war vergangen, und alles, was sie hatten, war ein Schatten auf einer Überwachungskamera und eine vage Größenangabe?

Sie würde den Sommer nicht überleben.

„Leigh."

War er etwa noch näher gekommen?

„Ich verspreche, dass ich tue, was ich kann. Die Professorin – sie ist fantastisch. Wirklich begabt. Sie hat ein Team, das die Videos mit einer neuen Software bearbeitet. Wenn sie etwas findet, sagt sie uns Bescheid."

„Das klingt super", sagte sie. Die Worte kamen zu schrill und zu schnell heraus, um glaubwürdig zu sein.

Die Wärme seiner Hand an ihrem Ellbogen bestätigte, dass sie ihn nicht hatte täuschen können.

„Ich ... äh, ich muss mich für die Arbeit fertig machen." Leigh ließ den Topf in der Spüle stehen, damit er einweichen konnte, und schob sich an ihm vorbei. Ryan hielt sie nicht auf. Zum Glück. Sie rannte die Treppe hinauf in ihr Zimmer und schloss die Tür.

Dann lehnte sie sich von innen dagegen und rang nach Atem. Ihr Magen zog sich zusammen, sodass sie zum Bad lief und sich über das Waschbecken beugte. Jeder Atemzug war ein kurzes, hektisches Nach-Luft-Schnappen, während sie versuchte, ihre Fassung wiederzugewinnen und ihr Essen bei sich zu behalten.

Es dauerte mehrere Minuten, bis sie das Gefühl hatte, sich nicht übergeben zu müssen. Leigh zog ihre Arbeitskleidung an und schlüpfte in ihre Lieblingsschuhe. Jeder Muskel in ihrem Körper zuckte von der Anspannung. Sie setzte sich eine Weile auf ihr Bett.

Herr, bist du da? Hörst du mich? Werde ich sterben? Jetzt? Jetzt, wo Ryan Parker sich für mich interessiert? Jetzt, wo ich eine neue Richtung in meinem Beruf gefunden habe, die mir gefällt? Jetzt, wo langsam alles einen Sinn ergibt?

Sie hatte keine Ahnung, ob Gott zuhörte, aber selbst wenn er sie hörte, schien er nicht antworten zu wollen. Leigh ging ins Badezimmer zurück und bürstete sich mit zitternder Hand die Haare. Sie musste sich zusammenreißen. Schließlich hatte sie zu tun. Ihre Patienten brauchten sie. Ihre Kollegen verließen sich auf sie.

Sie sah in den Spiegel und starrte in ihre braunen Augen. Die Angst, die sie vorhin überwältigt hatte, konnte sie jetzt nicht darin sehen. Das bedeutete, sie war bereit – so bereit wie nur möglich.

Sie öffnete die Tür und sah, dass Ryan nicht weit entfernt auf sie wartete. In seinen Augen lag eine Emotion, die sie nicht recht deuten konnte.

„Geht es dir gut?“

Sie versuchte, ihm ein ehrliches Lächeln zu schenken. „Nein. Eigentlich nicht, aber für heute Abend gut genug.“

14

Um zwei Uhr morgens band Leigh ihren Pferdeschwanz neu und ließ den Kopf langsam kreisen. Mann, war ihr Nacken verspannt. Morgen würde sie sich endlich die Zeit für ihre bevorzugten Gymnastikübungen nehmen. Als sie krank gewesen war, hatte sie ihren regulären Sportkurs verpasst, und jetzt traute sie sich nicht hinzugehen. Sie mochte die Frauen, die den Kurs mit ihr zusammen machten, und sie würde sich nie verzeihen, wenn ihnen ihretwegen etwas zustieß.

Sie verschränkte die Finger hinter ihrem Rücken und streckte Schultern und Brust.

„Alles in Ordnung?“, fragte Keri. Sie stand ein Stück den Gang hinunter an einem Tresen.

„Ja, alles gut.“

„Du lügst.“

„Ich lüge nicht.“

„Ach nein? Das ist deine Lebenseinstellung? Der ‚In den letzten vierundzwanzig Stunden hat niemand versucht, mich umzubringen‘-Ansatz?“

„Ist so gut wie jede andere Einstellung.“

„Nein, ist es nicht“, murmelte Keri. „Hat dein Ermittler inzwischen irgendwelche Spuren?“

Sie konnte nicht sagen, warum, aber sie hatte das deutliche Gefühl, dass sie über das, was Ryan ihr erzählt hatte, nicht sprechen sollte – auch wenn ihn das im Moment schlecht aussehen ließ. Also widerstand sie dem Drang, ihn vor ihrer Freundin zu verteidigen, und zuckte stattdessen nur mit den Schultern. „Er arbeitet dran.“

Keri warf ihr einen Blick zu. „Er arbeitet dran? Wow. Das ist … beruhigend.“

Leigh ignorierte die sarkastische Bemerkung. Wenn diese Sache ausgestanden war, würde sie es Keri erklären, aber nicht jetzt. Man konnte ja nie wissen, wer sie belauschte. Oder wer mitbekam, wie Keri es jemand anderem erzählte. Besser für Keri, wenn sie nicht eingeweiht war. Später würde sie ihr schon verzeihen.

Wenn es ein Später gab.

„Ach, hast du übrigens gesehen, dass ich die Jacke zu deiner Tasche gelegt habe?", fragte Keri.

„Was für eine Jacke?"

„Die ich mir gestern Abend geliehen habe, als mir kalt war."

Typisch Keri. „Okay. Habe ich gar nicht gemerkt", antwortete Leigh.

„Ja, du bekommst so einiges nicht mit, wenn Ryan Parker auf der Bildfläche erscheint." Keri tat so, als würde sie ohnmächtig.

„Rede du nur", lachte Leigh.

„Bist du jetzt offiziell mit ihm zusammen oder nicht?"

Dann wurde Keri von hektischen Aktivitäten um sie herum abgelenkt und das Verhör war zu Ende. „Sieht aus, als käme jemand rein", sagte Keri. „Kannst du den Neuzugang nehmen? Ich muss bei dem kleinen Kerl hier noch mal die Werte messen. Ich hoffe, er kann bald nach Hause."

Keris Patient war ein süßer Junge, der während der Nacht Atemnot bekommen hatte und deswegen behandelt werden musste. Sie alle waren von seinen Grübchen und Locken ganz hin und weg. Weil er so niedlich war, konnte man es noch schwerer ertragen, wie er nach Luft rang.

„Klar", sagte Leigh. „Sieh zu, dass er hier rauskommt."

Sie ging den Flur hinunter zu den anderen, die auf den Krankenwagen warteten. Tom, ein Pfleger, und Bill, ein Kollege vom Sicherheitsdienst, den sie besonders gerne mochte. „Was gibt es denn?"

„Erregung öffentlichen Ärgernisses im betrunkenen Zustand, haben sie gesagt. Wahrscheinlich muss er genäht werden und ansonsten seinen Rausch ausschlafen", erwiderte Bill.

Sie lächelte ihn an. Egal, wie trubelig es wurde, er bewahrte immer die Ruhe.

Tom gähnte. „Wie lange machst du das hier eigentlich schon, Bill?"

„Länger, als es euch Küken gibt", sagte Bill mit einem Augenzwinkern.

Zehn Minuten später erwies sich Bills Vorhersage als halbwegs zutreffend. Der junge Mann aus dem Krankenwagen musste genäht werden, aber wenn er betrunken war, konnte man den Alkohol in seinem Atem nicht riechen. Vielleicht war er high gewesen und deshalb in eine Schlägerei geraten, bei der er sich die Stichwunde zugezogen hatte.

Leigh versuchte, mit dem Patienten zu reden, während Tom und sie ihre Arbeit machten. Sein Blut würde auf Drogen und Alkohol untersucht werden, aber es wäre viel einfacher, wenn er ihnen sagte, was er gemacht hatte. „Mr Smith." Sie bezweifelte, dass der Mann wirklich John Smith hieß, aber diesen Namen hatte er genannt. „Wissen Sie, wer Ihnen diese Wunde zugefügt hat?"

Er starrte auf die Wand.

„Haben Sie heute Abend etwas getrunken?"

Er sah zu Boden.

„Oder Drogen genommen?"

Sein Blick blieb unverwandt auf den Boden gerichtet.

„Hören Sie", sagte sie. „Ich bin nicht von der Polizei. Mir ist egal, was Sie gemacht haben, aber es hilft, wenn wir es wissen, damit wir Sie richtig behandeln können."

Immer noch nichts.

„Na gut. Es dauert nur ein paar Minuten, die Wunde zu nähen."

Hinter Mr Smiths Kopf zeigte Tom auf sich und sah sie fragend an. Es sah so aus, als wollte er sagen: „Vielleicht redet er mit dir, wenn ich nicht dabei bin."

Er könnte recht haben. Manchmal waren männliche Patienten eher bereit, sich zu öffnen, wenn keine anderen Männer anwesend waren. „Tom, könntest du mal nachsehen, ob Dr. Sloan so weit ist? Ich übe solange Druck auf die Wunde aus."

„Klar, mach ich", antwortete Tom.

Sie sah den Patienten an und senkte die Stimme. „Sind Sie sicher, dass Sie mir nichts darüber sagen wollen, was Sie heute gemacht haben, Mr Smith?"

Zum ersten Mal sah er sie an. „Sie heißen Leigh?"

Das war nicht die Frage, die sie erwartet hatte, aber es war ein Anfang. „Ja. Und Sie heißen John?"

Er holte tief Luft. Gut. Vielleicht war er jetzt bereit, sich etwas von der Seel…

Noch bevor sie begriff, was geschah, legte John Smith beide Hände um ihren Hals und drückte zu.

Was sollte das? Sie bekam keine Luft. Er würde ihre Luftröhre zerquetschen! Sie trat und schlug um sich, aber sein Griff lockerte sich nicht.

Ein Teil ihres Gehirns schrie nach Luft. Aber ein anderer Teil erkannte, dass sie sich körperlich nicht gegen diesen Kerl wehren konnte. Draußen auf dem Gang waren Leute. Wenn sie schreien könnte …

Leigh strampelte weiter. Er ließ nicht los, aber sie brachte ihn dazu, seine Position ein wenig zu verlagern. Ihr blieb nicht mehr viel Zeit, bis sie ohnmächtig wurde, aber dann sah sie eine Chance. Anstatt ihn zu treten, trat sie gegen das Tablett mit den chirurgischen Instrumenten, das sie vorbereitet hatte, damit der Arzt die Wunde nähen konnte.

Metall klirrte und klapperte.

Dann wurde alles schwarz.

„Leigh! Leigh Weston! Sie wachen jetzt sofort auf, junge Frau. Diesen Unsinn werde ich nicht dulden." Die tiefe Stimme von Dr. Sloan holte sie von dem Ort zurück, am dem sie sich gerade noch befunden hatte.

Was war geschehen?

Wo war sie?

Warum brannte grelles Licht in ihren Augen?

Sie blinzelte ein paarmal.

„Da ist sie wieder", sagte Tom.

Tom. Sie war bei Tom gewesen.

Nein, Tom war gegangen, um Dr. Sloan zu holen.

Warum lag sie dann auf einem Bett?

„Wa..." Hm, das war merkwürdig. Was hatte sie auf dem Gesicht? Und warum tat ihr Hals weh?

Als die Erinnerung an die fleischigen Hände um ihre Kehle zurückkehrte, riss sie die Augen auf. Leigh versuchte sich aufzusetzen, aber mehrere große Hände hielten sie fest. Mit aller Kraft wehrte sie sich.

„Hey", sagte Tom. „Alles in Ordnung, Leigh. Dir ist nichts passiert. Er ist weg. Es ist alles in Ordnung. Wir sind hier, um dir zu helfen." Die Hände strichen in ruhigen, warmen Bewegungen ihre Arme entlang. „Leigh." Tom sagte ihren Namen so sanft, als würde er ein scheues Tier ansprechen.

Sie richtete ihre Augen auf ihn und allmählich gewann ihre Umgebung an Konturen. Sie holte tief Luft, aber der Atemzug brannte in ihrer Kehle. Leigh versuchte, die Maske von ihrem Gesicht zu ziehen, aber Dr. Sloan zog ihren Arm mit einer Sanftheit herunter, die sie ihm nie zugetraut hätte.

„Versuchen Sie nicht zu reden", sagte er. „Wir machen ein paar Röntgenaufnahmen."

Fragend hob Leigh die Hände und zog die Schultern hoch.

„Erinnern Sie sich daran, was passiert ist?", fragte Dr. Sloan.

Leigh nahm die Hände wieder an ihren Hals. Diesmal

schloss sie die Finger darum. „Ja“, sagte er. „Ihr Patient hat Sie gewürgt. Tom hat ihn weggezogen.“

Leigh warf Tom ein lautloses „Danke“ zu und sah, dass er jetzt mit den Tränen kämpfte. „Du hast mir echt einen Schrecken eingejagt“, sagte er mit belegter Stimme.

„Bill hat sich einen der Polizeibeamten geschnappt“, erklärte Dr. Sloan. „John Smith – falls das sein richtiger Name ist – befindet sich jetzt in Polizeigewahrsam.“

Dr. Sloan beugte sich vor. „Hat er Ihnen sonst noch etwas getan, Leigh? Sind Sie in irgendeiner anderen Weise verletzt?“

Sie schüttelte den Kopf.

„Gut. Tom?“

Tom schob einen Rollstuhl ans Bett. „Ihre Sänfte, Mylady“, sagte er, und noch immer glänzten seine Augen.

Leigh legte eine Hand auf seinen Arm und drückte ihn leicht. Daraufhin schlang er die Arme um sie. „Ich hatte noch nie im Leben solche Angst“, flüsterte er, ließ sie los und half ihr in den Rollstuhl. Dann grinste er, was viel besser zu seiner üblichen Art passte. „Jetzt wollen wir deinen hübschen Hals mal unter die Lupe nehmen, damit du mir sagen kannst, was für ein Held ich bin.“

Die nächste Stunde verging wie im Flug mit Sauerstoff, einer Bronchoskopie, Röntgenaufnahmen und Besprechungen. Als die Lungenfachärztin Dr. Julia Stallings Leigh endlich die Erlaubnis gab zu sprechen, kam kein Wort heraus.

„Versuchen Sie, Ihren Namen zu sagen“, forderte Dr. Stallings sie auf. „Sie machen das schon.“

„Leigh Weston.“

Diese Stimme gehörte doch nicht ihr, oder?

„Gut. Das ist gut.“ Dr. Stallings schien zufrieden.

„Wie lange?“

„Es kann ungefähr eine Woche dauern, bis Ihre Luftröhre heilt. Aber ich sehe nichts Beunruhigendes, was auf bleibende

Schäden hindeutet. Versuchen Sie, in den nächsten ein, zwei Tagen so wenig wie möglich zu sprechen."

Dr. Stallings verließ das Behandlungszimmer und Leigh war einen Moment lang allein. Sie vergrub das Gesicht in den Händen und versuchte, den Druck der Hände um ihren Hals zu vergessen. Versuchte, nicht daran zu denken, wie ihr Körper nach Sauerstoff geschrien hatte. Aber natürlich konnte sie an nichts anderes denken.

Als es an der Tür klopfte, hob sie den Kopf. „Leigh?", fragte Keri. „Kann Ryan reinkommen?"

Sie nickte. Keri trat zurück und Ryan kam herein. Keri schloss die Tür hinter ihm. Einen Moment starrte er sie nur an, dann sank er neben ihrem Stuhl auf die Knie. „Oh, Leigh", sagte er.

Sie nahm seine Hände und drückte sie. „Mir geht es gut." Die Heiserkeit ihrer Stimme war vielleicht nicht der beste Beweis dafür.

„Ich habe gehört, was passiert ist", sagte er.

„Ich hätte damit rechnen müssen", flüsterte sie. „Tom hätte bei ihm bleiben sollen. Man weiß nie, was ein Mensch tut, wenn er high oder betrunken ist."

Ryan schüttelte den Kopf. „Das war er nicht, Leigh."

Nicht?

„Er war völlig nüchtern."

Wie? Nüchtern? Alles, was sie über John Smith gedacht hatte, drehte sich um hundertachtzig Grad. Das war Absicht gewesen? Er war nicht irgendein armer Schlucker, der keiner Fliege etwas zuleide tun konnte, wenn er nüchtern war, sondern ein Mann, der auf seine Gelegenheit gewartet hatte und dann …

„Die Polizei von Carrington kümmert sich um diesen Fall. Der zuständige Beamte ist gut. Ich habe ihm von den früheren Anschlägen auf dich erzählt. Er hat versprochen, mich auf dem

Laufenden zu halten. Wenn wir einen Beweis dafür haben, dass alles zusammenhängt, wird der Fall an mich übergeben."

„Er hat bewusst versucht, mich zu töten?"

Ryan senkte den Blick. „Sieht so aus."

„Warum hat er das gemacht, Ryan? Warum will irgendjemand mich umbringen?"

„Ich weiß es nicht. Aber wir werden es herausfinden, das verspreche ich dir."

Ryan blieb bei Leigh im Haus, bis sie auf dem Sofa eingeschlafen war. Sie hatte es nicht direkt gesagt, aber er hatte den deutlichen Eindruck gehabt, dass sie nicht allein sein wollte. Und das konnte er ihr wahrlich nicht verübeln. Er hätte sie sowieso am liebsten nie mehr aus den Augen gelassen.

Bei den verrückten Arbeitszeiten und den belastenden Ereignissen in ihrem Leben musste sie völlig erschöpft sein. Einige Minuten lang sah er ihr beim Schlafen zu, aber er musste irgendwie Energie verbrennen, sonst würde er noch ein Loch in die Wand boxen. Ryan trat durch die Tür auf die Terrasse hinaus und ging dort auf und ab, während er Leigh im Auge behielt.

Der Hauptkommissar hatte kein Problem damit, dass er heute am See arbeitete. Ryan hatte jede Menge Arbeit, die er am Laptop erledigen konnte, und er musste an diesem Nachmittag sowieso noch drei Häuser hier besuchen, die keine zwei Kilometer entfernt waren. Letzte Woche hatte er die Bewohner endlich angetroffen.

Es war nicht schwierig gewesen, einen Durchsuchungsbeschluss für alle Überwachungsaufnahmen in der Gegend zu bekommen. Doch es begünstigte die Sache, wenn die Anwohner mithalfen und er nicht die offizielle Karte ziehen musste. Alle Hausbesitzer hatten sich sofort bereit erklärt, ihre Videoaufnahmen von der Nacht zur Verfügung zu stellen, in der die Leiche nach Ryans Einschätzung im See versenkt worden war. Einige von ihnen schienen sich mehr Sorgen über den Wert ihrer Immobilie zu machen als darüber, dass ein Mann brutal ermordet worden war. Aber solange sie ihm die Videos übergaben, war ihm das ziemlich egal.

Das Problem war nicht die Genehmigung gewesen, die Aufnahmen anzusehen. Das Problem war gewesen, die Anwohner ausfindig zu machen. Die drei, die er heute sehen würde, hatten alle in Florida überwintert und waren gerade erst für den Sommer nach Hause gekommen. Hoffentlich hatten sie etwas, das ihm weiterhalf.

Jetzt klingelte Ryans Telefon. Er blickte auf das Display. Die Polizei von Carrington. Das konnte interessant sein.

„Parker."

„Hi. Steve hier. Ich habe heute Morgen die Verhaftung durchgeführt."

„Ich erinnere mich. Wie läuft's?"

„Kommt drauf an, wie Sie es finden, dass Mr Smith einen Deal machen wollte, als wir ihm versuchten Mord angelastet haben."

Einen Deal?

„Er behauptet, er hätte es nur gemacht, weil er erpresst wurde."

„Wie bitte?"

„Er sagt, jemand hätte ihm ein Bild von seiner Mutter geschickt, die in einem Pflegeheim in Winston-Salem lebt. Wenn er wolle, dass sie am Leben blieb, müsse er Leigh Weston töten. Offenbar stand in dem Brief, die Notfallstation sei die beste Gelegenheit, an sie heranzukommen."

Ryan schluckte die bittere Flüssigkeit hinunter, die in seiner

Kehle aufstieg. Jemand hatte einen Killer auf Leigh angesetzt? Wie viele Leute konnten denn noch hinter ihr her sein? Er beendete das Gespräch und starrte auf den See hinaus.

Herr, was soll ich machen? Wie kann ich sie beschützen?

Irgendetwas entging ihm. Was war es nur? Welchen Grund konnte irgendjemand haben, Leigh etwas anzutun?

Es sei denn …

Nein, das konnte nicht sein.

Oder?

Sein Telefon klingelte erneut. Diesmal erkannte er die Nummer. „Was gibt's, Adam?"

„Nichts. Ich wollte nur hören, wie es Leigh geht."

Wow. Das war nett. „Es geht ihr gut. Sie ist natürlich ziemlich durch den Wind. Und der Hals tut ihr weh. Die Blutergüsse werden noch deutlich schlimmer werden, bevor sie wieder abklingen."

Adam bedachte den Täter mit ein paar unschönen Worten. „Tut mir leid", sagte er dann. „Eigentlich versuche ich, nicht mehr so zu reden. Aber manchmal kann ich mich nicht beherrschen."

Adam war erst vor Kurzem zum Glauben gekommen und Ryan war froh über die Veränderungen in seinem Leben. Er war auch vorher kein schlechter Mensch gewesen, aber jetzt bestand kein Zweifel daran, dass er ein neues Geschöpf war.

„Das verstehe ich. Ich muss zugeben, dass ich ähnliche Gedanken hatte." Ryan war froh, dass die Polizei den Übeltäter aus der Notfallstation entfernt hatte, bevor er dort erschienen war. Er war nicht sicher, wie er sonst reagiert hätte. Sicher war nur, dass er mehr als nur ein paar abfällige Worte von sich gegeben hätte.

„Außerdem rufe ich an, um dir zu sagen, dass Sabrina einige der Aufnahmen durchgesehen hat. Ich habe sie heute Morgen angerufen, um ihr zu erzählen, was passiert ist. Ich soll dir sagen, dass sie ihren Kalender für den Rest der Woche frei gemacht hat. Sie hilft, wo immer sie kann. Ohne Honorar."

„Das ist super, aber warum engagiert sie sich so?"

„Ich weiß nicht", erwiderte Adam. War es Bedauern, das Ryan in seiner Stimme hörte? „Ab und zu sagt sie etwas, dass ich denke, sie hatte in der Vergangenheit irgendwelche Probleme. Vielleicht sogar jetzt noch."

Interessant.

„Bitte sag ihr, dass ich sehr dankbar bin", sagte Ryan. „Und sag ihr, dass ich im Moment nichts Konkretes habe, aber bis heute Abend bekomme ich Videomaterial von drei neuen Quellen, und dabei könnte ich vielleicht Hilfe gebrauchen."

Die Aufnahmen hatten nicht direkt etwas mit Leighs Fall zu tun. Aber wenn ihn sein Instinkt nicht trog, gab es mehr Verbindungen zwischen den Fällen, als er ursprünglich angenommen hatte.

„Das sage ich ihr."

Es folgte eine kurze Pause.

„Und Ryan?"

„Ja?"

„Ich weiß, dass ich nicht viel tun kann, aber wenn es etwas gibt, dann sag Bescheid."

„Danke, Kumpel. Das weiß ich zu schätzen."

Nachdem er aufgelegt hatte, schickte Ryan eine Nachricht an Gabriel und Anissa und bat sie, zu Leighs Haus zu kommen. Beide sagten sofort zu. Ryan schob das Telefon wieder in seine Tasche.

Vielleicht war er ja verrückt. Möglich, dass der Druck allmählich zu groß wurde. Vielleicht würden Gabriel und Anissa über seine Theorie lachen. Eigentlich war es kaum mehr als eine Idee und schon gar keine ausgefeilte Theorie. Aber wenn er recht hatte …

Gabriel und Anissa erschienen unabhängig voneinander

eine halbe Stunde später. Er überlegte, ob er etwas sagen sollte, weil sie Steuergelder verschwendet hatten, indem jeder mit seinem eigenen Wagen gekommen war, aber er brauchte den restlichen Nachmittag ihre volle Mitwirkung und wollte sie nicht verärgern.

Als Ryan die Tür öffnete, hielt Gabriel eine Tüte mit Sandwiches hoch. „Ich habe was zu essen mitgebracht", sagte er.

„Gute Idee", erwiderte Ryan. „Und danke, dass ihr hergekommen seid. Habt ihr was dagegen, wenn wir draußen sitzen? Leigh schläft auf dem Sofa."

„Und du willst nicht, dass sie hört, was wir sagen", kommentierte Gabriel leise.

Anissa warf Ryan einen fragenden Blick zu. „Hat er recht?"

Volltreffer.

„Sie hat das Recht zu wissen, was los ist", wandte Anissa ein.

Er konnte förmlich sehen, wie Anissa sich binnen kürzester Zeit in Rage reden würde. Besser, wenn er der Sache gleich einen Riegel vorschob. Er hob beide Hände. „Du hast völlig recht, Anissa. Aber sie hat eine Menge durchgemacht. Und vielleicht liege ich ja auch ganz falsch ..." Er fuhr sich mit den Fingern durch die Haare. „Es wäre nicht fair, sie unnötig zu beunruhigen, wenn ich mich irre."

Angesichts dieser Erklärung lenkte Anissa ein. „Das kann ich akzeptieren. Und unterstützen", sagte sie. „Aber wenn deine Theorie stimmt, musst du es ihr sofort sagen. Informationen zurückzuhalten, wird ihr langfristig nicht helfen."

„Und eurer Beziehung wird es auch nicht guttun", sagte Gabriel mit einem grimmigen Lächeln.

„Seid ihr zusammen?", fragte Anissa.

„Nein."

„Aber wollen würde er schon", warf Gabriel ein.

Anissa lächelte doch tatsächlich über Gabriels Bemerkung. Das war wirklich was Neues. „Sie ist ein netter Mensch", sagte sie. „Ich könnte mir euch als Paar vorstellen. Du solltest auf jeden Fall mit ihr ausgehen. Wenn das hier ausgestanden ist, natürlich."

Natürlich. Ryan wurde ganz flau im Magen bei dem Gedanken, dass er Leigh fragen sollte. Und dann fiel ihm wieder ein, warum Gabriel und Anissa hier waren, und sein Magen zog sich erst recht zusammen. „Ich weiß eure Beziehungsratschläge wirklich zu schätzen", sagte er. „Aber können wir vielleicht wieder über den Fall reden?"

Sie lächelten beide und nickten. Er führte sie durch das Wohnzimmer hinaus zu einem Tisch auf der Terrasse. Er hatte seinen Laptop und sein Notizbuch mitgebracht. Ein Krug mit Wasser und ein paar Becher standen schon auf dem Tisch. Die Fallakte – bereits deutlich angewachsen – lag auf einem der Stühle. Sie setzten sich auf die anderen drei.

Gabriel goss sich ein Glas Wasser ein.

Anissa stützte die Ellbogen auf den Tisch und beugte sich vor. „Also, Ryan, was ist das für eine Theorie, und warum sollten wir sie zuerst hören?"

Jetzt oder nie. „Ich glaube, der Mörder beider namenlosen Leichen und Leighs Stalker könnten ein und dieselbe Person sein."

15

Gabriel prustete Wasser über den Tisch. Anissa schreckte förmlich zurück. Beide starrten ihn an, als sei plötzlich ein drittes Auge mitten auf seiner Stirn erschienen.

„Ich habe doch gesagt, dass es nur eine Theorie ist."

Gabriel leerte die Tüte mit den belegten Broten auf dem Tisch aus und nahm sich eine Serviette. „Das musst du erklären." Er wischte sich Wasser von Mund und Hemd.

Anissa legte den Kopf schief, so wie sie es immer tat, wenn sie über etwas nachdachte. Er hatte diesen Blick schon an verschiedenen Tatorten gesehen. Anissa hatte einen scharfen Verstand, aber sie war bedächtig. Sie schoss nicht aus der Hüfte.

Er wartete.

Ein paarmal blinzelte sie. Ihr Blick wanderte von ihm zum See, blieb kurz an Gabriel hängen und konzentrierte sich dann auf die Stelle, an der sie die Leiche aus dem Wasser gezogen hatten.

„Die Anschläge haben angefangen, gleich nachdem wir die Leiche gefunden haben", sagte sie.

Ryan stieß die Luft aus, die er unbewusst angehalten hatte. Anissa konnte ihm folgen. Das bedeutete nicht, dass er recht hatte, aber wenigstens bedeutete es, dass er nicht völlig den Verstand verloren hatte.

Gabriel, der gerade ein Sandwich auswickelte, hielt mitten in der Bewegung inne. „Da waren die Hubschrauber", sagte er. „Ich hasse es, wenn die Medien Hubschrauber losschicken."

Ryans anfängliche Erleichterung wich schnell einer steigenden Unruhe. Wenn sie beide sahen, was er sah, würden sie seine Theorie nicht widerlegen können.

„Ja, die Hubschrauber. Aber fangen wir von vorne an und gehen wir den Ablauf der Ereignisse durch."

„Einverstanden." Anissa packte ebenfalls ein Brot aus. Sie warf einen Blick zum Haus hinüber. „Für Leigh haben wir gar nichts bestellt", sagte sie mit besorgter Miene.

„Nicht schlimm", sagte Ryan. „Der Arzt hat gesagt, dass sie heute am besten nur weiche Dinge essen soll. Suppe, Milchshakes, so was."

„Sandwiches sind weich." Gabriel biss ein ordentliches Stück von seinem Brot ab.

„Nicht, wenn man Halsschmerzen hat." Es klang, als wüsste Anissa, wovon sie sprach. „Mir wurden vor ein paar Jahren die Mandeln rausgenommen. Solche Schmerzen hatte ich noch nie. Selbst der kleinste Brotkrümel hat sich angefühlt, als würde ich Steine schlucken. Du solltest ihr einen Smoothie besorgen, wenn sie aufwacht. Und dann was Warmes, aber nicht zu heiß, als Abendessen. Suppe mit Eierstich ginge. Viel Eiweiß. Rutscht am besten."

„Danke", sagte Ryan, „gute Idee."

Eine Weile kauten alle schweigend vor sich hin. Ryan drängte seine Kollegen nicht. Er kannte beide gut genug, um zu wissen, dass sie über seine Theorie nachdachten. Dass sie versuchten, Unstimmigkeiten zu finden. Dinge, die dagegensprachen.

Keiner sagte etwas, bis sie aufgegessen hatten. Als sie den Müll einsammelten und sich Mund und Hände abwischten, spürte Ryan, wie die Anspannung wuchs.

„Fertig?", fragte Ryan.

Beide nickten.

„Dann fangen wir damit an, dass Gabriel und ich die Leiche im See gefunden haben."

Anissa zog ihr Notizbuch heraus. „Ihr habt die Leiche um 10.37 Uhr entdeckt. Gemeldet haben wir sie gegen Viertel vor elf. Um Viertel vor zwölf haben wir die Leiche aus dem Wasser geholt. Die Gerichtsmedizinerin kam gegen zwei Uhr."

„Die Hubschrauber waren schon vorher da", sagte Gabriel. „Sie sind über uns gekreist, als du zu Leigh gegangen bist, um zu fragen, ob wir ihren Bootssteg benutzen dürfen."

„Wir finden die Leiche", sagte Ryan. „Der Sender bekommt Wind davon. Ohne dass wir es merken, wird Leigh in die Sache hineingezogen, als wir ihren Anleger benutzen."

„Wir müssen Aufzeichnungen von den Nachrichtensendungen bekommen", sagte Gabriel. „Nicht nur das, was sie gezeigt haben, sondern auch die Werbung, die an dem Nachmittag lief oder irgendwelche anderen Nachrichten. Wir müssen wissen, ob Leighs Gesicht zu sehen war, wenn auch nur kurz."

„Oder ob man erkennen kann, dass wir bei ihrem Haus sind", fügte Anissa hinzu.

„Das übernehme ich", sagte Gabriel.

Ryan versuchte ebenso wenig wie Anissa, seine Überraschung zu verbergen.

„Was ist?", fragte Gabriel. „Ich bin erwachsen. Ich kann es mit den Medien aufnehmen."

„Du meinst, du hast Lust, die Medien in die Mangel zu nehmen", murmelte Anissa.

Sie hatte nicht ganz unrecht. Gabriel würde es ein Vergnügen sein, ein paar Journalisten das Leben schwer zu machen. Vor allem dem, der seine Tarnung hatte auffliegen lassen.

„Okay, weiter, Leute", sagte Gabriel.

„Gut." Ryan sah in seine eigenen Notizen. „Sagen wir, am Samstagabend konnte jeder, der aufgepasst hat, wissen, dass Leigh von der Leiche im See wusste und dass der Tote in der Nähe ihres Hauses gefunden worden war."

„Sehe ich auch so", bestätigte Gabriel.

Anissa nickte.

„Die Person muss schnell reagiert haben, um so etwas wie

die durchgeschnittene Bremsleitung zu planen“, sagte er. „Leigh ist erst nach zehn zur Arbeit gefahren und der Täter musste mitten in der Nacht aktiv werden. Also haben wir es entweder mit jemandem zu tun, der Leigh beobachtet hat …“

„… oder mit jemandem, der sie schon gut genug kannte, um ihren Dienstplan und ihre Gewohnheiten zu kennen“, beendete Gabriel den Satz.

Gabriel und Anissa sahen einander an.

„Genau deshalb denke ich, dass meine Theorie nichts taugt. Wie groß ist die Chance, dass die Person, die unsere Wasserleiche auf dem Gewissen hat, Leigh kennt?“

Anissa starrte auf den See hinaus. Gabriel betrachtete seine Hände.

„Ich bin mir nicht sicher, ob das deine Theorie zunichtemacht“, sagte Anissa. „Mr Cook hat mich heute Morgen angerufen und mir gesagt, wann er in den letzten zwei Jahren nicht zu Hause war.“

Ryan hatte keine Ahnung, worauf sie hinauswollte.

„Er war nur einmal länger als eine Nacht fort, und das war vor elf Monaten. Was im Übrigen zu der Zeitachse passt, die die Anthropologin und die Gerichtsmedizinerin uns für die zweite namenlose Leiche gegeben haben, die auf Mr Cooks Grundstück vergraben war.“ Sie nahm einen Schluck Wasser. „Er war drei Nächte weg, und alle wussten davon.“

Mr Cook war niemand, der seine Pläne herausposaunte.

„Wo war er?“, fragte Gabriel.

„Im Krankenhaus.“

Eine Weile sagte keiner von ihnen etwas. Ryan war nicht einmal sicher, ob einer von ihnen atmete.

„Wenn der Mörder im Krankenhaus arbeitet …“, überlegte Ryan.

„… dann könnte er gewusst haben, dass Mr Cook nicht

zu Hause und sein Grundstück unbewacht war", sagte Anissa. „Der perfekte Zeitpunkt, um eine Leiche loszuwerden."

„Und", fügte Gabriel hinzu, „die Person kannte das Gebäude und die Dienstpläne gut genug, um Leighs Bremsleitung zu sabotieren, ohne dass jemand es mitbekam."

„Und vielleicht waren ihr auch die Essensabläufe bekannt, sodass sie den Pudding vergiften konnte", sagte Anissa.

„Außerdem könnte der Täter von den Blumen gewusst haben, die von den verschiedenen Abteilungen kamen", ergänzte Gabriel.

„Und es ist möglich, dass er Zugang zu Kaffeekannen auf verschiedenen Stationen hat", fügte Anissa hinzu. „Oh, und zu Leighs Dienstplan, sodass er dafür sorgen konnte, dass sie mit einem Killer allein im Zimmer war."

Wieder schwiegen sie lange.

„Aber", sagte Ryan, „warum hat er sie dann nicht einfach angegriffen?"

„In der letzten Woche war das gar nicht so einfach, Mann", sagte Gabriel und winkte den uniformierten Kollegen zu, die mal wieder eine Runde um das Haus drehten.

„Ich weiß nicht", sagte Anissa. „In der ersten Nacht wäre es kein Problem gewesen, an sie heranzukommen ..."

Ryan schüttelte den Kopf. „Nicht ohne Plan. Leigh ist keine leichte Beute. Sie hat mit ihrem Stalker viel durchgemacht und nimmt ihre Umgebung sehr bewusst wahr. Sie geht keine unnötigen Risiken ein. Sie hat gut sichtbar geparkt, als sie zu einer untypischen Zeit ankam. Beim Rausgehen war sie mit Kollegen zusammen."

„Eine spontane Entscheidung?", fragte Anissa.

„Die nicht funktioniert hat", sagte Gabriel.

„Aber fast", wandte Ryan ein.

„Allerdings ist sie jetzt auf der Hut. Und sie wird bewacht."

Ryan ließ langsam den Kopf kreisen. „Aber es ist trotzdem

nur eine Theorie“, sagte er. „Wir können den Mörder nur insofern mit Leigh in Verbindung bringen, als dass die Anschläge anfingen, nachdem wir die Leiche im See gefunden haben. Und dass die zweite Leiche vergraben wurde, während Mr Cook in dem Krankenhaus war, in dem sie arbeitet. Und denkt daran, wir wissen nicht einmal mit Sicherheit, dass das zweite Opfer vom selben Täter getötet wurde, der die erste Leiche auf dem Gewissen hat.“

„Wir wissen, dass alle Anschläge in irgendeiner Weise mit dem Krankenhaus zusammenhängen“, sagte Gabriel.

„Womit haben wir es denn dann zu tun?“ Ryan konnte nicht mehr still sitzen. Er schob seinen Stuhl zurück, wobei er versuchte, nicht über die Holzdielen zu kratzen. „Wir haben einen möglichen Serienmörder, der Köpfe abhackt und die Leichen versteckt, damit sie nicht gefunden werden. Aber dann ändert er plötzlich seine Vorgehensweise und hat es auf Leigh abgesehen, weil wir ihren Bootsanleger benutzt haben?“

Wenn er es so sagte, klang es ziemlich dünn. Aber weder Gabriel noch Anissa schien geneigt, dieses Szenario auszuschließen.

„Es ist eine Theorie. Eine schwache Theorie. Aber behalten wir sie trotzdem im Blick?“, fragte er.

„Auf jeden Fall.“ Anissa stand ebenfalls auf. „Obwohl ich sie nicht so schwach finde wie du.“

„Geht mir genauso“, sagte Gabriel.

Ryan bemerkte, wie Gabriel und Anissa einander ansahen. Sie waren sich ungewohnt einig. Vielleicht konnten sie ja doch zusammenarbeiten.

„Vorschlag.“ Gabriel erhob sich. „Wir machen mit unseren jeweiligen Ermittlungen weiter. Wenn sie sich überschneiden, wundert es uns nicht.“

„Und Leigh hält sich vom Krankenhaus fern“, fügte Anissa hinzu.

Ryan nickte. „Einverstanden.“

In diesem Moment ging die Tür hinter Ryan auf und Leigh trat auf die Terrasse. „Warum genau soll ich mich vom Krankenhaus fernhalten?“

Die Frage hatte fordernd und selbstbewusst klingen sollen. Aber ihre Stimme spielte nicht mit. Die Worte kamen so schwach heraus, dass sie erbärmlich klangen, so wenig ihr das auch passte.

Sofort kam Ryan auf sie zu. In seinem Blick lag etwas, das sie nicht verstand. Anissa blickte zu Boden, aber vorher sah Leigh die Sorge in ihrer Miene. Gabriel riss die Augen auf und spitzte die Lippen, während er ein Blatt Papier auf dem Tisch begutachtete.

„Haben wir dich geweckt?“ Ryan wich ihrem Blick nicht aus. Wenn er versuchte, sie abzulenken, dann gelang ihm das ganz gut. Sie musste sich konzentrieren. Und sie musste laut genug sprechen. Sie räusperte sich, obwohl es höllisch wehtat.

„Nein, ich bin aufgewacht und habe euch hier draußen gesehen, und dann habe ich gehört, wie du gesagt hast, dass ich mich vom Krankenhaus fernhalten muss. Ihr habt offensichtlich über mich geredet und mein Leben für mich geplant. Meinst du nicht, ihr solltet mich einweihen?“

Am liebsten hätte sie geschrien, aber Schreien würde zu sehr wehtun, als dass es sich lohnte. Schon diese wenigen Sätze auszusprechen, war schmerzhafter gewesen, als sie gedacht hatte.

„Setz dich doch, Leigh, dann können wir reden", sagte Anissa.

Anissa wollte mit ihr reden? Sie hatte mehr weibliche Solidarität von Ryans Kollegin erwartet. Sie konnte doch unmöglich damit einverstanden sein, wie sie hier fremdbestimmt wurde.

Gabriel klatschte in die Hände. „Ein hervorragender Vorschlag." Er kam auf sie zu und streckte ihr einen angewinkelten Arm entgegen, während er sich leicht verbeugte. „Mylady? Darf ich Sie hineingeleiten?"

Gabriel war eindeutig ein Charmeur. Nicht dass es bei ihr funktionierte, aber wenn sie ins Haus gingen, konnte sie in ihrem Lieblingssessel sitzen, während sie die anderen zur Vernunft brachte.

Also nahm sie Gabriels Arm und ließ sich von ihm hineinbegleiten. „Wo möchtest du sitzen?"

„Was ist das hier, eine Hochzeit?" Sie zeigte auf den Lesesessel in der Sitzecke.

Gabriel lachte und beugte sich näher, während er ihren Arm an seine Seite drückte. „Diese raue Stimme ist klasse. Du klingst richtig tough. Nur weiß ich, dass du einer der liebsten Menschen auf diesem Planeten bist, deshalb funktioniert es nicht so richtig. Aber es macht Spaß, mir vorzustellen, dass du eine mürrische Dame bist, die nur darauf wartet, Leuten den Kopf abzureißen, wenn sie dich ärgern."

„Ich wäre nicht so sicher, dass sie nicht genau das vorhat", sagte Anissa hinter ihnen. Sie nahm Leigh gegenüber Platz und zwinkerte. „Wenn du beschließt, ihn fertigzumachen, helfe ich dir."

Das war eher das, was sie von Anissa erwartet hatte. Vielleicht kämpfte Leigh ja doch nicht auf verlorenem Posten.

Ryan schloss die Terrassentür und gesellte sich zu ihnen. Er ließ eine dicke Akte auf den Couchtisch fallen, bevor er sich neben Anissa auf den Zweisitzer setzte. Gabriel machte es sich auf dem Sofa bequem. Dann starrten sie einander an.

„Was ist hier los?“, fragte sie wieder. Die anderen wechselten Blicke und etwas an ihren Mienen ließ eine Welle der Angst über Leigh zusammenschlagen. „Was habe ich verpasst?“

Mit stummem Entsetzen hörte sie zu, als Ryan ihr von seiner Theorie erzählte. Anissa und Gabriel warfen gelegentlich etwas ein – aber sie erläuterten nur und widersprachen ihm nicht.

Als Ryan geendet hatte, lehnte sie sich in ihrem Sessel zurück. „Ihr glaubt, die Person, die den Mann im See getötet hat, hat auch den Toten auf Mr Cooks Grundstück ermordet? Und ihr glaubt, dass dieselbe Person versucht, mich zu töten?“

Ryan rutschte auf seinem Sitz herum. „Ich weiß es nicht, Leigh. Ehrlich. Aber irgendwas Merkwürdiges geht hier vor sich, und es ist eine Theorie, die wir in Betracht ziehen müssen.“

„Aber das würde bedeuten, dass ich den Mörder kenne. Und ich kenne niemanden, der so schreckliche Dinge tun könnte.“

Wieder wechselten die anderen drei Blicke. Das nervte. Sie war nicht sicher, ob sie geheime Signale verwendeten, aber sie mussten beschlossen haben, dass Anissa mit Reden an der Reihe war, denn sie antwortete: „In Wirklichkeit weiß niemand, wozu ein anderer Mensch fähig ist. Menschen können unglaublich viel Gutes tun. Aber sie können auch unaussprechlich Böses tun. Manchmal tut derselbe Mensch sogar beides an einem Tag. Und wir wissen, dass Serienmörder sehr geschickt darin sind, die Dunkelheit in sich zu verbergen – falls wir es hier mit einem zu tun haben.“

„Aber warum ich?“

Gabriel beugte sich vor. Offensichtlich war er jetzt dran. „Warum, ist eine gute Frage, Leigh, aber sie wird unsere Probleme nicht lösen. Im Moment müssen wir wissen, wer hinter der Sache steckt. Wenn wir die Person gefunden haben, werden wir sie fragen, was sie sich dabei gedacht hat."

„Und wahrscheinlich werden wir keine rationale Antwort erhalten", fügte Anissa hinzu. „Serienmörder haben eine sehr verzerrte Weltsicht. Was für sie ganz logisch ist, empfindet jemand mit einem normalen psychologischen Profil als völlig absurd."

„Das heißt, ein Soziopath ist hinter mir her. Niemand weiß, warum. Und ihr glaubt, er könnte im Krankenhaus arbeiten."

Keiner der drei widersprach ihr.

Sie schluckte wieder. Autsch.

„Unterm Strich wissen wir es nicht", sagte Ryan. „Aber es gibt genügend Beweise, dass der Täter im Krankenhaus Zugriff auf dich hat und du in äußerster Gefahr bist, wenn du dort bist. Deshalb empfehlen wir, dass du dir Urlaub nimmst."

Ihr entging nicht, dass er „wir" sagte und nicht „ich".

„Selbst wenn du glaubst, dass du mit dem Risiko leben kannst", sagte Anissa, „musst du auch an die anderen denken. Die Kollegen, die bei einem Anschlag auf dein Leben getötet werden könnten. Die Patienten. Die Polizeibeamten und Sicherheitsleute, die versuchen, dich zu beschützen. Angesichts der glaubhaften Bedrohung, die wir sehen, wäre es unverantwortlich, wenn du jetzt arbeiten gingest."

Wenn sie es so formulierte …

„Dann habe ich wohl keine Wahl", sagte sie.

„Wir arbeiten alle an der Sache", sagte Gabriel. „Ryan und ich gehen gleich los, um weitere Videoaufnahmen zu holen, so wie die, die wir von dir bekommen haben. Die Leute zwei Häuser weiter sind endlich wieder zu Hause. Wir hoffen, dass wir da eine konkrete Spur finden."

Leigh sah Ryan an. Er bestätigte das mit einem Nicken. Also würde sie hier allein sein. Die Polizeibeamten standen draußen Wache, aber das war nicht dasselbe.

„Du“, sagte Anissa, „könnte ich vielleicht hierbleiben, während die Jungs die Videos organisieren? Ich verspreche, dass ich ganz ruhig bin. Dann kannst du schlafen. Jetzt, wo wir eine neue Situation haben, muss ich alle meine Notizen noch mal genau durchgehen und hier ist es viel schöner als im Büro. Der Hauptkommissar hat uns grünes Licht gegeben, von hier aus zu arbeiten, und diese Aussicht würde ich mir nur ungern entgehen lassen.“

Leigh fiel nicht darauf herein. Sie wusste, dass Anissa ihre Angst bemerkt hatte. Aber es war ihr egal. Was sie betraf, war es eine gute Idee.

Gabriel und Anissa gingen wieder auf die Terrasse hinaus, sodass sie kurz darauf mit Ryan allein war.

Er stand auf, ging zum Couchtisch und setzte sich auf die Tischkante, sodass seine Knie ihre berührten. „Es tut mir leid“, sagte er.

Wahrscheinlich erwartete er, dass sie irgendetwas sagte, aber sie wusste nicht, was. Was konnte sie schon sagen? Es ging ihr nicht gut. Nichts an dieser Situation war gut.

„Es ist ... es ist, als säße ich in einer Achterbahn und jemand würde auf mich schießen. Ich bin gefangen, rase durch die Gegend, drehe und wende mich in der Luft und kann nicht aussteigen. Ich kann überhaupt nichts tun, außer mich festzuhalten und zu beten, dass ich nicht getroffen werde. Aber ich will auch nicht, dass die Fahrt endet, denn wenn diese Person schlau ist, wartet sie am Eingang auf mich, und wenn ich denke, es ist überstanden, kriegt sie mich.“

Ryan griff nach ihren Händen.

„Wir werden den Täter kriegen, bevor er dich kriegt. So langsam entsteht ein Bild. Durch die Krankenhausverbindung können wir in eine ganz neue Richtung ermitteln.“

„Aber was ist, wenn ihr euch irrt? Du hast gesagt, dass es eine Theorie ist. Ich verstehe, wie du darauf kommst, aber was ist, wenn wir etwas Offensichtliches übersehen? Was, wenn der Psychopath, der mich töten will, gar nichts mit dem Psychopathen zu tun hat, der die beiden Leichen auf dem Gewissen hat?"

Ryan gab keine schnelle Antwort. Leigh fand es gut, dass er ihre Frage so ernst nahm, wie sie gemeint war.

„Erstens werden wir keinen Blickwinkel ignorieren", sagte er. „Wir versuchen herauszufinden, wer die Toten sind, und wer weiß, wie es aussieht, wenn wir diese Information haben. Wir werden jede einzelne Spur verfolgen, die wir haben, egal, ob sie zu dieser Theorie passt oder nicht."

„Okay, und zweitens?"

Er rieb mit dem Daumen in kreisenden Bewegungen über ihren Handrücken. „Der zweite Grund ist eher eine Frage der Wahrscheinlichkeit", sagte er. „Klar haben wir ein paar durchgeknallte Leute in Carrington, aber die wahren Psychopathen tauchen normalerweise nicht zu zweit auf. Ich sage nicht, dass es unmöglich ist, aber die meisten Gewaltverbrechen haben ganz andere Motive. Häusliche Gewalt, Habgier, Drogen, Alkohol, solche Dinge."

„Du weißt ja nicht, wem ich vielleicht auf die Zehen getreten bin", sagte sie. „Was ist, wenn es ein Patient ist? Oder die Angehörigen eines verstorbenen Patienten, die mir die Schuld geben?"

„Wir überprüfen auch das", sagte er.

„Ich könnte dabei helfen", schlug sie vor. „Indem ich versuche, mich an irgendwelche merkwürdigen Fälle zu erinnern."

„Das wäre super", sagte Ryan.

Gabriel tippte ans Glas und zeigte auf seine Uhr. „Ich muss los."

Leigh sah Ryan an.

Er drückte ihre Hand noch einmal und ließ sie dann los, während er aufstand. „Ich komme wieder. Wir können heute

Abend über deine verrückten Fälle reden, aber jetzt versuch erst mal, dich auszuruhen."

Zehn Minuten später wickelte Leigh sich in eine Decke und schloss die Augen. In ihren Träumen war sie wieder in der Notaufnahme und lief zu einem Zimmer, in dem die Monitore verrücktspielten. Es dauerte mehrere Augenblicke, bis ihr bewusst wurde, dass nicht das Piepsen einer Infusionspumpe in ihre Träume drang, sondern das Geräusch von Sirenen.

Als sie die Augen aufschlug, stand Anissa keinen halben Meter von ihr entfernt. Waffe in der Hand. Körper angespannt. Sie suchte den Blickkontakt mit Leigh und legte einen Finger auf ihre Lippen.

16

Ryan nahm sich nicht die Zeit zu klopfen, sondern rannte gleich in Leighs Haus. Als er sie hellwach und Anissa in Leibwächtermanier im Wohnzimmer sah, hätten seine Knie beinahe vor Erleichterung unter ihm nachgegeben.

„Was ist los?" Anissas Stimme übertönte die von Leigh, aber er hörte, dass sie beide zeitgleich diese Frage stellten.

„Keine Ahnung", erwidert er. „Ich habe die Sirenen gehört und bin sofort hergekommen. Die Wache, die draußen sein sollte, ist nicht da."

Sein Telefon klingelte. „Parker."

Er gab Anissa und Leigh ein Zeichen der Entwarnung. „Alles klar. Sag mir Bescheid, wenn du wieder da bist." Ryan schob das Handy in seine Tasche zurück. „Falscher Alarm. Na ja, nicht direkt, aber falscher Alarm für uns."

„Was ist denn passiert?" Leighs heisere Stimme überschlug sich.

„Zwei Häuser weiter. Ein möglicher Herzinfarkt. Der Mann ist jung. Wahrscheinlich in den Vierzigern. Sein Sohn hat panisch reagiert. Er wusste, dass Polizisten in der Nähe waren, da ist er aus dem Haus gelaufen und hat um Hilfe gerufen. Sie haben die Gegend im Blick behalten, aber sind hin, um zu helfen."

„Sie hätten ihren Posten nicht verlassen dürfen", sagte Anissa mit einem Unterton, der Lava hätte gefrieren lassen.

Ryan verstand ihre Verärgerung. „Sie wussten, dass du hier bist", wandte er ein. „Du hast recht, sie hätten es zuerst mit dir abklären müssen, aber sie waren weiterhin aufmerksam und haben gleichzeitig einem verängstigten Jungen geholfen."

„Es hätte eine Falle sein können." Anissa war nicht bereit, die Sache auf sich beruhen zu lassen.

„War es aber nicht."

„Wie geht es dem Mann?" Natürlich machte Leigh sich Sorgen um den Patienten und nicht wegen der Gefahr, in die sie selbst durch das Verhalten der Beamten hätte geraten können. Ryan versuchte, sich auf ihr Gesicht zu konzentrieren, aber sein Blick wanderte immer wieder zu den Blutergüssen um ihren Hals.

„Der Krankenwagen ist da."

Leighs Augen brannten vor Mitgefühl. „Die Sanitäter können besser helfen als ich", sagte sie. „Ich hoffe, es geht ihm gut. Diese Leute sind erst vor ein paar Wochen eingezogen. Ich kenne nicht einmal ihre Namen."

„Das gefällt mir nicht", sagte Anissa. „Wir müssen mehr über sie wissen. Und du musst diesen angeblichen Herzinfarkt überprüfen. Es hätte ein Ablenkungsmanöver sein können. Vielleicht hatten wir sehr großes Glück."

Damit hatte sie nicht unrecht.

„Und du musst mit den Beamten draußen reden. Ihnen sagen, dass genau so eine Aktion die Methode sein kann, um an Leigh heranzukommen."

Leigh senkte den Kopf.

Was musste er tun, damit Anissa den Mund hielt? „Danke, Kollegin Bell", sagte er. „Ich weiß, wie ich meine Arbeit zu machen habe."

„Das wollte ich damit gar nicht sagen." Anissas Antwort klang unterkühlt. „Ich habe nur laut gedacht."

„Er versucht, mich zu schonen", sagte Leigh. „Er ist dir nicht böse, weil du das gesagt hast. Du hast ja recht. Er ist frustriert, weil du es in meiner Gegenwart gesagt hast."

Anissa legte den Kopf schief und sah Ryan mit einem ironischen Grinsen an. „Und, Officer Parker?"

Er war nicht sicher, was ihn mehr ärgerte – dass Leigh recht hatte oder dass es Anissa amüsierte.

„Ich muss nicht in Watte gepackt werden", sagte Leigh. „Ich kann das aushalten. Ihr müsst mir sowieso sagen, was Sache ist, ob ihr wollt oder nicht. Wahrscheinlich müsst ihr sogar anfangen, den Fall mit mir zu diskutieren. Wenn eure Theorie stimmt und es eine Verbindung zwischen mir und dem Mörder gibt …" Sie zog die Schultern hoch und hob kopfschüttelnd die Hände. „Ich kann mir nicht vorstellen, was das für eine Verbindung sein könnte, aber je mehr ihr mich in die Ermittlungen einbezieht, desto wahrscheinlicher ist es, dass ich es herausfinde."

Das gefiel ihm nicht. Ganz und gar nicht. So lief das normalerweise nicht. Natürlich war es ihm wichtig, die Betroffenen auf dem Laufenden zu halten, was die Ermittlungen betraf. Es war das Mindeste, was er tun konnte. Aber gemeinsam mit ihnen Ideen zu entwickeln? Strategien zu überlegen? Nein.

Aber … der Sheriff hatte klar und deutlich gesagt, dass dieser Fall um jeden Preis gelöst werden musste. Er hatte sie angewiesen zu tun, was nötig war, um den Killer zu finden und Leighs Sicherheit zu gewährleisten. Und an diesem Fall war ohnehin nichts normal. War es von Anfang an nicht gewesen. Und mit jedem Tag wurde die Sache verrückter. Vielleicht hatte sie recht.

Anissas Telefon klingelte. Ihre Miene erhellte sich erwartungsvoll. „Entschuldigt."

Ryan erwartete, dass sie hinausgehen würde, aber das tat sie nicht. „Dr. Oliver. Haben Sie gute Nachrichten für mich?"

Dann konnte er also davon ausgehen, dass Anissa Leighs Vorschlag befürwortete.

Er formulierte lautlos das Wort „Gerichtsmedizin" in Leighs Richtung und sie bedeutete ihm mit einem Nicken, dass sie verstanden hatte.

Anissas Lippen formten sich zu einem kleinen O und sie suchte nach einem Zettel. „Okay. Verstanden. Ja, bitte mailen Sie es mir. Das ist super. Danke." Sie legte das Handy auf den Tisch und sah Leigh und Ryan triumphierend an. „Wir haben einen Namen."

Ryans Gedanken überschlugen sich, als ihm bewusst wurde, was das bedeutete. Ein Name konnte alles ändern. „Woher?"

„Ein neues Knie. Dr. Oliver hat die Seriennummer zurückverfolgt. Unsere namenlose Leiche ist Calvin Staton aus Cleveland."

„Cleveland?", fragte Leigh mit rauer Stimme.

„Mehr weiß ich auch nicht. Das Knie wurde vor fünf Jahren ersetzt." Sie blickte zwischen Ryan und Leigh hin und her. „Ich muss ins Büro."

„Geh", sagte er. „Und halte mich auf dem Laufenden."

„Wie wäre es, wenn ich gegen sieben Pizza hole?", fragte Anissa. „Dann bringen wir uns gegenseitig auf den aktuellen Stand."

Er wusste nicht, was er dazu würde beitragen können, aber es klang nach einem guten Plan.

In diesem Moment kam Gabriel zur Tür hereingestürzt. Sein Blick ging erst zu Leigh auf dem Sofa, blieb kurz an ihrem Hals hängen, dann wanderte er zu Anissa, die ihre Sachen packte, und anschließend zu Ryan. „Hier alles in Ordnung?"

„Mehr als nur in Ordnung", sagte Anissa. „Parker kann dir alles erzählen. Wir sehen uns um sieben." An der Tür blieb sie stehen. „Sorg dafür, dass wir Eis haben, Chavez. Leigh braucht einen Milchshake."

„Oh, ich bringe nicht nur Eis mit." Gabriel zwinkerte Leigh zu. „Wir haben jemanden, der angeboten hat, die Aufnahmen von allen Häusern hier in der Gegend zu sichten."

Worauf wollte Gabriel hinaus?

„Sie ist draußen", sagte er. „Sie hat Informationen für uns. Hast du was dagegen, wenn sie reinkommt?"

Leigh schwang die Beine auf den Boden.

„Du brauchst nicht aufzustehen", sagte Ryan.

Natürlich würde sie ihn ignorieren.

„Wenn das ein Problem ist …" Gabriel ließ den Satz unvollständig in der Luft hängen.

„Das ist kein Problem", sagte Leigh. „Ich bin kein Invalide, aber wenn man bedenkt, dass ihr ständig meinen Hals anstarrt, sehe ich wahrscheinlich ziemlich angeschlagen aus. Ich ziehe ein anderes Oberteil an."

Gabriel schüttelte entschuldigend den Kopf. Ryan ging, um sie abzufangen. „Du siehst toll aus", flüsterte er.

„Danke", erwiderte sie. „Aber ich weiß, wie schwierig es ist, eine Unterhaltung mit jemandem zu führen, der so offensichtlich versehrt ist. Ihr seid nicht unhöflich. Es ist eine natürliche Reaktion und irgendwann werdet ihr es nicht mehr sehen, aber ich will nicht den ganzen Abend darüber nachdenken." Sie lächelte Gabriel an. „Natürlich ist sie willkommen."

„Adam ist auch hier."

Natürlich.

„Kein Problem."

Leigh verschwand die Treppe hinauf.

„Du solltest mit ihr gehen", sagte Gabriel.

„Warum?"

„Weil ihr nicht gefallen wird, was sie im Spiegel sieht."

Hatte er recht? Würde sie zulassen, dass er sie tröstete? Konnte er irgendetwas sagen, das ihr half?

Leigh konnte ihren mitleidigen Blicken gar nicht schnell genug entfliehen. Sie war nicht beleidigt. Überhaupt nicht. Aber wenn sie nicht wenigstens ein paar Minuten für sich bekam, würde sie schreien.

Oder es jedenfalls versuchen. Wahrscheinlich würde es eher wie eine Katze klingen, die einen Fellball auswürgt, und das wäre nicht halb so eindrucksvoll wie das, was sie im Sinn hatte.

Sie kramte in ihrem Schrank nach einer Kragenbluse. Nach etwas anderem als dem T-Shirt mit V-Ausschnitt, das sie gerade trug. Da. Sie zog das Hemd von einem Kleiderbügel und hob es an ihr Gesicht.

Es war eines der Freizeithemden ihres Vaters. Für Richter Weston bedeutete Freizeit immer noch Hemd, aber die Krawatte war dann nicht Pflicht. Ihr Dad war groß und dünn gewesen, und nachdem er gestorben war, hatte sie einige seiner Lieblingshemden in ihren Kleiderschrank übernommen.

Dieses Hemd hatte er getragen, als sie den Studienplatz für ihre Zusatzausbildung bekommen hatte. Sie war nach Hause gekommen, um es ihm zu erzählen. Er hatte sie umarmt und gesagt, es wundere ihn gar nicht und er sei sehr stolz. Dann hatte er die Hände um ihr Gesicht gelegt und gesagt: „Schon als ich dich das erste Mal gesehen habe, war mir klar, dass du Großes im Leben vollbringen würdest. Ich bin Gott unendlich dankbar, dass ich dein Dad sein darf.“

Bei der Erinnerung kamen ihr die Tränen. Es war ein Augenblick, den sie niemals vergessen würde. Die Umarmung. Das Gefühl, dass alles gut war. Die Hoffnung für die Zukunft. Das alles hatte diesen Tag geprägt.

Zwei Wochen später hatte er einen Herzinfarkt erlitten.

Und seitdem war nichts mehr gut in Leighs Leben.

Jeder Feiertag machte sein Fehlen allzu deutlich. Jeder wichtige Moment beleuchtete die Tatsache, dass er nicht da war, um ihn mitzuerleben. Sie hatte ihre Mom geliebt, aber ihr Dad war ihr Fels gewesen. Ihre Zuflucht.

Und dass er nicht mehr da war …

Sie schob die Arme in die Ärmel.

Warum hast du ihn mir genommen? Ich wollte noch mehr Zeit mit ihm.

Hatte damals alles angefangen? Das langsame Abwenden von einem Gott, der sie im Stich gelassen hatte – jedenfalls in ihrer Wahrnehmung? Hatte sie aufgehört, mit ihm zu reden, als er ihren Vater nicht gerettet hatte?

Es war keine Absicht gewesen, aber während sie die lange Knopfreihe schloss, wusste sie es. Sie war lange auf Gott wütend gewesen.

Versuchst du deshalb, mich umzubringen?

Doch diesen Gedanken zensierte sie gleich. Sie wusste es besser. Gott versuchte nicht, sie umzubringen. Ihre Aufmerksamkeit zu erlangen? Vielleicht. Aber sie zu töten? Nein.

Andere Erinnerungen umhüllten sie, als sie die zu langen Ärmel die Arme hochschob. Die klangvolle Baritonstimme ihres Vaters, der „Groß ist deine Treue“ sang. Der Alt ihrer Mutter in vollkommener Harmonie dazu. Ihr Leben war nicht leicht gewesen. Jahre der Unfruchtbarkeit. Jahrelanges Flehen zu Gott, ihnen ein Kind zu schenken. Der lange Weg, um zu akzeptieren, dass Gottes Familienplan für sie ein kleiner Junge aus Bolivien und ein kleines Mädchen aus China waren.

Diesen Punkt zu erreichen, hätte beinahe ihren Glauben und ihre Ehe zerstört. Leigh kannte die Geschichte, aber sie hatte sie nie auf ihre eigene Situation übertragen. Gott gab den Menschen nicht, was sie haben wollten. Oder was sie glaubten, haben zu wollen. Ihre Eltern hatten immer gesagt, wenn sie gewusst hätten, wie es ist, Kinder zu adoptieren, dann hätten sie es eher getan. Aber dann hätten sie Leigh nicht gefunden. Also wussten sie, dass Gottes Timing perfekt war.

War sein Timing auch in dieser Sache perfekt? Arbeitete er zu ihrem Wohl, obwohl es so aussah, als hätte er die Kontrolle verloren? Vielleicht sollte sie in den Flecken an ihrem Hals nicht einen Beweis dafür sehen, dass sie ihm egal war, sondern stattdessen seine Fürsorge erkennen. Dass er sie erneut vor einem unbekannten Feind bewahrt hatte. Konnte sie darauf vertrauen, dass er sie am Leben erhielt? Oder ihm trauen, falls das gar nicht sein Plan war?

Fetzen lang vergessener Bibelverse vermischten sich mit Dingen, die ihre Eltern gesagt hatten, mit Predigten, die sie gehört, und Liedern, die sie gesungen hatte. Das Ziehen in ihrem Gemüt, das sie meistens bewusst ignorierte, ließ sich diesmal nicht verdrängen. Die Mauern, die sie mit so viel Energie errichtet hatten, bebten. Und wie sollten sie auch nicht? Sie ruhten auf einem wackligen Fundament aus Angst und Lügen.

Sie kannte die Wahrheit. Hatte sie schon immer gekannt. Aber zu glauben, dass Gott sie wirklich liebte und tatsächlich ihr Bestes wollte, selbst wenn es nicht danach aussah? Sie wusste nicht, ob sie so einen Glauben aufbringen konnte. Sie konnte nur ein demütiges „Hilf mir“ flüstern.

Irgendwie wusste sie, dass es im Moment genügte. Dass er

sie hörte. Dass er nicht mit einer langen Liste von Vorwürfen auf sie wartete. Dass er auf sie zukam und sich danach sehnte, sie an sich zu ziehen, wenn sie ihn nur ließ.

„Hilf mir", flüsterte sie noch einmal, als sie ihre Tür öffnete.

Ryan fiel beinahe in ihr Zimmer. „Tut mir leid", sagte er, während er gerade noch das Gleichgewicht behielt. „Ich wollte sehen, ob bei dir alles in Ordnung ist."

War bei ihr alles in Ordnung? Nein. Aber es war eindeutig besser als noch vor einer halben Stunde.

„Leigh?" Ryan blickte sich im Zimmer um, bevor er sie wieder ansah. „Gibt es etwas, das ich wissen müsste?"

Sie konnte die Besorgnis in seinen Augen sehen. Und in seiner Stimme hörte sie den Wunsch, sie zu beschützen. Aber wie sollte sie erklären, was in den letzten Minuten geschehen war, wenn sie es selbst kaum verstand?

„Ich ... ich habe gebetet. Irgendwie."

Sie versuchte, nicht über seinen Gesichtsausdruck zu lachen.

„Gut", sagte er. „Obwohl ich nicht sicher bin, wie man *irgendwie* betet."

„Ich auch nicht", gab sie zu. „Es ist eine Weile her, dass das Beten für mich wichtig war. Wahrscheinlich bin ich im Laufe der Jahre irgendwie vom Weg abgekommen. Oder vielleicht habe ich auch nicht mehr geglaubt, dass Gott mir zuhört. Oder dass meine Gebete irgendwas bewirken."

„Und jetzt?"

„Soll ich ehrlich sein? Ich bin immer noch nicht sicher. Ich meine, ich kenne die Antworten aus der Sonntagsschule. Gott hört und erhört unsere Gebete. Aber was nützt dir diese Antwort, wenn dein Dad stirbt? Oder wenn deine Mom stirbt? Oder wenn du glaubst, dass du verrückt wirst, und sich herausstellt, dass ein Patient dich verfolgt? Oder jetzt, wenn jemand buchstäblich versucht, dich zu töten? Warum hat Gott das alles nicht verhindert?"

Sie holte tief Luft. So viel auf einmal zu reden, tat ihrem Hals gar nicht gut, und ihre Stimme war so heiser und leise, dass sie nicht wusste, ob Ryan überhaupt etwas von dem hatte hören können, was sie gesagt hatte.

„Das verstehe ich total gut", sagte er mit grimmiger Miene. „Warum lässt er zu, dass mein Neffe Autist ist? Oder wie wird man damit fertig, dass die eigene Schwester betrogen und verlassen wir, obwohl sie gespart und verzichtet hat, damit ihr nutzloser Mann sein Medizinstudium finanzieren kann? Was soll das?"

Wow. Sie war also nicht die Einzige, die sich solche Fragen stellte. Und nicht die Einzige, die keine konkreten Antworten darauf hatte.

„Tut mir leid", sagte Ryan. „Ich weiß, dass es nicht dasselbe ist, wie einen lieben Menschen zu verlieren oder von einem Irren gewürgt zu werden."

„Nein", sagte sie. „Es sind verschiedene Arten von Tod. Der Tod eines lieben Angehörigen. Der Tod eines Traumes. Der Tod einer Beziehung."

„Und so kam der Tod in die Welt", sagte Ryan leise.

„Wie bitte?"

„Was du über diese verschiedenen Tode gesagt hast, erinnert mich an den Vers, in dem steht, dass mit der Sünde der Tod in die Welt kam. Ich habe das wohl immer als körperlichen und geistlichen Tod verstanden, und das ist ja auch gemeint, aber all diese anderen Tode sind auch eine Folge der Sünde."

„Kann sein", sagte sie. „Ich habe keine Antworten, Ryan. Aber ich fange wieder an, mit Gott zu reden. Ich glaube, er hört zu, aber manchmal weiß ich nicht, was ich sagen soll."

„Ich glaube, ihm ist es nicht so wichtig, was wir sagen. Ich glaube, er freut sich einfach, wenn wir mit ihm reden."

„Im Moment muss er sich mit einem Flüstern begnügen", sagte sie.

Ryan lachte. „Ich könnte jemanden in Stücke reißen und du machst Witze."

„Es ist eine Bewältigungsstrategie", sagte sie. „Und nicht die gesündeste, könnte ich hinzufügen."

„Was, die Witze oder der Wunsch, jemanden zu Hackfleisch zu verarbeiten?"

„Beides."

Ryan seufzte theatralisch. „Wahrscheinlich hast du recht."

Ein paar Augenblicke standen sie schweigend da. Es war kein unangenehmes Schweigen. Betete er? Sollte sie es tun?

Herr?, sagte sie im Stillen. *Ich weiß nicht, was hier los ist. Bitte hilf mir. Hilf mir, es zu verdauen. Hilf mir zu vertrauen.*

„Ryan? Leigh? Könnt ihr runterkommen?", rief Gabriel von der Treppe aus. Seine Stimme hatte einen dringlichen Unterton, aber Angst lag nicht darin.

„Meinst du, er hat was gefunden?", fragte Leigh.

„Fragen wir ihn."

Während sie die Treppe hinunterstiegen, zog sie den Kragen ihres Hemdes etwas zusammen.

„Du siehst prima aus", flüsterte Ryan.

Es war gelogen, aber sie war trotzdem dankbar für die Worte.

Als sie in die Küche kam, erkannte Leigh ihr Haus fast nicht wieder. Adam und Gabriel saßen beide mit Laptops, Tablets und Notizbüchern am Küchentisch. Computer und Kabel waren auf der ganzen Kücheninsel verteilt und einer war sogar auf der Herdplatte aufgeklappt. Das hielt sie nicht für die beste Idee, aber die junge Frau inmitten dieses Durcheinanders schien es nicht zu beunruhigen.

Sie streckte die Hand aus. „Sabrina", sagte sie. „Sie müssen Ms Weston sein."

„Ich heiße Leigh – ist es okay, wenn wir Du sagen?"

Sabrina nickte.

Dies war die schlaue Professorin für Computerforensik, die sie engagiert hatten? Sie sah aus, als sei sie zwölf.

Aber dann fing sie an, irgendeinen Code zu tippen. Ihre Finger flogen über die Tasten. Ihre Augen blitzten.

„Wir haben etwas, das du dir ansehen musst", sagte sie.

17

Ryan hatte keine Ahnung, wie Sabrina Fleming das machte. In wenigen Minuten hatte sie Videomaterial aus mehreren Häusern genommen und auf geniale Weise zu einem Ganzen zusammengefügt.

„Wir haben mehrere Stunden Material durchgesehen und natürlich gibt es noch einige Hundert Stunden, die wir anschauen könnten. Aber mit dem, was wir heute gefunden haben, können wir zeigen, dass das Boot von Osten kam, angehalten hat, gewendet hat und dann in der Richtung verschwunden ist, aus der es gekommen war."

Noch ein paar Mausklicks und das Video lief an. Sabrina erklärte, was sie sahen, ihre Brille in der einen Hand, während sie mit der anderen auf den Bildschirm zeigte. „Wie du sehen kannst, haben wir aufgrund der verfügbaren Videoüberwachung Beweise, dass um 3.08 Uhr ein Boot im Wasser war. Ich habe ein bisschen gerechnet und festgestellt, dass es nicht besonders schnell unterwegs war. Etwa fünf Meilen pro Stunde."

Sie kniff die Augen zusammen. „Wenn ich raten müsste, würde ich sagen, dass der Bootsführer nicht wusste, wohin er fuhr. Das ist allerdings nicht meine Lieblingstheorie. Womöglich war er auch bemüht, so wenig Lärm wie möglich zu machen. Bei fünf Meilen pro Stunde ist es unwahrscheinlich, dass jemand, der in diesen Häusern wohnt", sagte sie und zeigte mit der Brille in der Hand auf die Gebäude auf beiden Seiten des Sees, „etwas merken würde."

Der Bildschirm wurde schwarz. „Das Boot verschwindet vier Minuten und dreiundfünfzig Sekunden lang sozusagen vom Radar, bevor es ein paar Sekunden lang in den Aufnahmen des Nachbarn auftaucht. Und dann haben wir einige Sekunden von deinen Videos." Sabrina sah Leigh an. In den nächsten Minuten flackerten hin und wieder Lichtpunkte über den Bildschirm, dann war das Video zu Ende.

„Mehrere Anwohner ein Stück weiter den Porter Trail hinunter haben Videomaterial geliefert, in dem nichts von einem Boot zu sehen ist. Das bedeutet nicht unbedingt, dass das Boot nicht dort war. Der See wird deutlich breiter, und wenn der Bootsführer sich in der Mitte des Sees gehalten hat, war er irgendwann nicht mehr zu sehen. Trotzdem würde ich mit den Besitzern der Hausnummern 2, 6, 8 und 10 reden."

Ryan warf einen Blick in seine Notizen. „Wir haben Aufzeichnungen von 2, 4, 6 und 10."

„Ja, aber ich meine, dass ihr die Boote der Besitzer überprüfen solltet."

„Ihre Boote?" Oh. „Du meinst, jemand hat ein Boot gestohlen?"

„Ich weiß es nicht", erwiderte Sabrina. „Wir müssen es zumindest in Betracht ziehen. Natürlich kann das Boot auch von irgendwo anders hergekommen sein. Es ist sogar möglich, dass die Person das Boot über irgendeine Rampe zu Wasser gelassen hat, hierhergefahren ist, die Leiche versenkt hat, dann am Ufer entlang zurück ist und das Boot wieder an Land gebracht hat. Das könnte überall gewesen sein."

„Warum diese Häuser?“

„Weil dass die Häuser sind, bei denen wir die Lichter nicht mehr sehen.“

„Du glaubst, unser Mörder könnte ein Boot gestohlen haben, damit in die Mitte des Sees gefahren sein und irgendwann nach Hausnummer 12 das Licht eingeschaltet haben?“

„Ich würde es gerne überprüfen, um sicher zu sein“, sagte Sabrina.

„Wenn jemand ihre Boote genommen hätte, wäre es doch auf den Videoaufnahmen zu sehen gewesen. Nummer 8 ist das einzige Haus, das uns noch fehlt, aber es hat keine Kameras auf dem Grundstück.“

„Gar keine? Das ist ungewöhnlich.“ Leigh runzelte die Stirn.

Ryan blätterte durch seine Notizen. „Das stimmt, aber in dem Haus wohnt ein älteres Ehepaar, das schon eine Ewigkeit dort lebt und immer noch die selige Illusion hegt, Carrington sei so sicher wie vor fünfzig Jahren. Der Mann ist im Krankenhaus, aber seine Frau ist sehr kooperativ.“

Als er die Worte laut aussprach, wanderten die Blicke von Gabriel, Leigh und Sabrina gleichzeitig zu Ryan. Leigh blickte besonders besorgt drein.

„Ist irgendetwas, Leigh?“ Sabrinas leise Frage ließ alle verstummen.

„Ja“, nickte Leigh.

„Ich bin keine Polizistin“, sagte Sabrina lächelnd, „aber ich habe die Erfahrung gemacht, dass nichts so unwichtig ist, dass man es unerwähnt lassen sollte. Hast du etwas gesehen, das keinen Sinn ergibt? Weist meine Theorie einen Fehler auf?“

Adam lachte, aber Sabrina brachte ihn mit einem finsteren Blick zum Schweigen. „Ich mache auch Fehler, Adam“, sagte sie. „Und selbst wenn nicht – wenn Leigh etwas unklar ist, möchte ich es gerne hören. Vielleicht muss ich diese Information irgendwann vor Geschworenen darlegen. Deshalb muss ich etwaige Fehler jetzt sehen, nicht erst dann."

„Es ist nichts von dem, was du gesagt hast", sagte Leigh. „Es sind die Leute in Nummer 8."

„Was ist mit ihnen?"

„Warum ist er im Krankenhaus?" Leighs Frage war an Ryan gerichtet.

„Mr Gordon hatte einen Schlaganfall."

„Wann?"

„Vor etwa drei Wochen", erwiderte Ryan.

„Irgendwelche Verwandten in der Nähe?"

„Mrs Gordon hat sich geweigert, von seiner Seite zu weichen. Sie haben erwachsene Kinder, aber die habe ich nicht kennengelernt. Sie leben irgendwo hier in der Gegend."

„Worauf willst du hinaus, Leigh?", fragte Sabrina.

„Als er den Schlaganfall hatte, war er da in der Notfallstation in Carrington?"

Ryan sah Gabriel und Adam an. „Keine Ahnung? Wisst ihr das?"

Beide schüttelten den Kopf.

„Warum genau willst du das wissen?" Sabrina beobachtete Leigh, als sei sie das faszinierendste Geschöpf der Welt.

Leigh sah Sabrina an. „Ihr" – sie zeigte erst auf Ryan und dann auf Gabriel – „habt eine Theorie, dass der Killer mit dem Krankenhaus in Verbindung stehen könnte."

Ryan fiel auf, dass sie nichts von dem anderen Teil ihrer Theorie sagte, nämlich dass der Mörder hinter ihr her sein könnte. Vielleicht wollte sie daran nicht denken? Vielleicht glaubte sie es auch nicht. So oder so war es wahrscheinlich besser, wenn er es jetzt nicht erwähnte.

„Wenn jemand im Krankenhaus für diese Morde verantwortlich ist, dann wusste er auch, dass Mr Cook vor elf Monaten stationär behandelt wurde und sein Grundstück unbeobachtet war. Die Person hatte also Zeit, eine Leiche dort zu vergraben, ohne dass es jemand mitbekam."

„Ja!" Sabrinas Miene erhellte sich, als sie begriff. „Und die betreffende Person könnte auch jetzt wissen, dass das Ehepaar von Porter Trail Nummer 8 im Krankenhaus ist und so schnell nicht wiederkommen würde."

„Wir müssen Nummer 8 einen Besuch abstatten", sagte Ryan. Er zog sein Handy aus der Tasche. Es war drei Uhr. „Ich muss ins Büro und mir einen Durchsuchungsbeschluss besorgen."

„Ich komme mit", erwiderte Gabriel. „Lass mich nur schnell meine Sachen zusammenpacken."

„Geht ruhig", meinte Adam. „Sabrina und ich sind hier noch den Rest des Tages beschäftigt." Er sah Leigh an. „Wenn du nichts dagegen hast. Wir haben alles so schön aufgebaut." Er zeigte auf die verschiedenen Computer und anderen technischen Geräte.

„Kein Problem", antwortete Leigh.

Ryan wollte nicht gehen, aber Leigh war von Beamten umgeben, und Adam war ein guter Polizist. Ihr würde nichts passieren. Aber der Drang zu bleiben, war stark. Er zwang sich, zur Tür zu gehen. Leigh folgte ihm.

„Ich komme wieder", versprach er.

„Ich werde hier sein."

In ihren Augen lag so viel – Kraft vermischt mit Angst, Zuversicht gepaart mit Verwirrung – und trotzdem lächelte sie. Sie würde eine wunderbare Polizistengattin abgeben. – Woher war *das* denn jetzt gekommen? Er hatte doch gar nicht vor zu heiraten … doch der Gedanke ließ sich nicht mehr vertreiben.

„Kommst du?" Gabriel gab ihm einen leichten Schlag auf den Rücken und holte ihn damit in die Wirklichkeit zurück.

„Ja." Er ließ Leigh zurück. „Ich rufe an, wenn ich was Neues weiß."

Dieses Versprechen löste Ryan viel schneller ein, als er selbst erwartet hatte.

Gabriel war direkt ins Carrington Memorial Hospital gefahren, um mit der Familie zu reden und die Situation zu erklären. Mrs Gordon war überrascht gewesen, erlaubte aber sofort, dass sie Haus, Anleger und Boot überprüften.

Richter Jarvis, der gerade aufbrechen wollte, hatte ebenfalls bereitwillig den Durchsuchungsbeschluss unterzeichnet. Die Nachricht vom Leichenfund auf Mr Cooks Grundstück machte allmählich die Runde. Es würde nicht mehr lange dauern, bis ein neugieriger Journalist eins und eins zusammenzählte, und dann würden sie nirgends mehr hingehen können, ohne dass ihnen eine Traube Kameras folgte.

Als Leigh dranging, konnte Ryan Stimmen im Hintergrund hören. „Hi", sagte Leigh. „Das hat ja nicht lange gedauert."

„Ich fürchte, ich kann noch nicht zu dir kommen. Ich bin gerade auf dem Weg zum Haus der Gordons. Wir haben ihre Einwilligung und den Durchsuchungsbeschluss. Gabriel fährt mit dem Schlüssel direkt dorthin."

„Was glaubst du, was ihr finden werdet?"

„Keine Ahnung. Heute Abend werden wir sehen, ob es irgendwas Offensichtliches gibt. Die Forensik kommt morgen raus. Ich habe Anissa schon angerufen. Sie hat immer noch vor, Pizza mitzubringen, aber es wird wahrscheinlich eher neun als sieben Uhr."

„Wir werden schon nicht verhungern", erwiderte Leigh. „Sei vorsichtig."

„Immer."

Ryan stellte seinen Wagen in der Auffahrt ab. Gabriel hielt gleich hinter ihm. Die Beamten, die sie zur Verstärkung angefordert hatten, kamen nur wenig später dazu. Er würde kein Risiko eingehen. Wenn sie etwas fanden, wollte er jede Menge Zeugen und eine lückenlose Beweiskette.

Während Gabriel und Ryan um das Haus herumgingen, zogen sie Handschuhe an. Der Garten sah aus, als ob er früher einmal makellos gewesen war und jetzt ein bisschen Zuwendung brauchen konnte. Für diesen Teil des Seeufers war das Haus der Gordons eher klein, aber es bot von der Rückseite aus einen spektakulären Ausblick auf den See.

„Mir war nicht klar, dass dieses Haus auf einer Landzunge steht", stellte Gabriel fest.

„Mir auch nicht. Sieh dir mal den Bootssteg an", erwiderte Ryan. „Es wäre ein Leichtes, hier das Boot zu Wasser zu lassen. Wenn der Wind richtig steht, könnte man ein ganzes Stück auf den See hinausgleiten, bevor man den Motor anwerfen muss. Und die Überwachungskameras auf den Grundstücken rechts und links würden nichts mitbekommen."

Er sah zum Haus zurück. Das Obergeschoss endete in einer großen Terrasse, die den Sitzbereich darunter beschattete.

„Schiebetüren aus Glas", sagte Gabriel mit einem angewiderten Kopfschütteln. „Zugegeben, sie bieten eine gute Sicht, aber wir sollten ihnen raten, zweiflügelige Türen mit einem Doppelschloss einbauen zu lassen."

„Was wettest du, dass sie kein vernünftiges Schloss drin haben?", fragte Ryan. Es wäre ganz einfach, eine so alte Tür aufzubrechen.

„Komm, schauen wir nach."

„Ich will mir zuerst den Bootssteg ansehen", wandte Ryan ein.

„Ist mir auch recht."

Die beiden Beamten traten auf die hölzernen Planken. Ryan liebte Bootsstege. Das Gefühl, auf dem Wasser zu sein, das vertraute Schwanken. Die Gordons hatten einen schönen zweistöckigen Anleger, der dem von Leigh ähnelte. Die untere Ebene war u-förmig, das Boot lag in der Mitte. Eine Treppe führte auf die obere Ebene, die einer Dachterrasse glich. Ein toller Platz, um an einem Frühlingsabend zu entspannen oder an einem Herbstmorgen Kaffee zu trinken.

Im Sommer mussten sie das Luftkissenboot nicht schützen, aber offenbar deckte Mr Gordon es im Winter ab.

Gabriel und Ryan untersuchten die Abdeckung.

„Kommt dir das komisch vor?“, fragte Ryan.

„Was meinst du?“

„Die Abdeckung. Ich glaube, sie wurde vor Kurzem entfernt.“

Gabriel neigte den Kopf ein wenig zur Seite und betrachtete die Plane. „Wie kommst du darauf?“

„Die Beulen sind an den falschen Stellen.“

„Ich kann dir nicht folgen.“

„Sieh mal.“ Ryan zeigte auf die Ausbuchtungen, an denen die Abdeckung über den Sitzen gelegen hatte. Das war jetzt nicht mehr der Fall. „Jemand hat die Abdeckung falsch herum draufgelegt“, stellte er fest.

„Du könntest recht haben.“

Als sie die Abdeckung entfernten, stieß Gabriel einen leisen Pfiff aus. „Wow.“

„Das kannst du laut sagen“, erwiderte Ryan, als er den u-förmigen Anleger entlangging. Die Gordons hatten vielleicht nicht viel Geld in die Instandhaltung ihres Hauses investiert, aber bei der Wartung des Bootes hatten sie nicht gegeizt. So ein elegantes Pontonboot hatte er noch nie gesehen. Mit einem Schnellboot konnte es nicht mithalten, aber dafür konnte man in einem solchen Boot locker einen Ausflug mit zwölf Personen machen. Alles daran bewies, wie sehr Mr Gordon – oder eines seiner Kinder – dieses Boot liebte.

„Wir sollten nichts anfassen, bevor die Forensik alles untersucht hat“, sagte Ryan.

„Sehe ich auch so“, nickte Gabriel. „Gehen wir ins Haus.“

Ryan bat zwei Beamte, den Anleger mit Absperrband zu markieren. Als er sich davon überzeugt hatte, dass der Bereich gesichert war, lief er mit Gabriel zum Haus. Beim Verlassen des Stegs rutschte Ryans Fuß plötzlich in eine Vertiefung im Gras. Er fing sich, blieb stehen und betrachtete die Stelle. Ganz sicher war er kein erfahrener Fährtenleser, aber das war auch nicht nötig.

„Gabriel."

„Ja?"

Er zeigte auf die Spur, die den ganzen Hügel hinaufführte. Er folgte ihr, sorgsam darauf bedacht, nicht noch einmal hineinzutreten. Die Spur endete am Schuppen. Gabriel holte einen Schlüsselbund samt Dietrich heraus, aber Ryan hielt ihn zurück.

„Ich glaube nicht, dass unser Killer das Schloss knacken musste."

An der Seite des Schuppens hing gut sichtbar ein kleiner Schlüssel. Und tatsächlich konnten sie damit die Tür öffnen.

Als sie eintraten, sahen sie eine Schubkarre.

„Wir wissen, dass weder Mr noch Mrs Gordon vor Kurzem die Schubkarre benutzt hat", sagte Gabriel.

„Stimmt. Könnte eines von den Kindern gewesen sein."

Nicht dass er das glaubte. Sein siebter Sinn machte sich bemerkbar. Dies hatte etwas zu bedeuten. Er war sich noch nicht hundertprozentig sicher, was; aber es konnte der Durchbruch sein, auf den sie gewartet hatten.

„Ryan."

Er drehte sich um und sah, dass Gabriel auf eine kleine Hakenleiste an der Wand zeigte. An jedem Haken hingen Schlüssel.

Darunter auch die Schlüssel zum Boot.

In der letzten Stunde hatte Leigh sich in ihrem Zimmer verkrochen.

Adam war zwar nett, aber er arbeitete an einem Fall und telefonierte viel.

Jetzt klingelte Leighs Telefon. Rebecca Fowler? Warum rief sie an? „Hallo?“, meldete Leigh sich. Ihre Kehle schmerzte noch immer.

„Leigh. Wie geht es dir? Ich habe gehört, was im Krankenhaus passiert ist. Bestimmt sollst du nicht viel reden, aber ich wollte dir sagen, dass ich für dich bete. Und wenn es irgendwas gibt, was ich tun kann, dann sag es bitte.“

Leigh war sprachlos. Als hätte Rebecca Fowler nicht genug um die Ohren und im Kopf. Da sollte sie sich nicht noch Gedanken um Leigh machen.

„Hat Ryan es dir erzählt?“

„Nein. Ich habe heute noch gar nicht mit ihm gesprochen. Keri hat es mir gesagt.“

Typisch Keri, mit der Neuigkeit hausieren zu gehen. Die Frau konnte einfach nichts für sich behalten. Nicht dass es ein Geheimnis war. Das ganze Krankenhaus wusste davon. „Wann hast du Keri denn gesehen?“

„Ich bin ihr im Supermarkt über den Weg gelaufen“, erwiderte Rebecca. „Und sie hat mir gesagt, dass du nicht viel reden sollst, also lasse ich dich jetzt auch wieder in Ruhe. Es klingt vielleicht merkwürdig, aber ich hatte das Gefühl, dass ich dich anrufen und dir sagen sollte, dass du nicht allein bist. Und egal, ob du das spürst – Gott hat dich nicht aus den Augen verloren, Leigh.“

„Glaubst du das wirklich?“

„Ja.“

Mehr brauchte Rebecca nicht zu sagen. Wenn sie bei allem, was in ihrem Leben geschehen war, ihren Glauben nicht verlor …

„Danke“, sagte Leigh.

„Sag meinem Bruder, dass er mich später anrufen soll, okay?“

„Mach ich.“

Die Verbindung wurde unterbrochen und Leigh legte ihr Handy auf die Kommode. Dann zog sie den Notizblock heraus, auf dem sie in der vergangenen Stunde geschrieben hatte. Sie hatte jede Person aufgelistet, mit der sie in der Notaufnahme zusammengearbeitet hatte, wie oft das gewesen war und wie oft ihre Dienstpläne sich überschnitten.

Sie konnte immer noch kein Muster sehen.

Irgendwas hatte sie übersehen. Irgendjemanden.

Wer ist es, Herr? Hilf mir, das zu erkennen, bevor es zu spät ist. Bevor er mich tötet – oder jemand anderen.

Geräusche im Untergeschoss rissen sie aus ihrer selbst gewählten Einsamkeit. Leigh griff nach einem Schal und wickelte ihn locker um ihren Hals. Vielleicht half das, damit die anderen nicht ständig ihre blauen Flecke anstarrten.

Bevor sie am Fuß der Treppe um die Ecke bog, kamen ihr Fetzen einer lockeren Unterhaltung entgegen. Ryan, Gabriel, Anissa, Adam und Sabrina drängten sich in ihrer Küche. Ein Stapel aus Pizzakartons wankte gefährlich auf der Arbeitsplatte. Vor dem Kühlschrank füllte Sabrina Becher mit Eis und gab sie dann an Anissa weiter, die sie auf die Kücheninsel stellte. Leigh sah, wie Ryan in ihrer Speisekammer kramte, und während sie ihn beobachtete, zog er Pappteller und Servietten heraus. Auf der anderen Seite der Küche füllte Gabriel einen Mixer mit Eiskrem, Schokosirup und Milch.

„Sagt mir, was ihr wollt: Spezial oder Peperoni?“, gab Adam Anweisung.

„Da ist sie ja“, begrüßte Sabrina Leigh mit einem fröhlichen Lächeln. „Haben wir dich geweckt?“

„Nein“, antwortete Leigh. „Nicht dass irgendjemand bei dem Lärm hier schlafen könnte.“ Sie versuchte, die Dankbarkeit, die sie ihnen allen gegenüber empfand, in ihren Worten mitschwingen zu lassen und zugleich humorvoll zu klingen. Es war nicht ihre Pflicht, hier zu sein. Ihre Arbeit konnten die Ermittler genauso gut in ihren Büros erledigen, was wahrscheinlich sogar bequemer für sie wäre. Aber stattdessen waren sie hier bei ihr und machten auch noch eine Party daraus. Die Wärme und Zuneigung in ihrem Lachen und Plaudern beruhigten Leighs angespannten Nerven.

Statt sich unter die anderen zu mischen, ging Leigh wie von Anziehungskraft gezogen auf Ryan zu. „Hi“, flüsterte er. „Alles in Ordnung?“ Leigh nickte, während Ryan sanft ihren Ellbogen drückte. Etwas an der Art, wie sein Blick auf ihren Lippen liegen blieb, löste ein merkwürdiges Gefühl in Leighs Magengegend aus.

Dann machten es sich alle im Wohnzimmer bequem. Plastikbecher, Servietten und Pizza – es war beinahe so, als wäre sie wieder ein Teenager. Ihre Mom hätte diese Szene genossen.

„Wer dankt für das Essen?“, fragte Sabrina.

„Anissa“, sagten Ryan, Gabriel und Adam wie aus einem Mund. Alle lachten.

Die junge Frau verdrehte die Augen. „Okay, lasst uns beten.“ Sie neigte den Kopf, während die anderen ihrem Beispiel folgten.

„Lieber Vater, das war ein verrückter Tag. Ein Tag voller Erkenntnisse und Spuren und möglicher Antworten auf einige unserer Fragen. Aber es gibt immer noch ein paar Dinge, die offen sind. Wir bitten dich darum, dass du unsere Gedanken lenkst. Führe uns zu den Antworten, die nur du kennst. Beschütze uns dabei, wenn wir nach Gerechtigkeit streben. Vor allem bitten wir dich, die Familien der Opfer zu trösten, Vater. Die Menschen, die heute Abend erfahren, dass ihr Vater,

Mann und Freund tot ist. Und wir bitten dich auch um Trost für Leigh. Schenk ihr die Gewissheit, dass du bei ihr bist und für sie eintrittst. Dass dich nichts von all dem überwältigt und du für sie alles zum Guten wendest. Wir gestehen, dass wir das Gute im Moment nicht sehen, aber wir vertrauen dir und bitten dich, dass du uns die Augen dafür öffnest, was du im Sinn hast."

Anissa machte eine Pause, als erwarte sie, dass Gott auf der Stelle antwortete.

„Wir danken dir für das Essen, die Freundschaft und den Glauben, die wir an diesem Tisch teilen können, und bitten dich, dass unsere Unterhaltung dir gefällt. Wir lieben dich. Du bist der Beste. Amen."

Alle stimmten in das Amen ein. Als Leigh die Augen öffnete, sah sie Sabrinas Gesichtsausdruck. Ob ihr eigener ähnlich war? Eine Mischung aus Verwunderung und Staunen. Doch niemand sonst schien sich über das vertrauensvolle und ernste Gebet von Anissa zu wundern. Wahrscheinlich hatten sie deshalb alle dafür gestimmt, dass sie betete.

Was Anissa gesagt hatte, war zu Gott aufgestiegen – und es hatte zugleich Leighs angekratzter Seele gutgetan. *Was sie gesagt hat, Herr, das will ich auch.*

Leigh wechselte zwischen kleinen Schlucken Schokomilchshake, den Gabriel für sie gemacht hatte, und winzigen Bissen Pizza Spezial. Jedes Schlucken tat weh, aber das war es wert. Sie war kurz vorm Verhungern. Gerade hatte sie sich durch ein halbes Stück Pizza geknabbert, als Adam – der in derselben Zeit vier Stücke und mindestens eine halbe Tüte Chips verschlungen hatte – aufstand.

„So viel Spaß das hier auch macht, es ist halb zehn, und ein paar von uns sind schon ziemlich lange auf" – sein Blick huschte zu Leigh hinüber – „und ein paar von uns müssen früh aufstehen, um bei Gericht zu erscheinen." Jetzt blieb sein Blick auf Sabrina liegen.

„Und ein paar von uns“, fügte Gabriel hinzu, während er Teller und Servietten einsammelte und zum Mülleimer trug, „wollen wissen, was es an Neuigkeiten gibt.“

Ryan zwinkerte Leigh zu. „Stimmt. Die Sache ist jetzt richtig ins Rollen gekommen und wird sich weiter beschleunigen. Zumindest hoffe ich, dass das auf unsere Ermittlungen zutrifft. Wir müssen uns abstimmen und dafür sorgen, dass jeder alle Informationen hat.“

„Richtig“, nickte Anissa.

Leigh setzte die Füße auf den Boden. „Moment.“

Sofort streckte Sabrina einen Arm in ihre Richtung aus. „Was brauchst du? Ich kann dir alles bringen.“

Warum nur war Sabrina so fürsorglich? Sie kannten sich doch kaum.

„Das ist lieb gemeint, aber nicht nötig. Meine Beine funktionieren einwandfrei“, lächelte Leigh und hoffte, nicht unhöflich zu wirken.

„Natürlich tun sie das, aber du hast in der letzten Woche viel Stress gehabt, und wir verwöhnen dich gern ein bisschen. Deinen Fall konnten wir bis jetzt noch nicht aufklären, und wenn wir dir was holen können, beruhigt das unser Gewissen. Nicht viel, aber ein bisschen.“

Adam verschluckte sich an seinem Tee und hustete. Anissa blieb mit einem Stapel Teller in einer Hand und einem Knäuel benutzter Servietten in der anderen stehen. Gabriel sah Sabrina an, als hätte sie plötzlich zwei Köpfe. Ryan runzelte die Stirn.

„Was denn?“, fragte Sabrina. „Ist doch wahr, oder?“

Leigh konnte sich nicht entscheiden, was sie lustiger fand – die verwirrten Blicke der vier Polizeibeamten oder Sabrinas unschuldige Miene. Ein Kichern bahnte sich seinen Weg nach oben und ließ sich nicht aufhalten. Als es erst einmal heraus war, konnte sie nicht mehr aufhören zu lachen. Es dauerte nicht lange, bis ihr die Tränen kamen. Ryan stimmte in ihr Lachen ein, dann Gabriel. Anissa war die Nächste. Adam grinste aber von einem Ohr zum anderen.

Sabrina hob die Hände. „Was habe ich denn gesagt? Es stimmt doch."

„Du hast ja recht", gab Adam zu. „Wir hätten es nur nicht laut ausgesprochen."

„Warum nicht?"

Leigh versuchte, das Lachen zu unterdrücken. „Mach dir keine Gedanken. Du hast sie alle entlarvt. Das war fantastisch."

Sabrina schien wirklich nicht das Bedürfnis zu haben, irgendjemanden zu beeindrucken. Es war ihr egal, ob sie das „Richtige" sagte. Ihre Ehrlichkeit war erfrischend.

Leigh nahm ihren Becher und hielt ihn Sabrina hin. „Wenn du in die Küche gehst, hätte ich gerne noch etwas."

Die Erleichterung in ihrem Gesicht war Gold wert. „Okay. Cola, oder?" Adam folgte Sabrina in die Küche.

Leigh wandte sich an die anderen. „Ihr solltet sie nicht auslachen."

„Du hast angefangen", wandte Ryan ein, der sich immer noch nicht ganz beruhigt hatte.

„Ich habe nicht über sie gelacht, sondern über euch. Ihr hättet mal eure Gesichter sehen sollten." Leigh musste sich auf die Unterlippe beißen, um nicht noch einmal loszuprusten. „Ich bin kein zartes Pflänzchen. Ich muss nicht bemuttert werden. Und ich mache keinen von euch für das verantwortlich, was geschehen ist oder noch geschehen wird. Ihr seid toll. Ihr tut, was ihr könnt, mit den Informationen, die ihr habt. Ihr werdet den Fall schon aufklären. Und hoffentlich lebe ich lange genug, damit wir alle unseren Kindern später vom Serienmörder in Carrington erzählen können. Hört auf, mich mit Samthandschuhen anzufassen, und machen wir uns an die Arbeit."

„Ja, Ma'am", sagte Gabriel und salutierte.

„Hört, hört." Anissa hob ihren Becher in Leighs Richtung.

„Was haben wir verpasst?", fragte Adam, als Sabrina und er ins Wohnzimmer zurückkamen.

„Ach, nicht viel", erwiderte Ryan. „Nur eine Standpauke von Leigh."

„Super", sagte Adam. „Also, wo waren wir?"

„Wir wollten die Infos austauschen, die wir heute bekommen haben." Sabrina gab Leigh ihren jetzt gefüllten Becher zurück und nahm sich dann ihren Laptop. „Und ich beginne, weil ich wahrscheinlich Neuigkeiten habe, die alle drei Fälle betreffen", setzte sie nach und zeigte dabei erst auf Leigh, dann auf Ryan und anschließend auf Anissa. „Ich habe ‚alle drei' gesagt. Aber ich bin mir ziemlich sicher, dass eigentlich alles ein und derselbe Fall ist."

18

Ryan setzte sich aufrecht hin und legte den Arm um Leighs Schultern. „Ein und derselbe? Das ist eine interessante Theorie, Sabrina."

Anissa sah zu ihm hinüber und schüttelte leicht den Kopf. Sie hatte Adam nichts von ihrer Theorie erzählt. Auch Gabriel zog die Augenbrauen hoch und warf Ryan einen Blick zu, der besagte: „Ich war es nicht."

„Ich finde, ihr solltet euch Sabrinas Erklärung anhören", sagte Adam. Der Beschützerinstinkt in seinem Tonfall war nicht zu überhören.

Gabriel verdrehte die Augen. Anissa senkte den Blick. Leigh unterdrückte ein Grinsen. Adam und Sabrina waren wahrscheinlich die einzigen beiden Menschen auf diesem Planeten, die nicht merkten, dass es zwischen ihnen knisterte.

Aber Dr. Sabrina Fleming war nicht darauf angewiesen, dass Adam sie verteidigte. „Danke, Adam. Aber ich kann ihre Skepsis verstehen. Ich habe ihnen schließlich noch nicht die Tatsachen dargelegt, wie ich es dir gegenüber getan habe."

„Schieß los", sagte Ryan. „Wir wollen auf jeden Fall hören, was du denkst."

Sabrina schaltete Leighs Fernseher ein. „Ich hoffe, du hast nichts dagegen. Ich dachte, dann ist es für uns alle besser zu sehen."

Nach ein paar Anschlägen auf der Tastatur erschien der Bildschirm von Sabrinas Laptop auf dem großen Flachbildschirm vor ihnen.

„Fangen wir mit der Chronologie an."

„Am Samstag vor einer Woche haben wir die erste namenlose Leiche gefunden …", hob Gabriel an auszuführen.

„Entschuldige, Gabriel, aber nicht diese Chronologie."

Auf dem Fernsehbildschirm erschienen ein paar Worte.

Calvin Staton ermordet: vor elf Monaten
Leiche auf Mr Cooks Grundstück vergraben, während er im Krankenhaus war

Dann erschien ein schwarzes Bild, bevor die nächsten Tatsachen folgten:

Leiche Nr. 2 ermordet: vor 10 bis 14 Tagen
Leiche im Lake Porter versenkt
Möglichkeit, dass das Boot der Gordons für den Transport benutzt wurde: 92 %

Mr Gordon zu diesem Zeitpunkt im Krankenhaus

Sabrina blickte in die Runde. „So weit alle einverstanden?"
Die Runde nickte.

Leiche Nr. 2 im Lake Porter gefunden. Nachrichten zeigen Leigh Westons Haus und Gesicht: vor zehn Tagen
Leigh Westons Bremsleitung durchtrennt: vor neun Tagen
Officer Peter Stanfield mit Wackelpudding vergiftet, der für Leigh bestimmt war: vor neun Tagen
Ballons explodieren in Leighs Haus: vor drei Tagen
Mögliche Sabotage des Kaffees: vor zwei Tagen
Patient versucht Leigh zu erwürgen: heute Morgen

Sabrina wandte sich an Leigh. „Tut mir wirklich leid, Leigh. Aber diese Chronologie und dieses Maß an Eskalation deuten nicht auf einen Stalker hin, der bisher nicht in Erscheinung getreten ist. Ich bin kein Profiler, aber ich habe mit einer Freundin beim FBI gesprochen, und sie meint auch, dass das auf ein bedeutsames Ereignis hinweist, das in den Tagen vor der Manipulation deiner Bremsleitung stattgefunden hat und diese Tat ausgelöst hat."

Jetzt blickte Sabrina wieder in die Runde. „Leigh lebt ziemlich zurückgezogen. Sie arbeitet nachts und schläft tagsüber. Sie macht bei Bedarf Überstunden und springt gerne für Kollegen ein. Das – gepaart mit ihren fantastischen medizinischen Fähigkeiten – hat sie im Krankenhaus beliebt gemacht."

Leigh warf Ryan einen Blick zu, der zu sagen schien, dass sie nicht wusste, worauf Sabrina hinauswollte. Er drückte Leighs Schulter. Er wollte, dass Sabrina ihre Erläuterungen in Ruhe ausführte. Wenn sie aus unterschiedlichen Perspektiven auf dasselbe Ergebnis kamen, dann hatte das etwas zu bedeuten.

Sabrina fuhr fort: „Sie hat einige gute Freunde. Sie hat keine schlechten Angewohnheiten."

„Von denen du weißt", schaltete sich Leigh ein.

Alle lachten, auch Sabrina, aber sie wurde sofort wieder ernst. „Leigh geht nicht auf die Piste. Sie trinkt nicht und nimmt auch keine Drogen. Sie gibt nicht mal besonders viel Geld beim Shoppen aus. Sie liest viel. Treibt Sport. Lernt für ihr Medizinstudium."

Ihr Medizinstudium? Alle Augenpaare wandten sich Leigh zu, die knallrot wurde.

„Wie hast du das denn herausgefunden?", fragte sie.

Sabrina war so anständig, verlegen zu wirken. „Tut mir leid, Leigh. Ich mache so was die ganze Zeit und vergesse, dass viele Dinge, die Menschen für geheim halten, eigentlich sehr leicht zu erfahren sind, wenn man weiß, wo man suchen muss. Ich wollte nicht herumschnüffeln. Ich versuche nur herauszufinden, warum jemand es auf dich abgesehen hat."

Leigh seufzte. „Schon in Ordnung."

Das Lächeln, das Sabrina ihr zuwarf, war hoffnungsfroh. Für den Bruchteil einer Sekunde lang fragte sich Ryan, wie viele Freunde die verschrobene Professorin hatte. Wahrscheinlich nicht allzu viele. Vielleicht sah sie bei Leigh Potenzial.

„Du bist superintelligent", sagte sie zu Leigh. „Und so freundlich wie kaum jemand. Deine Patienten in Durham haben dich über den grünen Klee gelobt. Deine Kollegen im Carrington lieben dich. Ich konnte niemanden finden, der dich nicht für einen wundervollen Menschen hält. Da musste ich mich einfach fragen, wie es sein kann, dass jemand so entschlossen ist, dir zu schaden. Im Zusammenhang mit unserer Chronologie ergibt nur ein einschneidendes Ereignis Sinn."

Sie drückte eine Taste auf ihrem Laptop. Ein Venn-Diagramm mit überlappenden Kreisen erschien. Kreise mit Gemeinde und Freunden waren zu sehen, aber die einzigen, die sich überschnitten, waren die Kreise, in denen „Krankenhaus“ und „namenlose Leiche“ stand.

„Ich habe die Aufnahmen der Überwachungskameras von der Nacht durchgesehen, in der deine Bremsleitung manipuliert wurde. Meine Kollegen haben sie durch eine neue Software laufen lassen. Die Algorithmen sind ziemlich komplex, aber es ist eine interessante Statistik dabei herausgekommen. Wenn – und das ist zugegebenermaßen ein dickes ‚Wenn‘ – der Schatten, den wir in dem Video gesehen haben, die Person ist, die Leighs Bremsen beschädigt hat, dann besteht eine zweiundsiebzigprozentige Chance, dass unser Mörder eine Frau ist.“

Eine Frau?

„Serienmörder sind fast immer Männer“, fuhr Sabrina fort. „Und es erfordert einiges an Kraft, um die Leichen zu verstümmeln und zu vergraben oder zu versenken. Aber es ist denkbar, dass eine Frau es getan haben könnte. Und wenn wir es mit einem Serientäter für unsere beiden Leichen zu tun haben, was immer wahrscheinlicher wird, dann ergibt es auch einen Sinn, dass Leigh jetzt die Zielscheibe ist.“

Anissa hob eine Hand. Ryan konnte es ihr nicht verdenken. Sabrinas Vorführung fühlte sich wie eine Univorlesung an. „Wieso ergibt das einen Sinn? Beide Opfer sind männlich. Das geschätzte Alter unserer Wasserleiche ist Ende fünfzig. Und unser anderes Opfer war neunundfünfzig, wie wir jetzt wissen. Der Mann kam aus Cleveland, und die Chance steht gut, dass die Leiche aus dem See auch nicht von hier stammt. Warum würde ein Serienmörder, egal ob männlich oder weiblich, der es auf auswärtige Männer abgesehen hat, beschließen, Leigh umzubringen? Und auf eine Weise, die keinerlei Ähnlichkeit mit der bisherigen Methode hatte?“

„Eine ausgezeichnete Frage. Die Antwort ist: Ich kann es nicht mit Sicherheit sagen.“

„Das ist keine Antwort“, murmelte Gabriel.

„Ich arbeite in einer Welt der Tatsachen und Statistiken und überprüfbaren Analysen", sagte Sabrina. Es klang nicht beleidigt. „Ich kann es nicht mit Sicherheit sagen. Aber ich kann etwas vermuten, und das könnt ihr alle auch."

„Der Mörder glaubt, dass ich ihn oder sie identifizieren kann", sagte Leigh.

Sabrina hob die Daumen – Volltreffer.

„Aber ich weiß nicht, wer es ist."

„Oder du weißt nicht, dass du es weißt", wandte Sabrina ein.

„Was soll das denn heißen?" Gabriel sah mit gerunzelter Stirn in die Runde.

„Es heißt", sagte Adam, „es besteht eine gute Chance, dass Leigh den Mörder tatsächlich kennt. Und auch wenn es ihr vielleicht nicht bewusst ist, stehen ihr jetzt Fakten zur Verfügung, die in der richtigen Kombination sowohl den Mörder als auch die Person identifizieren können, die Anschläge auf Leigh verübt hat."

„Pass auf, Adam, dein Studium an einer Eliteuni kommt gerade durch." Gabriel lachte über seinen eigenen Witz. Die anderen grinsten. Adam nicht. Wie immer ließ Gabriel sich davon nicht beirren. „Aber ich verstehe, was du sagst. Du glaubst, Leigh kennt den Killer, und wenn sie die richtigen Ereignisse oder Tatsachen präsentiert bekommt, könnte sie diejenige sein, die den Zusammenhang sieht."

„Und damit ist sie für den Mörder äußerst gefährlich", sagte Adam. „Also bricht er aus seiner normalen Vorgehensweise aus und nimmt sich Leigh vor."

„Möglich", sagte Sabrina. „Es ist eine Theorie."

Ryan wartete, bis Anissa zu ihm herübersah. Ihr grimmiges Nicken gab ihm das Zeichen, sich einzuschalten. „Es ist eine faszinierende Theorie, Sabrina. Vor allem, weil wir bis auf die Vermutung, dass wir es mit einer Frau zu tun haben, heute Nachmittag genau dieselbe Theorie entwickelt haben."

Leigh mochte Sabrina. Sehr. Sie war ein Sonderling – und es war ihr offenbar gleichgültig, was andere über sie dachten. Sie zügelte ihre Brillanz, wenn sie mit Normalsterblichen sprach, nur gelegentlich kam ein Beweis ihrer herausragenden Intelligenz versehentlich zum Vorschein.

Sie redete mit ihnen wie eine Professorin mit ihren Studenten, aber sobald sie sich neben Adam setzte, zog sie sich in ihr Schneckenhaus zurück. Leigh hatte den Eindruck, dass es Sabrina schwerfiel, Teil einer Gruppe zu sein. Wenn diese Sache hier überstanden war, würde sie wahrscheinlich in ihr Labor zurückgehen und dort eine Woche lang bleiben.

Sabrina blickte vom Tablet auf, das sie in der Hand hielt, und Leigh lächelte ihr zu. Das Lächeln wurde mit einem kleinen Schulterzucken beantwortet.

Um sie herum gab es einen angeregten Austausch. Adam und Gabriel waren in ein Gespräch vertieft. Ryan und Anissa sprachen über etwas, das Anissa ihm auf ihrem Laptop zeigte. Leigh versuchte, beiden Unterhaltungen zu folgen, aber es gelang ihr nicht. Vor allem, als Gabriel anfing, Spanisch zu sprechen und Adam ebenfalls umschwenkte.

Leigh hob die Hand und es wurde still im Raum. „Ich glaube, es wäre für uns alle gut, wenn wir versuchen, nicht durcheinanderzureden. Ich würde gerne hören, was Anissa über ihre Leiche in Erfahrung gebracht hat. Und ich glaube, wir müssen über jeden reden, mit dem ich im Krankenhaus jemals zusammengearbeitet habe."

„Einverstanden", nickte Anissa. „Hier ist das, was wir wissen."

Sie drehte ihren Laptop um, sodass jeder den Bildschirm sehen konnte. Sofort sprang Sabrina auf. „Darf ich?" Es dauerte keine Minute und Anissas Laptop war auf dem Fernsehbildschirm dupliziert. Leigh sah ein tropisches Gewässer aufblitzen, bevor verschiedene Bilder auf dem Monitor erschienen. „Dies ist Calvin Staton", sagte Anissa. „Neunundfünfzig. Besitzer einer Spedition in der Nähe von Cleveland." Auf den nächsten Fotos sah man ein riesiges Haus, einen Sportwagen, noch ein Haus an einem See. „Mr Staton hat auf großem Fuß gelebt."

Ein anderes Bild zeigte eine Weihnachtskarte mit Familienfoto – auf dem der Familienvater fehlte. Was für ein Verlust. Eine Tragödie für die Familie. „Mr Statons Frau Shelly und ihre drei Kinder." Die Frau sah aus wie eine typische Frau mit Mitte fünfzig, abgesehen von …

„Seht euch den Diamanten an." Gabriel stieß einen Pfiff aus.

„Ja. Mr Staton hat seiner Frau großzügige Geschenke gemacht. Leider" – eine andere Reihe Fotos erschien – „hat er auch seiner Geliebten großzügige Geschenke gemacht."

Leigh hatte Mühe, das Mitgefühl, das sie eben noch für Mr Staton empfunden hatte, aufrechtzuerhalten.

„Wusste die Frau davon?"

„Ich bin mir nicht sicher."

„Wie hast du es herausgefunden?"

„Weil es ein besonderer Fall ist, wollte ich nach Cleveland fliegen und alle Betroffenen befragen. Aber als ich bei unseren Kollegen in Cleveland anrief, erfuhr ich, dass die Vermisstenmeldung noch immer auf dem Schreibtisch eines Ermittlers dort lag. Er hatte den Fall intensiv bearbeitet. Dass es eine Geliebte gab, hatte er durch Gespräche mit einigen Angestellten von Mr Staton herausgefunden. Aber er sagt, die Frau und die Geliebte sind beide sauber. Wasserdichte Alibis. Die Geliebte weiß von der Frau, schwört aber, dass die Ehefrau nichts von ihr weiß."

„Die Frau weiß immer Bescheid", murmelte Gabriel.

„Nein. Nicht immer.“ Ryan funkelte Gabriel an.

„Sorry“, sagte Gabriel.

Ryan antwortete nicht.

„Wie auch immer“, sagte Anissa, um wieder von diesem sensiblen Thema wegzukommen. „Aber es ergibt überhaupt keinen Sinn, dass Calvin Staton auf Mr Cooks Grundstück gefunden wurde. Weder die Frau noch die Geliebte konnten seine Abwesenheit erklären.“

„Noch eine Geliebte?“, fragte Adam.

„Der Detective konnte es nicht ausschließen, aber Calvins Kalender, seiner Sekretärin, seiner Frau, seiner Geliebten, seinen Freunden und seinen Angestellten zufolge glaubten alle, er sei bei einer Tagung in Richmond, Virginia.“

„Das ist nicht weit von hier.“

„Stimmt. Und als der Detective versucht hat, die Ereignisse in eine Reihenfolge zu bringen, hat er herausgefunden, dass es die Tagung tatsächlich gab und Mr Staton angemeldet war, aber nie erschienen ist.“

„Das ist merkwürdig.“

Gabriel zeigte auf Adam. „Mir gefällt die Idee einer zweiten Geliebten.“

„Vielleicht. Aber wenn es noch eine gibt, frage ich mich, woher er die Zeit dafür genommen hat. Mit der Ehefrau und der Geliebten in Cleveland hatte Mr Staton alle Hände voll zu tun. Die Geliebte glaubte, er würde seine Frau verlassen, wenn die Kinder aus dem Haus wären.“

Leigh stöhnte. „Diese Kinder sehen aus, als seien sie ungefähr zehn bis zwölf Jahre alt. So lange wollte sie warten? Auf Calvin?“

Alle lachten, außer Sabrina. „Was meinst du mit ‚auf Calvin‘?“

„Tut mir leid, aber er ist nicht gerade eine Augenweide.“

Gabriel, Adam und Ryan brachen in Gelächter aus.

„Jetzt lacht ihr noch", sagte Leigh. „Ihr seht alle blendend aus und wisst das auch. Irgendwann geht ihr aber auch auf die sechzig zu und habt ein Doppelkinn und Ringe unter den Augen und dann seht ihr in den Spiegel und fragt euch, was passiert ist."

Leigh entging nicht, dass Sabrinas Wangen sich röteten und dass Anissa von Gabriel zu Adam und dann zu Ryan hinüberblickte, als sähe sie die Männer zum ersten Mal.

„Ach, kommt schon. Hab ich recht, Ladys? Die drei Jungs könnten doch alle in einem Polizeikalender erscheinen."

Anissa zuckte widerstrebend mit den Schultern. „Sie sind schon in Ordnung."

„In Ordnung?" Gabriel riss in gespieltem Entsetzen die Augen auf. „Ich bin zutiefst gekränkt, Bell. Das war gemein."

„Leigh hat recht, wenn ich es auch nicht so gesehen habe", warf Sabrina ein. „Die Geliebte ist viel jünger und sehr attraktiv. Was will sie mit so einem Typen?"

Anissa rief die nächsten Fotos auf. Die Geliebte und Mr Staton auf einer Jacht. An einem Sandstrand. In Paris. In Rom.

Sabrina senkte den Kopf. „Verstehe. Er hat Geld. Alles andere interessiert sie nicht."

„Allerdings", wandte Anissa ein, „hat der Detective gesagt, sie habe wirklich besorgt ausgesehen. Vielleicht hat sie ihn ja geliebt. Aber interessant ist, dass sie gesagt hat, sie hätte Angst, dass er sie – aufgepasst! – für eine jüngere Frau verlassen hat."

„Mannomann", murmelte Gabriel.

„Hört mal, wir können den ganzen Abend hier sitzen und über die Motive und unmoralischen Entscheidungen des Mannes diskutieren. All das erklärt aber nicht, warum er ohne Kopf in einem Wald mitten in North Carolina gefunden wurde", sagte Ryan. Seine Bemerkung ließ alle verstummen.

Leigh erwartete, dass Anissa etwas darauf erwidern würde, aber das tat sie nicht.

„Glauben wir, dass der Mörder, egal ob männlich oder weiblich, diesen Kerl in Cleveland umgebracht und dann hierhergebracht hat, um ihn zu vergraben? Das wäre doch völlig krank."

Adam wirkte ein bisschen grün um die Nase. Normalerweise war er nicht mit Morden befasst, und Ryan hatte Leigh erzählt, dass er auch kein Interesse daran hatte. Vielleicht hatte er nicht die Nerven dafür. Nicht dass sie das als Schwäche betrachtete. Sie konnte es ihm nicht verdenken.

„Außerdem wäre es ein Zuständigkeitsalbtraum", sagte Ryan.

„Wie meinst du das?", fragte Leigh.

„Wenn wir einen Serienmörder haben, der Verbrechen in mehreren Bundesstaaten verübt? Puh. Das wäre unschön."

„Ich glaube nicht, dass euer Mörder die Tat weit von hier begangen hat", sagte Sabrina. „Wenn der Schlüssel zum Fundort der Leiche das Carrington Memorial Hospital ist, dann muss die Person dort arbeiten oder regelmäßig im Krankenhaus ein und aus gehen. Vielleicht eine Floristin – was zu den explodierten Ballons passen würde – oder vielleicht jemand, der Essen liefert."

Sabrina berührte mit dem Brillenbügel ihre Lippen. „Aber ich glaube immer noch, dass ihr jemanden sucht, der direkt im Krankenhaus arbeitet. Die Person kennt die Abläufe und die Parkmöglichkeiten und niemandem fällt es auf, wenn sie sich in verschiedenen Teilen des Krankenhauses aufhält. Und wenn euer Serienmörder eine Frau ist, passt das auch zum Profil. Es gibt nicht viele Serienmörderinnen, aber statistisch gesehen ist es wahrscheinlich, dass sie in einem Pflegeberuf arbeiten. Entweder medizinisch oder mit Kindern."

„Das ist ja schrecklich", sagte Gabriel.

„Da hast du recht, Kumpel", nickte Adam.

„Und was machen wir jetzt?" Leigh hatte Angst vor der Antwort auf ihre Frage, aber sie musste es wissen.

„Heute?" Ryan blickte in die Runde. „Heute gehen wir nur noch schlafen."

„Das kann nicht dein Ernst sein", sagte Leigh.

„Oh doch. Du bist müde. Ich bin müde. Wir sind alle erschöpft. Morgen früh müssen wir wieder bei den Gordons sein, während die Spurensicherung im und ums Haus alles untersucht. Ich werde die Vermisstenmeldungen noch mal nach sehr reichen Männern durchsuchen. Vielleicht grenzt das ja die Möglichkeiten ein."

„Dabei kann ich helfen", bot Sabrina an. „Das mache ich gerne."

„Danke für das Angebot. Aber deine Fähigkeiten sollten besser eingesetzt werden." Außerdem war Ryan sich nicht sicher, dass der Sheriff einverstanden sein würde, wenn er Sabrina für Dinge anheuerte, die sie auch selbst erledigen konnten.

Sabrina lächelte. „Das mache ich freiwillig. Ohne Honorar."

„Warum?" Leigh konnte sich die Frage nicht verkneifen.

Sabrina zuckte mit den Schultern. „Ich lebe hier. Ich habe besondere Fähigkeiten, die ich gerne für meine Stadt einsetze, wenn ich kann. Ich kann ein paar Stunden opfern, um Vermisstenmeldungen durchzugehen, und sehen, ob mir etwas auffällt."

Leigh war immer noch nicht überzeugt. Hinter Sabrinas Hilfsbereitschaft steckte doch mehr, als sie zugeben wollte.

„Aber vor allem", fuhr Sabrina fort, „ist hier etwas Böses am Werk, das mir Angst macht. Diese Person muss gefasst werden. Bevor sie noch einmal zuschlägt."

„Ich bin mir nicht zu schade, um kostenlose Hilfe anzunehmen", erwiderte Ryan. „Du weißt, nach welchen Kriterien wir suchen. Fangen wir damit an, dass wir alle vermissten Personen herausfiltern, die ein ähnliches Profil haben wie Mr Staton, dann sehen wir weiter."

„Alles klar", nickte Sabrina.

„Danke", erwiderte Ryan.

„Ich habe Adam schon gefragt, ob er mir helfen kann, einige der Kontoauszüge durchzusehen, die Cleveland geschickt hat", sagte Anissa. „Wir halten Ausschau nach allem, was keinen Sinn ergibt. Die Kollegen dort haben die Unterlagen zwar schon durchforstet, aber sie haben nicht nach etwas gesucht, was mit dieser Gegend hier zu tun hat. Vielleicht finden wir ja etwas, das ihn mit Carrington in Verbindung bringt."

„Das klingt alles sehr gut", sagte Ryan. „Und ich will auch niemandem sagen, wie er seine Ermittlungen zu führen hat" – er sah Anissa an –, „aber jetzt, wo wir ein Gesicht haben, finde ich, dass wir die Überwachungsvideos vom Flughafen in Richmond brauchen und konkret nach Calvin Staton durchsuchen müssen."

„Gute Idee", nickte Anissa.

Sie alle hatten etwas zu tun. Große, wichtige, bedeutsame Dinge. Und Leigh würde allein hier sitzen und verrückt werden.

„Für dich habe ich auch eine Aufgabe", wandte Ryan sich in diesem Moment an sie.

Wenn er jetzt vorschlug, sie solle doch einen Kuchen backen, dann würde sie ihm gehörig die Leviten lesen. „Was denn?"

„Ich brauche von dir eine Liste aller Personen, mit denen du jemals zusammengearbeitet hast."

„Eine Liste mit all meinen Kollegen …"

„Nicht nur deine Kollegen. Ich brauche alle. Hier und in Durham. Auch in der Ausbildung und im Studium. Wenn dir ein Name einfällt, schreib ihn auf. Neunundneunzig Prozent davon können wir sicher ausschließen, aber ich bin überzeugt, dass irgendeiner auf der Liste unser Mann ist." Er warf Sabrina einen Blick zu. „Oder unsere Frau."

„Das kann ich machen. Aber es fällt mir immer noch schwer zu glauben, dass jemand, den ich kenne, so böse sein kann."

„Serienmörder wirken nur selten böse", sagte Sabrina. „Oft sind sie charmant und mitfühlend. Irgendwas in ihrem Innern ist kaputt, aber sie verstehen soziale Zusammenhänge gut genug, um zu wissen, wie man normal wirkt. In den meisten Fällen sind sie sogar zu denen, die nicht in ihre Zielgruppe fallen, wirklich freundlich."

„Das ist ja so beängstigend daran", sagte Leigh. „Woran soll ich dann erkennen, wer es ist?"

„Das kannst du nicht", sagte Sabrina. „Das Problem ist nur, dass diese Person glaubt, du könntest es."

19

Ryan wurde das Gefühl nicht los, dass die Antworten auf ihre Fragen zum Greifen nah waren. Irgendwie mussten sie mit einer solchen Gruppe begabter Menschen doch zu finden sein.

„Ich möchte mich bei euch bedanken", sagte er, während alle ihre Laptops und Akten und Kabel einpackten. „Dieser Fall braucht uns alle, und ich bin froh, dass ihr in meinem Team seid."

Ein Chor aus „Genau!" und „Stimmt!" ertönte. Leigh lächelte und nickte und ließ sich von Adam und Gabriel drücken. Sabrina streckte die Hand aus, die Leigh ergriff und Sabrina in eine Umarmung zog. Die Überraschung darüber in Sabrinas Gesicht zu sehen, war Gold wert, aber dann lächelte sie doch.

Adam freute sich ebenfalls. Ryan musste mit dem Kerl reden. Wenn er seine Gefühle schon so offen zeigte, konnte er die Sache genauso gut angehen.

Anissa gab Leigh einen Kuss auf die Wange und sagte etwas zu ihr, was Ryan nicht hören konnte. Was auch immer es war – Leigh hatte feuchte Augen, als sie die Tür schloss. Die Stimmen der anderen verklangen und sie wandte sich zu ihm um.

„Alles in Ordnung?“, fragte Ryan.

„Ja.“

Leigh rückte den Schal um ihren Hals zurecht.

„Den kannst du doch jetzt abnehmen.“

„Schon gut.“

„Du hast den ganzen Abend daran herumgefingert.“

Leigh blies die Backen auf und atmete dann langsam aus. „Es fühlt sich so unangenehm an. Keine Ahnung, ob ich jemals wieder einen Rollkragen tragen kann.“

Ryan trat zu ihr, wickelte den Schal von ihrem Hals und legte ihn auf die Küchenzeile. Dann sah er Leigh in die Augen, während er eine Hand hob und ganz sanft mit der Rückseite seiner Finger über die Ergüsse an ihrem Hals fuhr. „Es tut mir leid, Leigh.“ Seine Stimme war heiser von den Gefühlen, die er den ganzen Tag zurückgehalten hatte. Die ganze Woche. Nein, im Grunde genommen hielt er sich schon seit fünfzehn Jahren zurück.

Leigh ergriff Ryans Hand und schob ihre Finger zwischen seine. „Es war nicht deine Schuld. Nichts von all dem ist deine Schuld.“

Wahrscheinlich wäre es besser, er würde gehen. Er sollte seine Hand sinken lassen und ihr eine gute Nacht wünschen.

Aber Leigh zog Ryan mit kaum merklichem Druck näher und an Gehen war nicht mehr zu denken. Stattdessen schlang Ryan die Arme um sie. Und als Leigh sich vertrauensvoll an ihn schmiegte, war es, als würde eine Erschütterung in seinem Innern ausgelöst.

Die tektonischen Platten seines Herzens hatten sich bewegt und von ihrer Neuanordnung würde er sich niemals erholen. Ryan hielt Leigh im Arm und atmete ihren Duft ein. In diesem Augenblick wusste er, dass er nie wieder für jemanden solche Gefühle haben würde. Nur für sie.

Er musste vorsichtig sein, um sie nicht zu etwas zu drängen, wozu sie noch nicht bereit war. Wenn diese Sache ausgestanden war, würde sie dann immer noch in seiner Nähe sein wollen? Würde sie ihn immer mit dieser schlimmen Zeit in Verbindung bringen? Oder konnte sie ihn als Licht am Ende des Tunnels wahrnehmen?

„Ich habe Angst", flüsterte sie an seiner Brust.

„Ich auch." Er bezweifelte, dass ihre Ängste dieselben waren. Sie hatte Angst um ihr Leben. Zu Recht. Er hatte Angst, sie zu verlieren, bevor er die Chance hatte zu entdecken, wie ein Leben mit ihr aussehen könnte.

Jetzt löste Leigh sich aus Ryans Umarmung und sah ihm in die Augen. „Ich rede nicht davon, dass ich Angst habe zu sterben."

Nicht? War sie …? „Ich auch nicht. Das hier ist neu für mich. Ich will dir nicht wehtun. Oder dich drängen." Während er sprach, wanderten Leighs Hände zu seinen Schultern. Was tat sie da? „Oder dich unter Druck setzen …"

Leigh zog ihn näher. „Ich fühle mich nicht unter Druck gesetzt", flüsterte sie, ihre Lippen quälend nah an seinen.

Zögernd schloss Ryan den Zwischenraum. Ihre Lippen waren so weich. Ihr Körper war so warm. Er küsste sie so zärtlich wie möglich, immer noch besorgt, er könnte ihr wehtun. Dann löste er sich von ihr und sah sie an. Jetzt war ihr Blick nicht mehr ängstlich, sondern in ihren Augen lag etwas, das ihm mehr Angst machte als alles, was er je zuvor gesehen hatte.

Sehnsucht. Verlangen. Vertrauen.

Wenn er ihr wehtat oder sie im Stich ließ, würde er sich das niemals verzeihen.

In diesem Moment klopfte es dreimal an der Tür und der Zauber des Augenblicks erstarb. Leigh trat einen Schritt zurück. Ihre Hand wanderte Ryans Arm hinunter, bis sie seine Hand erreichte. Sie drückte sie kurz, bevor sie losließ und sich der Treppe zuwandte. „Gute Nacht, Ryan."

„Gute Nacht."

Zwölf Stunden später war Gabriel immer noch dabei, sich zu entschuldigen. „Mann, ich hatte doch keine Ahnung", sagte er zum fünfzigsten Mal.

„Ich habe doch gesagt, du sollst es gut sein lassen", erwiderte Ryan.

„Aber sie hat dich geküsst. So richtig. Kein zufälliger …"

„Wie küsst man denn jemanden zufällig?"

„Kann vorkommen."

Ryan ging wieder um das Haus der Gordons herum. Die Kollegen von der Spurensicherung würden bald fertig sein. Wenigstens hoffte er das. Sie hatten im Haus, am Boot und im Schuppen Fotos gemacht und Fingerabdrücke genommen. Sonst gab es nicht viel zu sehen. Kein Blut. Keine Leichenteile. Aber überzeugende Indizien dafür, dass jemand einen schweren Gegenstand zum Boot hinuntergefahren hatte. Jemand hatte das Boot eine Zeit lang benutzt, es dann zurückgebracht, ebenso wie die Schubkarre. Und wäre nicht eine gewisse Professorin mit ihrem scharfen Blick gewesen, wüssten sie noch immer nichts von all dem.

Jetzt klingelte Ryans Telefon. Als er aufs Display sah, machte sich Enttäuschung breit. Nicht Leigh.

„Sabrina. Was kann ich für dich tun?"

„Ich habe einen Namen, den ihr überprüfen solltet", sagte sie in ihrer üblichen knappen Art.

„Im Ernst?"

„Ja. Er wird in der Gegend von Chicago vermisst. Aber, und das ist das Besondere, noch ein Mann mit derselben Beschreibung wurde in Atlanta als vermisst gemeldet. Ein anderer Vorname. Derselbe Nachname."

„Das glaube ich nicht."

„Ich habe alle Informationen an deine E-Mail-Adresse geschickt", sagte sie. „Ich werde weitergraben, aber das ist der einzige Name, der heraussticht und förmlich danach schreit, der Sache nachzugehen. Wenn du etwas DNA von den Angehörigen bekommen könntest, würde ich die mit unserer namenlosen Leiche vergleichen. Es ist zumindest einen Versuch wert."

„Das ist super, Sabrina. Ich bin heute Vormittag im Büro und mache mich dann gleich an die Arbeit. Danke. Du bist ein Schatz. Tschüss."

„Wer ist ein Schatz?", fragte Gabriel.

Ryan legte auf und berichtete Gabriel von Sabrinas Neuigkeiten.

„Hast du auch das Gefühl, dass die Sache auf eine Lösung zuläuft?"

„Ja. Ich hoffe nur, dass die Sache nicht vorher noch aus dem Ruder läuft."

„Das wird schon nicht passieren, Kumpel."

Nein. Hoffentlich nicht.

Der Beamte, der über Leighs Bootssteg lief, ließ die junge Frau aufblicken.

Wieder einmal.

Erneut widmete sie sich der Liste auf ihrem Laptop. Es war,

als würden ihr die Namen alle zurufen und ihre Unschuld beteuern. Sie hatte jeden Kollegen und jede Kollegin aufgelistet, die ihr einfiel – Krankenpfleger, Ärzte, Techniker, Sekretärinnen, Wachpersonal, Helfer und sogar die radiologisch-technischen Assistentinnen, mit denen sie zufällig Kontakt gehabt hatte.

Die Liste war lächerlich lang. Hunderte Menschen. Als Leigh die Namen durchging, tauchten die Gesichter vor ihrem geistigen Auge auf. Das war nicht gut. Wie konnte sie die Polizei auf irgendeinen von ihnen loslassen?

Andererseits: Was, wenn sie recht hatten? Was, wenn sie aus irgendeinem Grund der Schlüssel zu diesen Mordfällen war?

Vater, das ist mir zu hoch. Wenn der Name hier steht, dann musst du ihn mir zeigen. Ein kleiner leuchtender Pfeil auf dem Bildschirm wäre super. Oder könntest du den Namen vielleicht rot markieren?

Leigh starrte auf die Tabelle. Nichts geschah. Es war einen Versuch wert gewesen. Und so lächerlich diese Fragen auch sein mochten, verstärkten sie doch irgendwie ihr Gefühl, dass sie nicht allein war. Dass Gott hier war. Bei ihr. Dass er wusste, woran sie arbeitete.

Vielleicht fand er ihre Bitte ja sogar witzig.

Sie bekam keine Antwort, aber die Enge in ihrer Brust hatte in den letzten vierundzwanzig Stunden etwas nachgelassen. Was überhaupt keinen Sinn ergab, wenn man bedachte, was sie seitdem erfahren hatte.

Und trotzdem … Sie ging die Tabelle weiter durch. Dachte über jeden Namen nach. Nach drei Stunden hatte sie die Liste auf fünfzig Personen eingegrenzt. Keine von ihnen kannte sie gut – es waren nur Männer und Frauen, deren Weg ihren eigenen halbwegs regelmäßig gekreuzt hatte.

War der Mörder hier? Auf dieser Liste?

Das Telefon klingelte. Rebecca Fowlers Nummer erschien

auf dem Display. Hatte Ryan es ihr erzählt? Beim Gedanken an den vergangenen Abend wurde Leigh warm. Sie war so kühn gewesen. Woher war das gekommen?

Nicht dass es ihr leidtat.

Wie gut er roch, sie mit seinen starken Armen umfangen hatte, die Zärtlichkeit in seinem Kuss. Sie verstand sein Zögern. Aber er wusste nicht, dass sie schon seit zwei Jahrzehnten für ihn schwärmte. Dies waren keine neuen Empfindungen, die den besonderen Umständen entsprungen waren. Waren sie dadurch verstärkt worden? Sicher. Aber auf keinen Fall würden diese Gefühle jemals versiegen.

„Hi, Rebecca."

„Hi. Ich hatte kurz Zeit. Sorry, ich weiß, dass du nicht viel reden sollst. Aber ich bin im Auto und wollte keine Nachricht schreiben. Deine Stimme klingt schon ein bisschen besser."

„Danke. Mir geht es gut. Der Hals tut noch weh. Und die blauen Flecken sehen heute viel schlimmer aus als gestern. Ich könnte für einen Horrorfilm vorsprechen, ohne geschminkt werden zu müssen."

Rebecca lachte. „So schlimm ist es bestimmt nicht."

„Ich würde dir ja ein Bild schicken, aber ich will nicht, dass du Albträume bekommst."

„Dieser Albtraum wird bald vorbei sein. Darauf vertraue ich."

Woher Rebecca ihr Vertrauen nahm, war Leigh ein Rätsel, aber sie widersprach nicht. „Danke. Ich versuche auch daran zu glauben."

„Du bemühst dich zu sehr", erwiderte Rebecca. „Das kannst du mir glauben. Gott hält dich, egal, ob du gehalten werden willst oder nicht. Er lässt etwas Wunderbares aus all dem wachsen. Ich weiß nicht, was das ist. Aber ich weiß …"

Ein scheppterndes Geräusch und das Heulen eines Kindes

im Hintergrund drangen durch den Lautsprecher des Handys. „Sorry, Leigh. Ich muss Schluss machen.“

„Alles in Ordnung bei euch?“

„Ja, alles in Ordnung. Caleb hat nur einen kleinen Wutanfall. Sag meinem Bruder, er soll mich heute Abend anrufen, okay?“

Die Verbindung wurde unterbrochen, bevor Leigh etwas erwidern konnte. Rebecca hatte keine Neugier an den Tag gelegt, also hatte Ryan ihr wohl nichts gesagt. Vielleicht wusste ja überhaupt niemand davon. Und was, wenn ... was, wenn er nicht wollte, dass es jemand erfuhr?

Ein Klopfen an der Tür ließ Leigh aufspringen. Niemand konnte an den Beamten draußen vorbeikommen, oder?

„Hallo, Leigh! Mach auf.“ Gabriels fröhliche Stimme beruhigte ihre Nerven.

Leigh öffnete die Tür und Gabriel kam hereingeschlendert. Hatte er jemals schlechte Laune? Oder war das alles nur aufgesetzt? Sie war sich noch nicht sicher.

„Erstens bringe ich Grüße von Parker mit. Er ist im Büro und geht einer Spur nach. Aber er sagt, dass er dich anrufen wird, sobald er Luft holen kann. Ich soll deine Wünsche fürs Abendessen in Erfahrung bringen.“

Bevor sie antworten konnte, fuhr er fort: „Zweitens wollte ich mich für die Störung gestern Abend entschuldigen.“ Er wackelte vielsagend mit den Augenbrauen. „Ich schwöre, wenn ich Bescheid gewusst hätte, hätte ich eine oder zwei Stunden draußen gesessen und gewartet.“

Ryan hatte ihm davon erzählt?

Gabriel musste die Überraschung in ihrem Gesicht gesehen haben. „Versteh mich nicht falsch. Ryan ist ein Gentleman, der nicht mit seinen Eroberungen prahlt. Aber er war so sauer, als er die Tür aufgemacht hat, dass es ziemlich offensichtlich war. Ich habe ihm ein volles Geständnis abgerungen.“

Leigh hatte keine Ahnung, was sie darauf erwidern sollte. Nicht dass Gabriel ihr die Chance gegeben hätte, überhaupt etwas zu sagen. „Ich finde es toll, obwohl du ja weißt, dass dein Bruder ihn umbringen wird. Darauf musst du gefasst sein."

„Das macht mir nicht die geringsten Sorgen."

„Super. Sag Bescheid, wenn du es ihm eröffnest. Ich will dabei sein, wenn die Bombe platzt. Das wird bestimmt lustig." Unentschlossen trat Gabriel von einem Fuß auf den anderen. Es hatte den Anschein, als wollte er Zeit schinden. War das hier eine Art Ablenkungsmanöver?

„Was ist los, Gabriel?"

Er starrte auf den Boden. Wie hatte er zehn Jahre als verdeckter Ermittler überlebt? Er war ein schrecklicher ...

„Gibt es etwas, was du mir sagen willst, aber nicht sollst?"

Gabriel blickte grinsend auf und zwinkerte.

„Hat es was mit dem Fall zu tun?"

Sein Blick huschte davon. Er sah in alle Richtungen. Was wusste er?

„Ich bin nicht in der Stimmung für Spielchen, Gabriel Chavez. Wenn es etwas gibt, was mit mir zu tun hat, dann sag es mir besser, und zwar sofort." Leigh versuchte, energisch zu wirken, aber ihre geschundene Luftröhre machte ihr einen Strich durch die Rechnung, und die Worte kamen nur als Flüstern heraus.

Gabriel grinste. „Da du mir quasi die Pistole auf die Brust setzt – wir haben eine echte Spur, was unsere unbekannte Leiche betrifft. Vielleicht haben wir heute Abend schon einen Namen."

„Das ist fantastisch."

„Ja, aber mit dem Abendessen könnte es spät werden. Alle wollen heute Abend herkommen, um die Ergebnisse zu besprechen. Ist das für dich in Ordnung? Ich kann dir nämlich sagen, dass es hier viel gemütlicher ist als im Büro."

„Klar ist das für mich in Ordnung. Und mir ist egal, was wir essen. Bestell, was die anderen wollen. Mir ist alles recht. Ich backe einen …"

„Moment." Gabriel hob die Hände. „Du sollst dich doch ausruhen."

Sie widersprach nicht. Wenn er gegangen war, würde sie etwas zaubern.

„Du backst trotzdem was, oder?"

Leigh antwortete nicht.

Er lachte. „Ich habe mein Bestes gegeben. Bis später."

Sie schloss die Tür und sah auf die Uhr. Die anderen würden kaum vor sieben Uhr eintreffen. Also hatte sie noch vier Stunden Zeit. Vielleicht ergab sich ja etwas, wenn sie backte und betete und über ihre Liste nachdachte. Irgendwann würde das fehlende Puzzleteil am richtigen Platz landen.

Sie mailte die Liste an Sabrina, dann holte sie Mehl, Zucker und Kakao heraus.

Fünf Stunden später türmten sich auf Leighs Küchenarbeitsplatte leere Behälter vom Essenslieferanten, und die Hälfte der Muffins, die sie gebacken hatte, war aufgegessen. Sie lauschte den Updates der anderen.

„Gibt es bei dir was Neues, Bell?"

„Nein", knurrte Anissa missmutig. „Ich finde einfach nicht heraus, wie Calvin hierhergekommen ist. Er ist definitiv in Richmond angekommen. Und dann ist er einfach verschwunden. Kein Mietwagen. Keine Busfahrkarte. Es ist, als sei er aus dem Flugzeug gestiegen und hätte sich in Luft aufgelöst."

Ryans Telefon vibrierte. „Entschuldigt einen Moment." Er trat auf die Terrasse hinaus, während die anderen sich weiter unterhielten.

„Hast du irgendwelche Bilder von ihm in Richmond?" Sabrina kaute auf ihrem Strohhalm herum und wartete auf Anissas Antwort.

„Ja. Ich habe Aufnahmen von ihm am Flughafen und eine kurze Videosequenz, als er den Flughafen verlässt. Es sieht aus, als würde er auf den Langzeitparkplatz zusteuern. Und dann … nichts mehr."

„Hat jemand ihn abgeholt?"

„Vielleicht."

Die Tür flog auf. „Wir haben einen Namen! Leiche Nr. 1 ist Harold Claussen." Ryans Erregung ließ alle aufspringen.

„Was? Wie denn das?"

„Wir müssen noch die DNA-Probe abwarten, aber die Anthropologin ist zu achtundneunzig Prozent sicher. Sie hat mir erzählt, dass unsere Leiche sich irgendwann das linke Bein und den rechten Arm gebrochen hat, wahrscheinlich als Jugendlicher. Als wir diesen Namen von Sabrina bekommen haben" – Ryan deutete auf Sabrina und sie nickte –, „habe ich die zuständige Kollegin in Chicago angerufen. Sie hat mit seiner Frau gesprochen und ihr erzählt, dass sie immer noch an dem Fall dran ist und nähere medizinische Informationen braucht. Dabei hat sie gefragt, ob er irgendwelche Knochenbrüche erlitten hat. Seine Frau hat diese Informationen bereitwillig herausgerückt. Ein schlimmer Skiunfall in seiner Jugend. Dabei hat er sich den rechten Unterarm und den linken Oberschenkel gebrochen und auch seinen linken Fuß ziemlich ramponiert. Letzteres hilft uns natürlich nicht viel."

Leigh konnte den Schauder, der ihr über den Rücken lief, nicht unterdrücken. Sie versuchte, nicht darüber nachzudenken, aber die Vorstellung, dass ein Irrer da draußen sie töten und dann ihren Kopf, ihre Hände und ihre Füße abhacken könnte …

Wann war es im Raum so still geworden? Sie blickte auf und sah fünf mitfühlende Augenpaare auf sie gerichtet. Ryans Miene war ein Ausdruck des Entsetzens. „Tut mir leid", sagte er im gequälten Flüsterton. „Wir sollten diese Gespräche nicht hier führen. Das ist dir gegenüber nicht fair."

„Nein, mir ist es lieber, wenn ich Bescheid weiß. Ich will nicht irgendwo vergraben oder in einem See versenkt werden – oder was sonst diese Person mit mir vorhat. Aber ich will auch nicht, dass sonst jemand so endet. Wenn ihr recht habt und ich irgendwie dabei helfen kann, den Killer zu identifizieren, dann muss ich mich mit der Sache befassen."

Ryan schüttelte den Kopf, sichtlich unentschlossen. Anissa räusperte sich. „Deshalb beziehen wir die Betroffenen normalerweise nicht in unsere Überlegungen mit ein", sagte sie. „Aber ich gebe Leigh recht. Da draußen läuft jemand herum, der ein krankes Hirn hat. Vielleicht jemand, den wir kennen. Jemand, den wir nie verdächtigen würden. Diese Situation mit Leigh hat den Täter gezwungen, sein Handlungsmuster zu ändern, und wir haben eine Chance, die wir normalerweise nicht hätten, ihn zu finden und ein für alle Mal aufzuhalten."

„Das sehe ich auch so", nickte Sabrina. „Leigh ist stark genug. Wir müssen Rücksicht darauf nehmen, dass es für sie nicht leicht ist. Aber ich bin froh, dass sie bereit ist, dieses Opfer zu bringen, damit wir der Sache auf den Grund gehen können. Wir dürfen sie aus unseren Gesprächen nicht ausschließen. Sie muss wissen, was läuft."

Leigh lächelte die Frauen an. Es war schön, dass die beiden sie verstanden.

„Wahrscheinlich wird sie anschließend eine Therapie brauchen." Sabrinas nüchterne Feststellung schlug ein wie eine Bombe. Alle erstarrten mit großen Augen und vor ungläubigem Staunen offenen Mündern.

Die Sache war, dass Sabrina recht hatte. Nur war sie die Einzige, die das laut aussprach.

Niemand sah Leigh in die Augen, aber als das Schweigen sich über den Raum legte, wurde ihr mit einem Mal bewusst, wie absurd die ganze Situation war. Sie räusperte sich und presste die Lippen zusammen, aber sie konnte es nicht unterdrücken. Was als Kichern begann, wuchs langsam zu einem Lachen an. Mehrmals blinzelte sie, dann brach Gabriel als Erster in lautes Gelächter aus. Dann Anissa. Selbst Adam. Sabrina blickte verwirrt drein. Ryan sah aus, als würde er jeden Augenblick anfangen zu weinen.

Das Lachen tat Leigh in Hals und Nacken weh, aber es war zugleich reinigend. Sie fuhr sich über die Augen und ging zu Ryan, der sie genau beobachtete. „Mir geht es gut, ehrlich."

„Das ist nicht lustig."

„Glaub mir, das weiß ich."

„Es ist so wie Lachen in der Kirche, während alle außen herum still sind", sagte Anissa. „Man weiß, man sollte eigentlich nicht, aber wenn man einmal anfängt …"

„Habe ich was Falsches gesagt?", fragte Sabrina.

Ihre unschuldige Frage löste noch eine Runde Gelächter aus. Diesmal musste selbst Ryan lächeln.

„Du bist so erfrischend ehrlich wie niemand sonst, den ich kenne, Sabrina", sagte Leigh.

Sabrina runzelte die Stirn. „Leute sagen ‚erfrischend ehrlich' und meinen eigentlich: ‚Du hast was total Unangemessenes gesagt.' Ich weiß, das mache ich oft."

Hinter Sabrinas Rücken kriegte Gabriel sich vor Lachen gar nicht mehr ein.

Leigh versuchte, ihn zu ignorieren. „Ich brauche in meinem Leben keine Leute, die auf Zehenspitzen um mich herumschleichen. Ich brauche Leute, die mir die Wahrheit sagen. Und was du gesagt hast, stimmt. Ich werde bestimmt eine Therapie brauchen. Und ich würde morgen damit anfangen, wenn ich keine Angst hätte, dass die Therapeutin umgebracht wird."

Ryan stöhnte.

Gabriel hob eine Hand. Als alle ihn ansahen, deutete er mit dem Kinn auf Sabrina. „Du, meine Liebe, bringst frischen Wind rein, und ich bin heilfroh, dass du zu unserer Truppe unerschrockener Ermittler dazugehörst." Er lachte, als er das sagte, aber trotzdem gelang es ihm, ernsthaft und freundlich zu klingen. Sabrina war rot geworden, freute sich aber offensichtlich über seine Worte.

Als Nächstes zeigte er auf Anissa. „Und du, Chefin, bist eine stete Quelle der Inspiration und Erkenntnis."

Gabriels Aussage schockierte alle und ihrer Miene nach zu urteilen Anissa am allermeisten, aber Gabriel erklärte sich nicht näher.

Stattdessen wandte er sich an Ryan. „Du, mein Freund, musst einen kühlen Kopf bewahren. Wir wissen, dass du der reizenden Leigh verfallen bist." Er nickte in ihre Richtung. „Und wer könnte es dir verdenken? Sie ist entzückend und ein Schatz. Aber wenn du sie behalten willst, um ihr Herz im Sturm zu erobern, wirst du dich konzentrieren müssen. Und um ganz ehrlich zu sein, musst du aufhören, ihre Gefühle zu schützen, und dich mehr darum kümmern, ihr Leben zu schützen."

20

Der Donnerstagmorgen dämmerte dunkel und trüb. Die Wettervorhersage hatte fünf Tage kühlere Temperaturen und starken Regen angekündigt.

Aber Leigh zu sehen, die an ihrem Kaffee nippte, wärmte Ryan bis tief in sein Innerstes. Er würde für immer im Keller schlafen, wenn er dafür jeden Morgen diesen Anblick genießen durfte.

„Hi“, sagte sie. „Wie hast du geschlafen?“

„Gut“, sagte er. „Und du?“

Ein kleines Schulterzucken. Als er näher kam, bemerkte er die dunklen Ringe unter ihren Augen. Die noch dunkleren Flecken an ihrem Hals. Er zog sie von ihrem Barhocker und Leigh sank in seine Arme. „Schlecht geträumt?“

„Ich weiß nicht genau, ob es Albträume oder Panikattacken waren. Vielleicht beides.“

„Ich werde ihn finden“, sagte Ryan. „Und dann brauchst du keine Angst mehr zu haben.“

Er hob ihr Kinn an und ihre Arme legten sich ohne Zögern um seinen Hals. Ryans Herz hämmerte in seiner Brust, als er seine Lippen auf ihre presste. Er wollte für immer hierbleiben. Sie halten, bis sie einschlief, und da sein, wenn sie verängstigt aufwachte.

Aber Gabriel hatte gestern Abend recht gehabt. Er musste einen kühlen Kopf bewahren, und wenn er hier bei ihr saß, löste das den Fall nicht.

„Parker?“ Die Stimme seines Vorgesetzten hallte durch den Dienstraum und riss ihn aus seiner Erinnerung an Leighs Abschiedskuss.

„Ja, Sir?“

„Mein Büro.“

„Ja, Sir.“

Er sah sich um. Anissa und Gabriel zuckten ahnungslos mit den Schultern.

Er trat in das Büro des Hauptkommissars.

„Machen Sie die Tür zu.“

Das tat er.

„Setzen Sie sich.“

Nicht gut.

„Wir haben ein Problem.“

Ryan wartete.

„Ich habe einen Anruf von unten bekommen. Mrs Claussen ist hier."

„Okay." Unangenehm, aber auch nichts, was er als Problem bezeichnen würde.

„Aber sie ist nicht die Mrs Claussen, mit der ich heute Morgen gesprochen habe."

Moment mal. Was?

„Sir?"

„Genau."

„Bei allem nötigen Respekt, Sir …"

„Woher ich das weiß? Weil die Frau, mit der ich heute Morgen gesprochen habe, siebenunddreißig ist und laut Autozulassungsdaten in Atlanta wohnt, wo sie als Aerobictrainerin arbeitet. Die Frau unten ist nach Auskunft des Führerscheins, den sie vorgezeigt hat, neunundfünfzig und lebt in Chicago. Nur zum Spaß habe ich die Mrs Claussen angerufen, mit der ich heute Morgen telefoniert habe, und sie ist unterwegs. Ich habe mit ihr gesprochen, während ich die Mrs Claussen beobachtet habe, die gerade unten wartet. Definitiv nicht ein und dieselbe Frau."

„Zwei Ehefrauen?"

„Ehefrau Nr. 1, oder wahrscheinlich eher Ehefrau Nr. 2, ist bereits an Charlotte vorbei", sagte der Hauptkommissar. „Sie wird in der nächsten Stunde hier eintreffen. Beide wissen nur, dass es eine konkrete Spur zum Verschwinden ihres Mannes gibt."

Ryan fuhr sich mit beiden Händen durch die Haare. Konnte der Fall noch seltsamer werden? „Irgendeinen Rat?"

Der Hauptkommissar lachte. „Ich habe den Kollegen gesagt, sie sollen Mrs Claussen in den Vernehmungsraum für Familien setzen. Ich schlage vor, Sie trennen beide voneinander und sorgen dafür, dass sie einander nicht begegnen – zumindest nicht, bis wir wissen, was hier los ist. Setzen Sie ein paar Kollegen von der Wirtschaftskriminalität darauf an, die sich mit Identitätendiebstahl auskennen. Sie sollen herausfinden, was es mit den zwei Frauen auf sich hat. Behandeln Sie beide als die rechtmäßige Ehefrau. Befragen Sie beide. Und berichten Sie mir dann."

Ryan ging zuerst in das Beobachtungszimmer, das an den Vernehmungsraum angrenzte. Er vergewisserte sich, dass die Aufnahmetechnik funktionierte, und blieb kurz stehen, um Mrs Claussen Nr. 1 durch das Fenster zu beobachten. Sie trug eine Stoffhose und eine fließende Bluse. Flache schwarze Schuhe. In einer Hand hielt sie ein Taschentuch, in der anderen eine große Handtasche.

„Diese Schuhe kosten 250 Dollar. Und die Tasche ein Wochengehalt", sagte Anissa.

Woher war sie denn jetzt so plötzlich aufgetaucht? „Woher weißt du das?"

Er hatte Anissa nie für besonders modebewusst gehalten. Im Büro trug sie Hosen und halbwegs schicke Oberteile. Aber außerhalb der Arbeitszeiten lief sie meist in Sportklamotten herum. In etwas anderem hatte er sie noch nie gesehen, abgesehen von ihrem Taucheranzug.

„Meine Mitbewohnerin im Studium hatte ungefähr zwanzig von diesen Taschen", antwortete sie.

„Zwanzig?"

„Ihr Dad hat ihr jedes Mal eine mitgebracht, wenn er auf Dienstreise war. Oder seine Sekretärin hat sie gekauft. Sie hat mir ein paar davon geschenkt. Die habe ich immer noch."

„Okay", sagte Ryan. „Aber was machst du hier unten?"

Anissa lachte. „Machst du Witze? Gute Nachrichten sprechen sich schnell herum. Das hier lass ich mir doch nicht entgehen. Ich kann es kaum erwarten, dass die beiden Ehefrauen sich treffen."

„Der Hauptkommissar will, dass ich sie erst mal voneinander fernhalte. Das hat er ganz deutlich gemacht. Aber je nachdem, wie die Dinge laufen, können wir eine Begegnung arrangieren. Mal sehen, ob sie sich erkennen."

„Du meinst, unsere namenlose Leiche hatte tatsächlich zwei Ehefrauen?"

„Ich glaube, die eigentliche Frage ist, ob die beiden Mrs Claussen wissen, dass er zwei Ehefrauen hatte."

„Bestimmt nicht", sagte sie.

„Es soll vorkommen", gab Ryan zu bedenken.

„Nicht in North Carolina."

„Was für eine Art Mensch hält sich zwei komplette Familien?"

„Ich weiß nicht. Aber ich werde es herausfinden. Machst du mit?"

„Du wirst mir untreu, Mann? Wie kannst du nur!" Gabriel betrat den Raum und griff sich theatralisch an die Brust.

„Da sie schon mal hier ist, dachte ich, sie hat vielleicht einen besseren Draht zu Mrs Claussen Nr. 1. Und wenn der Hauptkommissar recht hat, könntest du besser zu Mrs Claussen Nr. 2 passen."

Anissa zuckte mit den Schultern. „Warum nicht? Außerdem will ich sehen, ob wir irgendeine Verbindung zwischen unseren beiden Leichen finden."

Gabriels einzige Reaktion war, einen Schritt zurückzutreten, damit die beiden anderen den Beobachtungsraum verlassen konnten.

„Dafür wirst du dich noch rechtfertigen müssen, Kumpel", flüsterte Gabriel, als Ryan an ihm vorbeiging.

„Vertrau mir", erwiderte Ryan.

Ryan war sich nicht ganz sicher, warum er Anissa gebeten hatte, ihn zu begleiten. Es schien eine gute Idee zu sein, und je mehr er darüber nachdachte, desto besser gefiel sie ihm.

Er öffnete die Tür zum Vernehmungsraum und hielt sie auf, um Anissa vorgehen zu lassen. Mrs Claussen Nr. 1 stand auf, als sie eintraten. „Kann ich meinen Mann sehen? Wo ist er? Warum sagt mir denn niemand etwas?"

Ryan versuchte, einen neutralen Gesichtsausdruck aufzusetzen. Das war immer schwierig. Einerseits wollte er den Angehörigen des Opfers Mitgefühl entgegenbringen, andererseits war der Ehepartner immer ein Verdächtiger, bis das Gegenteil bewiesen war. Und da es nun eine zweite Ehefrau gab, war die Wahrscheinlichkeit, dass Mrs Claussen Nr. 1 ein Motiv hatte, Mr Claussen zu töten, raketenartig in die Höhe geschossen.

„Mrs Claussen ..."

„Sie können sich Ihr ‚Mrs Claussen' schenken, junger Mann. Ich will eine Antwort, und wenn Sie mir die nicht geben können, dann können Sie Ihren süßen kleinen Hintern gleich wieder rausbewegen und jemanden holen, der es kann."

Ryan konnte beinahe hören, wie Gabriel auf der anderen Seite des Spiegels lachte.

Anissa machte keine Anstalten, auf Mrs Claussens Bemerkung zu reagieren. Na, sie war ja eine große Hilfe.

„Mrs Claussen", versuchte er es noch einmal. „Ich bin Officer Ryan Parker. Dies ist meine Kollegin Anissa Bell." Er nickte in Anissas Richtung.

„Reizend. Ich heiße Muriel Claussen und werde Sie nicht noch einmal fragen, junger Mann. Sie sagen mir auf der Stelle, wo mein Mann ist, oder mein Anwalt wird diese kleine Polizeiwache die nächsten zehn Jahre mit Klagen auf Trab halten."

Ach, du liebe Güte. Ryan biss die Zähne zusammen, um nichts zu sagen, was er später bereuen würde. Wegen ihres Anwalts oder irgendwelcher Klagen hatte er keinerlei Bedenken. Er wollte ihr nur genügend Zeit geben, sich selbst eine hübsch tiefe Grube zu graben.

Anissa zuckte kaum merklich mit den Schultern. War das ihr Ernst? Mehr fiel ihr nicht ein?

„Es tut mir sehr leid, Ihnen das sagen zu müssen, Ma'am, aber ich fürchte, Ihr Mann ist tot", sagte Ryan.

Schlagartig wurde Mrs Claussen Nr. 1 unter ihrem Make-up blass. Sie trat einen kleinen Schritt zurück und einen Augenblick lang dachte er, sie würde in Tränen ausbrechen.

Er hatte sich getäuscht.

Sie fasste sich und richtete sich auf. „Ich will ihn sehen."

„Ich fürchte, das geht nicht", erwiderte Ryan. „Die Ermittlungen laufen noch und es gibt einige Aspekte seines Todes, die wir zuerst mit Ihnen besprechen müssen. Bitte setzen Sie sich."

„Ich will ihn sehen." Mrs Claussen Nr. 1 sprach jedes Wort ganz langsam und deutlich aus.

Anissa ging auf sie zu. „Darf ich einen Vorschlag machen, Mrs Claussen?"

Mrs Claussen sah sie misstrauisch an, nickte aber dann.

„Ich kann nachfühlen, wie es Ihnen geht, weil ich es selbst erlebt habe. Ich saß auch einmal in so einem Raum und bestand darauf, einen Freund zu sehen, der gestorben war. Ich verstehe, wie sehr Sie davon überzeugt sind, dass Sie ihn sehen müssen. Aber darf ich Ihnen sagen, dass Sie sich irren? Es gibt Dinge, die man nie wieder vergisst, wenn man sie gesehen hat. Diese Dinge können und werden Sie verfolgen. Ich weiß, dass Sie uns nicht kennen und keinen Grund haben, uns zu vertrauen. Aber bitte lassen Sie uns eine Weile reden."

Wow.

Anissa log normalerweise nicht. Sagte sie die Wahrheit oder versuchte sie nur, eine Beziehung zu der Befragten herzustellen?

„Bitte, Mrs Claussen. Bitte setzen Sie sich", sagte Anissa.

Jetzt brach Mrs Claussen doch in Tränen aus. „Wenn ich

ihn nicht sehen darf, wie kann ich dann sicher sein, dass er es ist?“

„Eine DNA-Analyse wird es bestätigen, aber im Moment beruht unsere Identifikation auf anderen Informationen. Dazu gehört, dass die Leiche, von der wir annehmen, dass es Ihr Mann ist, ein paar einzigartige Merkmale hat. Der linke Oberschenkel und die rechte Elle wurden zum selben Zeitpunkt in seiner Jugend gebrochen.“

Sie blinzelte ein paarmal. „Ja“, sagte sie und ihre Stimme bebte. „Wir waren in der Highschool. Er ist wahnsinnig gerne Ski gefahren, aber einmal war der Untergrund vereist und er hat die Kontrolle verloren. Da ist er den Hang runter und hat sich mehrmals überschlagen. Ich habe es selbst gesehen. Es war schrecklich.“

„Und hat er an den Knien vielleicht eine Arthroskopie machen lassen?“, fragte Ryan.

„Ja“, sagte sie und sah ihn skeptisch an. „Woher … Sie haben ihn aufgeschnitten? Wie konnten Sie das ohne Erlaubnis tun? Was für Ungeheuer sind Sie eigentlich?“ Sie krallte die Finger um ihre Handtasche, sodass die Knöchel weiß hervortraten.

„Autopsien gehören zum ganz normalen Prozedere, wenn die Todesursache ungeklärt ist.“

Ihr Mund zuckte, während sie sich bemühte, die Fassung nicht zu verlieren. „Ungeklärt? Was ist denn mit meinem Mann passiert? Wie ist er gestorben?“

Vater, ich brauche jetzt deine Hilfe.

„Leider kann ich es Ihnen nicht schonender beibringen, Mrs Claussen. Wir glauben, dass Ihr Mann ermordet wurde.“

„Was? Warum?“

„Das wissen wir nicht“, gestand er. Ehrlichkeit war immer die beste Methode.

„Wurde er ausgeraubt? Wo haben Sie ihn gefunden?“

Oh Mann. Ryan beugte sich vor und versuchte, seine Worte so sanft und mitfühlend wie möglich klingen zu lassen. „Seine Leiche wurde im Lake Porter gefunden."

Jeder Teil ihres Körpers reagierte auf diesen Schock. Wenn sie hinter dem Mord steckte, war sie eine gewiefte Lügnerin. „In einem See?" Die Worte blieben ihr in der Kehle stecken und sie räusperte sich. „Das heißt, er ist im Wasser getrieben?"

„Nein, Ma'am."

Sie sah erleichtert aus. Aber das würde nicht lange vorhalten.

„Unsere Tauchmannschaft hat seine Leiche am Grund des Sees entdeckt. Er war eingewickelt und mit Gewichten beschwert. Wir glauben, der Mörder wollte dafür sorgen, dass die Leiche nicht so schnell gefunden wird."

Ryan wartete und gab ihr Zeit, diese Information zu verdauen. Wenn das Schlimmste doch erst vorbei wäre.

„Konnten Sie ihn deshalb nicht nach dem Bild identifizieren? War er …" Sie fröstelte. „War er angefressen?"

„Nein, Ma'am. Ich fürchte, der Mörder hat seinen Kopf, seine Hände und seine Füße abgetrennt. Es tut mir sehr leid. Wir haben den See abgesucht, aber wir konnten die fehlenden Körperteile nicht finden."

„Er … sein Kopf … wie bitte?"

Musste er es etwa noch einmal sagen?

„Mrs Claussen", sagte Anissa. „Es ist verständlich, dass Sie Fragen haben, und wir werden versuchen, sie so offen zu beantworten wie möglich. Aber im Moment können Sie uns am besten helfen, den Mörder ihres Mannes zu finden, indem Sie uns alles über ihn erzählen. Seine Firma, die Leute, mit denen er zusammengearbeitet hat, was er in North Carolina gemacht hat …"

„Er war nicht in North Carolina." Mrs Claussen wirkte verwirrt. „Er hatte geschäftlich in Richmond zu tun. Ich habe keine Ahnung, wie er hierhergekommen ist."

„Okay.“ Anissa ließ sich nicht anmerken, dass diese Neuigkeit eine Offenbarung für sie bedeutete, aber jetzt waren beide Männer mit Richmond verbunden. Das konnte kein Zufall sein. „Das ist sehr hilfreich. Genau die Art Information, die wir brauchen. Wir werden Beamte schicken, die Ihr Haus und sein Büro durchsehen müssen, solche Dinge.“

„Wie Sie meinen“, erwiderte sie. „Tun Sie, was nötig ist. Ich kann meinem Personal Anweisung geben, alles auf dem Grundstück zugänglich zu machen. Sie müssen mit seinen Geschäftspartnern sprechen, aber ich bin mir sicher, sie werden ebenso gerne helfen.“

„Das ist fantastisch.“

Die arme Frau sah aus, als stände sie kurz vor einem Nervenzusammenbruch. Sie knetete das Taschentuch, das sie in der Hand hielt, als wollte sie Wasser aus einem Stein quetschen.

Ryans Telefon vibrierte. Oh Mann. Mrs Claussen Nr. 2 war eingetroffen. Sie musste in allen drei Bundesstaaten die Geschwindigkeitsbeschränkung überschritten haben, um so schnell herzukommen.

„Ich werde gleich eine Aussage von Ihnen aufnehmen“, sagte Anissa. „Aber können wir Ihnen erst mal einen Tee oder Kaffee bringen? Oder möchten Sie sich vorher etwas frisch machen?“

Dankbarkeit flackerte in Mrs Claussen Augen auf. „Frisch machen wäre gut. Und dann etwas Wasser.“

„Natürlich.“

Ryan und Anissa verließen den Raum. Anissa schnappte sich eine junge Kollegin, damit sie Mrs Claussen Nr. 1 zur Toilette begleitete.

„Du nimmst ihre Aussage auf?“, fragte Ryan.

„Musst du nicht die andere Mrs Claussen befragen?“

„Ja, aber … warum willst du die Aussage aufnehmen?“

Anissa antwortete nicht sofort.

„Glaubst du, sie war es?“

Anissa schüttelte den Kopf. „Sie selbst nicht. Ich glaube, sie war wirklich schockiert über die Einzelheiten seines Todes. Wenn sie jemanden bezahlt hat, um es zu tun, hat der Killer es anders gemacht, als sie erwartet hat. Und im Moment glaube ich nicht, dass sie etwas mit seinem Tod zu tun hat. Aber warten wir's ab."

„Glaubst du, sie weiß von der anderen Frau?"

„Keine Ahnung", erwiderte Anissa. „Aber so schlimm es jetzt für sie ist – es ist gut möglich, dass es noch schlimmer wird. Das würde ich niemandem wünschen."

Ryan wartete. Vielleicht erklärte sie, was sie damit meinte, wenn er den Mund hielt.

„Weißt du, ich habe jemanden verloren", sagte Anissa schließlich. „Der Polizist, der meine Aussage aufgenommen hat, war ein Mistkerl und die Erfahrung hat mich noch lange belastet. Ich will nicht, dass es ihr auch so geht. Ich sage nicht, dass du gemein zu ihr wärest, aber ich will nicht irgendeinen unerfahrenen Neuling zu ihr schicken. Ich sage dir, was ich herausgefunden habe. Geh du und rede mit der anderen Frau."

Ryan hatte keine Mühe, Mrs Claussen Nr. 2 unter den Leuten ausfindig zu machen, die im Eingangsbereich warteten. Sie stand so weit von allen anderen entfernt wie nur möglich und alles an ihrer Körpersprache – die steife Haltung, das vorgereckte Kinn, sogar die Richtung, in die ihre Füße zeigten – machte deutlich, dass sie nicht den Wunsch hatte, sich unter die Wartenden zu mischen.

„Mrs Claussen?"

„Ja."

„Ich bin Officer Ryan Parker."

Mrs Claussen Nr. 2 streckte eine manikürte Hand aus. „Bitte nennen Sie mich Melissa“, sagte sie mit einem Akzent, der vermuten ließ, dass sie einen Großteil ihres Lebens in Georgia verbracht hatte.

Im Ernst, Harold? Muriel und Melissa?

Sie schob sich die langen blonden Haare hinters Ohr. Dabei blitzte ein Diamantohrring auf, der regelrechte Ehrfurcht ausgelöst hätte, wäre nicht direkt daneben der felsbrockengroße Edelstein an ihrer Hand gewesen.

„Würden Sie bitte mitkommen?“, bat Ryan sie.

Sie griff nach einer Tasche, die so groß war wie ein kleiner Koffer und zu ihren Füßen stand. Dieselbe Marke wie Mrs Claussen Nr. 1. Interessant.

„Natürlich.“

Ihre hohen Absätze klackerten neben Ryan über den Flur. Sie duftete nach irgendeinem blumigen Parfüm und trug ein Etuikleid, das sich bei jeder Bewegung an sie schmiegte. Während Mrs Claussen Nr. 1 aussah wie die sechzigjährige Gattin eines reichen Mannes, sah Mrs Claussen Nr. 2 eher aus wie seine dreißigjährige Tochter.

Ryan führte sie in einen Raum, so weit weg wie möglich von Mrs Claussen Nr. 1. „Kann ich Ihnen einen Tee bringen? Oder Kaffee? Wasser?“

„Wasser wäre wunderbar“, erwiderte sie. „Ich habe schrecklichen Durst.“

„Bin sofort wieder da.“

Ryan verließ den Raum und platzierte einen Beamten vor der Tür. Er hatte eine Menge Auswahl, denn inzwischen hatte sich eine ganze Traube Kollegen neugierig versammelt. „Zurück an die Arbeit“, sagte er und sie trollten sich. Während er zum Kühlschrank ging, um ein Wasser zu holen, schickte er Gabriel eine Textnachricht. Als er wieder am Vernehmungsraum ankam, wartete sein Freund schon auf ihn.

„Wie läuft es drüben?", wollte Ryan wissen.

„Anissa macht das wirklich gut", antwortete Gabriel. „Sie hat Mrs Claussen dazu gebracht zu plaudern, als seien sie seit Jahren beste Freundinnen. Überraschende Neuigkeiten gibt es allerdings nicht. Er ist viel gereist. Hat viel gearbeitet. Ging nicht in die Kirche. Sie sagt, sie seien glücklich gewesen."

Vielleicht war *sie* es gewesen.

„Dann hören wir mal, was Mrs Claussen Nr. 2 sagt", sagte Ryan, bevor sie den Raum betraten. Er stellte Gabriel vor, dann setzten sich beide auf das Sofa gegenüber von Mrs Claussen Nr. 2.

„Mrs Claussen", begann Gabriel.

„Melissa", sagte sie mit einem schüchternen Lächeln und einem bewundernden Blick, der sich für eine verheiratete Frau nicht gehörte.

Auch Gabriel hatte den Blick bemerkt. Das erkannte Ryan daran, wie er sich in seinem Stuhl vorbeugte, näher zu ihr. Die Frau hatte keine Ahnung, mit wem sie da flirtete. War sie derartig gefühllos? Wie konnte sie sich so kokett geben, wenn ihr Ehemann vermisst wurde? Oder war sie immer so?

Als Gabriel ihr kurz darauf die Nachricht überbrachte, nahm sie sie weitaus gefasster auf als Mrs Claussen Nr. 1. Sie reagierte nicht wütend; dennoch war ihre Traurigkeit zu spüren. An die Stelle der koketten Frau trat eine, die untröstlich wirkte. Doch es war zu früh, um zu sagen, ob ihr Kummer echt war oder nur gespielt.

„Könnten Sie uns von Ihrem Mann erzählen, Mrs Claussen? Was er gemacht hat? Wie Sie sich kennengelernt haben? Wie lange Sie verheiratet waren?"

Die junge Frau nahm einen Schluck Wasser. „Vor elf Jahren ist er nach Atlanta gezogen. Seine Mutter war sehr krank und er wollte näher bei ihr sein. Sie ist zwei Jahre später verstorben, aber er hatte sich in Atlanta verliebt und wollte nicht mehr weg, selbst als er wieder ganztags gearbeitet hat. Wir haben uns vor fünf Jahren kennengelernt. Uns verliebt. Und drei Monate später haben wir geheiratet. Ich habe zu ihm gesagt, ich würde auch mit ihm nach Chicago ziehen, aber davon wollte er nichts hören. Er ist ein guter Mann. Wenn er zu Hause ist, geht er sonntags in den Gottesdienst. Er verwöhnt mich mit Geschenken. Natürlich reist er viel, deshalb ist er normalerweise nur zwei Tage die Woche zu Hause."

„Das muss schwierig sein", sagte Gabriel, die Stirn besorgt in Falten gelegt.

Mrs Claussen zuckte mit den Schultern. „Anders kenne ich es ja nicht", sagte sie. „Ich vermute, über seine Arbeit wissen Sie schon Bescheid."

Etwas an der Art, wie sie „seine Arbeit" sagte, ließ Ryan aufhorchen. „Es wäre nett, wenn Sie uns erzählen könnten, was Sie darüber wissen."

Ihre Miene wurde ganz ernst. „Keine Sorge, er hat mir nie etwas erzählt, was geheim war."

Wie bitte?

„Ich verstehe, wie das ist. Seine Arbeit war gefährlich. Er hat sich solche Sorgen um mich gemacht. Wollte nicht, dass jemand von unserer Ehe erfährt. Deshalb haben wir nur eine kleine Feier beim Standesamt gemacht. Niemand hat davon gewusst. Er hat versprochen, in zwei Jahren in Rente zu gehen. Dann wollten wir eine Weltreise machen und erst mal alles hinter uns lassen." Ein Schluchzer brach aus ihr hervor. „Dazu kommt es ja jetzt nicht."

„Es tut mir sehr leid, Mrs Claussen", sagte Ryan.

Sie schüttelte den Kopf, als könnte sie dann klarer denken. „Verstehen Sie das nicht falsch, aber es ist mir egal, ob es Ihnen leidtut oder nicht." Sie sah Ryan mit Tränen in den Augen an. „Aber mir ist nicht egal, was Sie tun, um diesen schrecklichen Menschen zu finden, der das getan hat. Ich weiß, dass mein

Mann einige erbitterte Feinde hatte, aber Sie müssen seinen Mörder finden."

„Wir tun wirklich alles, was wir können", erwiderte Ryan. „Aber dazu brauchen wir Ihre Hilfe."

„Natürlich", sagte Mrs Claussen und tupfte sich die Augen trocken. „Was immer ich tun kann. Kontoauszüge. Kalender. Computer. In welchen Restaurants wir gegessen haben und wer unsere Freunde waren. Ich sage Ihnen alles, was Sie wissen wollen."

„Das ist eine sehr konkrete Liste", merkte Ryan an.

Mrs Claussen putzte sich die Nase, bevor sie sprach. „Ich war mit einem Spion verheiratet, Officer. Und ich sehe viele Krimis im Fernsehen. Deshalb vermute ich, dass Sie alle diese Informationen benötigen. Brauchen Sie überhaupt meine Erlaubnis dafür?"

Sie glaubte, sie sei mit einem Spion verheiratet gewesen?

Vielleicht stimmte das ja. Es war jedenfalls ein interessanter Gedanke, dem sie nachgehen sollten. Aber im Moment war es wichtig, dass sie weitersprach.

„Unter diesen Umständen bekommen wir einen Durchsuchungsbeschluss für die meisten Dinge, die Sie genannt haben. Aber es ist auf jeden Fall einfacher, wenn Sie uns alles von sich zur Verfügung stellen."

„Sie können alles haben. Ich werde unseren Anwalt und den Buchhalter anrufen und sie anweisen, Ihnen alles zu geben, was Sie brauchen. Testamente, Investments, Versicherungspolicen. Egal."

„Wären Sie damit einverstanden, wenn wir ein paar Kollegen zu Ihnen nach Hause schicken?"

Nach einer kleinen Pause ließ sie die Schultern hängen. „Na ja, warum nicht? Ich habe nichts zu verbergen. Und Harry hat nie etwas zu Hause aufbewahrt. Er hat gesagt, das sei zu gefährlich. Wir haben nicht einmal Familienfotos oder so was."

„Melissa", sagte Gabriel leise, „das ist jetzt sehr wichtig. Wir müssen wissen, ob er Ihnen jemals erzählt hat, für wen er gearbeitet hat. Wir müssen das wissen, damit wir in die richtige Richtung ermitteln können."

Ihre Lippen bebten. „Glauben Sie, ein Job könnte die Ursache für seinen Tod sein?"

„Das ist auf jeden Fall eine Möglichkeit, die wir in Betracht ziehen."

Sie holte mehrmals tief Luft. „Die CIA", flüsterte sie schließlich.

Ryan wagte nicht, Gabriel anzusehen.

Wow.

Er war kein Experte, aber Harold Claussen konnte unmöglich als Agent für den Auslandsgeheimdienst CIA tätig gewesen sein. Wenigstens wussten sie jetzt, was seine Masche gewesen war. Möglich, dass keine der beiden Frauen eine Ahnung von der jeweils anderen Mrs Claussen hatte. Claussen musste geglaubt haben, dass er beide erfolgreich getäuscht hatte.

Oder hatte er die zwei besten Lügnerinnen der Menschheitsgeschichte geheiratet?

Eine Stunde später gesellte Ryan sich zu Gabriel und Anissa, die in einem Besprechungsraum auf ihn gewartet hatten. Der Hauptkommissar kam zehn Sekunden später herein.

„Und?", fragte er.

Anissa und Gabriel starrten auf den Tisch.

„Es ist ein heilloses Durcheinander", sagte Ryan.

„Den Eindruck habe ich auch."

„Nach allem, was wir zusammengetragen haben, hat Harold Jackson Claussen Mrs Claussen Nr. 1 geheiratet, als sie beide neunzehn waren. Er nannte sich Jack und sie wohnten außerhalb von Chicago, während er sein Studium zum Elektroingenieur beendete. Dann hat er zehn Jahre bei einer Elektronikfirma gearbeitet, bis er in ein neues Unternehmen einstieg, das Computernetzwerke betreut. Dieses Geschäft erwies sich als ausgesprochen erfolgreich. Das Unternehmen expandierte in einige Städte im Mittleren Westen, dann an der Ostküste. Washington D. C., Atlanta, Tallahassee, Orlando. Claussen blieb relativ nah an seiner Heimat Chicago, bis seine Kinder im College waren. Er reiste viel, aber überwiegend in den Mittleren Westen. Dann wurde er vor zehn Jahren Vizepräsident und übernahm die Verantwortung für die Geschäfte an der Ostküste."

Der Hauptkommissar nickte. „Ich vermute, so hat er Melissa kennengelernt?"

„Sieht so aus. Sie behauptet, er sei ein Spion – für die CIA. Sie weiß, dass er ein Büro in Chicago hat, glaubt aber, dass er in der ganzen Welt herumreist, wenn er nicht bei ihr ist. Und das Beste kommt noch."

Ryan machte eine bedeutungsschwangere Pause.

„Spannen Sie uns nicht auf die Folter."

„Nachdem wir einen Namen und seine anderen Unterlagen hatten, war er nicht schwer zu finden. Und einige seiner Reisen passen nicht zu dem, was seine Frauen uns erzählt haben."

„Wie meinen Sie das?"

„Wie es scheint, hat er eine Menge Zeit in der Gegend um Washington und Pittsburgh verbracht."

„Worauf wollen Sie hinaus?"

„Sagen wir mal so: Es würde uns nicht überraschen, wenn irgendwann eine Mrs Claussen Nr. 3 auftaucht."

21

Leigh summte, während sie ihr Make-up überprüfte. Es war albern, aber der Gedanke, dass Ryan gleich hereinkommen würde, konnte sie doch tatsächlich für einen Moment vergessen lassen, dass ein Wahnsinniger versuchte, sie zu töten.

Es klingelte. Ein letztes Mal zupfte Leigh den Kragen ihrer Bluse zurecht. Heute waren die Flecke an ihrem Hals grün und lila, aber der Kragen bedeckte die meisten davon.

Sie blickte durch den Spion und öffnete die Tür. Dort wartete Sabrina mit einem zaghaften Lächeln.

„Kann ich reinkommen?"

„Natürlich", erwiderte Leigh. „Ich warte auf die Invasion. Du bist die Erste."

Sabrina hängte einen Kleidersack an einen Türknauf und packte anschließend schweigend ihre beiden Laptops aus. Leigh machte die Stille nichts aus. Es war trotzdem schön, jemanden im Haus zu haben.

„Ich kann nicht lange bleiben", sagte Sabrina jetzt. „Ich habe um acht eine Essensverabredung."

Leigh blickte auf ihre Armbanduhr. Dann würde Sabrina in einer Stunde schon wieder gehen müssen. „Aber dann hättest du heute Abend doch gar nicht herkommen müssen. Ich will dir schließlich nicht dein Rendezvous vermasseln."

„Ach, das ist kein Rendezvous", erwiderte Sabrina mit einem wenig damenhaften Schnauben. „Und was wir heute entdeckt haben, kann nicht warten."

Ihr Tonfall ließ einen Schleier über Leighs beschwingte Stimmung fallen und die Schwere ihrer jetzigen Lage legte sich wieder wie eine Last auf ihre Schultern.

Sabrina schien nicht zu merken, welche Wirkung ihre Worte hatten. „Sind die anderen unterwegs?“

Das Klopfen an der Tür und die begleitenden Stimmen dahinter waren Antwort genug. Gabriel, Anissa und Adam kamen herein, zogen ihre Regenjacken aus und lachten über irgendeinen Witz. Jeder von ihnen hatte eine Tüte von Luigis, ihrem Lieblingsitaliener, in der Hand, und ein verführerischer Knoblauchduft zog durch die Luft, als sie alles auf die Küchenzeile stellten.

Wo war Ryan?

Leigh streckte den Kopf zur Tür hinaus. Dort lehnte er, vor Regen geschützt, an der Hauswand, das Telefon am Ohr.

„Hi, Kumpel. Ich weiß. Es ist eine Ewigkeit her. Dieses Wochenende komme ich und dann spielen wir eine Stunde lang, was du möchtest, ja?“

Ah. Caleb. Der Arme. Er verstand einfach nicht, warum sein Onkel Ryan ihn nicht besucht hatte. Aus früheren Gesprächen wusste Leigh, dass Caleb nicht viel sagte, aber Ryan sprach immer mit ihm, wenn er Rebecca anrief. Calebs Wortkargheit schien Ryan nicht abzuschrecken.

„Okay. Kann ich kurz mit deiner Mom sprechen?“

Leigh wollte sich gerade zurückziehen, als Ryan ihre Hand ergriff. Er zog sie nach draußen und in die schützende Obhut seiner Arme. Sie stand jetzt mit dem Rücken zum Haus und vergrub ihr Gesicht an Ryans Brust. Wenn jemand es auf sie abgesehen hatte, dann hatte er so keine Chance, sie zu erwischen.

Bei dem Lärm, den der Regen auf dem Vordach machte, konnte sie kaum verstehen, was Ryan sagte, aber sie konnte das Beben seiner Brust spüren, während er sprach. Sein Lachen über etwas, was seine Schwester gesagt hatte. Dann lag die Hand, die das Telefon gehalten hatte, auf ihrer Wange und in den nächsten paar Augenblicken war alles andere unwichtig.

Ryan war es, der den Kuss schließlich unterbrach. Wahrscheinlich besser so. Sie hätte die ganze Nacht hier in seinen Armen bleiben können.

„Oh, Baby", flüsterte er ihr ins Ohr. „Du bringst mich noch um."

Leigh antwortete mit einem zärtlichen Kuss. Das Leben war zu kurz, um Spielchen zu spielen. Er empfand ganz offensichtlich etwas für sie. Vielleicht war er sogar dabei, sich in sie zu verlieben. Und sie würde ihn nicht im Zweifel darüber lassen, ob diese Gefühle erwidert wurden.

„Wenn wir nicht reingehen, werden sie gnadenlos über uns herfallen", sagte Ryan jetzt und sein Atem kitzelte Leigh am Ohr.

Sie wusste, dass er recht hatte, aber noch nie war ihr etwas so gleichgültig gewesen. Sollten sie doch reden. Sollte Gabriel alle möglichen dummen Sprüche von sich geben. Das alles spielte keine Rolle.

Ryans knurrender Magen rief sie dann doch zur Vernunft. „Wann hast du das letzte Mal etwas gegessen?"

Seine Arme drückten sie noch ein wenig fester. „Wer braucht denn Essen?"

„Du offensichtlich." Sie drückte sich mit beiden Händen von seinem Brustkorb ab.

Der Blick, mit dem er sie ansah, ließ die Schmetterlinge in ihrem Bauch flattern. Wie konnte das sein? Wieso bekam sie mitten in all dem Bösen, das geschah, ein solches Geschenk?

Ryan drückte noch einen letzten leidenschaftlichen, aber kurzen Kuss auf ihre Lippen. Dann öffnete er die Tür und Leigh wappnete sich für die Anspielungen und Neckereien, die folgen würden.

Doch keiner beachtete die beiden. Was war mit der fröhlichen Truppe geschehen, die Leighs Haus erst vor wenigen

Minuten betreten hatte? Ryans Arm um ihre Schulter versteifte sich und er zog sie näher.

„Was ist los?", fragte Leigh.

Alle Blicke richteten sich auf Sabrina, die noch nicht von ihrem Computer aufgesehen hatte.

Leigh war verwirrt. „Sabrina?"

Sabrina biss sich auf die Lippe und schüttelte den Kopf.

Adam räusperte sich. „Wir haben möglicherweise noch eine Leiche."

Leighs Beine drohten unter ihr nachzugeben. Ryans Arm wanderte von ihren Schultern zu ihrer Taille, und sie lehnte sich an ihn, während er sie zum Sofa führte.

„Wo?", fragte Gabriel.

„Chatham County."

Der benachbarte Distrikt. „Der Regen heute", sagte Sabrina. „Ein Auto ist von der Straße abgekommen und in einem Graben gelandet. Als die Feuerwehr den Wagen rausgezogen hatte, entdeckte sie zufällig einen Knochen, der aus der Erde ragte. Dann hat es nicht lange gedauert, bis auch der Rest der Leiche gefunden war."

„Oder das, was davon noch übrig war", fügte Adam hinzu.

Leigh spürte die Gänsehaut auf ihren Armen.

„Männlich?", wollte Ryan wissen.

Alle nickten. „Der dortige Gerichtsmediziner hat unsere Pathologin angerufen und die hat wieder die Anthropologin eingeschaltet. Sie kommt morgen her. Aber ausgehend von ersten Untersuchungen haben wir es auf jeden Fall mit demselben Mörder zu tun."

Jetzt endlich blickte Sabrina auf. „Und deshalb ist das, was wir zu sagen haben, wichtiger denn je." Sie nickte Adam zu.

„Sabrina hat eine Theo..."

„Nein, Adam. Diesmal warst du es."

„Lass uns essen, während du erzählst", sagte Gabriel. Sofort sprangen alle auf und begannen, ihre Teller mit Lasagne, Hühnchen Parmigiano, Salat und Knoblauchbrot zu füllen.

Leigh rührte sich nicht, bis Ryan seine Hand in ihre schob und sie auf die Beine zog. „Du musst auch was essen."

„Ich habe keinen Hunger."

„Dann komm wenigstens mit mir", sagte er.

Das war eine Bitte, die sie niemals ausschlagen würde. Fünf Minuten später saßen alle um den Couchtisch, die Blicke auf Adam gerichtet. Sie musste wirklich bald den Esstisch ersetzen. Bald.

„Ich habe eure Notizen von den Befragungen der Familien durchgelesen", sagte er. „Wir wissen von beiden Männern, dass sie in Richmond waren. Beide sind gleich nach ihrer Ankunft verschwunden. Ich habe mir ihre Finanzen genauer angesehen und herausgefunden, dass beide Männer Tage vor ihrer Reise größere Summen Bargeld abgehoben haben."

„Kannst du ‚größere' definieren?", fragte Ryan.

„Zwanzigtausend Dollar."

Anissa stieß einen Pfiff aus.

„Für manche Leute ist das Taschengeld", warf Gabriel ein.

„Das nun auch wieder nicht", widersprach Adam.

Gabriel wollte protestieren, aber Adam ließ ihn gar nicht zu Wort kommen. „Komm schon, Mann. Ich weiß, dass in den Kreisen, in denen du verkehrst, so viel Bargeld normal ist, aber für einen nicht kriminellen Geschäftsmann? Nein. Er hat vielleicht ein paar Tausend Dollar in bar, aber ansonsten benutzt er seine Kreditkarte."

„Es sei denn, er will nicht, dass jemand erfährt, was er macht", wandte Anissa ein.

„Genau." Adam reichte Sabrina sein Tablet. Sie fing an, darauf herumzutippen, und gleich darauf erschienen bewegte Bilder auf dem Fernsehbildschirm.

„Als wir den Namen der Leiche aus dem See hatten, habe

ich mir die Videoaufnahmen vom Flughafen in Richmond besorgt." Adam beobachtete den Bildschirm und tippte dann auf sein Tablet. Das Video stoppte. „Da."

„Harold Jackson Claussen", sagte Ryan.

Stumm starrten sie das körnige Bild an. Waren das die letzten Aufnahmen, die jemand von ihm gemacht hatte?

Adam tippte erneut auf sein Tablet. Anhand der Bilder folgten sie Harold Claussen vom Flughafen zum Kurzzeitparkplatz für Abholer.

„Wir haben erfahren, dass die Kameras dort außer Betrieb waren, als Calvin Staton durch Richmond kam, aber letzten Monat waren sie wieder funktionstüchtig."

Das Video zeigte, wie Harold Claussen auf der Beifahrerseite in einen weißen Cadillac Escalade stieg. Ein schönes Auto, so viel stand fest, aber keins, das auf der Straße besonders auffallen würde. Das Kennzeichen des Fahrzeugs war zum Teil verdeckt, aber vier von sieben Zahlen bzw. Buchstaben konnten sie erkennen.

„Wir haben das Kennzeichen überprüft und eine Liste möglicher Besitzer erhalten", erklärte Adam. „Nur eins der Nummernschilder dürfte zu einem weißen Cadillac Escalade gehören."

„Es könnte gestohlen sein", wandte Ryan ein.

„Stimmt. Deshalb ist das hier auch nur eine Theorie."

„Okay, mach weiter", nickte Ryan.

„Das Fahrzeug ist auf eine Firma namens PSA zugelassen." Adam tippte wieder auf sein Tablet und auf dem Fernsehbildschirm erschien ein anderes Bild. „Meine Nachforschungen haben ergeben, dass PSA für *Plastic Surgery Associates* steht."

Leigh beugte sich vor. Die Internetseite, die Adam aufgerufen hatte, gehörte zu einem Zentrum für Schönheitschirurgie. „Was ist das?"

„Das ist der Ort, an dem euer Opfer meiner Meinung nach

sein Geld ausgeben wollte." Er berührte noch ein paarmal das Display seines Tablets und alle Handys im Raum ließen Signale erklingen. „Ich habe euch gerade den Link geschickt."

„Das heißt, diese Männer wollten zwanzigtausend Dollar für Schönheitsoperationen ausgeben?", fragte Gabriel.

Leigh scrollte auf ihrem Smartphone durch die Seite. „Oh", sagte sie.

„Tut mir leid, aber da komme ich nicht mit." Gabriel biss in ein Stück Knoblauchbrot. „Eine schiefgelaufene Schönheits-OP?"

„Was meinst du, Leigh?", fragte Sabrina.

Leigh nahm einen Schluck von ihrem Eistee. „Ich habe Gerüchte über so ein Zentrum gehört. Es sieht ziemlich vornehm aus." Sie blätterte weiter. „Ihr bestes Verkaufsargument ist Verschwiegenheit. Sie machen nichts auf Krankenkasse. Die Leute checken unter falschem Namen ein. Das Ganze ist vielleicht nicht einmal legal. Wie bist du darauf gestoßen?"

„Adam hat es gefunden", antwortete Sabrina.

„Willst du damit sagen, dass dein hübsches Gesicht nicht von Natur aus so ist?", fragte Gabriel an Adam gewandt.

„Ich selbst war nie dort", sagte Adam. „Aber ich kenne Leute, die dort waren. Als ich den Namen sah und mit Richmond in Verbindung brachte, fiel mir ein, dass mein Onkel einen Freund hatte, der nach Richmond geflogen war und irgendwelche Implantate bekam. Mein Onkel hat ihn nach der OP besucht. Das Ding ist ungefähr eine Stunde von hier entfernt. Richtung Raleigh."

„Warum dann nicht nach Raleigh fliegen?", fragte Anissa.

„Geheimhaltung", stellte Adam fest, als erkläre das alles.

„Das verstehe ich nicht", sagte Gabriel.

Adam seufzte und fuhr sich mit den Händen durch die Haare.

„Oh-oh", sagte Gabriel mit verschwörerischem Ton. „Offenbar sind wir in die geheime Welt der Reichen und Berühmten geraten. Ist diese Information so kostbar, dass du sie nicht mit Normalsterblichen teilen kannst?"

Leigh wollte Adam verteidigen, aber bevor es dazu kam, bewarf er Gabriel mit einem Stück Knoblauchbrot, richtete sich auf und reckte die Nase in die Luft. „Ich erwarte ja gar nicht, dass *du* das verstehst, junger Mann, aber ich bin mir sicher, die Damen können mir folgen. Sie können es dir ja später erklären."

Gabriel und Ryan lachten. Anissa verdrehte die Augen.

Sie mussten Adam schon oft wegen seiner Herkunft aufgezogen haben, denn es schien ihm nicht ernsthaft etwas auszumachen. Bevor er fortfuhr, grinste er Leigh an.

„Mehrere Frauen in meiner Familie haben sich Schönheits-OPs unterzogen", sagte er. „Das ist kein Geheimnis. Sie tauschen sich mit ihren Freundinnen beim Mittagessen oder auf Partys über ihre Chirurgen aus. Was das betrifft, gibt es überhaupt kein Tabu." Er spießte etwas Lasagne mit seiner Gabel auf. „Aber mehrere Männer in meiner Familie haben sich auch operieren lassen. Und sie reden nicht darüber. Überhaupt nicht."

„Wer?", fragte Gabriel.

Adam drehte einen imaginären Schlüssel vor seinen zusammengepressten Lippen. „Ich bin zur Verschwiegenheit verpflichtet. Aber ich kann euch sagen, dass die Frauen in meiner Familie kein Problem damit haben, ein paar Wochen oder sogar Monate unterzutauchen, um sich zu erholen. Die Männer gehen damit ganz anders um. Einer meiner Onkel hat eine OP machen lassen. Die Ärzte haben es so geschickt angestellt, dass es sechs Monate lang keiner von uns gemerkt hat. Erst als ich ein Familienfoto von vor ein paar Jahren sah, ist es mir aufgefallen."

„Die Männer wollen ihre Schönheitsoperationen komplett

geheim halten? Nicht einmal ihre Frauen sollen davon wissen?", fragte Ryan.

„Nicht alle Männer, aber einige. Und dieser Ort" – er zeigte auf das Tablet – „bietet solchen Kunden diesen Service. Es ist eher eine Kureinrichtung als ein Krankenhaus. Männer gehen für ihre Operationen hin. Während sie sich erholen, werden sie wie Könige behandelt und dann gehen sie nach Hause. Die Familien glauben, sie seien auf Geschäftsreise gewesen, und merken gar nicht, dass die Männer Implantate im Hintern oder ein Augenlifting oder eine Bauchreduzierung haben machen lassen."

„Man sollte doch meinen, dass die Ehefrauen es merken", sagte Anissa.

„Hängt von den Frauen ab", wandte Gabriel ein.

„Oder vom Eingriff." Adam blätterte auf seinem Tablet zu einer anderen Seite. „Die Fotos, die wir von Claussen und Staton haben, zeigen keine Männer, die sich haben gehen lassen. Ich würde sogar sagen, dass sie für ihr Alter recht jung aussahen. Wenn wir weiterforschen …"

„Was wir tun werden!", warf Sabrina ein.

„… dann würde es mich nicht wundern, wenn diese Männer schon seit einiger Zeit das eine oder andere haben operieren lassen. Und es kann gut sein, dass die Frauen …"

„Die drei Frauen." Gabriel grinste.

„… dass sie gar nichts davon wissen", erklärte Adam. „Wenn man Schönheitschirurgie geheim halten will, dann fängt man am besten jung an, damit die Veränderungen jedes Mal nur gering sind."

„Dann warst du also *doch* unterm Messer", sagte Gabriel.

„Mir geht es um Folgendes: Für den Mann, der seine Operation geheim halten möchte, gibt es hier das volle Programm. Der Flug nach Richmond, der Gang zum Kurzzeitparkplatz. Der unauffällige Wagen, der sie abholt. Alles passt. Und es erklärt, warum sie beide in North Carolina gelandet sind, wo niemand sie vermutet hat."

„Das ist es", sagte Leigh.

„Was?", fragten fünf Stimmen wie aus einem Mund.

„Wir müssen herausfinden, wer dort arbeitet."

„Wie meinst du das?", fragte Ryan.

„Schwestern, technische Assistenten, sogar Ärzte, die unter der Woche in einer Klinik arbeiten, jobben am Wochenende oft zusätzlich im Krankenhaus. Dann machen sie Schichten in der Notaufnahme oder auf der Aufwachstation oder sonst irgendwo im Krankenhaus, um sich noch was dazuzuverdienen."

Gabriel schob seinen Stuhl zurück. „Das heißt, wir haben einen Serienmörder, der Typen umbringt, die Schönheits-OPs machen lassen? Was ist das Motiv?" Er verschwand in der Küche und kam mit dem Whiteboard wieder, das sie vor ein paar Tagen hergebracht hatten.

„Geld?", fragte Leigh.

Gabriel machte sich eine Notiz, aber Adam schüttelte den Kopf. „Glaube ich nicht. Diese Männer haben größere Summen Bargeld abgehoben, das stimmt. Aber das ist alles. Ihre Finanzen sind in Ordnung."

„Was ist, wenn der Killer sie kriegt, bevor sie bezahlen? Ein Raubmord."

„Scheint mir riskant. Die Klinik würde doch wissen, dass mehrere Patienten verschwunden sind …"

„Es sei denn, sie wissen es nicht", wandte Anissa ein.

„Wie meinst du das?"

„Vielleicht sind die Patienten ja nie dort angekommen. Vielleicht arbeitet der Täter in der Klinik und weiß, dass die Leute registriert sind, und ab und zu holt er oder sie die Kunden am Flughafen ab, bringt sie aber gar nicht zur Klinik. Dann heißt es, sie seien gar nicht gekommen. Die Klinik geht davon aus, dass die Patienten einen Rückzieher gemacht haben. Vielleicht hat die Person eine falsche Mailadresse oder ein Wegwerfhandy angegeben und sie können keinen Kontakt aufnehmen. Kann sein, dass manchmal wirklich jemand einen Rückzieher macht. Solange es nur alle paar Monate passiert, merkt das niemand."

„Möglich", sagte Ryan.

Gabriel lachte. „Hast du eine bessere Theorie?"

Ryan schüttelte den Kopf. „Ich weiß nicht. Rache?"

„Wofür?" Gabriel scrollte auf seinem Handy durch einige Seiten. „Zwischen den Männern scheint es keine andere Verbindung zu geben, als dass sie möglicherweise plastische Chirurgie haben machen lassen."

„Vielleicht ist es eine Frau, die Männer hasst", schlug Anissa vor.

Alle drei stöhnten. Leigh lachte. „Das müsste schon ziemlich übler Hass sein."

Sabrina stand auf und flüsterte Leigh ins Ohr: „Darf ich mal das Bad benutzen?"

„Klar, nur zu."

Die Unterhaltung hatte sich noch weitere zehn Minuten um alle möglichen Theorien von schiefgelaufenen Schönheits-OPs bis zu schiefgelaufenen amourösen Verhältnissen gedreht, als Sabrina zurückkam. „Tut mir leid, aber ich muss weg."

Adam sprang auf. Ryan und Gabriel rissen die Augen auf. Anissa zog die Augenbrauen hoch. Leigh drehte sich um und blinzelte ein paarmal.

Sabrina hatte sich völlig verwandelt. Die Brille war weg, ebenso das viel zu große Sweatshirt. Jetzt hatte sie die Haare zu einer eleganten Banane hochgesteckt. Das schwarze Etuikleid, das sie trug, betonte ihre Kurven und die schwarzen Pumps ließen ihre Beine voll zur Geltung kommen.

„Du siehst umwerfend aus", sagte Leigh.

Sabrina wurde rot. „Danke. Ich komme mir total idiotisch vor." Sie wand sich unbehaglich. „Dieses Kleid ist doch albern."

„Es ist klasse, Sabrina", versicherte Leigh ihr. „Ich weiß ja nicht, wo du hinwillst, aber du wirst der Star des Abends sein."

„Meint ihr wirklich, es ist in Ordnung?"

Die Männer bestätigten das lebhaft. Anissa hob den Daumen. „Adam", sagte Leigh, „da drüben im Wandschrank neben der Tür ist ein riesiger Regenschirm. Wie wäre es, wenn du Sabrina zu ihrem Auto begleitest?"

Der arme Kerl fiel beinahe über seinen Stuhl, um zu ihr zu gelangen.

Als er wenige Minuten später wiederkam, wirkte er immer noch ganz benommen.

„Wo geht sie denn hin?", wollte Gabriel wissen.

„Abendessen", antwortete Adam.

„Mit wem? Dem Präsidenten?"

„Fast", sagte er. „Mit dem Geschäftsführer von DOR International."

Ryan stieß einen leisen Pfiff aus.

„Mit wem?", fragte Anissa.

„DOR International ist ein global agierender Hersteller medizinischer Produkte. Der Geschäftsführer ist ein Typ namens Darren Campbell."

„Campbell? Verwandt mit dir?", fragte Leigh.

„Cousin", erwiderte Adam.

„Was wollen die denn von Sabrina?"

„Das ist kein Geschäftsessen", seufzte Adam. „Darren ist frisch geschieden. Er ist erst dreiundreißig. Und Sabrinas Arbeit hat im letzten Jahr seine Unschuld bei einer Geldwäschetransaktion bewiesen."

„Sie geht mit Darren Campbell aus?" Gabriels Bemerkung bescherte ihm einen finsteren Blick von Adam.

„Können wir uns vielleicht wieder darauf konzentrieren, wer es auf diese reichen Kerle abgesehen hat, die sich einer Schönheits-OP unterziehen wollen?“, fragte Adam.

„Hast du Angst, dass du als Nächster dran bist?“

Gabriels Witz brachte sie zu ihrer Diskussion und zu den Mordermittlungen zurück und lenkte von Adams offensichtlicher Verzweiflung ab, die Sabrinas Pläne für diesen Abend in ihm ausgelöst hatten. Erst nach mehreren Minuten wurde Leigh bewusst, dass Gabriel genau das beabsichtigt hatte.

Die Gruppe beschloss, dass Adam alle nötigen Durchsuchungsbeschlüsse besorgen und die Personalakten des Zentrums für plastische Chirurgie mit denen des Carrington Memorial Hospital vergleichen sollte. Sie würden jede Übereinstimmung untersuchen, aber der Jackpot waren irgendwelche Namen, die auch auf Leighs Liste standen.

Ryan und Gabriel beschlossen erneut, in den Gästezimmern zu übernachten, und Leigh hatte nichts dagegen. Auch wenn Beamte das Haus bewachten, war sie lieber nicht allein.

Sie wusste, dass es eigentlich gegen die Regeln verstieß, aber Ryan hatte ihr versichert, dass der Sheriff und sein Hauptkommissar beide wussten, was das Team und er taten, und sie hatten damit kein Problem. Der Sheriff hatte sogar gesagt, er selbst könne ruhiger schlafen, wenn er wüsste, dass jemand fast die ganze Zeit in Leighs Nähe war.

Sie stellte sich vor, wie ihr Dad zustimmend nickte, froh über seine Freunde, die immer noch halfen, sein kleines Mädchen zu beschützen.

„Wir kommen ihm immer näher – oder ihr“, sagte Ryan, als sie sich eine gute Nacht wünschten. „Es wird nicht mehr lange dauern.“

22

Als Ryan am Freitagmorgen ins Büro ging, musste er den tiefen Pfützen ausweichen. Dort angekommen, schüttelte er seine Jacke aus und marschierte geradewegs auf die Kaffeemaschine zu.

Er würde es vor Leigh nie zugeben, aber seit zwei Wochen hatte er nicht mehr gut geschlafen. Wenn er an einem Mordfall dran war, schlief er nie besonders gut. Jetzt, wo es ums Leighs Leben ging, war es ihm nahezu unmöglich, seinen Verstand auszuschalten.

Gestern Nacht war er jedes Indiz in Gedanken noch einmal durchgegangen. Die Leichen. Die Angriffe auf Leigh. Die Verbindung zum Krankenhaus und zur Klinik für plastische Chirurgie.

Irgendwas übersahen sie immer noch.

„Erde an Ryan."

„Hm?"

Anissa stand neben ihm, die Kanne in der Hand. „Ich habe dich gefragt, ob du Kaffee möchtest."

„Oh, ja. Danke."

Anissa füllte seinen Becher und schenkte sich dann selbst noch Kaffee nach. Gemeinsam gingen sie zu ihren Schreibtischen. Ryan stellte seinen Becher in sicherer Entfernung zu seinen Akten ab und ließ sich auf seinen Stuhl fallen.

Gabriel war bereits an seinem Platz und telefonierte mit jemandem.

„Du siehst schrecklich aus", sagte Anissa. „Bitte sag, dass du nicht die ganze Nacht auf warst und mit Leigh geredet hast."

Er warf ihr einen düsteren Blick zu. „Hab ich nicht."

Sie grinste schief. „Was steht denn heute auf der Tagesordnung, Romeo?"

„Die Kollegen in Atlanta und Chicago haben mir ihre Berichte geschickt. Die werde ich durchgehen und sehen, ob ich irgendwas finde, aber …"

„Aber was?"

„Was hältst du von Adams Theorie? Mit den Schönheits-OPs?"

„Im Moment halte ich sie für die beste Spur, die wir haben."

„Stimmt."

„Aber?"

„Ich denke immer noch, dass wir irgendwas übersehen. Irgendwas Wichtiges."

Adam kam hereingestürzt, sein Tablet in der Hand. „Wyatt Jenkins."

„Wer?"

„Wyatt Jenkins. Fachpflegekraft für Anästhesie. Er steht auf Leighs Liste und hat drei Jobs. Carrington Memorial, Carrington Technical College und irgendwas namens Oraios."

„Oraios? Und wieso glaubst du, dass das unsere Klinik ist?", fragte Gabriel.

„*Oraios* ist ein griechisches Wort für schön", erwiderte Adam.

Gabriel warf seinen Stift auf die Schreibtischplatte. „Aber natürlich. Letztens habe ich noch gesagt, dass ich mein Griechisch mal wieder auffrischen sollte."

Adam gab irgendwelche fremd klingenden Worte von sich.

„Wenn ich einen Übersetzer gefunden habe, überlege ich mir eine schlagfertige Antwort", erwiderte Gabriel.

Adam wandte sich an Ryan. „Deshalb war es so schwierig, etwas über PSA herauszufinden. Das ist der juristische Firmenname, aber ich vermute, den haben sie nur zu Beginn benutzt. Dann haben sie beschlossen, sich zu spezialisieren und ihre Marke von PSA zu Oraios zu ändern. PSA ist Oraios."

„Oraios ist nicht annähernd so offensichtlich wie ‚Plastic Surgery Associates‘, wenn es auf der Kreditkartenabrechnung steht“, nickte Ryan. „Das könnte alles Mögliche sein.“

„Genau.“ Adam zeigte auf sein Tablet. „Die Unterlagen von diesem Typen hier zeigen, dass er Vollzeit für Oraios arbeitet. Ein Wochenende im Monat arbeitet er im Carrington und zusätzlich unterrichtet er angehende Pflegekräfte am College. Ich glaube, wir müssen ihn uns näher ansehen.“

„Auf jeden Fall.“

Die nächsten fünf Stunden lief Ryan nur auf Adrenalin. Die Durchsuchungsbeschlüsse trudelten ein und Gabriel, Anissa und er brüteten über allem, was sie finden konnten.

„Wir haben noch nicht genug, um Anklage zu erheben.“ Ryan starrte auf das Whiteboard. „Aber ich glaube, wir haben genug, um ihn zu befragen.“

„Alles, was wir haben, sind Indizien“, sagte Gabriel. „Ja, er arbeitet dort. Aber wir haben keinerlei Bestätigung, dass Claussen und Staton auch nur einen Fuß auf das Klinikgelände gesetzt haben. Und ja, er hätte Zugang zu Leighs Auto haben können, als ihre Bremsleitung zerschnitten wurde, und mit eins achtzig passt er in Sabrinas Profil. Aber in der Nacht hatte er keinen Dienst und wir haben keinen Beweis dafür, dass er dort war.“

„Vielleicht sollten wir uns die Klinik ansehen, bevor wir versuchen, mit ihm zu reden. Uns mal umhören“, schlug Ryan vor.

„Gute Idee. Gehen wir.“ Gabriel sprang auf.

„Ich dachte, Adam sollte mit mir hinfahren“, sagte Ryan.

Gabriel war nicht begeistert. „Willst du damit sagen, dass ich nicht anständig genug bin, um mich unter all den reichen Typen zu benehmen? Ich kann dir sagen, dass ich …“

„Ich habe nicht die geringsten Zweifel, dass du wunderbar dorthin passt“, unterbrach Ryan ihn. „Aber Adam hat sich all die Unterlagen und Namen angesehen. Die Wahrscheinlichkeit, dass ihm eine Verbindung auffällt, ist bei ihm größer als bei dir."

„Dann willst du wohl, dass ich hierbleibe und bei deiner Freundin den Babysitter spiele", sagte Gabriel.

„Ich will nicht mal, dass du in die Nähe meiner Freundin kommst", erwiderte Ryan nur halb im Scherz. „Aber es wäre super, wenn du die Claussen-Ehefrauen noch mal befragen könntest. Erkundige dich nach Schönheitsoperationen. Anissa fragt Mrs Staton ebenfalls danach."

„Na gut."

Ryan drehte sich zu Adam um. „Wie sieht's aus?"

„Ich bin dabei. Gib mir fünf Minuten."

Neunzig Minuten später bogen Ryan und Adam in eine Auffahrt ein, die vor einem großen Tor endete. Ryan zeigte seine Dienstmarke vor. „Parker und Campbell. Wir möchten bitte mit Dr. Wooldridge sprechen", sagte er zum Wachmann.

Das Tor ging auf und Ryan fuhr ganze drei Minuten, bis die Klinik erschien. Sie ähnelte eher einem Hotel als einem Krankenhaus. Selbst im Regen konnte man ein weitläufiges Gelände, Springbrunnen und einen glitzernden Swimmingpool auf einer Seite des Gebäudes sehen.

„Wenn man sich schon Fett aus dem Bauch absaugen lässt, kann man es auch in einer netten Umgebung machen."

„Wohl wahr." Adam begutachtete die Anlage mit einem kritischen Blick.

Ryan legte die Parkstellung ein. „Sag mir, was du siehst."

„Wie meinst du das?"

„Ach, komm schon. Ich weiß, wo du aufgewachsen bist. Ich habe das Haus deiner Eltern gesehen. Und das Haus deiner Großeltern."

Adam sah ihn erstaunt an. „Wann das denn?"

„In meinen ersten zwei Jahren in Uniform habe ich viel im Sicherheitsbereich gejobbt. Bei schicken Partys kann man ganz gut Geld verdienen. Und deine Familie schmeißt schicke Partys." Er zeigte auf das Gebäude vor ihnen. „Das hier ist groß, aber nicht so groß wie das Anwesen deiner Großeltern. Sag mir aus deiner Perspektive, was du siehst."

Adam blickte zum Fenster hinaus. „Es ist schön."

Ryan wartete.

„Die Grünanlagen sind gut gestaltet. Der Pool da drüben ist beeindruckend. Von außen ist es schwer zu sagen, aber ich vermute, sie haben alles getan, was nötig ist, um ihre Zielkundschaft zu beeindrucken. Aber im Moment finde ich die Abgeschiedenheit am faszinierendsten. Das Tor da draußen ist kein Witz. Wenn ich das richtig sehe, braucht man einen Panzer, um das Ding zu durchbrechen, und selbst dann wäre es nicht einfach. Es gibt keine Schilder am Tor und eine lange Zufahrt. Wahrscheinlich wohnen hier in der Gegend Leute, die keine Ahnung haben, dass es diese Klinik gibt. Ich vermute, es gibt einen Sicherheitsdienst, der die Grundstücksgrenzen überwacht, damit keiner reinkommt."

„Das ist alles schön und gut, aber …"

„Es ist der Schlüssel zu allem."

„Da kann ich dir nicht folgen."

„Wenn wir mit Dr. Wooldridge reden, wird ihm die Geheimhaltung am wichtigsten sein. Wenn sie ihre Diskretion verlieren – wenn das ganze Land durch einen Zeitungsbericht von diesem Ort erfährt und die Nachrichtensender und Fotografen vor dem Tor auftauchen? Dann verlieren sie alles."

„Der Schlüssel zu Dr. Wooldridges Kooperation ist also …"

„Uns darauf zu konzentrieren, was er zu verlieren hat."

Und genau deshalb hatte Ryan Adam dabeihaben wollen.

Eine langbeinige Blondine mit Tablet und Headset kam ihnen an der Tür entgegen. „Bitte hier entlang, Officers."

Sie führte sie in einen Besprechungsraum und bot ihnen alles von Mineralwasser bis Cappuccino an, was sie ablehnten.

„Dr. Wooldridge kommt sofort." Sie zeigte auf einen Drücker an der Wand. „Wenn Sie etwas brauchen, klingeln Sie dort." Ihr Blick blieb auf Adam liegen.

„Danke", sagte Adam.

Als die Tür ins Schloss fiel, konnte Ryan seine Belustigung nicht verbergen. „Die würde sofort mit dir ausgehen", sagte er.

„Sie ist nicht mein Typ."

„Ach ja, klar. Du bevorzugst Frauen mit größeren Gehirnarealen."

Die Tür ging auf und ein groß gewachsener Mann in eleganten Hosen und Polohemd trat ein. Das Namensschild, das an seinem Gürtel hing, wies ihn als Dr. Wooldridge aus.

„Timothy Wooldridge", stellte er sich vor und gab erst Ryan und dann Adam die Hand. „Was kann ich für die Herren tun? Ich gestehe, dass unsere Unterhaltung am Telefon mich doch neugierig gemacht hat." Er schenkte sich ein Glas Gurkenwasser ein und nahm auf einem Stuhl Platz.

Ryan schob ein Foto von Harold Claussen über den Tisch. Ein Ausdruck des Wiedererkennens huschte über das Gesicht des Arztes.

„Erkennen Sie diesen Mann?"

Der Arzt nahm einen Schluck von seinem Wasser. „Officer Parker, Sie sind sicher vertraut mit dem Gesetz, das es mir verbietet, irgendwelche Patienteninformationen an Sie weiterzugeben."

„Ich kenne dieses Gesetz. Aber ich habe nicht gesagt, dass er Ihr Patient war."

Dr. Wooldridge stieß einen Laut der Verärgerung aus. „Was hat er gemacht?"

„Er ist tot."

Dr. Wooldridge nahm seine Brille ab. „Tot? Ist das hier so eine Art Hexenjagd wegen angeblicher Kunstfehler? Brauche ich meinen Anwalt?"

„Ich kann Ihnen versichern, dass es damit nichts zu tun hat", erwiderte Ryan. Obwohl, jetzt wo der gute Doktor es erwähnt hatte …

Als Nächstes schob er dem Arzt ein Bild von Staton über den Tisch zu und ließ es neben dem von Claussen liegen.

Dr. Wooldridge betrachtete das Foto. „Ist er auch tot?"

Ryan nickte.

„Ich sage Ihnen im Vertrauen, dass ich diese Männer wiedererkenne. Aber sonst kann und werde ich Ihnen nichts weiter mitteilen."

„Dr. Wooldridge, wir glauben, dass der Mörder dieser beiden Männer noch auf freiem Fuß ist. Wir müssen wissen, ob sie eine Zeit lang hier waren, ob sie das Gelände bei guter Gesundheit verlassen haben und wann sie aus Ihrer Obhut entlassen wurden."

„Es tut mir sehr leid, meine Herren. Mir sind die Hände gebunden."

„Das verstehen wir. Und Sie verstehen sicher, dass wir als nächsten Schritt diese Fotos veröffentlichen werden."

Dr. Wooldridge nickte zustimmend.

„Zusammen mit der Information, wo und mit wem sie zuletzt gesehen wurden." Ryan ließ die Drohung in der Luft hängen.

Dr. Wooldridge sah von ihm zu Adam. Adam wich seinem Blick nicht aus.

„Entschuldigen Sie mich einen Moment", sagte der Arzt schließlich.

Als die Tür sich hinter ihm schloss, tippte Adam etwas in sein Telefon.

„Was machst du da?“

„Ich bitte Sabrina, diesen Typen für uns zu überprüfen. Sie soll nach Kunstfehlerprozessen gucken. Wenn irgendwelche Operationen schiefgelaufen sind, war unser Anästhesiepfleger vielleicht in die Vertuschung der Fälle verwickelt.“

„Ein besseres Motiv haben wir bis jetzt nicht“, sagte Ryan.

Fünf Minuten später kam Dr. Wooldridge zurück. „Haben Sie zufällig Kontakt zu den Familien dieser Männer?“

„Ja.“

„Wenn sie ihre Einwilligung geben, könnte ich mit Ihnen über beide Fälle sprechen, ohne gegen das Gesetz zu verstoßen.“

„Ach ja?“

„Ja. Sie haben bei ihrer Schweigepflichtsentbindung Notfallkontakte genannt. Das ist bei uns Pflicht. Wir machen kein Geheimnis daraus, dass Verschwiegenheit zwar wichtig, aber nicht unsere oberste Priorität ist. Die Gesundheit und Sicherheit unserer Patienten gehen vor. Das sagen wir ganz deutlich. Wenn ein Patient sich weigert, uns die Erlaubnis zu geben, in einem Notfall Angehörige zu informieren, weigern wir uns zu operieren.“

„Wie oft müssen Sie jemanden informieren?“

Dr. Wooldridge lächelte. „Anfang dieser Woche mussten wir einen Anruf tätigen. Einer unserer Patienten hat allergisch auf ein Antibiotikum reagiert. Er wurde ins Krankenhaus nach Raleigh gebracht und wir haben seine Frau informiert.“ Er ging zur Tür. „Wenn Sie die Schweigepflichtsentbindung von den Angehörigen haben, können Sie gerne wiederkommen.“

„Oh, wir gehen nicht“, sagte Ryan. „Wir warten.“

Dr. Wooldridge starrte sie an.

Adam schwenkte sein Telefon. „Habe schon angefragt. Beide Familien waren ausgesprochen hilfsbereit. Es wird sicher nicht lange dauern.“

„Ich schlage sogar vor", fügte Ryan hinzu, „dass Sie schon mal anfangen, die Unterlagen herauszusuchen, das spart nachher Zeit."

Die Anforderung der Informationen kam keine Viertelstunde später. Dr. Wooldridge überreichte ihnen die Akten zehn Minuten danach.

„Nicht medizinisch ausgedrückt", fragte Ryan, „waren die beiden Männer weshalb hier?"

„Mr Claussen und Mr Staton waren beide wegen eines Augenliftings hier."

Ryan nahm eine der dicken Akten. „Das ist eine Menge Papierkram für ein Augenlifting."

Dr. Wooldridge neigte den Kopf ein wenig und spitzte die Lippen.

„Jetzt kommen Sie schon", sagte Adam. „Wir wollen doch nicht Ihren Laden dichtmachen. Aber wenn Sie uns nicht genauer sagen, wann und warum diese Männer hier waren, bringen wir Gerichtsbuchhalter mit und finden es selbst heraus."

Genervt warf der Doktor die Hände in die Luft. „Die Sache wird so oder so mein Ruin sein."

Ryan versuchte gar nicht, seine Verachtung für den Mann zu verbergen. Er sah ihn mit dem unterkühltesten Blick an, dessen er fähig war. Es dauerte nicht lange, bis Wooldridge frustriert seufzte.

„Das war nicht ihr erster Besuch hier. Mr Staton ist seit zehn Jahren mindestens zweimal im Jahr hier. Mr Claussen sogar noch länger. Beide bestehen auf Verschwiegenheit. Wir holen sie an einer bestimmten Stelle auf dem Kurzzeitparkplatz am Flughafen ab. Sie bleiben eine Woche oder länger bei uns. So lange, bis Hämatome oder Schwellungen zurückgegangen sind. Dann fahren wir sie wieder zum Flughafen und sie reisen ab."

„Wann waren sie das letzte Mal hier?"

Der Arzt sah in den Akten nach. „Mr Statons letzter Besuch war vor einem Jahr.“ Er runzelte die Stirn.

„Was ist?“

„Er hätte vor einigen Monaten kommen sollen …“, sagte Dr. Wooldridge.

Ryan beobachtete, wie dem Mann ein Licht aufging.

„Er wurde nicht vor Kurzem umgebracht, oder?“

„Nein.“

Der Arzt nahm die Akte von Harold Claussen zur Hand. „Mr Claussen war vor einem Monat bei uns. Er … er wollte in drei Monaten wiederkommen …“

„Wie behalten Sie Ihre Patienten im Blick, Dr. Wooldridge? Haben Sie andere Stammkunden, die für geplante Eingriffe nicht aufgetaucht sind?“

„Lassen Sie mich mit meiner Sekretärin reden“, erwiderte er.

„Was ist mit Ihrer Verschwiegenheitspolitik?“

Dr. Wooldridges ursprüngliche arrogante Haltung war verschwunden. Der Mann, der jetzt vor ihnen stand, war sichtlich erschüttert. „Wenn jemand es auf meine Patienten abgesehen hat, könnte ich doch als Nächstes auf der Abschussliste stehen.“

Immer noch selbstbezogen. Aber wenigstens war er jetzt kooperativ.

Eine Stunde später hatten sie drei Namen mit der Bitte an Sabrina geschickt, sie mit Vermisstenfällen und der neuen Leiche aus Chatham County zu vergleichen.

Außerdem hatten sie bestätigt, dass Wyatt Jenkins an den letzten Eingriffen sowohl bei Claussen und Staton beteiligt gewesen war. Aber das musste nichts heißen. Das OP-Team war hier sehr klein. Es gab insgesamt drei Chirurgen, die sich abwechselten. Es gab nur einen Anästhesisten, eine Fachpflegekraft für Anästhesie, eine chirurgisch-technische Assistentin, eine Radiologietechnikerin und zwölf Krankenschwestern und

-pfleger, die in den OPs arbeiteten oder in der Vorbereitung oder Nachbetreuung.

„Ist Ihr chirurgisches Personal heute hier?"

„Nein. Montags machen wir in der Regel Beratung, Operationen am Dienstag, Mittwoch und Donnerstag. Der Freitag dient der Erholung."

„Okay. Wir müssen mit Ihren Angestellten sprechen. Mit allen. Reinigungskräfte, Küche, Hausmeister. Mit allen, die hier arbeiten."

„Natürlich. Ich kann Ihnen die Telefonnummern und Adressen besorgen."

„Das wäre super."

Als der Arzt den Raum verließ, wandte Ryan sich an Adam. „Wir müssen uns auf die Angestellten hier konzentrieren und auch auf diese drei Patienten."

Adam warf einen Blick auf sein Handy und wurde blass. „Ich habe die drei Namen an Sabrina geschickt, und sie hat sich gleich darauf gestürzt."

„Und?"

„Alle drei Männer werden als vermisst gemeldet."

Die nächsten Stunden vergingen wie im Flug. Telefonate, Aktenrecherche, Durchsuchungsbeschlüsse wurden beantragt. Der Richter war ebenfalls der Meinung, dass sie berechtigte Gründe hatten, Grundstück und Haus von Wyatt Jenkins zu durchsuchen und ihn offiziell zu befragen.

Aber erst einmal mussten sie ihn finden.

An seinem Haus und im Carrington Hospital warteten Beamten auf ihn, aber dann erhielten sie die Information, dass seine Kreditkarte benutzt worden war.

Er war in Raleigh.

Der Hauptkommissar war mit einem Lieutenant in Raleigh eng befreundet. Ein kurzer Anruf führte dazu, dass Beamte

Jenkins in einem Restaurant ausfindig machten. Er versuchte zu fliehen und rannte durch die Küche zum Hinterausgang hinaus, wo er in die Arme eines Polizisten mit gezogener Waffe lief.

Jenkins ergab sich auf der Stelle. Zwei uniformierte Beamte wurden geschickt, um ihn abzuholen und zur Vernehmung nach Carrington zu bringen.

Ryan wäre selbst gefahren, um ihn zu holen, aber er wusste, dass seine Zeit im Büro sinnvoller eingesetzt war. Vor allem nachdem die Gerichtsmedizin von Chatham County berichtet hatte, dass der Tote, den sie geborgen hatten, irgendwann ein neues Knie bekommen hatte. Die Unterlagen zu den drei Patienten der Schönheitsklinik hatten ergeben, dass einer von ihnen chirurgische Narben am Knie hatte, die zu einer solchen Operation passten.

Er hatte sogar einen anderen Ermittler der Mordkommission gebeten, mit Dante und seinen Forensikern zu Wyatt Jenkins Haus zu gehen. So gerne Ryan mit eigenen Augen gesehen hätte, was für Beweise die Spurensicherung fand, musste er jetzt erst mal mit Wyatt Jenkins reden.

Vor einer Stunde hatte Ryan Leigh angerufen und ihr von den jüngsten Entwicklungen berichtet. Er wusste, dass sie es leid war, zu Hause festzusitzen, und sagte ihr nur ungern, dass er sie an diesem Abend nicht würde sehen können. Aber wenn Wyatt Jenkins ihr Täter war, dann war es mehr als lohnenswert, einen gemeinsamen Freitagabend zu verpassen, aber dafür ihr Leben zurückzugewinnen.

23

Ryan nahm im kleinen Vernehmungsraum gegenüber von Wyatt Jenkins Platz.

„Ich weiß nicht, was ich angeblich getan haben soll, aber ich kann Ihnen versichern, dass ich unschuldig bin“, sagte Wyatt. „Ich bin freiwillig hier.“

„Nachdem Sie erst vor der Polizei geflohen sind.“

„Ich habe friedlich zu Abend gegessen, als plötzlich zwei Polizisten auftauchten. Was sollte ich denn machen?“

„Ich weiß nicht. Mit ihnen kommen?“

„Sie haben mich total überrumpelt.“ Wyatt rutschte unruhig auf dem Metallstuhl hin und her. „Worüber wollen Sie denn überhaupt mit mir reden?“

Ryan schob das Foto von Harold Claussen über den Tisch. „Erkennen Sie den?“

„Sollte ich?“

„Er war vor einem Monat bei Ihnen im Operationssaal.“

Wyatt betrachtete das Foto. „Was hat man denn bei ihm gemacht?“

„Spielt das eine Rolle?

„Ja, schon. Ich bin für die Anästhesie zuständig, aber die Ärzte machen viel im Gesicht der Patienten. Auch wenn ich dicht dran bin, ist das meiste oft mit Markierungen bedeckt, ganz zu schweigen von den Masken und dem Sauerstoff, den ich benutze, um die Atemwege offen zu halten. Sie zeigen mir ein Bild von einem Typen in Anzug und Krawatte und sagen, ich soll ihn als eins von dreißig Gesichtern erkennen, die im letzten Monat bei uns auf dem OP-Tisch gelegen haben? Sie verlangen nicht viel, was?“

Es ärgerte Ryan, dass der Mann nicht ganz unrecht hatte. Er schob ein Foto von Leigh über den Tisch.

Wyatt musterte das Foto länger, als es Ryan lieb war. „Hübsche Frau."

„Darum geht's hier nicht."

Wyatt runzelte die Stirn. „Warten Sie mal. Sie ist nicht tot, oder?"

„Wer hat hier irgendwas davon gesagt, dass jemand tot ist?"

Wyatt griff an seine Ohren. „Die hier funktionieren ziemlich gut. Ich weiß, dass ihr an einem Mordfall arbeitet." Er zeigte auf Leighs Bild. „Im Ernst, ist ihr was passiert? Ich kenne sie aus dem Carrington Hospital. Nett. Gute Schwester. Die Ärzte sind alle begeistert von ihr."

„Aber Sie kennen sie nicht persönlich?"

„Nur vom Hallo-Sagen auf dem Flur oder vielleicht mal einer Bemerkung übers Wetter im Pausenraum, wenn ich mir einen Kaffee hole. Aber wenn ich ihr im Kino oder beim Einkaufen über den Weg laufe, würde ich sie nicht grüßen."

„Wo waren Sie Samstagnacht vor zwei Wochen?"

Wyatt starrte auf den Tisch. „Ich weiß nicht. Wahrscheinlich zu Hause?" Ryan wartete, während Wyatt murmelnd die Tage zurückrechnete. „An dem Wochenende hatte ich frei", sagte er. „Und bin zu Hause geblieben."

„Kann irgendjemand bestätigen, dass Sie zu Hause waren?"

Wyatt schüttelte den Kopf. „Ich wohne allein. Meine Nachbarn könnten mich gesehen haben. Aber sonst nicht."

Ryans Telefon vibrierte. Er warf einen Blick darauf. „Warten Sie kurz."

Auf dem Flur standen Gabriel und Anissa. „Wir haben eine interessante Bankenaktivität bei Mr Jenkins gefunden", sagte Anissa.

„Mit *interessant* meint sie: Wo hat ein Anästhesiepfleger im

Laufe von siebzehn Monaten plötzlich zweihunderttausend Dollar her?"

„Irgendeine Vermutung?", fragte Ryan.

Anissa zeigte auf das Blatt Papier in ihrer Hand. „Vor einem Monat wurden zehntausend Dollar bar eingezahlt."

„Als Claussen getötet wurde", fügte Gabriel hinzu.

„Ihr glaubt, er nimmt das Bargeld, das für die OPs bestimmt war? Steckt es ein und bringt sie um?", fragte Ryan.

Anissa zuckte mit den Schultern. „Ich weiß nicht. Die Bareinzahlungen fingen mit kleineren Summen an. Nichts Verdächtiges. Aber im Laufe der Zeit wurden die Beträge größer und im letzten Jahr hat er jeden Monat alles Mögliche zwischen fünf- und zwanzigtausend eingezahlt – in bar."

Gabriel klatschte in die Hände. „Also, er bringt nicht jeden Monat einen Patienten um. Aber was ist, wenn er den Männern das Geld abnimmt und es nach und nach einzahlt, um nicht aufzufallen?"

„Könnte sein", gab Ryan zu.

„Reicht es, um ihn festzuhalten?"

„Seine Statur passt zu dem Profil, das Sabrina uns für die Person in der Tiefgarage gegeben hat."

Wieder vibrierte Ryans Telefon. Er zeigte erst Anissa und dann Gabriel das Bild.

Eine Kettensäge mit einem frischen Sägeblatt, aber mit leuchtenden Flecken von dem Spray, mit dem die Spurensicherung auf Blut getestet hatte.

„Zeit, Mr Jenkins ein bisschen Feuer unterm Hintern zu machen", sagte Ryan. *Hilf mir zu erkennen, ob er unser Täter ist. Hilf uns, den Fall aufzuklären,* flüsterte er, bevor er die Klinke zum Vernehmungsraum hinunterdrückte.

In diesem Moment ging die Tür zum Vernehmungsraum auf und der junge Beamte, den er drinnen zurückgelassen hatte, sah ihn mit panischem Blick an. „Ich brauche Hilfe!"

Als Ryan in den Raum eilte, entdeckte er Wyatt Jenkins auf dem Boden liegend. Ryan kniete sich neben ihn und griff sein Handgelenk. Kein Puls.

„Was ist passiert?"

„Ich weiß nicht! Er hat ganz ruhig dagesessen. Dann hat er in seine Tasche gegriffen. Ich habe ihm gesagt, er soll die Hände dort lassen, wo ich sie sehen kann. Er … er meinte, es ist nur ein Bonbon."

Das Video von der Überwachungskamera würde die Aussage des jungen Kollegen bestätigen. Die eigentliche Frage war, wie Wyatt Jenkins es geschafft hatte, eine Giftkapsel in seiner Jacke hereinzuschmuggeln. Und was hatte er Schlimmes getan, dass er auf keinen Fall ins Gefängnis wollte?

Leigh hatte Ryan seit mehr als vierundzwanzig Stunden nicht mehr gesehen. So lange wie nie, seit das Drama vor zwei Wochen begonnen hatte.

Zwei Wochen. Wie verrückt, dass Ryan heute vor zwei Wochen an ihre Tür geklopft hatte, sein schwarzes Haar nass glänzend und mit einem Lächeln auf den Lippen, bei dem sich Leighs Magen zusammenzog und ihre Handflächen feucht wurden. Dafür, dass der Frühling gerade erst begonnen hatte, war es ein warmer Tag gewesen. Sonnig.

Heute hing der Himmel voll dunkler, schwerer Wolken. Der See trug weiße Schaumkronen, so weit sie sehen konnte. Es hieß, es würde noch achtundvierzig Stunden weiterregnen. Dabei war der Boden schon gesättigt. In einem großen Teil von North Carolina waren Überschwemmungswarnungen ausgerufen worden.

Es klopfte an der Tür. Sofort sprang Leigh auf. Als sie öffnete und Ryans Lächeln erblickte, machte ihr Bauch mal wieder einen kleinen Purzelbaum. Sogleich schmiegte sich Leigh in seine wartenden Arme und genoss seine feste Umarmung. Dann hoben seine Hände ihr Gesicht an und seine Lippen fanden ihre. Sanft und zärtlich, kaum mehr als eine flüchtige Berührung.

„Hi“, sagte er, die Hände immer noch um ihr Gesicht gelegt.

Leigh antwortete nicht. Während der Regen auf das Verandadach trommelte, ließ sie ihre Hände über sein Gesicht, sein Kinn, seine Haare wandern, bevor sie ihn wieder an sich zog. „Hi“, flüsterte sie dicht an seinen Lippen.

„Wir sollten besser reingehen“, sagte Ryan jetzt.

„Warum? Es ist doch vorbei.“

„Es ist aber auch nass und kalt“, grinste er.

„Mir ist nicht kalt.“

Ryan stöhnte. „Du bist eine gefährliche Frau, Leigh Weston.“ Er lachte und drehte sie um, bevor er sie ins Haus schob.

Dort zog Ryan seine Jacke aus und hängte sie über die Stuhllehne. Dann nahm er Leighs Hand und zog sie ins Wohnzimmer, wo er mit ihr in den riesigen Sessel sank. Gebannt lauschte sie, als Ryan die Ereignisse des vergangenen Tages schilderte und mit dem dramatischen Tod von Wyatt Jenkins endete.

„Ich kann nicht fassen, dass er sich das Leben genommen hat.“

„Ich auch nicht. Er wirkte zu gewieft, um unschuldig zu sein, aber ich war auch nicht von seiner Schuld überzeugt. Wahrscheinlich war er deshalb so erfolgreich. Er konnte Menschen glauben machen, er sei harmlos.“

„Bis zu dem Zeitpunkt, an dem er ihnen den Kopf abgehackt hat“, sagte Leigh.

„Genau.“

„Das heißt, er war es?“

„Es sieht auf jeden Fall so aus.“

„Du klingst nicht überzeugt."

„Es gefällt mir nicht, dass ich ihn nicht fragen kann, was er vorhatte. Warum er es getan hat. Wie er es getan hat. Wo er es getan hat. Dieser Fall mag offiziell abgeschlossen sein, aber er ist alles andere als aufgeklärt. Wir haben irgendwo da draußen noch zwei Leichen. Und wer weiß, ob sie die einzigen anderen Opfer waren."

Leigh strich die Sorgenfalte auf Ryans Stirn glatt. „Du wirst sie finden", sagte sie.

„Das hoffe ich."

Vertrauensvoll kuschelte Leigh sich an ihn und er legte die Wange an ihren Kopf. Mit seinem Herzschlag in ihrem Ohr und seinem Arm um ihre Schultern spürte Leigh, wie sein Brustkorb sich seufzend hob und senkte. Sie löste sich aus seiner Umarmung und blickte in sein besorgtes Gesicht. „Was ist?"

„Hmm? Ach, nichts. Ich denke nur nach."

„Worüber?"

Ryan gab ihr einen Kuss auf die Stirn. „Dich."

„Und diese Gedanken lösen einen solchen Seufzer aus?"

„Ich warte darauf, dass du Vernunft annimmst."

„Meine Vernunft funktioniert einwandfrei."

„Die letzten beiden Wochen waren traumatisch."

Leigh wich ein Stück zurück. „Willst du mir gerade sagen, dass du Vernunft angenommen hast?" Sie versuchte sich für das zu wappnen, was als Nächstes kommen würde.

„Leigh. Ich liebe dich schon seit der Highschool."

Leigh verschlug es die Sprache. Ungläubig sah sie Ryan an.

„Du wusstest das nicht?", fragte er.

Sie schüttelte den Kopf.

„Dann bist du wahrscheinlich die Einzige. Rebecca war es die ganze Zeit klar. Ich vermute, Kirk hätte es auch gewusst, wenn er bereit gewesen wäre, es überhaupt in Erwägung zu ziehen."

„Ich werde ihn umbringen."

„Er hat versucht, dich zu beschützen."

„Vor dir?"

Ryan zuckte mit den Schultern. „Ich bin mir nicht sicher, ob ich als Achtzehnjähriger für dich als Fünfzehnjährige besonders gut gewesen wäre."

Das hätte Leigh gerne selbst herausgefunden.

„Und wo wir schon dabei sind: Ich bin mir auch nicht sicher, ob ich als Dreiunddreißigjähriger der Richtige für dich als Dreißigjährige bin."

Eis schoss durch Leighs Adern. „Wovon redest du?"

„Du hast ja gesehen, wie die letzten Wochen gelaufen sind. Eilige Ermittlungen verlangen meinen ganzen Einsatz. Wie wirst du damit fertigwerden, wenn ich bis Mitternacht arbeite oder nur nach Hause komme, um kurz zu duschen? Und wenn ich zu Hause bin, meine Gedanken aber eigentlich ganz woanders sind, weil ich versuche, mich in den Kopf eines Killers hineinzuversetzen?"

Ryan streckte die Hand nach Leighs Haaren aus und wickelte eine Strähne um seine Finger. „Ich will nicht, dass du irgendetwas bereust. Und du sollst niemals das Gefühl haben, dass du nicht mehr aus der Sache rauskommst."

Warum sagte er das? „Glaubst du, ich sitze aus Dankbarkeit hier bei dir? Dass ich nicht längst ... schon immer ..."

Offenbar wusste Ryan es wirklich nicht. Leigh hatte ihre Gefühle für ihn für so offensichtlich gehalten. Aber das waren sie wohl doch nicht gewesen. Ja, sie hatte ihn geküsst, aber vielleicht war ihm nicht bewusst, wie heilig ihr das gewesen war.

Ryan spielte weiter mit ihrem Haar, hielt den Blick aber gesenkt.

„Ich glaube, ich sollte dir etwas sagen."

Ryan erstarrte.

„Es ist nichts Schlechtes."

Jetzt sah er sie an. „Was willst du mir sagen?“

Zwischen ihnen vibrierte sein Handy. Leighs Smartphone gab auf dem Tisch zeitgleich einen Nachrichtenton von sich.

Sie stöhnten auf und griffen nach ihren Handys.

Als Leigh die Nachricht las, riss sie die Augen auf und sah Ryan an. „Ich muss los.“

„Leigh …“

„Er ist tot. Ich bin nicht mehr in Gefahr und ich bin auch für niemand anderen eine Gefahr.“

Ryan sah wieder auf sein Handy. Er wusste, dass sie beide dieselbe Nachricht erhalten hatten. Der Distrikt hatte einige Jahre zuvor ein System eingeführt, in dem alle Telefonnummern von Ärzten, Krankenschwestern, Rettungssanitätern, Feuerwehrleuten und Polizeibeamten gespeichert waren. So konnte im Falle einer Katastrophe ein Notruf an alle geschickt werden. Die Testphase war längst vorbei.

Dies war also kein Test. Der Notruf war echt.

„Ich fahre dich zum Krankenhaus“, sagte Ryan. „Bitte verlass die Notfallstation nicht ohne mich.“

Seine Besorgnis war wirklich unnötig, aber Leigh widersprach nicht. „Ich brauche drei Minuten.“ Sie rannte in ihr Zimmer und zog ihre Arbeitskleidung an.“

Kurz darauf war sie wieder unten und sah Ryan an der Tür stehen. „Bist du so weit?“

„Ja, wir können.“

24

Leigh lauschte den Stimmen der Polizeibeamten über Ryans Funkverbindung, während sie durch die Straßen von Carrington flogen.

Die Einzelheiten waren unklar, aber die ersten Berichte deuteten darauf hin, dass ein Minivan auf der Autobahn in Aquaplaning geraten war. Offenbar hatte er einige andere Fahrzeuge in Mitleidenschaft gezogen, bevor er in die Mittelleitplanke geschlittert war. Auf der regennassen Autobahn hatten Pkw- und Lkw-Fahrer gebremst und versucht, den beschädigten Fahrzeugen auszuweichen. Ein Sattelschlepper mittendrin war quer zur Fahrbahn zum Stehen zu kommen; die Wagen nach ihm wurden dadurch in einen zweiten Crash verwickelt, sodass es zu unzähligen Auffahrunfällen gekommen war.

Noch schlimmer war, dass es bereits Berichte von drei Todesopfern gab und jeder Krankenwagen im County Verletzte zum Carrington Hospital brachte. Die Unfallchirurgien in den umliegenden Bezirken waren benachrichtigt und mindestens drei Helikopter versuchten, zu den Opfern durchzukommen. Aber das Wetter erschwerte ihre Bemühungen zusätzlich.

Ryans Job würde es sein, dort zu helfen, wo er gebraucht wurde – von der Verkehrskontrolle bis zur Befragung der Beteiligten.

Sie hielten an der roten Ampel vor dem Krankenhaus. „Hast du eine Regenjacke?“, fragte Leigh.

„Machst du dir ernsthaft Sorgen darüber, ob ich nass werde?“ Ryans Blick blieb an ihrem Hals hängen.

„Ich bin drinnen in Sicherheit. Du wirst bei diesem Monsun draußen sein, und überall um dich herum fahren Autos. Da bist du viel größeren Gefahren ausgesetzt als ich."

Ryan hielt vor dem Eingang zur Notaufnahme. „Ich habe mein Handy dabei", sagte er. „Halte du deins auch griffbereit, ja?"

Leigh streckte die Hand nach dem Türgriff aus, aber er zog sie zurück und küsste sie. Hungrig. Verzweifelt. Durch die Berührung konnte Leigh seine Angst spüren.

„Bitte sei vorsichtig. Ich kann ohne dich nicht leben", flüsterte er.

Sein Geständnis ließ sie erstarren, aber nur eine Sekunde lang.

„Das musst du auch nicht." Leigh beobachtete, wie ein Ausdruck des Staunens über seine Züge huschte. „Komm mich abholen, wenn du fertig bist", bat sie.

Dann stieg sie aus und rannte hinein. Kaum hatte sie ihren Dienstausweis über den Scanner gezogen, um die Station zu betreten, verflogen alle Gedanken an Küsse und Liebe und die Zukunft, die sie haben könnte.

„Leigh!", rief Keri vom Ende des Ganges. „Ich brauche Hilfe."

Leigh rannte zu ihrer Freundin und drückte eine Kompresse auf eine klaffende Wunde am Kopf eines Teenagers. „Bin ich froh, dass du da bist", sagte Keri. „Es sind einige Kinder hier – und ihre hysterischen Eltern. In der Vier ist eine schwangere Frau." Traurig schüttelte Keri den Kopf. Offensichtlich war die Frau in keinem guten Zustand. „Es ist alles dabei – von gebrochenen Knochen und Kopfverletzungen bis hin zu Schleudertrauma und Abschürfungen."

Leigh sah den Jugendlichen an, dessen Kopfwunde immer noch heftig blutete. „Weißt du, wo deine Eltern sind?"

Er war den Tränen nah. „Nein", sagte er. „Ich … ich weiß nicht, was passiert ist."

„Schon gut", beruhigte sie ihn. „Ich sorge dafür, dass du behandelt wirst, und dann helfe ich dir, sie zu finden. Halt dich einfach an mich, okay?“

In den nächsten drei Stunden hatte Leigh keine Zeit, an irgendetwas anderes zu denken als an die Patienten, die sich in ihrer Obhut befanden. Die normale Zeit für den Schichtwechsel verstrich, aber niemand kam oder ging. Alle, die da sein konnten, waren bereits in die Notaufnahme gekommen, und niemand wagte es, in dieser Situation zu gehen. Wenn die Lage sich beruhigte, würden sie überlegen, wer den Nachtdienst übernehmen konnte – obwohl sie angesichts der Zahl der Patienten im Wartezimmer wahrscheinlich sowieso erst morgen dazu kommen würden.

Leigh war noch nie so stolz auf ihre Arbeit und auf ihr Team gewesen wie in dieser Nacht. Selbst mitten in Schrecken und Trauma lief die Zusammenarbeit gut und es war wunderbar, die Fähigkeiten dieser Menschen zu sehen. In dieser Situation verschwammen die Grenzen zwischen Ärzten, leitenden Schwestern, Pflegern und technischen Assistenten, weil alle taten, was nötig war, ohne Rücksicht darauf, ob es in ihrer Stellenbeschreibung stand oder nicht.

In einer freien Sekunde lehnte Leigh sich an die Wand und zog ihr Telefon aus der Tasche. Sie würde Ryan eine Nachricht schreiben. Die Worte flossen nur so aus ihrem Herzen auf das Display.

„Leigh!“, ertönte plötzlich eine Stimme im letzten Zimmer des Ganges. „Kannst du mir helfen?“

„Klar.“

Die Liebesnachricht musste warten. Leigh schob das Handy in ihre Tasche und wich Menschen, Betten und Rollstühlen aus, während sie sich durch den Gang schlängelte.

„Was kann ich tun?“, fragte sie, als sie den Raum betrat. Gleich hinter der Tür blieb sie stehen. Wo war der Patient?

Alle Instinkte schalteten auf Alarm. Erschrocken wich sie

zurück. Dabei stieß sie gegen jemanden, der hinter ihr stand. „Oh, Entschuldigung“, murmelte sie.

„Kein Problem.“

Leigh blinzelte ein paarmal. Warum war alles so verschwommen?

„Du siehst etwas mitgenommen aus“, sagte die Stimme. „Setz dich doch.“

Nein. Sie musste nicht sitzen. Sie musste zur Schwesternstation zurück. Miss Edna würde wissen, wer sie gerufen hatte.

Doch warum funktionierten ihre Füße nicht?

Sie spürte, wie etwas gegen sie prallte. Oder nein. Sie war gegen die Wand gelaufen.

„Jetzt komm schon. Mach es doch nicht unnötig schwer.“

O nein. Nein. Nein.

Leigh versuchte, sich von den Händen zu befreien, die sie in den Raum schoben. Wenigstens glaubte sie, dass es der Raum war. Lag sie? Warum lag sie in einem Bett? Oder saß sie auf einem Stuhl?

Sie hatte Mühe, die Augen offen zu halten. Ihre Umgebung wahrzunehmen. Konnte Ryan sich vielleicht geirrt haben? War der Killer gar nicht ihr Stalker? Waren es die ganze Zeit zwei Personen gewesen und nicht eine?

Würde sie sterben?

25

Um zwei Uhr morgens fuhr Ryan in die Auffahrt zur Notaufnahme, sprang aus dem Auto und rannte ins Krankenhaus. Wenn er Leigh fand, würde er ihr die Leviten lesen, weil sie nicht zurückgerufen hatte.

Nachdem er sie geküsst hatte.

Man musste schließlich Prioritäten setzen.

Das Wartezimmer war voller Menschen, die alle ziemlich mitgenommen aussahen, aber nicht so, als würden sie gleich sterben. Ausgehend davon, wie die letzten acht Stunden auf der Autobahn verlaufen waren, konnte er sich vorstellen, wie hektisch es hier gewesen sein musste.

Der Wachmann winkte ihn durch und Ryan lief direkt zur Schwesternstation. Dort stützte er sich auf den Tresen und wartete darauf, dass Miss Edna von ihrem Computerbildschirm aufblickte.

„Ich sehe, dass Sie dort stehen und meinen ganzen Fußboden volltropfen, Officer Parker", grummelte sie. „Kann ich was für Sie tun oder suchen Sie Leigh?"

Ryan musste einfach lachen. „Ich suche Leigh und will Ihnen nicht in die Quere kommen."

„Hab sie eine Weile nicht mehr gesehen. Sie ist bestimmt irgendwo. Gehen Sie und finden Sie Ihr Mädchen, aber ziehen Sie zuerst die nasse Jacke aus und hängen Sie sie in den Pausenraum."

„Ja, Ma'am."

Ryan trat in den Pausenraum und hängte seine Jacke auf. Er drehte sich gerade um, als Keri hereinkam und tränenüberströmt an der Wand herunterrutschte. „Ist alles in Ordnung, Keri?"

„Nein“, sagte sie ohne weitere Erklärung. „Bitte geh.“

Ryan war hin- und hergerissen. Er wollte helfen, aber wahrscheinlich weinte Keri entweder wegen eines bestimmten Patientenschicksals oder weil der Stress dieser Nacht sie so mitnahm. Vielleicht brauchte sie einfach ein paar ungestörte Minuten, um sich wieder zu sammeln.

Trotzdem gefiel ihm der Gedanke nicht, sie dort zurückzulassen.

„Mir geht es gut, Ryan. Geh und such Leigh. Und nein, ich weiß nicht, wo sie ist. Es ist chaotisch hier.“ Sie wischte sich übers Gesicht und lehnte den Kopf an die Wand.

„Okay“, erwiderte Ryan, drückte ihre Schulter und erntete ein schwaches Lächeln. Dann ging er den Flur in eine Richtung hinunter. Von Leigh war nichts zu sehen.

Angst zog Ryan den Magen zusammen, aber er kämpfte dagegen an. Wyatt Jenkins war tot. Er konnte nichts Böses mehr tun. Leigh war nicht in Gefahr, und wenn er überreagierte, würde das ihrer Beziehung nicht guttun.

Ihrer Beziehung. Das klang gut.

In diesem Moment vibrierte Ryans Telefon und sein Puls beschleunigte. Vielleicht – aber nein. Nicht Leigh. Gabriel.

„Parker.“

„Wo ist Leigh?“

„Wie meinst du das?“, fragte Ryan.

„Ich meine, hast du sie gesehen? Mit ihr gesprochen?“

„Noch nicht.“

„Du musst sie sofort finden“, sagte Gabriel.

„Du machst mir Angst, Mann. Was ist los?“

„Wyatt Jenkins war nicht der Killer.“

Ryan blieb mitten auf dem Korridor stehen. „Wie bitte?“

„Adam hat den ganzen Tag an Wyatts Finanzen gesessen. Sabrina hat eine gemeinsame IP-Adresse oder so was gefunden. Ich bin mir nicht sicher, wie sie es gemacht hat, aber irgendwie hat sie herausgefunden, woher das Geld stammte. Wyatt hat mit Drogen gedealt. Eine Menge. Und als sie der Spur gefolgt ist, hat Sabrina Videoaufnahmen von ihm in Raleigh gefunden, und zwar in der Nacht, als Leighs Bremsen sabotiert wurden. Er kann es nicht gewesen sein."

„Was ist mit dem Blut an der Kettensäge?"

„Tierblut."

Ryan rannte über den Flur und stürmte in die Zimmer. „Haben Sie Leigh gesehen?", fragte er jeden.

Jedes Mal bekam er dieselbe Antwort. „Nein."

„Adam soll Leighs Telefonsignal verfolgen", sagte er zu Gabriel. „Ich bin auf dem Weg zum Sicherheitsdienst, um zu sehen, ob wir sie im Krankenhaus finden."

„Mach ich. Ich melde mich wieder." Die Dringlichkeit in Gabriels Stimme machte ihm beinahe ebenso viel Angst wie alles andere. Gabriel machte sich ganz offensichtlich Sorgen.

Und Gabriel machte sich nie Sorgen.

Ryan rannte zur Schwesternstation und hielt sich nicht mit Förmlichkeiten auf. „Miss Edna, wir können Leigh nicht finden. Wenn Sie sie sehen, sagen Sie ihr bitte, sie soll mich sofort anrufen."

Während er sprach, wandelte Miss Ednas Miene sich von verärgert zu besorgt.

„Finden Sie unser Mädchen", rief sie ihm nach, als er über den Flur zurückrannte.

Es dauerte zwei Minuten, bis er das Büro des Sicherheitsdienstes erreicht hatte. Einer der Wachmänner stand in der Tür. Der Mann war sonnengebräunt und musste der Kollege sein, der auf Hawaii gewesen war. „Miss Edna hat uns angerufen", sagte er. „Sie sagt, Leigh wird vermisst. Wir rufen gerade die Videoaufnahmen von der Notfallstation auf."

Ryans Augen brannten, als er Leigh gleich nach ihrer Ankunft auf dem Bildschirm sah. Sie sprach mit Miss Edna.

Dann lief sie den Gang hinunter. Im Schnelldurchlauf vollzogen sie ihre Aktivitäten während der folgenden sechs Stunden nach. Um halb elf lehnte sie einen Moment an einer Wand, ihr Gesichtsausdruck eine Mischung aus Erschöpfung und Zufriedenheit.

Wie gerne er gewusst hätte, was sie in diesem Augenblick gedacht hatte.

Sie hatte ihr Handy aus der Tasche gezogen, und es sah aus, als würde sie jemandem eine Nachricht schreiben.

Dann blickte sie auf, so als hätte jemand ihren Namen gerufen. Sie ging den Flur hinunter und betrat Zimmer Nr. 23. Nach fünf Sekunden kam sie rückwärts wieder heraus und stieß gegen jemanden. Dann ging sie erneut in den Raum hinein.

Fünf Minuten später kam eine Person in Schwesternkleidung mit einer fahrbaren Liege aus dem Raum. Der Körper auf der Liege war mit einer Decke zugedeckt.

Leigh folgte der Liege nicht.

Und in den nächsten dreißig Minuten verließ sie auch nicht den Raum.

„Spulen Sie zurück und folgen Sie der Liege." Der Wachmann wechselte zu einer anderen Kamera und spulte vor, bis die Zeitanzeige auf 22.15 Uhr stand.

„Da." Ryan zeigte auf den Bildschirm. Dieselbe Person mit der Liege.

Sie folgten der Liege den Gang hinunter und in einen anderen Raum. Fünfzehn Minuten später ging die Tür auf und Leigh erschien in einem Rollstuhl. Die Person, die den Rollstuhl schob, trug immer noch Krankenhauskleidung und einen Mundschutz, aber Leigh schien in Zivil zu sein. Ihr Kopf hing zur Seite, als schliefe sie.

Andere Kameras und Blickwinkel zeigten die Reise der beiden durch das Krankenhaus und zum Hinterausgang hinaus.

„Auf dieser Seite des Gebäudes sind viele Büros“, sagte der Mann vom Sicherheitsdienst. „An den Wochenenden werden diese Eingänge nicht oft benutzt.“

Ryans Telefon vibrierte.

„Was gibt's, Gabriel?“

„Adam sagt, Leighs Telefon hat zuletzt im Krankenhaus ein Signal abgegeben, aber jetzt ist es ausgeschaltet. Er kann es nicht finden.“

Ryan berichtete, was er auf den Videoaufnahmen gesehen hatte.

„Ich komme“, sagte Gabriel.

Ryan widersprach ihm nicht. Er war zu sehr damit beschäftigt, voller Entsetzen zu beobachten, wie Leigh in den strömenden Regen hinausgeschoben und hinten in einen Minivan geladen wurde. Der Entführer – er weigerte sich, ihn in diesem Fall als Mörder zu bezeichnen – faltete den Rollstuhl mit schnellen Bewegungen zusammen und warf ihn ebenfalls in den Wagen, bevor er zur Fahrerseite lief. Innerhalb weniger Sekunden war er von der Bildfläche verschwunden.

„Können Sie etwas von dem Nummernschild erkennen?“, fragte Ryan.

„Es ist verdreckt“, erwiderte der Wachmann. Sie versuchten aus verschiedenen Blickwinkeln, etwas zu sehen, aber das Kennzeichen war ganz von Schlamm bedeckt. Bei dem Dreck und dem heftigen Regen konnten sie nicht einmal erkennen, welcher Bundesstaat das Kennzeichen ausgestellt hatte.

Der Mann drehte sich zu ihm um. „Tut mir leid“, sagte er. „Bei dem, was heute los war, hat sich alles um die Notaufnahme gedreht.“

„Klar. Danke. Oh, wir werden diese Aufnahmen brauchen.“

Der Wachmann, der die entscheidenden Kameras herausgesucht hatte, hob eine Hand. „Bin schon dabei. Wird wahrscheinlich eine Stunde dauern, aber ich ziehe die Videos so bald wie möglich auf einen USB-Stick. Oder soll ich sie irgendwohin mailen?“

„Dr. Sabrina Fleming.“ Ryan rief ihre Kontaktdaten auf seinem Handy auf und las die Nummer vor. „Fragen Sie nach, wie sie die Daten am liebsten hätte.“

Wenn diese Sache ausgestanden war, würden sie Sabrina ein Jahresgehalt schulden. Es war ihm egal. Wenn sie diesen Wagen finden konnte, würde er sie von seinem eigenen Geld bezahlen.

Er stolperte aus dem Büro.

Wie konnte das sein? Was hatten sie übersehen? Wer war die rätselhafte Person mit dem Mundschutz?

Ryan rannte zur Notfallstation zurück. „Miss Edna, wo ist Keri?“

„Oh, die ist vor Kurzem nach Hause gegangen. Sie hat einen Patienten verloren.“ Sie schnalzte mit der Zunge. „Ich hab ihr gesagt, sie soll Feierabend machen. Es ist viel los, aber das schaffen wir auch so.“

Sein Telefon klingelte erneut. Sabrina. „Sag mir, dass du gute Neuigkeiten hast“, sagte er.

„Tut mir leid, Ryan. Wirklich. Ich habe versucht …“

„Das ist alles nicht deine Schuld. Mach dir keine Vorwürfe.“ Er beschrieb ihr den Minivan und sagte ihr, wann er das Krankenhaus verlassen hatte.

„Wir werden ihn finden“, sagte sie.

Als Nächstes lief Ryan zu Zimmer Nr. 23. Ein junger Patient saß dort mit seiner Mutter. Er wirkte benommen. Sie sah erschöpft aus. „Es tut mir leid, aber hätten Sie etwas dagegen, wenn ich mich kurz hier umsehe?“

Die arme Mutter hatte kaum die Kraft, mit den Schultern zu zucken. Ryan ging einmal durch den Raum. Nichts Offensichtliches. Er nahm die Müllkörbe und schob sie in den

Flur hinaus. Als Erstes leerte er den Beutel mit den Laken und Decken aus. Ein dumpfes Geräusch ließ ihn aufhorchen und er tastete in dem Haufen Wäsche, ohne auf Bakterien oder Körperflüssigkeiten zu achten.

Ganz unten lag Leighs Telefon.

Er schaltete es ein. Rief ihre Textnachrichten auf.

Sie war dabei gewesen, ihm etwas zu schicken …

Hi! Du sollst wissen, dass ich schon in der Highschool in dich verliebt war. Ich habe immer davon geträumt, dass du mit mir zum Abschlussball gehst. Oder mich ins Kino einlädst. Oder zum Essen. Oder einfach nur mit mir auf dem Bootssteg die Sterne betrachtest. Vielleicht denkst du, das ist eine Reaktion auf die belastenden Ereignisse der letzten Wochen, aber wenn ich alles noch einmal erleben müsste, wäre es das wert, solange es mich zu dir führt. Pass auf dich auf da draußen und hör auf, dir Sorgen darüber zu machen, ob ich es mit einem Polizisten aushalten kann. Solange du dieser Polizist bist, werde ich mit allem fertig. Ich lie

Dort endete der Text. Hatte sie sagen wollen, dass sie ihn liebte?

Ryan wusste nicht, wie lange er dort stand und Leighs Telefon anstarrte. Irgendwann hörte er, wie Gabriel seinen Namen rief. Als er aufblickte, kam sein Kollege auf ihn zu und schlang die Arme um ihn. „Wir werden sie finden, Kumpel. Ich habe alle drauf angesetzt. Wir holen sie zurück.“

Leigh erwachte mit heftigen Kopfschmerzen und einem so steifen Nacken, dass sie nicht sicher war, ob sich das jemals wieder legen würde.

Immerhin war sie am Leben.

Die Erleichterung hielt nur die drei Sekunden an, die ihr Gehirn brauchte, um sich daran zu erinnern, was der Mörder mit seinen Opfern gemacht hatte.

Vielleicht wäre sie besser tot.

Sie blinzelte. Nichts. Entweder sie war erblindet oder um sie herum war es pechschwarz. Aber im Moment spielte das keine Rolle. So oder so konnte sie nicht das Geringste sehen.

So gut sie konnte, machte sie sich ein Bild von ihrer Umgebung. Sie lag auf der Seite auf etwas Hartem. Wahrscheinlich auf dem Fußboden. Sie konnte ihre Hände kaum bewegen. Bei jeder Armbewegung schnitten die Fesseln tiefer in ihre Handgelenke. Ihre Knöchel waren ebenfalls gefesselt, aber sie konnte sie vorwärts bewegen. Da war nichts im Weg. Wenigstens bestand keine Gefahr, dass sie zu Tode stürzte, wenn sie sich in einer oder der anderen Richtung bewegte.

Es war kühl, aber nicht eiskalt. Ein muffiger, erdiger Geruch lag in der Luft. War sie unter der Erde? Leigh biss die Zähne vor Schmerz zusammen, streckte die Hände aus und rollte auf den Rücken. Holz. Vielleicht war sie in einem unterirdischen Raum, aber sie lag nicht auf dem nackten Erdboden. Vielleicht eine Art Keller?

Sie hatte keine Ahnung, wie lange sie bewusstlos gewesen war. Als sie versuchte, sich zu erinnern, sah sie nur ein maskiertes Gesicht und kurze Eindrücke von Krankenhausgängen vor sich, während sie in einem Rollstuhl geschoben wurde. Krampfhaft versuchte sie, sich daran zu erinnern, ob sie das Krankenhaus verlassen hatte, aber ihr Unterbewusstsein gab diese Information nicht her.

Wenn es immer noch Nacht war, könnte das die völlige

Dunkelheit ihres Verließes erklären. Und die Stille. Was würde sie nicht für das herrliche Surren ihres Deckenventilators, das Gurgeln der Geschirrspülmaschine oder das Brummen der Heizung geben.

Sie durfte nicht an Wärme denken. Oder an weiche Betten. Nichts davon würde ihr im Moment helfen. Obwohl sie diese Dinge nie mehr für selbstverständlich halten würde, sollte sie sie jemals wieder genießen dürfen.

Als Nächstes machte sie eine Bestandsaufnahme ihres körperlichen Zustandes. Eine Heizdecke wäre schön gewesen, aber sie fror nicht so sehr, dass sie Unterkühlung fürchten musste. Jedenfalls noch nicht. Und auch wenn ihr Körper schmerzte, gab es keinen konkreten Grund für die Annahme, dass etwas gebrochen war.

Sie konnte atmen. Das war definitiv ein Vorteil.

Sie konnte schlucken. Mit den Fingern wackeln. Mit den Zehen. Sie konnte die Oberfläche, auf der sie lag, spüren, also hatte sie in keinem ihrer Glieder völlig das Gefühl verloren. Obwohl jede Extremität sich anfühlte, als wöge sie hundert Pfund, konnte sie sie bewegen, wenn sie sich konzentrierte. Das waren allesamt gute Zeichen. Und die Schwere müsste nachlassen, wenn die Betäubung allmählich ihre Wirkung verlor.

Sie hatte Hunger, war aber nicht ausgehungert. Das konnte eine Nachwirkung der Droge sein, die man ihr gegeben hatte, um sie zu betäuben, aber es konnte auch bedeuten, dass ihre Entführung noch nicht sehr lange her war.

Hatte jemand ihre Abwesenheit bemerkt?

In einer normalen Nacht bestimmt. Aber heute? Falls es überhaupt noch heute Nacht war. So oder so war diese Nacht nicht normal gewesen. Es war zweifellos die schlimmste Nachtschicht gewesen, die sie in der Notaufnahme erlebt hatte – und das, *bevor* irgendein Irrer sich mit ihr vom Acker gemacht hatte.

Sie hatte sich so lange zurückgehalten, wie sie konnte, aber jetzt ließ sie Ryans Gesicht vor ihrem geistigen Auge erscheinen. Er war die ganze Zeit da gewesen, am Rande jedes Gedankens, aber sie hatte sich geweigert, ihm seinen üblichen Platz zuzugestehen – in der Mitte und im Herzen ihrer Gedanken.

Jetzt war er genau dort. Sein starkes Kinn. Sein Bartschatten, der jeden Nachmittag sichtbar wurde. Seine schwarzen lockigen Haare. Seine dunkelbraunen Augen. Augen, in denen sie sich den Rest ihres Lebens hatte verlieren wollen.

Sie erlaubte sich, auf Terrain vorzudringen, das sie noch nicht betreten hatten. Sie wusste, dass er der Einzige für sie war. Er war es immer gewesen. Jeder Mann, mit dem sie ausgegangen war, hatte keine Chance gehabt, weil keiner dem Mann ihrer Träume das Wasser hatte reichen können.

Und als er sich von der Traumwelt in die Realität begeben hatte, war er noch besser gewesen, als sie es sich vorgestellt hatte.

Er würde ausrasten, wenn er erkannte, was geschehen war.

Und sie zu verlieren … es würde ihn verzehren. Er würde sich dafür verantwortlich fühlen. Er würde sich selbst die Schuld geben, und das würde ihn vernichten.

Oh, er würde dagegen kämpfen. Er würde es versuchen. Für Rebecca. Für Caleb und Zoe. Aber sein Leben würde nicht mehr dasselbe sein. Er würde seine gesamte Freizeit damit zubringen, ihre Leiche zu suchen. Eine Leiche, die wahrscheinlich jeden Augenblick Kopf, Hände und Füße verlieren würde.

Vater, bitte. Bitte hilf ihm. Zeig ihm, dass es nicht seine Schuld war. Dass ich ihm nicht die Schuld gebe. Dass niemand ihm die Schuld geben darf.

Leigh lag dort, bis der Schmerz in ihren Armen so stark wurde, dass sie es riskierte, sich aufzusetzen. Ihr Kopf wurde allmählich klarer. Der Nebel vom Betäubungsmittel verzog sich und mit ihm schwand auch ihre Bereitschaft, sich in ihr Schicksal zu fügen.

„Nein." Ihre Stimme klang rau und kratzig. Das Wort war eher ein Flüstern als ein trotziger Kampfschrei.

Und doch war es genau das.

Sie würde nicht hier sitzen und darauf warten, dass dieser Verrückte sie holte. Sie hatte keine Ahnung, was sie getan hatte, dass er es auf sie abgesehen hatte. Aber er würde sich mehr Mühe geben müssen, wenn er ihre Leiche in ein anonymes Grab werfen wollte.

26

Nachdem alle, die in dieser Nacht im Dienst gewesen waren, befragt worden waren, willigte Ryan endlich ein, in die Polizeiwache zurückzukehren. Alle Aussagen waren zusammengetragen. Jetzt blieb ihnen nichts, als den ganzen Fall im Licht der neuen Beweislage zu betrachten.

Gabriel fuhr hinter ihm her. Die Scheinwerfer funkelten im Regen, der immer noch fiel. Ryan wusste, dass Gabriel ihm folgte, um sich zu vergewissern, dass er ins Büro fuhr und keine Dummheiten machte.

Aber was sollte er auch tun?

Ihr einziger Verdächtiger war tot, und wie sich herausgestellt hatte, war er gar nicht der Mörder gewesen.

Ryans Scheibenwischer flogen in schnellem Rhythmus hin und her und hatten doch Mühe, das Wasser von der Windschutzscheibe zu wischen. Er hämmerte mit der Faust auf das Lenkrad.

„Warum?", brüllte er, so laut er konnte. Niemand konnte ihn hören.

Oder doch? Ja, Ryan wusste, dass jemand ihn hören konnte. Aber hörte er auch zu? Würde er handeln?

„Hilf mir!" Ryan schrie die Worte. „Bitte. Hilf mir, sie zu finden."

Er wusste, dass auch andere Menschen in diesem Moment beteten. Rebecca zum Beispiel. Und wahrscheinlich war die halbe Gemeinde bereits aus dem Nachtschlaf gerissen worden, um den Himmel mit Gebeten zu bestürmen.

Da würden seine Gebete wohl kaum etwas bewirken. Sie waren ja kaum Gebete. Eher panische Schreie eines verzweifelten Mannes.

Obwohl der Apostel Petrus auch kein Blatt vor den Mund genommen hatte. Als er übers Wasser gegangen und dann gesunken war, hatte er geschrien: „Rette mich!"

Und was hatte Jesus gesagt? *„Warum habt ihr Angst? Vertraut ihr mir so wenig?"*

„Gott", flüsterte er, „es ist schwer zu vertrauen, wenn die Menschen so ... so ... böse sind." Obwohl Jesus gesagt hatte, er sei gekommen, um die Kranken zu heilen. Dass die Gesunden keinen Arzt brauchten. All diese schlechten Menschen ... für die war er gekommen. Er war für die Clay Fowlers auf die Welt gekommen. Für die Wyatt Jenkinses. Und für die Ryan Parkers. Die Typen, denen es nicht gefiel, wie Gott das Spiel spielte. Die sauer wurden, ihren Ball nahmen und nach Hause gingen.

„Ich verstehe das nicht", sagte Ryan jetzt. Diesmal war es kein Brüllen oder Schreien. Mehr eine Feststellung. Das Ganze ergab keinen Sinn.

Dann bog Ryan in die Tiefgarage unter der Polizeiwache ein. Gabriel parkte neben ihm.

Hilf uns. In Gedanken ließ er das Gebet auf Wiederholung laufen, während er sich für das wappnete, was er erfahren würde, wenn er hineinging. *Hilf uns.*

Das Büro der Mordkommission war zur Kommandozentrale für die Suche nach Leigh Weston geworden. Überall standen Whiteboards und Laptops, Akten lagen herum. Sabrina hatte drei Schreibtische belegt. Adam war an den Schreibtisch neben ihr umgezogen.

Wie Cinderella beim Schlag der Uhr um Mitternacht war Sabrina wieder in ihre übliche Kleidung aus Sweatshirt und schmalen Jeans zurückgekehrt. Aber es war nicht die Kleidung, die Ryan erschreckte. Sabrina sah völlig fertig aus. Als er hereinkam, blickte sie mit geschwollenen Augen auf und warf eine Sammlung gebrauchter Papiertaschentücher in einen Mülleimer.

„Es tut mir leid, Ryan", sagte sie und versuchte erfolglos, ein Schluchzen zu unterdrücken. „Ich habe etwas übersehen. Aber ich werde dieses Ungeheuer finden." Ihre Lippen waren zu einer dünnen Linie zusammengepresst und sie riss mit einer so heftigen Bewegung ein frisches Taschentuch aus der Schachtel, das diese über den Schreibtisch flog.

Anissa war auch nicht in viel besserer Verfassung. Keine Tränen und kein Schluchzen, aber ihre eisig starre Haltung war beinahe so erschreckend wie Sabrinas Nervenzusammenbruch.

„Wir haben alle herbestellt", sagte sie. „Der Hauptkommissar hat alle Überstunden genehmigt, die wir brauchen. Ich habe unseren besten Videospezialisten darangesetzt, die Aufnahmen der Überwachungskameras im Krankenhaus auszuwerten. Er versucht, die maskierte Person in den Videos zu finden. Bis jetzt hatte er noch kein Glück, aber wenn irgendjemand sie findet, dann er."

Den besten Spezialisten? Die beste Person für diese Aufgabe

saß hier bei ihnen. Ryans Blick wanderte zu Sabrina und Anissa schüttelte den Kopf.

„Nein.“ Sie winkte ihn näher und flüsterte: „Ich bin mir nicht sicher, was sie da drüben macht. Und ich bin mir nicht einmal sicher, dass es legal ist. Sie hat von einer Idee gesprochen und die verfolgt sie jetzt. Ich werde sie nicht davon abhalten oder ablenken.“

Ryan sah Sabrina an. Wenn Blicke töten könnten, würde ihr Computerbildschirm gleich in Flammen aufgehen.

„Einverstanden.“

Der Hauptkommissar kam herein und begutachtete die Situation. „Was immer Sie brauchen, ist genehmigt, Parker.“

Der Hauptkommissar hatte bereits eine Pressemitteilung aufgenommen, die in den frühen Morgenstunden gesendet worden war und am Morgen noch einmal auf allen Lokalsendern wiederholt werden würde. Er hatte Leighs Verschwinden erklärt und um Mitwirkung gebeten, falls jemand etwas Verdächtiges gesehen hatte.

„Wir haben schon die ersten Anrufe erhalten“, sagte er. „Ich würde sagen, neunundneunzig Prozent sind nutzlos, aber wir gehen natürlich jedem Hinweis nach.“

„Danke, Sir.“

„Wir werden sie finden“, erwiderte er. Er sah sich im Raum um. Auf Sabrina ruhte sein Blick einen Herzschlag länger. Er schüttelte den Kopf und hob die Hände in einer Geste, die besagte: „Ich will gar nicht wissen, was ihr macht. Macht es einfach.“

Dann schloss er die Tür. Es wurde still im Raum, als alle Augen sich Ryan zuwandten.

„Also gut, Leute“, sagte Ryan. „Finden wir sie.“

Je länger sie aufrecht saß, desto klarer wurde alles. Leigh spitzte die Ohren, um etwas anderes außer dem Hämmern ihres eigenen Herzens und jeden Atemzug zu hören.

Was war das?

Sie hielt einen Moment die Luft an, während das Geräusch von einem unregelmäßigen Klopfen zu einem Brüllen wurde.

Regen.

Jede Menge Regen.

Würde der Regen ihren Entführer fernhalten? Oder ihn schneller zurückbringen?

Obwohl sie die Abwechslung von der schweren Stille begrüßte, verhinderte der Platzregen, dass sie hörte, wenn jemand kam.

Nicht dass sie etwas tun konnte, wenn die Person erschien. Sie musste herausfinden, an was für einem Ort sie sich befand. Und so gefesselt, wie sie war, würde ihr das nicht gelingen.

Sie versuchte, ihren Atem anzupassen. Sie wusste, dass das Betäubungsmittel ihren Körper verließ, denn in dem Maße, wie die Wirkung nachließ, nahm es die Trägheit mit sich. Aber während sie spürte, wie sie wieder zu Kräften kam, kehrten auch die Schmerzen, die das Mittel gedämpft hatte, mit voller Wucht zurück. Bei jeder Bewegung der Handgelenke schoss ein stechender Schmerz durch ihren Körper. Jedes Zucken ihrer Knöchel war eine Qual.

Selbst wenn sie sich nicht rührte, schmerzte alles.

Sie hatte eine Idee. Es würde wehtun, aber es könnte funktionieren. Vielleicht machten sich die vielen Jahre Gymnastik und Training doch noch bezahlt. Sie musste dazu ihr ganzes Gewicht auf den Armen ruhen lassen, aber wenn sie nicht ohnmächtig wurde, konnte sie vielleicht ihre Beine durch die zusammengebundenen Arme ziehen. Wenn die Arme vor ihrem Körper waren, könnte sie eine Chance haben, sich zu befreien. Und selbst wenn sie die Fesseln nicht loswurde, konnte sie sich besser bewegen. Vielleicht sogar einen Fluchtweg finden.

Sie holte tief Luft und atmete langsam wieder aus. Währenddessen stützte sie sich auf die Handgelenke und krümmte sich. Ihre Schultern brannten unter der Belastung und sie spürte das untrügliche Gefühl abschürfender Haut an den Handgelenken, während sie ihren Hintern nach unten drückte und die Hände nach oben zog.

Als sie die Beine durchzog, schrie sie auf, und die Tränen, gegen die sie gekämpft hatte, liefen ihr übers Gesicht.

Dann lag sie keuchend da.

Danke, Herr.

Das Licht kam aus dem Nichts. Sie wandte sich ab und versuchte, die Augen mit dem Arm abzuschirmen.

„Oh. Du bist wach. Tut mir leid. Das war so nicht geplant."

Bevor sie erkennen konnte, woher das Licht oder die Stimme kam, spürte sie ein Stechen im Nacken.

„Warum?", fragte sie.

„Tut mir leid, aber du weißt zu viel. In dem Augenblick, als ich in den Nachrichten gesehen habe, wie du mit einem Polizisten gesprochen hast, wusste ich es. Es ist wirklich schade, dass sie ihn so nah bei deinem Haus gefunden haben. Wenn ich gewusst hätte, dass du dort wohnst, hätte ich ihn woanders versenkt. Wir hatten erst ein paar Wochen vorher über meinen anderen Job gesprochen, und ich wusste, du konntest mich mit diesem elenden Mistkerl in Verbindung bringen."

Das hieß, sie hatte schon einmal mit dieser Person geredet? Wie konnte das sein, ohne dass sie das Böse bemerkt hatte?

„Keine Angst, du wirst nicht leiden. Nicht wie die anderen. Du bist ja unschuldig, aber meine Arbeit ist zu wichtig. Ich kann nicht zulassen, dass du sie zerstörst."

„Welche Arbeit?", fragte Leigh. „Ich habe wirklich keine Ahnung, wovon Sie reden. Ich kann nichts erzählen." War ihre Sprache undeutlich? Sie bemühte sich, die Augen aufzumachen, aber es gelang ihr nicht. Es war, als wäre sie in ein schwarzes Loch gefallen. Die Schwerkraft, die sie an der Erdoberfläche festhielt, hatte hundertfach zugenommen und drohte sie zu zerquetschen.

„Du hattest ein ganz schönes Leben, oder? Nette Eltern. Ein schönes Haus. Ich kann dir versichern, dass es ganz anders war als meins. Dad hat eine jüngere Frau gefunden und sich getrennt. Mom und ich hatten nichts und hat ihn das gekümmert? Nee."

Etwas an der Stimme kam ihr bekannt vor.

Aber allmählich verlor Leigh den Kampf gegen die Betäubungsmittel. Bald würde sie bewusstlos sein. Diese Stimme war vielleicht das Letzte, was sie hörte.

„Ich weiß, wie diese Männer sind. Sie lassen ihre Familien im Stich, während sie selbst das Leben genießen. Sie haben es nicht verdient zu atmen. Und ihre Familien sind ohne sie viel besser dran. Diese Männer haben nicht einmal den Anstand, sich zu schämen. Sie kommen in die Klinik und geben damit an, dass sie ihre Familien verlassen wollen. Oder damit, wie viele Geliebte sie haben. Manchmal kann ich sie ausschalten, bevor sie die Chance haben, ihren Kindern wehzutun. Manchmal bin ich zu spät, aber ich kann wenigstens verhindern, dass sie es noch schlimmer machen. Ich gebe mein Bestes. Meine Mission ist es, sie daran zu hindern, ihren Familien dasselbe anzutun, was meiner Familie angetan wurde. Ich bin kein Mörder, Leigh. Ich bin ein Racheengel."

Nichts von all dem ergab einen Sinn. Und vielleicht würde es das auch nie.

27

Ryan blickte auf seine Armbanduhr – vier Uhr morgens.

Leigh war seit fast sechs Stunden verschwunden. Wie es ihr wohl ging? Hatte sie Angst? Hatte sie Schmerzen?

Ryan weigerte sich, auch nur in Betracht zu ziehen, dass sie vielleicht schon … nein. Das Wort würde er nicht einmal denken.

Er sah sich im Büro der Mordkommission um. Alle hatten nur ein Ziel im Blick.

Leigh zurückzuholen.

Lebend.

„Sabrina", sagte er.

„Ja, Ryan?", erwiderte sie. Ihre Stimme bebte, war aber zugleich entschlossen.

„Ich weiß nicht genau, was du da machst, aber ich will Bilder von jedem einzelnen Angestellten bei Oraios. Vom Gärtner bis zu den Chirurgen. Wir haben irgendwas übersehen. Es muss noch jemand dort sein, der hinter dieser Sache steckt. Kannst du diese Akten jemandem geben, der …"

„Ich kann das machen." Adam hob die Hand. „Gib mir fünf Minuten."

„Super."

„Anissa." Ryan suchte den Raum ab, bis er sie an ihrem Schreibtisch entdeckte. Alles an ihr strahlte eine unendliche Wut aus. „Diese Aufgabe könnte knifflig sein und ich weiß nicht, wie du das anstellen kannst, aber ich glaube, wir sollten mit Patienten anfangen, die in die Notaufnahme gekommen sind, stationär aufgenommen wurden und erst in ein paar Tagen entlassen werden."

„Was suchst du?"

„Wir wissen, dass Mr Staton vergraben wurde, während Mr Cook im Krankenhaus war. Wir wissen, dass Mr Claussen versenkt wurde, während Mr Gordon im Krankenhaus war. In beiden Fällen waren sie erst in der Notaufnahme und wurden dann aufgenommen. Und in beiden Fällen muss denen, die sie behandelt oder betreut haben, klar gewesen sein, dass sie mehr als eine Nacht im Krankenhaus bleiben mussten. Vielleicht redest du mit Miss Edna. Wir können nicht die ärztliche Schweigepflicht aushebeln, aber wir brauchen ja auch nicht ihre Diagnosen oder irgendwelche anderen Einzelheiten, außer dass sie im Krankenhaus sind und noch ein paar Tage bleiben müssen."

„Alles klar, ich mach mich sofort dran."

„Oh", fügte er hinzu. „Überprüf zuerst die Unfallopfer, die heute reingekommen sind. Wir suchen Häuser, die leer stehen, deshalb sind Personen, die allein leben, unsere oberste Priorität."

Anissa hatte das Telefon bereits in einer Hand und ihre Schlüssel in der anderen. „Ich fahre ins Krankenhaus. Ich glaube, ich erfahre mehr, wenn ich vor Ort bin."

„Gut."

Als sie an ihm vorbeiging, blieb sie kurz stehen. „Wir werden sie finden, Ryan." Sie tätschelte seinen Arm und eilte dann zur Tür hinaus.

„Gabriel, nimm dir diese Jungs" – er zeigte auf eine Gruppe Freiwillige, die sich in einer Ecke des Raumes unterhielten, darunter auch Peter Stanfield –, „und lass sie Totenscheine raussuchen. Wenn jemand im Krankenhaus gestorben ist und sein Haus leer steht, weiß unser Mörder vielleicht davon. Eine andere Gruppe soll …"

Ryans Worte blieben ihm im Hals stecken, als der Flachbildfernseher am Ende des Raumes sich mit Bildern füllte. „Adam? Arbeiten all diese Leute bei Oraios?"

„Ja."

Ryan trat auf den Bildschirm zu. Das konnte nicht sein. „Wer ist das?" Er zeigte auf eine große Frau, unter deren Foto „Vanessa Smith" stand.

Als Adam nicht antwortete, drehte er sich um. Adam wirkte verwundert. „Vanessa Smith? Lass mich mal nachsehen."

Ryan hatte sie schon mal gesehen. Wo, wusste er nicht genau. Aber er hatte sie gesehen.

„Schick Anissa ein Bild aufs Handy. Sie soll Miss Edna fragen, wer das ist?"

Gabriel gesellte sich zu ihm. „Was ist?"

„Erkennst du sie?"

„Nein. Sollte ich?"

„Ich habe sie gesehen", sagte Ryan. „Ich glaube, im Krankenhaus. Hier steht, sie sei chirurgisch-technische Assistentin. Vielleicht habe ich sie gesehen, als Leigh nach dem Unfall mit der Bremsleitung reinkam."

„Du könntest sie in der Notaufnahme gesehen haben. Oder auf dem Flur. So ziemlich überall", sagte Gabriel.

„Adam – irgendwas über Vanessa Smith?"

„Noch nicht", erwiderte er.

„Wirklich?" Adam war ein Könner in diesen Dingen. Warum dauerte das so lange?

„Ja, wirklich." Adam hob den Kopf lange genug, um Gabriel und Ryan einen finsteren Blick zuzuwerfen, bevor er sich wieder seinem Computer widmete. „Sie existiert. Es gibt einen Führerschein und eine Sozialversicherungsnummer. Und eine Lizenz als chirurgisch-technische Assistentin. Aber ich glaube nicht, dass sie echt sind …"

Seine Stimme verebbte und Ryan widerstand dem Drang, ihn weiter zu nerven. Es war klar, dass er eine Spur hatte, und er konnte schneller arbeiten, wenn Ryan warten konnte. Aber jede Sekunde bedeutete größere Gefahr für Leigh.

Zehn Minuten später hatte Adam ihm immer noch keine Antwort gegeben, aber er versuchte es weiter, und Ryan zwang sich, ihm nicht über die Schulter zu sehen. Das würde auch nicht helfen.

Jetzt klingelte Ryans Handy. Anissa.

„Was hast du?“

„Das Bild, das du geschickt hast. Miss Edna sagt, das ist Alice Grady.“

Ryan stöhnte. In North Carolina gab es ungefähr eine Million Menschen mit dem Nachnamen Grady.

Anissa redete weiter. „Sie ist chirurgisch-technische Assistentin. Arbeitet ein Wochenende im Monat. Aber Miss Edna sagt, sie hat dunkelbraune Haare, keine roten wie auf diesem Bild.“

„Adam“, rief Ryan durch den Raum. „Vanessa Smith ist Alice Grady. Und Alice Grady hat braune Haare.“ Adam reckte den Daumen in die Höhe.

„Du, Ryan“, fuhr Anissa fort. „Miss Edna sagt, Alice hat letztes Wochenende gearbeitet. Ich versuche herauszufinden, wer letztes Wochenende eingeliefert wurde und vielleicht noch hier ist.“

„Super. Ruf an, wenn du mehr weißt.“

Er beendete das Gespräch, als ein neues Bild auf dem Fernseher erschien.

Ryan wusste, dass er sie schon einmal gesehen hatte. Einzelne Fakten fügten sich zusammen. Er ging durch das volle Büro zu Sabrinas Schreibtisch. „Sabrina, diese Frau ist eins fünfundsiebzig groß. Sie ist nicht dick, aber auch keine Bohnenstange. Könnte sie die Person auf den Bildern aus der Tiefgarage sein?“

Gabriel war ihm gefolgt. „Du glaubst, sie ist unser Mörder? Eine Serienkillerin?“

Stille legte sich über den Raum.

Sabrina kaute auf ihrer Unterlippe. „Die Größe kommt hin."

„Wieso meinst du, dass sie es ist?", wollte Gabriel wissen.

„Weil sie Leigh das Essenstablett mit dem vergifteten Wackelpudding gebracht hat."

„Der Pudding, der Peter umgehauen hat?", fragte einer der uniformierten Beamten.

„Genau", erwiderte Ryan. Alle im Raum sahen Peter an. Der starrte auf den Bildschirm, die Lippen zusammengepresst. „Das ist sie", sagte er.

Ryan zeigte auf den Fernseher. „Lasst alles stehen und liegen. Wir müssen so viel über Alice Grady alias Vanessa Smith in Erfahrung bringen, wie wir können. Wo ist sie geboren? Hat sie Verwandte hier in der Gegend? Arbeitet sie noch woanders? Wo wohnt sie? Nichts ist unwichtig."

Überall im Raum brach geschäftiges Treiben aus.

Vater, hilf uns. Hilf uns, den Hinweis zu sehen, den wir brauchen, um Leigh zu finden. Lebendig.

28

War sie tot?

Leigh holte Luft. Also nicht tot … jedenfalls noch nicht.

Sie versuchte, sich zu bewegen, aber sie hatte auch nicht mehr Erfolg, als sie gehabt hätte, wenn man sie in Zement eingegossen hätte.

War sie bei lebendigem Leib begraben worden?

Sie zwang sich, die Augen zu öffnen. Immer noch dunkel. War sie einen ganzen Tag und bis in die Nacht hinein bewusstlos gewesen?

Nein. Es war nicht mehr ganz so dunkel wie vorher und es regnete immer noch. Die Vorhersage hatte Regen für das ganze Wochenende gemeldet. War es immer noch Sonntag?

Es gelang ihr, die Finger ein wenig zu bewegen. Sie berührten dabei eine hölzerne Fläche, was sie merkwürdig tröstlich fand.

Nicht bei lebendigem Leib begraben.

Sie war beinahe sicher, dass sie nicht irgendwo anders hingebracht worden war. Ihre Arme waren immer noch vor ihrem Körper und sie war selbst für diese Kleinigkeit dankbar.

Während das Betäubungsmittel ihren Körper wieder einmal verließ, lag Leigh regungslos auf dem Boden. Sie war darauf gefasst, dass die Schmerzen zunehmen würden, ja, begrüßte diese Tatsache auf perverse Weise geradezu. Je mehr es wehtat, desto mehr gewann sie die Kontrolle über ihre Glieder wieder und desto eher konnte sie sich bewegen.

Denn bewegen würde sie sich.

Sie zählte im Geist bis fünfzig und versuchte, die Beine zu bewegen. Dann bis hundert und probierte es noch einmal. Letztlich musste sie bis siebenhundert zählen, bevor sie nennenswerten Erfolg hatte. Etwa bei dreitausend konnte sie sich aufsetzen. Ihr Kopf drehte sich und Übelkeit machte sich in ihrem Magen breit.

Sie schloss die Augen und holte mehrmals tief Luft. Sie musste sich weiter bewegen. Beim letzten Mal hatte es keine Vorwarnung gegeben, bevor ihr Entführer zurückgekommen war. Sie konnte sich nicht darauf verlassen, dass es diesmal anders sein würde.

Warum sie noch lebte, war ihr ein Rätsel. Vielleicht hatte es etwas mit der Tatsache zu tun, dass es dieser verrückten Person leidtat, was geschehen würde. Sie hatte einen Anflug von Wahnsinn in den Worten ihres Peinigers gehört, bevor sie das Bewusstsein verloren hatte. Und irgendwas an der Stimme kam ihr bekannt vor. Sie versuchte, die Erinnerung hervorzuholen, aber sie wollte keine Gestalt annehmen.

Sie hatte keine Zeit, sich Gedanken darüber zu machen, warum sie hier war. Nicht jetzt. Dazu würde später genügend Gelegenheit sein, wenn sie wieder sicher in ihrem eigenen Haus war.

Im Moment musste sie herausfinden, wie sie hier rauskam. Sie hob ihre schmerzenden Handgelenke an die Lippen und erfühlte mit dem Mund ihre Fesseln. Kabelbinder. Super.

Sie tastete mit den Fingern nach ihren Knöcheln. Ebenfalls Kabelbinder. Zu eng, als dass sie hätte laufen können.

Sie rutschte wie eine Raupe vorwärts, streckte die Beine aus, spannte dann die Bauchmuskeln an und zog den Körper in Richtung Füße. Jedes Mal fuhr ein stechender Schmerz in ihre Arme. Fünfmal musste sie rutschen, bis ihr rechter Arm und ihr rechtes Bein die Wand berührten. Danach brauchte sie zwölf Etappen, bis sie eine Ecke fand.

Einen Augenblick lang ruhte sie sich aus, um wieder zu Atem zu kommen, dann streckte sie Rücken und Schultern, so weit sie konnte.

Etwas berührte ihre Haare und sie unterdrückte einen Schrei. Vorsichtig hob sie die Hände.

Und berührte wieder Holz?

Das ergab keinen Sinn. Sie drehte sich auf die Knie und stieß mit der Stirn an etwas Hartes.

Was war das? Wieder streckte sie die Arme nach oben.

Regalbretter! Wahrscheinlich war sie in einem Keller. Ihre Großeltern hatten einen gehabt. Als sie geboren wurde, hatten sie den Keller nicht mehr zu Vorratszwecken genutzt. Stattdessen hatte ihr Großvater dort Dünger und Gartengeräte untergebracht. Aber an drei Seiten waren Regale gewesen.

Sie biss die Zähne zusammen und zog den Kabelbinder, der ihre Handgelenke fesselte, über die Kante des Regalbords. Vielleicht sollte sie nicht daran denken, was sie ihren Armen antat, aber andererseits war es besser, als daran zu denken, was ihr Entführer mit ihren Armen machen würde, wenn er zurückkam.

Machte sie überhaupt irgendwelche Fortschritte? Sie führte ihre Handgelenke wieder an die Lippen. Ja! Gleich hatte sie es geschafft.

Die Hoffnung auf Freiheit spornte sie an und ließ sie noch energischer an dem Kabelbinder schaben.

Das Plastik riss mit solcher Wucht, dass sie mit der rechten Hand gegen das Regal stieß – aber was für ein herrliches Gefühl. Sie würde ihre Arme und Schultern nie wieder als selbstverständlich betrachten.

Jetzt zu den Fußgelenken. Sie setzte sich auf den Boden und streckte die gefesselten Füße in Richtung Regal. Es war deutlicher schwieriger, sie im richtigen Winkel an der Kante zu reiben, aber irgendwann zerriss auch dieser Kabelbinder.

Ihre Handgelenke und Knöchel bluteten, aber sie konnte sich bewegen. Sie hielt sich an dem Regal fest und stand auf. Dann ging sie in ihrer Zelle umher, immer mit einer Hand am Regal wie an einem Rettungsanker.

Als das Regal zu Ende war, fuhr sie mit den Händen über die Wände und tastete sich mit dem Fuß langsam über den Boden vor.

Stufen.

Danke, Herr.

Wie ein Kleinkind kroch sie auf allen vieren die Treppe hinauf, die Hände auf der Stufe vor ihr. Fünf Stufen weiter oben stießen ihre Hände an eine Tür.

Konnte sie die Tür öffnen?

War sie verschlossen?

Wartete ihr Entführer auf der anderen Seite?

Hatte sie eine Wahl? Sie musste es versuchen.

Sie streckte die Hände nach der Türklinke aus und drückte.

29

10 Uhr morgens

Zwölf Stunden arbeiteten und suchten sie nun schon fieberhaft und noch immer war kein Ende in Sicht.

Das Büro des Sicherheitsdienstes im Krankenhaus hatte Bilder gefunden, auf denen Alice Grady alias Vanessa Smith zu sehen war, wie sie ein Zimmer betrat und zwei Minuten später wieder herauskam. Jedenfalls war davon auszugehen, dass sie es war. Die Person, die den Raum verließ, trug Handschuhe, Schutzkleidung und einen Mundschutz. Genau das, was Leighs Entführer getragen hatte.

Das war so ziemlich die einzige echte Information, die sie hatten, es sei denn, man betrachtete es als Fortschritt, bestimmte Dinge ausschließen zu können. Ausgehend von dem, was Anissa im Krankenhaus erfahren hatte, waren Streifenpolizisten zu fünf möglichen Orten geschickt worden, aber dabei war nichts herausgekommen.

Wieder klingelte Ryans Handy. Anissa.

„Was gibt's Neues?" Er hasste die Niedergeschlagenheit in seiner eigenen Stimme.

„Bist du schon mal einer Mrs Claire Edwards begegnet?"

„Der Name kommt mir bekannt vor. Aber ich kann sie nicht einordnen. Wer ist sie?"

„Sie hat halb Carrington County das Lesen beigebracht. Ist erst mit über siebzig in den Ruhestand gegangen. Ihr Mann ist letztes Jahr gestorben. Kinder wohnen in der Nähe."

„Ich vermute, sie ist im Krankenhaus?"

„Im Hospiz."

„Oh. Tut mir leid." Ryan wartete so lange, wie er es für schicklich hielt, nachdem er von dem bevorstehenden Tod eines Menschen gehört hatte, und fragte dann: „Was für eine Verbindung besteht zu Alice Grady?"

„Eine von Mrs Edwards' Urenkelinnen ist letztes Wochenende eingeliefert worden. Blinddarmentzündung. Gleichzeitig ging es Mrs Edwards immer schlechter. Jetzt mussten die Mutter und die Großmutter des kleinen Mädchens bei dem Mädchen im Krankenhaus sein und parallel Mrs Edwards' Umzug ins Hospiz organisieren. Die beiden waren ganz fertig."

„Woher weißt du das alles?"

„Miss Edna. Die arme Frau ist noch immer im Dienst. Sie hat mir geholfen, mögliche Spuren zu verfolgen. In diesem Fall hielt sie es nicht für eine Verletzung der Schweigepflicht, mir das alles zu erzählen, weil am vergangenen Wochenende alle im Wartezimmer darüber geredet haben. Die halbe Stadt kennt Mrs Edwards und die Leute fragen nach ihr. Miss Edna hat angerufen und herausgefunden, dass Mrs Edwards noch am Leben ist, aber sie haben die Angehörigen informiert."

„Ich weiß immer noch nicht, worauf du hinauswillst", sagte Ryan.

„Mrs Edwards wohnt draußen in der Nähe der alten Molkerei", antwortete Anissa. „Auf fünfzig Morgen in einem hundertfünfzig Jahre alten Haus, das leer steht, seit sie ins Hospiz gezogen ist."

Jetzt verstand er. „Also sollten wir dort nach Leigh suchen."

„Ich bleibe hier und forsche weiter. Schließlich wollen wir nicht riskieren, dass wir alles auf die falsche Karte setzen."

„Sehe ich auch so. Danke."

Ryan erklärte den anderen Anissas Theorie.

Sofort griff Adam zu seinem Telefon. „Ich kann uns eine Genehmigung besorgen, um rechtmäßigen Zutritt zum Grundstück zu bekommen", sagte er. „Gib mir eine Minute."

Unter den gegebenen Umständen brauchten sie nicht unbedingt einen Durchsuchungsbeschluss, aber es konnte nie schaden, das Einverständnis der Familie zu haben.

Sabrina lehnte sich auf ihrem Stuhl zurück. „Ich hab sie", sagte sie unvermittelt und mit einer solchen Intensität, dass Ryan die Nackenhaare zu Berge standen.

„Sabrina?"

Sie hob einen Finger, als Adam mit einem grimmigen Lächeln zurückkam. „Mrs Edwards und meine Großmutter waren befreundet", sagte er. „Ich habe mit einem ihrer Söhne gesprochen. Er sagt, dass niemand im Haus sein sollte, und wenn wir jemanden finden, sollen wir ihn wegen Hausfriedensbruchs festnehmen." Adam sah Sabrina an, dann Ryan, dann Gabriel. „Habe ich irgendwas verpasst?"

Ryan nickte Sabrina zu.

„Vanessa Smith und Alice Grady sind tatsächlich ein und dieselbe Person", sagte Sabrina. „Aber beides ist nicht ihr richtiger Name. Und es sind auch nicht die einzigen falschen Namen, die sie benutzt hat. Eigentlich heißt sie Janine Liddle. Geboren 1963 in Jackson, Mississippi." Sabrina schaute nicht einmal auf den Bildschirm, während sie sprach. „Es wird noch eine Weile dauern, bis ich sicher sein kann, dass ich alle Einzelheiten kenne, aber jetzt, wo ich weiß, wonach ich suche, gehört sie mir."

Sabrina benutzte ihren Laptop, wie ein mittelalterlicher Ritter sein Schwert schwang. Furchtlos und tödlich.

„Das Wichtigste für euch: Bis jetzt habe ich sie an drei verschiedenen Orten ausfindig gemacht." Sie biss sich auf die Unterlippe. „Normalerweise würde ich diese Information noch nicht weitergeben. Ich beschuldige ungern jemanden, wenn ich nicht hundertprozentig sicher bin. Und das bin ich nicht. Ich könnte mich irren."

„Keine Angst, ich werde dir keine Vorwürfe machen. Was ist deine Theorie?", fragte Ryan.

„Ich habe einige Nachforschungen angestellt. Ihre vorigen Arbeitgeber waren allesamt Kliniken für plastische Chirurgie. Nicht alle mit dem gleichen Standard an Privatsphäre wie Oraios, aber trotzdem Einrichtungen für Leute, die nicht herausposaunen wollen, was sie haben machen lassen."

„Okay. Sie hat sich also spezialisiert ..."

„Ja, aber darum geht es mir nicht. Ich habe ein paar Anrufe getätigt, die Situation erklärt und gefragt, ob sie Patienten hatten, die zu einem Termin nicht erschienen sind. Vor allem langjährige Kunden, zu denen eine dauerhafte Beziehung bestand."

„Und?"

„Die dritte Klinik hat gerade zurückgerufen. Alle drei haben mindestens zwei solche Fälle. Eine sogar vier."

„Und du glaubst ...?"

Sabrina nahm ihre Brille ab und rieb sich die Augen. „Es könnte ein Zufall sein, aber mit jedem Fall wird die Wahrscheinlichkeit geringer. Meiner Meinung nach deuten die Daten darauf hin, dass Janine Liddle möglicherweise seit Jahren mordet."

Neues Entsetzen packte Ryan.

Leigh war in den Händen einer echten Psychopathin.

Gabriel nahm seinen Schlüssel und die Regenjacken von ihren Schreibtischen und gab eine davon Ryan. „Komm, wir sehen uns das Haus von Mrs Edwards an."

„Nehmt besser Verstärkung mit", mahnte Sabrina.

„Die organisiere ich für euch“, warf Adam ein. „Geht.“

Ryan konnte seine Füße irgendwie nicht dazu bringen, sich vom Fleck zu rühren. Also packte Gabriel seinen Ellbogen und zog ihn mit sich. Die Berührung riss ihn aus seiner Starre und dann rannten sie zum Auto.

30

Die Tür rührte sich nicht.

Leigh versuchte es noch einmal und drückte mit aller Kraft, die ihr noch blieb. Jetzt bewegte die Tür sich ein paar Zentimeter. Schummriges Licht drang herein, dazu ein paar dicke Regentropfen. Die Tür musste im Schlamm feststecken. Leigh warf sich dagegen und schaffte noch ein paar Zentimeter.

Ein weiterer Stoß, und die Tür bewegte sich so weit, dass Leigh glaubte, hindurchschlüpfen zu können.

„Hilf mir, Herr“, flüsterte sie. Was auch immer sich auf der anderen Seite befand, konnte nicht schlimmer sein als das, was sie in ihrem Verließ erwartete.

Sobald Leigh durch die Tür war, fing sie an zu rennen. Durch den sintflutartigen Regen konnte sie vage Umrisse von Bäumen erkennen. Ihre Beine zitterten von der Anstrengung. Sie hatte wer weiß wie lange nichts mehr gegessen oder getrunken. Sie war betäubt worden. Zweimal.

Ihr Körper würde nicht viel mehr aushalten.

Mit jedem Schritt schienen die Bäume sich weiter zu entfernen. Hatte sie etwa Halluzinationen? War das alles ein Traum in einem Albtraum?

Sie lief weiter. Rutschte aus. Versuchte sich abzufangen, als sie fiel, aber ihre Arme waren nutzlos. Ungeschützt landete sie auf dem Boden und der Aufprall verschlug ihr den Atem.

Keuchend lag sie dort. Plötzlich sah sie durch den Regen das Flackern von Lichtern auf sie zukommen. Ihr benebeltes Hirn brauchte länger als normal, um zu erkennen, was sie da sah.

Scheinwerfer.

Sie lag im Gestrüpp und Schlamm, als das SUV etwa fünfzehn Meter entfernt an ihr vorbeifuhr und auf den Keller zuraste. Sie versuchte, sich umzudrehen. Sie war weiter gekommen, als sie gedacht hatte.

Der Regen nahm an Intensität noch zu, und jetzt konnte sie das Fahrzeug gar nicht mehr sehen. Sie nutzte die Gelegenheit, rappelte sich auf und floh in kauernder Haltung auf die Bäume zu.

Bei jedem Schritt erwartete sie, ein Rufen zu hören. Oder einen Schuss.

Aber nichts von dem geschah. Sie erreichte den ersten Baum und presste sich so dagegen, dass sie vom Keller aus nicht zu sehen war. Dann zählte sie bis dreißig und rannte zu einem Baum, der ein paar Meter weiter im Wald stand.

Wenn ihr Entführer auch nur den geringsten Verstand hatte, würde er hier nach ihr suchen. Deshalb musste sie weiterlaufen. Der Regen war vielleicht das Einzige, was sie am Leben erhielt, und diese Gelegenheit durfte sie nicht ungenutzt verstreichen lassen. Leigh lief von Baum zu Baum, immer weiter in den Wald hinein.

31

Gabriel bestand darauf, am Steuer zu sitzen, was sicher das Beste war, wie Ryan zugeben musste.

Während sie durch den strömenden Regen durch die Vororte der Stadt rasten, mailte Adam ihm den aktuellen Plan des Edwards'schen Grundstücks. Darauf waren das Haus, Außengebäude, Weideland und ein Waldgebiet eingezeichnet.

„Das Grundstück ist riesig." Ryan beschrieb Gabriel, was auf dem Plan zu sehen war. „Wie es aussieht, gibt es zwei Zufahrten, und die Rückseite des Grundstücks grenzt an die Davis Road." Er warf Gabriel einen Blick zu. „Was hältst du von einem Spaziergang im Regen?"

Gabriel nickte, ohne in Ryans Richtung zu schauen. „Ich dachte schon, du würdest nie fragen."

„Wenn wir uns auf einer der Zufahrten nähern, warnen wir sie möglicherweise vor. Aber wenn wir auf der Davis Road parken, können wir durch den Wald laufen und von der Seite kommen, auf der die Scheune und die anderen Nebengebäude sind."

„Und wir wissen, dass sie etwas für Nebengebäude übrig hat", fügte Gabriel hinzu.

„Genau."

Ryan rief Adam an und berichtete von ihrem Plan. „Keinesfalls darf jemand mit Sirenen erscheinen", warnte Ryan. „Ich will sie nicht in Zugzwang bringen."

Einen kurzen Moment lang drohte ihn der Gedanke an das zu überwältigen, was sie auf dem Grundstück entdecken könnten, aber Ryan schob den Gedanken beiseite. „Wir gehen da rein in der Annahme, dass Leigh lebt, aber in Lebensgefahr ist."

Obwohl Gabriel wie ein Irrer fuhr, dauerte es noch weitere zehn Minuten, bis sie die Grenze zum Grundstück der Edwards' erreichten. Vor der Abfahrt hatten sie schusssichere Westen angezogen und die nötige Ausrüstung für einen solchen Einsatz mitgenommen. Um durch den Wald zu laufen, ließen sie ihre Regenjacken im Wagen und zogen stattdessen große Regencapes über. Nicht so sehr, um selbst trocken zu bleiben, sondern um ihre Waffen zu schützen.

„Bereit?" Gabriel musste fast brüllen, damit er bei diesem Regen zu hören war.

Als Ryan nickte, stiegen sie aus dem SUV. Mit wachsamen Augen bewegten sie sich so schnell wie möglich durch den Wald. Der Karte zufolge mussten sie mindestens eine halbe Meile laufen, bevor sie zu der Scheune und der Weide kamen.

Gabriel ging voran, den Kompass in der Hand. Ryan folgte ihm auf den Fersen. Er wollte sich mehr auf ihre Umgebung konzentrieren als auf die Richtung, in die sie liefen.

Es dauerte fünfzehn endlose Minuten, bevor sie eine Lichtung entdeckten. Gabriel und Ryan verlangsamten ihre Schritte und sahen sich um.

„Ist das ein SUV?" Ryan hatte Mühe, im Regen etwas zu erkennen. Er tippte Gabriel auf die Schulter und zeigte nach rechts. „Da drüben? In der Nähe der Scheune?"

Zuletzt hatten sie Janine Liddle mit einem Minivan gesehen, in den sie Leigh geladen hatte. Aber der könnte hier draußen in den nassen Feldern stecken bleiben. Vielleicht hatte sie deshalb etwas Robusteres besorgt.

Das SUV kam auf sie zu und hielt dann neben einem flachen Gebäude etwa fünfzehn Meter vom Haus entfernt. Aus der Entfernung konnte Ryan nicht erkennen, was es war. Ein Brunnenhaus? Oder vielleicht ein Keller?

Der Fahrer sprang aus dem Wagen. Er war in einen Poncho

gehüllt. Möglich, dass es Janine Liddle war, aber sicher war sich Ryan nicht.

Wenn sie es war und wenn sie in das flache Gebäude ging, dann war Leigh höchstwahrscheinlich dort drin. Aber sie würden nicht zu dem Gebäude gelangen, ohne gesehen zu werden. Und wenn sie dort ankamen, würden sie nicht hineingelangen, ohne dass Janine es mitbekam. In einem so winzigen Raum war sie im Vorteil. Aber was, wenn sie jetzt hineinging, um Leigh zu töten?

Gabriel hielt die Lippen nah an Gabriels Ohr. „Ich muss da rüber", sagte er. „Gib mir Rückendeckung."

Gabriel zog als Antwort seine Dienstwaffe heraus.

Doch bevor Ryan den Schutz der Bäume verlassen konnte, kam die Gestalt mit der Kapuze schon wieder aus dem Gebäude heraus. Sie blieb in der Nähe des SUVs stehen und drehte sich im Kreis, bevor sie direkt auf Gabriel und Ryan zulief, eine Pistole in der Hand. Schnell zogen sie sich hinter die Bäume zurück.

„Versuchen wir, sie von hinten zu überraschen", raunte Ryan Gabriel zu. Voller Anspannung beobachteten sie, was geschah.

„Leigh! Wo bist du?" Der Wind trug Janines Stimme zu ihnen herüber. „Du kannst noch nicht weit sein. Ich verspreche, dass du nicht leiden wirst, aber ich kann mich nicht aufhalten lassen. Meine Arbeit ist zu wichtig."

Leigh!

Sie war geflohen!

Vielleicht war sie ja hier im Wald.

Ryan war froh darüber, dass der Regen über sein Gesicht strömte, während er diese Neuigkeit verarbeitete.

Danke. Danke. Danke. Hilf uns, diese Sache zu Ende zu bringen. Hilf mir, sie zu finden.

Ryan hatte die Stimme erkannt, obwohl er das Gesicht nicht

sehen konnte. Eindeutig die Frau aus dem Krankenhaus. „Das ist sie", gab er Gabriel lautlos zu verstehen.

Gabriel zeigte ihm die Textnachricht, die er tippte.

Leigh Weston wohl am Leben. Geflohen. Janine Liddle alias Alice Grady ist Entführerin. Vor Ort. Schickt Rettungswagen. Verstärkung soll Grundstück umstellen, aber nicht zugreifen.

Ryan fröstelte, als er die Worte *Leigh Weston am Leben* sah.

Sie waren ganz dicht dran.

Ein Knacken ließ Ryan aufhorchen und er drehte sich zur Seite. Was war das? Er versuchte, die Gegend rechts von ihm abzusuchen, ohne Janine aus den Augen zu lassen.

Dann traf ihn etwas am Kopf.

Er drehte sich ganz um.

Leigh!

32

Leigh stand still, die Arme erhoben, als Ryan sich zu ihr umwandte, die Waffe gezogen.

Sie hatte nicht gewusst, wie sie ihm sonst ein Zeichen hätte geben sollen, ohne die Entführerin auf sich aufmerksam zu machen. Wenn Kirk nach Hause kam, musste sie sich bei ihm für all die Nachmittage bedanken, an denen er sie angefleht hatte, mit ihm zu trainieren. Es war Jahre her, dass sie einen Baseball geworfen hatte, aber mit der Eichel hatte sie ins Schwarze getroffen.

Jetzt sah Leigh Ryans Gesicht aufleuchten. Die Freude. Die Erleichterung. Die Liebe. Und alles zusammen. Er ließ seine Waffe sinken und stieß Gabriel an, der sich daraufhin ebenfalls umdrehte.

Gabriel zwinkerte ihr zu, wandte sich aber sofort wieder ab, um ihre Entführerin zu beobachten, die im Wald herumlief.

Ryan gab Leigh ein Zeichen, sich zu ducken, also versuchte sie, sich hinter einem Busch zu verstecken, während sie Ryan ebenso im Blick behielt wie die dunkle Gestalt, die sie suchte.

Sie konnte sehen, wie Gabriel sein Handy herauszog und jemandem eine Nachricht schickte. Dann sprachen Ryan und er sich mit lautlosen Worten und Handzeichen ab. Gabriel begab sich zu einer Stelle, an der er der Mörderin den Weg zu ihrem SUV versperrte. Ryan baute sich so auf, dass er der Mörderin den Weg zu Leigh versperrte.

„Janine Liddle." Ryans Stimme ertönte in dem inzwischen etwas nachlassenden Regen.

Janine Liddle? Wer war das?

„Wir wissen, was Sie getan haben, Janine", fuhr er fort. „Wir wissen, dass Sie im Laufe der Jahre den Namen Alice Grady und viele andere benutzt haben. Wir wissen, dass Sie viele Menschen getötet haben. Sie werden nicht hier rauskommen und Sie werden nicht damit durchkommen. Es ist vorbei."

Ein manisches Lachen ertönte. „Niemand kann mich aufhalten."

Jetzt erkannte Leigh die Stimme. Alice Grady! Wie konnte das sein? Aber es bestand kein Zweifel daran, dass sie es war. Leigh konnte nur ihren benebelten Zustand dafür verantwortlich machen, dass sie Alices Stimme nicht eher erkannt hatte. Ihre Stimme war so tief, dass sie eher wie ein Mann klang.

Jetzt wurde ihr manches klar. Alice war es gewesen, die ihr den vergifteten Wackelpudding gebracht hatte. Sie hatte sie an dem Tag nicht erkannt und hätte ohnehin nicht erwartet, dass sie einer Patientin das Essen brachte. Darauf hatte Alice wahrscheinlich spekuliert. Und deshalb hatte sie ihre Stimme im Keller auch nicht erkannt – sie hatte immer gedacht, ihr Entführer sei ein Mann. Leigh wäre im Leben nicht darauf gekommen, dass es sich um dieselbe chirurgisch-technische Assistentin handelte, mit der sie sich vor einigen Monaten beim Kaffee unterhalten hatte. Soweit sie sich erinnern konnte, war das die einzige Gelegenheit gewesen, bei der sie Kontakt gehabt hatten. Alice war ganz nett gewesen. Vielleicht ein bisschen steif, aber Leigh konnte immer noch nicht fassen, dass Alice eine Serienkillerin war.

Und sie hieß nicht einmal Alice. Wie hatte Ryan sie genannt? Janine? War das überhaupt ihr richtiger Name?

Leigh gab auf, es verstehen zu wollen, und konzentrierte sich stattdessen darauf zu beten. *Vater, bitte hilf uns allen, diese Sache lebend zu überstehen.*

Wenn sie es mit einer zurechnungsfähigen Frau zu tun hätten, wäre es vielleicht möglich gewesen, sie zum Aufgeben zu bewegen, aber diese Frau war verrückt. Ihre Reaktion würde kaum logisch oder rational sein. Leigh hoffte, dass Ryan und Gabriel das verstanden und entsprechend reagierten. Als Nächstes hörte sie außer dem Regen das Geräusch brechender Äste. Wollte sie vielleicht fliehen?

„Halt, Janine!"

Gabriel und Ryan folgten ihr, als sie loslief. Leigh verlor sie aus dem Blick, aber als sie ihnen ebenfalls folgen wollte, gaben ihre Beine unter ihr nach.

Sie wartete. Lauschte. Bemühte sich, durch das Prasseln des Regens etwas zu hören.

Dann zerriss ein dreifaches Knallen die Luft.

Ryan rannte zu der Stelle, an der Janine zu Boden gegangen war. Sie hatten sie aus dem Wald getrieben und direkt in die Arme der wartenden Beamten. Als sie nicht hatte stehen bleiben wollen, hatten die Kollegen sie aufgehalten.

Blut sickerte unter ihr in den Boden. Mit leerem Blick starrte sie in den Regen hinauf.

Egal, wie oft er dem Tod schon aus der Nähe begegnet war – Ryan konnte sich nicht daran gewöhnen. Und er hoffte, er würde es auch nie.

Gabriel legte eine Hand auf seine Schulter. „Ich kümmere mich um alles“, sagte er. „Geh und hol Leigh.“

Ryan widersprach nicht. Er rannte durch den Wald zurück auf den Weg, den sie gekommen waren.

Leigh saß dort, wo er sie zurückgelassen hatte. Ihr Gesicht totenbleich. Die Augen geschlossen.

„Leigh!“

Er griff zu seinem Handy und rief Gabriel an. „Schick den Krankenwagen zum Haus.“

Dann hob er Leigh in seine Arme und trug sie aus dem Wald. Ihre Haut war kalt, zu kalt. Sie hatte dunkle Ringe unter den Augen. Ihre Handgelenke waren aufgeschürft und blutig und beim Anblick ihrer zerrissenen Haut und dem Gedanken an die Angst, die sie zu so verzweifelten Maßnahmen getrieben hatte, um sich zu befreien, wurde ihm ganz schlecht.

Die Räder des Rettungswagens knirschten auf dem Schotter der Zufahrt. Behende sprang eine blonde Sanitäterin vom noch rollenden Fahrzeug. Sie eilte auf Ryan zu. „Wie geht es ihr?“

Mit erfahrenem Blick musterte sie Leigh, aber als sie Leighs Handgelenke sah, sog sie scharf die Luft ein.

„Ich hoffe, Sie haben die Täterin erledigt“, sagte sie, während ihr Kollege die Hecktür des Krankenwagens öffnete.

„Das haben wir.“

33

Ryan saß an Leighs Krankenhausbett. Ihre verbundenen Handgelenke und die schweren Decken zeugten von dem, was sie durchgemacht hatte. Als sie im Krankenhaus angekommen waren, war sie bei Bewusstsein gewesen und hatte Fragen gestellt. Er hatte ihr die Verbindung zu Janine Liddle alias Alice Grady erklärt. Und sie hatte ihm von Janines absurder Vorstellung erzählt, sie sei ein Racheengel.

Diese Informationen hatte Ryan an Anissa weitergeleitet. Sie konnte den Fall jetzt erst einmal übernehmen. Er selbst hatte sich geweigert, von Leighs Seite zu weichen, und sich jetzt, wo sie in ihrem Zimmer war, zu ihrem persönlichen Beschützer ernannt. Wie sonst sollte sie sich in diesem Trubel ausruhen?

Warum ließen die anderen sie nicht in Ruhe? Miss Edna war die Erste gewesen, die in den vierten Stock gekommen war, um nach Leighs Zustand zu fragen.

„Ich erwarte Leigh so bald wie möglich wieder bei der Arbeit, und zwar in einwandfreiem Zustand. Verstanden, junger Mann?“ Miss Edna hatte ihn über ihre Lesebrille hinweg angesehen und Ryan war nichts übrig geblieben, als zu nicken und zu stottern: „J-ja, Ma'am. Natürlich, Ma'am.“

Nachdem Miss Edna gegangen war, hatte ein stetiger Strom von Krankenschwestern, Ärzten und allen möglichen Bekannten vorbeigeschaut. Alle mit einem kurzen Klopfen an der Tür, einem Kopf, den sie reinstreckten, und einem geflüsterten: „Wie geht es ihr?“, sowie einem: „Sagen Sie ihr, dass ich hier war, wenn sie aufwacht“, bevor der Kopf wieder verschwand.

Keri hatte er in den letzten fünfundvierzig Minuten schon zweimal hinausgescheucht und ihr hoch und heilig versprochen, dass er ihr eine Nachricht schicken würde, sobald Leigh aufwachte und Besuch haben wollte. Als sie Leigh eingeliefert hatten, war Keri nahezu panisch gewesen, und nichts, was er gesagt hatte, hatte sie davon überzeugen können, dass Leighs Entführung nicht irgendwie ihre Schuld war.

Ryan wusste, dass Leigh sich über die zahlreichen Zuneigungsbeweise freuen würde, wenn er ihr davon berichtete. Aber er zählte die Minuten, bis sie wieder in Leighs Haus waren, gemütlich auf dem Sofa saßen, die Füße auf den Couchtisch gelegt, mit Blick auf den See.

Allein.

Erneut klopfte es an der Tür. Ryan unterdrückte ein Knurren, als er die Tür öffnete.

„Ryan!"

„Kirk!"

Kirk marschierte ins Zimmer, als gehörte er dorthin. Was er ja auch tat. Er blieb neben Leigh stehen und ein Schauer durchfuhr ihn. „Danke", sagte er. „Danke, dass du sie gerettet hast. Ich weiß nicht, was ich ohne sie tun würde."

Was war eine angemessene Antwort auf eine solche Bemerkung? Er konnte ja schlecht sagen: „War keine große Sache", denn natürlich war es eine große Sache gewesen. Aber „gern geschehen" schien ihm auch nicht richtig. Er entschied sich für ein Schulterzucken.

Sie zogen zwei Stühle zusammen und unterhielten sich im Flüsterton, während Leigh weiterschlief.

„Erzähl mir alles", bat Kirk.

Von den wichtigsten Ereignissen wusste Kirk bereits. Ryan war klar, dass er eigentlich erfahren wollte, warum Janine Liddle es auf Leigh abgesehen hatte.

„Janine Liddle hat Leigh in den Nachrichten gesehen, als wir Harold Claussens Leiche in der Nähe des Hauses im See gefunden haben", erklärte Ryan. „Irgendwie hat sie sich deshalb in den Kopf gesetzt, Leigh hätte genügend Informationen, um sie mit dem Mord in Verbindung zu bringen."

„Hatte sie die denn?", wollte Kirk wissen.

„Theoretisch schon. Aber wenn Janine sie in Ruhe gelassen hätte, wäre sie nie darauf gekommen. Wenn Janine die Stadt verlassen und woanders neu angefangen hätte, hätten wir den Fall niemals aufgeklärt."

Kirk schüttelte ungläubig den Kopf. „Unfassbar."

„Ich weiß, dass du das im Moment nicht hören willst, aber ich glaube ganz fest, dass Gott Leigh dazu gebraucht hat, um Janine aufzuhalten. Und sie musste aufgehalten werden. Wir arbeiten mit einer Professorin für Computerforensik und Cybersicherheit zusammen, Dr. Sabrina Fleming. Sie hat Janine schon mit acht vermissten Personen in drei verschiedenen Bundesstaaten in Verbindung gebracht."

„Acht?" Kirk sah ihn mit großen Augen an.

„Und die kommen noch zu den fünfen hier in North Carolina dazu, von denen wir wissen. Janine hat Leigh gegenüber irgendeinen Unsinn erzählt, als Leigh noch im Verließ war. Sabrina wertet diese Aussagen jetzt aus, um ihren Weg von der Kindheit bis hierher nachzuvollziehen. Ich habe keine Ahnung, wie sie das macht. Es hat irgendetwas mit gemeinsamen IP-Adressen zu tun. Aber ich weiß, sie geht davon aus, dass es in jeder Stadt, in der Janine gewohnt hat, weitere Ermordete geben könnte."

Kirk fuhr sich mit den Händen übers Gesicht. „Wie wollt ihr all die Leichen jemals finden?"

„Ganz ehrlich? Wahrscheinlich gar nicht. Aber die Informationen, die wir sammeln, können uns dabei helfen, die Ermittlungen einzugrenzen. Und vielleicht führen sie dazu, dass einige Familien, deren Angehörige verschwunden sind, endlich nach vorne blicken können."

Eine Weile saßen sie schweigend da. Das Surren der Klimaanlage lieferte das Hintergrundgeräusch für ihre Gedanken. Ryan betrachtete Leigh beim Schlafen. Ihr Brustkorb hob und senkte sich in einem ruhigen Rhythmus. Hin und wieder zuckte ihre Hand auf der Decke.

Träumte sie? War es ein Albtraum? Wie lange würde es dauern, bis sie sich wieder erholt hatte? Nicht nur körperlich, sondern geistig und seelisch?

Er wandte den Blick ab und sah, dass Kirk ihn anstarrte.

„Was verschweigst du mir?" Die Art, wie Kirk die Frage stellte, ließ keinen Zweifel aufkommen. Kirk wusste, dass ihm irgendetwas vorenthalten wurde, das konnte Ryan sehen.

„Hat sie Leigh irgendetwas Schreckliches angetan? Ich meine, mehr als das, was du mir schon erzählt hast? Du verschweigst mir etwas, Ryan, und das hast du noch nie getan."

Na ja ... das stimmte nicht ganz.

„Es geht ihr gut", sagte Ryan schließlich leise. „Ich meine, so gut, wie es ihr in diesen Umständen gehen kann. Ich habe nichts verschwiegen. Der Arzt sagt, ihre Handgelenke werden Narben zurückbehalten, aber sie werden heilen. Sie war leicht unterkühlt, aber die Körpertemperatur steigt wieder. Sie schläft jetzt nur, weil man ihr ein Beruhigungsmittel verabreicht hat, um die Wunden zu säubern. Sie hatte ziemlich starke Schmerzen."

Kirk war immer noch angespannt.

„Was ist es dann?"

„Weißt du, du hättest Polizist werden sollen", erwiderte Ryan. „Du wärst gut bei Verhören."

Kirk beugte sich vor und rückte Ryan buchstäblich auf die Pelle.

„Ich bin nicht in der Stimmung für Spielchen, Parker."

Ryan lehnte sich zurück und hob die Hände. „Sorry."

Kirk zog eine Augenbraue hoch. „Ich warte."

Jetzt oder nie. „Ich liebe Leigh."

Kirk wich so schnell zurück, dass sein Rücken gegen die Stuhllehne knallte. Dann blinzelte er ein paarmal.

„Du liebst meine Schwester?", knurrte er überrascht.

„Ja."

„Kannst du das mal erklären?"

„Nein. Liebe kann man nicht erklären, Kirk. Wenn sie echt ist, ist sie echt. Das müsstest gerade du eigentlich wissen."

Kirk berührte mit dem Daumen seinen Ehering. „Das gefällt mir nicht. Sie ist tabu. Das war sie immer."

„Sie ist kein fünfzehnjähriges Mädchen mehr, das du vor deinen Freunden beschützen musst", erklärte Ryan. „Ich glaube, du musst aufhören, in ihr deine kleine Schwester zu sehen, und anfangen, sie als das zu betrachten, was sie ist. Eine reife, intelligente, begabte Frau, die alles in ihrer Macht Stehende getan hat, um heute Nachtmittag einer Serienmörderin zu entkommen. Und ich bin mir sicher, sie wird mehr als fähig sein, dir die Leviten zu lesen, wenn sie aufwacht."

Kirk sah Leigh an und dann wieder ihn. „Sie weiß es?"

Ryans spürte die Wärme seinen Hals hinaufsteigen. „Das hoffe ich doch."

Kirk stand auf. „Ich hätte wissen müssen, dass das passiert."

Ryan antwortete nicht.

Kirk ging zu dem kleinen Fenster und starrte hinaus.

„Du hast mich nicht um mein Einverständnis gebeten", sagte Kirk.

„Nein, das habe ich nicht", erwiderte Ryan.

Kirk wandte sich vom Fenster ab.

„Natürlich möchte ich, dass du dich für uns freust, aber das einzige Einverständnis, das mich interessiert, ist das von Leigh. Und wenn du aufhörst, dich darüber zu beklagen, dass dein bester Freund sich in deine Schwester verliebt hat, dann wird dir vielleicht klar, dass sie nicht mit jemandem zusammen sein sollte, dem deine Meinung wichtiger ist als ihre."

Kirk schnaubte.

„Mir ist klar, dass du das nicht erwartet hast, aber ich muss dir die Wahrheit sagen. Ich war schon in Leigh verliebt, bevor du uns allen gesagt hast, wir sollten uns von ihr fernhalten."

Kirk verdrehte die Augen.

„Seit sie wieder hierhergezogen ist, habe ich sie in der Kirche gesehen und auf der Notfallstation und in der Stadt und jedes Mal dachte ich, wie es wohl wäre, mehr mit ihr in Kontakt zu sein. Sie zum Abendessen einzuladen oder zu einer Bootsfahrt bei Sonnenuntergang."

„Ich will nichts von deinen Verabredungen mit meiner Schwester hören." Kirks Lippen zuckten.

Ryan nutzte Kirks weicheren Tonfall und grinste. „Kein Problem. Schließlich habe ich es immer noch nicht geschafft, richtig mit ihr auszugehen. Aber jetzt, wo die Gefahr vorbei ist, habe ich eine lange Liste von Dingen, die ich unbedingt mit ihr teilen will."

Kirk verzog angewidert das Gesicht. „Na, ich werde mich wahrscheinlich dran gewöhnen."

Sie lachten leise, aber Kirk wurde gleich wieder ernst. „Dir ist klar, dass es unsere Freundschaft zerstören wird, wenn du ihr wehtust, oder? Das würde ich dir nie verzeihen."

Ryan spürte das Gewicht seiner Worte. Er verstand, wie sehr Kirk sowohl ihn als auch Leigh liebte.

„Ich weiß. Aber ich weiß auch, dass du dir keine Sorgen zu machen brauchst. Das ist keine vorübergehende Verliebtheit, Kirk. Ich liebe sie. Mit allem, was ich bin."

Leigh wechselte immer wieder zwischen Wachen und Dämmern. Durch die Schmerzmittel und die Erschöpfung drangen hin und wieder Worte.

War das Kirk? War er nach Hause gekommen?

Natürlich. Als sie entführt worden war, hatten sie ihn bestimmt angerufen. Und er war garantiert in den ersten Flieger gesprungen.

Sprach er mit Ryan?

Ryan. Selbst in ihrem benommenen Zustand löste seine Stimme einen wohligen Schauer aus. Sie würde nie fassen, dass er sie liebte. Im Moment gehorchten ihre Muskeln ihr noch nicht, sodass sie sich nicht in seinen Augen verlieren, mit der Hand sein bartstoppeliges Gesicht berühren, seine Lippen an ihre ziehen konnte.

Sie konnte nur zuhören.

Die Unterhaltung war aufschlussreich, irritierend und letzten Endes erhebend. Sie würde ihren großen Bruder erwürgen oder aber wenigstens zurechtweisen, gleich nachdem sie ihn in die Arme geschlossen hatte. Und dann würde sie ihn aus dem Zimmer werfen, damit sie Ryan Parker sagen konnte, was sie für ihn empfand.

Sie hatte keine Ahnung, wie lange es dauerte, bis es ihr schließlich gelang, die Augen aufzuschlagen. Als sie es tat, war Ryans Gesicht das Erste, was sie sah.

„Hallo, meine Schöne." Sein Lächeln konnte einen ganzen Raum erhellen, aber im Moment gehörte es ihr und nur ihr.

„Hi." Ihre Stimme war noch heiser, aber das erzwungene Schweigen hatte wahrscheinlich dazu beigetragen, dass ihre Stimmbänder schneller geheilt waren, als es sonst der Fall gewesen wäre.

Leigh griff nach Ryans Hemd und zog ihn näher. In seinem Blick lag Erstaunen, dann Freude und schließlich etwas anderes, das sie durchfuhr wie ein elektrischer Schlag. Als seine

Lippen ihre berührten, vergaß sie, wo sie war oder warum sie hier war. Diesen einen herrlichen Augenblick lang war sie im Himmel.

„Bitte erspart mir diesen Anblick. Mir wird schlecht", sagte Kirk hinter Ryans Rücken.

Sie lachten und Ryan trat einen kleinen Schritt zurück. In seinen Augen sah sie all das, wofür es sich zu leben lohnte. Die Verheißung einer Zukunft, in der sie liebte und geliebt wurde. In der das Leben gefüllt war mit anstrengender, schöner, wichtiger Arbeit. Ein Leben, das etwas bewirkte, sowohl in dieser Welt als auch in der nächsten.

„Ich verziehe mich besser mal", grinste Kirk. Sie hörte, wie die Tür aufging und sich Sekunden später wieder schloss.

„Ich dachte schon, er geht überhaupt nicht mehr", flüsterte Leigh.

„Er wird sich daran gewöhnen." Ryan fuhr mit dem Daumen über ihre Wange. „Es bleibt ihm auch nichts anderes übrig."

„Meinst du?"

Ryan drückte die Lippen auf ihre Stirn. Dann auf ihre Nase.

„Ich liebe dich, Leigh."

„Ich liebe d–"

Seine Lippen verschlossen ihren Mund. Vielleicht würde sie irgendwann tatsächlich den ganzen Satz herausbringen …

Dank

Mein besonderer Dank gilt …

… Jennifer Huggins Bayne – meiner Schwester und Lieblingskrankenschwester. In vielerlei Hinsicht bist du die Inspiration für Leigh. Sie trägt deinen Namen. Sie hat dein Mitgefühl. Deinen ausgeprägten Drang, Patienten zu beschützen und für deren Rechte zu kämpfen. Deine Kraft. Deine Sturheit. Ich hoffe, du bist stolz auf sie. Keine der medizinischen Szenen in diesem Buch wären ohne dein Zutun und dein Fachwissen auch nur annähernd wahrheitsgetreu. Danke dafür, dass du Hunderte Textnachrichten über Medikamente und Pflegepersonal und Krankenhausabläufe beantwortet hast. Ich kann mich glücklich schätzen, dich als Schwester und Freundin zu haben.

… Angel Glover – dafür, dass du von deinen Erfahrungen berichtet hast. Du hast dazu beigetragen, dass Leigh eine Tiefe gewonnen hat, die ihr vorher fehlte.

… Sergeant Chris Hammett – für all die Einblicke in das Leben eines Mordkommissars. Danke für die Stunden, die du damit zugebracht hast, mir polizeiliche Ermittlungsmethoden zu erklären und mir anhand von Beispielen aus dem echten Leben zu zeigen, wie es ist, tagaus, tagein deinen Job zu machen. Ryan, Gabriel und Anissa haben alle etwas von deiner Geschichte.

… Mike Berry, Master Unterwater Criminal Investigator – dafür, dass du meine vielen Fragen über Abläufe beim Tauchen beantwortet hast, vor allem über den besonderen Ansatz, den die Carrington-Taucher in der ersten Szene verfolgen. Danke für die Bereitschaft, von deinen persönlichen Erfahrungen bei der Bergung von Leichen zu erzählen – und zu erläutern, in welchem Zustand sie sich befinden, wenn sie im Wasser gelegen haben. Für alles, was im Zusammenhang mit der Taucherei oder den polizeilichen Ermittlungen unter Wasser nicht richtig dargestellt ist, bin ich selbst verantwortlich.

... Ermittler Tim Martin – dafür, dass du mir die Welt der Wirtschaftskriminalität erklärt und mir geholfen hast, Adam auf realistische Weise lebendig werden zu lassen.

... meinen Schwestern der Light Brigade – ihr wart von Anfang an für mich da. Eure Gebete, eure Liebe und Unterstützung sind nie weiter entfernt als eine Facebook-Nachricht und ich werde euch in alle Ewigkeit dankbar sein.

... Keith und Beth Beutler – weil ihr mir erklärt habt, wie man bei einem Auto am besten die Bremsen sabotiert. ☺

... Josh Moulin, Experte für Cybersicherheit – für die Einsicht, wie unrealistisch meine ursprüngliche Fassung von Sabrina war, und dass du mir geholfen hast, eine glaubwürdigere Figur aus ihr zu machen, obwohl meine Kenntnisse in Sachen Cybersicherheit und Computerforensik minimal sind. Alle falsch wiedergegebenen Informationen gehen allein auf mein Konto.

... meine Kritik-Gruppe – dafür, dass ihr mir beim Brainstorming für diese Buchreihe geholfen habt. Die Handlungen und Charaktere sind durch euch allesamt besser geworden.

… Daniel Fetterolf – für deine Hilfe dabei, die Mittel zu finden, damit diese Geschichte wahr werden kann.

… Lynette Eason – weil du an mich geglaubt hast und auf dieser Reise meine Mentorin warst. Ich weiß nicht, wie ich das alles ohne dich hätte machen sollen!

… Tamela Hancock Murray – die geduldigste und verständnisvollste Agentin auf diesem Planeten. Danke für alle Hilfe, Ermutigung und Weisheit.

… Andrea Doering – für die Chance, diese Reihe zu schreiben.

… Sandra Blackburn – mehr Unterstützung kann eine Frau sich von ihrer Schwiegermutter nicht wünschen. Danke, dass du immer hilfsbereit bist.

… Ken und Susan Huggins – dafür, dass ihr mir als Eltern beigebracht habt, fleißig zu arbeiten und Bücher zu lieben, und dass ihr auch jetzt noch für mich da seid, wenn ich euch brauche. Also immer!

… Emma, James und Drew – weil ihr euch über jedes neue Buch freut und weil ihr mein echtes Leben viel interessanter macht als jede Welt, die ich mir ausdenken kann.

… Brian – ohne dich gäbe es keine Geschichten mit meinem Namen darauf. Meine Fantasie hätte niemals Flügel bekommen ohne deine Ermutigung und deine beständige Unterstützung und Liebe.

… meinem Heiland – dem besten Geschichtenerzähler –, weil du mir erlaubst, für dich Geschichten zu schreiben.

Neugierig auf das 2. Buch aus der Lake-Porter-Serie? Dann gibt's hier exklusiv die ersten Seiten für dich!

Die Stille des Abends

Das schrille Klingeln seines Handys brachte Adam Campbell einen grimmigen Blick seiner Tante Margaret ein. Seine Cousins blickten alle auf ihre Teller. Sie konnten sich ein Grinsen nicht verkneifen, als der Ermittler für Wirtschaftskriminalität aufstand. Er richtete den Blick auf seine Familie, die sich um den Tisch versammelt hatte, bevor er die Matriarchin der Familie anschaute. „Großmutter, ihr Lieben – es tut mir leid. Ich muss da rangehen."

Großmutter rümpfte die Nase. „Na schön."

Die Unterhaltung kam wieder in Gang, als Adam um den ovalen Esstisch herumlief. Er vermied es, nach unten zu schauen oder wie ein verängstigter Schuljunge wegzulaufen. Er ging gemessenen Schrittes und schaute jeden an, der zufällig in seine Richtung blickte. Es gab nichts, wofür er sich schämen musste.

Seine Eltern waren bis Donnerstag in Italien. Wäre seine Mutter hier, würde sie ihm jetzt ein ermutigendes Lächeln schenken. Na ja.

Seinen Bruder starrte nie jemand an, wenn er Rufbereitschaft hatte und das Handy während des Essens klingelte. Großmutter zuckte nicht mal mit der Wimper, wenn Alexander das Sonntagessen verpasste, weil er Chirurg war. Aber Gott bewahre, wenn Adam nicht da sein konnte! Für die Sicherheit der Bürger von Carrington, North Carolina, zu sorgen, war in den Augen seiner Großmutter zwar ein respektabler Job – aber doch nicht für einen Campbell!

Großvater Campbell blickte ihn an – und zwinkerte.

Adam konnte sich ein Grinsen nicht verkneifen, als er den Raum verließ. Sein Großvater war sein Fels in der Brandung. Sie trafen sich einmal in der Woche zum Frühstück bei *Pancake Hut* und Adam erzählte ihm dann immer Geschichten aus der Polizeiwache

Das Schnellrestaurant war sehr beliebt bei den Polizisten und Medizinern in Carrington und Adams regelmäßiges Frühstückstreffen mit seinem Großvater hatte seit Adams Start bei der Polizei viel Aufmerksamkeit auf sich gezogen.

Denn das *Pancake Hut* war kein Ort, an dem sich jemand aus der Familie Campbell üblicherweise aufhielt. Doch Charles Campbell hatte großen Wert darauf gelegt, Adams Kollegen persönlich kennenzulernen, und sie hatten schnell gemerkt, dass er zwar milliardenschwer, aber kein Snob war.

Es war ein mehr schlecht als recht gehütetes Geheimnis, dass Charles Campbell die Angewohnheit hatte, die Rechnung für alle Polizisten im *Pancake Hut* zu übernehmen, wenn er da war – ob nun in Begleitung von Adam oder nicht.

Großmutter wusste nichts von dieser Verabredung.

Es dauerte nicht lang, da kamen sowohl Deputy Sheriffs als auch Ermittler zu Adam und sagten: „Hey, Campbell. Ich habe eine Geschichte für Ihren Großvater. Er wird seine Freude daran haben!“ Oder sie blieben an ihrem Tisch im Restaurant stehen und erzählten, was ihnen während ihrer Streife passiert war. Großvater genoss es in vollen Zügen.

In den letzten paar Jahren hatte Großvater immer mal wieder Stipendien für Polizeibeamte übernommen und war völlig dem Zauber der Mordermittlerin Anissa Bell verfallen, die die Mannschaftsführerin der Polizeitaucheinheit von Carrington

County war. Anissa musste nur andeuten, dass sie ein neues Ausrüstungsstück für das Team gebrauchen konnte – schon sorgte Großvater dafür, dass das Team es bekam.

Auch von dieser Vereinbarung wusste Großmutter nichts.

Adam blieb im Flur stehen und schaute erneut auf die Nachricht auf seinem Handy, die ihm eine weitere Stunde Familienpolitik erspart hatte.

Oh, oh!

Schnellen Schrittes lief er durch die Bibliothek und das Musikzimmer, bis er auf den Marmorboden in der großen Eingangshalle traf.

„Alles in Ordnung, Mr Adam?" Als er die besorgten Worte des langjährigen Familienbutlers hörte, verlangsamte er seine Schritte.

„Nicht wirklich, Marcel. Ein Auto ist von der Straße abgekommen und über den Damm der Doppelbrücke gestürzt. Wahrscheinlich letzte Nacht. Ein Bootsfahrer hat es heute Morgen gefunden."

Die Doppelbrücke überspannte den Lake Porter und verband die touristische Seite des Sees mit der Stadt Carrington. Das Auto war wahrscheinlich ein paar Hundert Meter über unebenes Gelände neben dem Brückenpfeiler geschlittert, bis es ins Wasser gestürzt war.

Bremsversagen?

Aggressive Fahrweise?

Selbstmord?

Das war alles schon früher vorgekommen.

„War jemand im Auto?" Marcel stellte die Frage mit leiser Stimme.

Als Adam bejahend nickte, schüttelte Marcel bestürzt den Kopf.

Adams Familie – und Marcel gehörte zur Familie – war am Boden zerstört gewesen, als Adams jüngerer Bruder Aaron im viel zu jungen Alter von zehn Jahren durch einen Autounfall ums Leben gekommen war. Keiner von ihnen war jemals vollständig darüber hinweggekommen.

„Müsst ihr runtertauchen? Es ist ziemlich kalt." Marcel reichte Adam seinen Mantel.

„Wir haben Trockenanzüge", sagte Adam. „Das geht schon."

„Passen Sie auf sich auf." Marcel öffnete die Tür und Adam fing an zu laufen. „Danke, Marcel. Halten Sie die Stellung!"

Marcels leises Lachen drang an seine Ohren, als er hinter das Steuer glitt. Er wendete in der langen Einfahrt in einer Geschwindigkeit, mit der er sicher auf Großmutters schwarzer Liste gelandet wäre, wenn er nicht sowieso schon darauf gestanden hätte.

Es dauerte fünfzehn Minuten, bis er an der Doppelbrücke ankam. Die Brücke hatte zwar einen offiziellen Namen – nach einem lokalen Politiker aus den Dreißigerjahren – aber keiner verwendete ihn.

Adam wurde langsamer, als er die Straßensperre erreichte, und parkte hinter seinem Kollegen vom Tauchteam, dem Mordermittler Gabriel Chavez. Gabriel stieg als Erster aus und trat an Adams Fahrertür. Er stieß einen leisen, anerkennenden Pfiff aus, als er einen Blick auf Adams Audi warf. „Und wann darf ich mal mit diesem Baby fahren?"

Genau *das* war der Grund, warum Adam es sonst vermied, mit seinem Privatfahrzeug zu einem Tatort zu fahren. Aber manchmal hatte er einfach keine Wahl. Seine Großmutter hatte ihm das Auto zum College-Abschluss geschenkt – obwohl er ihr gesagt hatte, dass er es nicht brauchte. Sie hätte es keinesfalls gebilligt, wenn er mit dem Zivilfahrzeug, mit dem er zur Arbeit fuhr, zum Sonntagsessen aufgetaucht wäre.

Adam stieg aus und hielt Gabriel die Schlüssel hin. „Jederzeit."

Gabriel betrachtete die Schlüssel. Der Wunsch nach einer

Spritztour stand ihm deutlich ins Gesicht geschrieben. „Eines Tages werde ich darauf zurückkommen."

Adam holte seine Tasche von der Rückbank, schloss das Auto ab und steckte die Schlüssel in die Tasche. Er schaute die Reihe von Wagen an, die ebenfalls am Straßenrand standen.

„Wer ist noch hier?"

„Ryan nicht. Der ist mit Leigh zum Wandern in den Bergen", sagte Gabriel. Ryan Parker, einer der Ermittler der Mordkommission, war der stellvertretende Leiter des Tauchteams. Seine Freundin Leigh Weston hatte im letzten Frühjahr den Angriff eines Serienmörders überlebt.

„Zum Wandern? Oder für einen Heiratsantrag?"

Gabriel grinste. „Ich glaube, das erfahren wir, wenn sie zurückkommen. Er hat die Nachricht über den Vorfall hier erhalten, aber Anissa hat ihm gesagt, dass er sie ignorieren soll."

„Du hast mit Anissa gesprochen?" Nachdem die Mannschaftsführerin des Tauchteams, Mord-Ermittlerin Anissa Bell, Gabriel vor ein paar Jahren aus dem Tauchteam geworfen hatte, waren die beiden lange Zeit nicht gut miteinander ausgekommen. Seine Undercover-Arbeit hatte ihn damals immer wieder vom Tauchtraining abgehalten. Aber seit er zur Mordkommission zurückgekehrt war und zwei ihrer Taucher das Team verlassen hatten – einer aus medizinischen Gründen und der andere wegen seiner Pensionierung –, hatte sie ihn ins Tauchteam zurückgeholt. Anissas und Gabriels Beziehung war dennoch angespannt geblieben – bis zum Serienmörderfall im letzten Frühjahr, der Leigh fast das Leben gekostet hatte. Ab da hatte sich die Spannung zwischen den beiden gelockert. Zumindest etwas.

„Ja, ich habe mit ihr gesprochen. Sie hat mir den Kopf abgerissen, weil ich am falschen Ende der Stadt war, und mir gesagt, dass ich mich beeilen soll, da sie und Lane bereits am Tatort waren."

„Mich hat sie nicht angerufen", sagte Adam.

Gabriel grinste. „Mensch, es ist der zweite Sonntag im Monat. Wir wissen alle, wo du warst …"

Adam verkniff sich eine scharfe Erwiderung. Er liebte seine Familie, auch wenn er manche Familienmitglieder weniger mochte als andere. Aber das war doch in den meisten Familien so. Und um einiges besser als bei vielen Familien, die er in seinen Polizeieinsätzen kennengelernt hatte. Auch Großmutters Missbilligung, die ihn ohne Ende ärgerte, war eine Art, ihm ihre Liebe zu zeigen. Zumindest behauptete Großvater das. Er sagte, dass sie sich insgeheim viel mehr Sorgen um ihren Enkel machte, als sie es mit ihrem frostigen Verhalten zeigte.

Gabriel knuffte seinen Arm. „Mach dir keine Gedanken, Mann. Wir sammeln hier nur Beweise. Wir hätten nichts für das Opfer tun können – selbst wenn wir im Wasser auf das Auto gewartet hätten."

„Wie kannst du das wissen?"

„Der Mann, der es gefunden hat, meinte, dass er um die Mittagszeit hier war und das Auto gesehen hat. Er ist runtergetaucht und hat den Körper herausgezogen. Wahrscheinlich hat er dabei tonnenweise Beweise zerstört. Er hat gesagt, dass die Frau schlaff in ihrem Sitzgurt hing. Allerdings dachte er, dass sie nur bewusstlos sei. Aber als er sie an Land zog, sah er, dass ihr Genick gebrochen war."

Adam wehrte sich gegen das Bild, das sich bei Gabriels Worten in seinem Kopf formte. Das Opfer tat ihm leid. Er war entsetzt von der Todesart, egal ob es ein schrecklicher Unfall oder ein gelungener Selbstmordversuch gewesen war. Doch er war auch erleichtert – darüber, dass er nicht derjenige gewesen war, der den Körper aus dem Wasser hatte ziehen müssen.

Er stieg den Hang hinunter zum Ufer des Sees. In diesem Fall brauchten sie ihre moderne Unterwasserschallausrüstung nicht. Er konnte das Auto von hier aus sehen. Anissa und

Deputy Sheriff Lane Edwards trugen Trockenanzüge und überprüften gerade die Tanks und Geräte.

„Wird auch Zeit!", begrüßte Anissa ihre Kollegen. „Wir sind unterbesetzt. Chavez, du skizzierst den Tatort. Und Campbell, zieh dich schon mal um, falls wir dich doch im Wasser brauchen, und kümmer dich ansonsten um die Beweise an Land. Versuch, den Weg des Autos nachzuvollziehen und so weiter ... Ich möchte, dass das alles dokumentiert wird, bevor wir das Auto herausziehen und den Tatort kontaminieren." Anissa zeigte auf einen provisorischen Umkleidebereich – eine Reihe von Planen, die an ein paar Bäumen aufgehängt worden waren. „Beeilt euch. Wir möchten es noch bei Tageslicht schaffen!"

„Zu Befehl, Boss!", erwiderte Adam.

Gabriel starrte Anissa einen Moment lang an, bevor er sich einen Notizblock griff und sich an die Arbeit machte. „Sie denkt, dass sie gemein war, aber ich wollte heute eh nicht nass werden."

Adam gab keine Antwort auf Gabriels Gemurmel. Teilweise, weil er nicht wusste, ob Anissa gemein sein wollte. Seiner Ansicht nach hatte sie *ihm* den schlechtesten Job gegeben. Es dauerte fünfzehn Minuten, bis er sich ausgezogen, seinen Trockenanzug angezogen und seine eigenen Tanks und Messgeräte vorbereitet hatte, damit alles bereit war, wenn Anissa oder Lane Hilfe brauchten.

Adam versuchte, die eingehüllte Leiche in der Nähe des Wassers zu ignorieren. Es war nicht mehr ungeschehen zu machen, dass hier Beweise vernichtet worden waren, als der Mann in den See gesprungen war und versucht hatte, das Opfer zu retten.

Adam konzentrierte sich auf die Arbeit, die Anissa und Lane im Wasser verrichteten. Sie bereiteten das Auto für die Bergung vor. Es befand sich im flachen Wasser, sodass sie keine Hebesäcke benötigten, um es an die Oberfläche zu treiben.

Sie würden es ohne Abschleppfahrzeug aus dem Wasser ziehen können. Anissa nutzte diese Gelegenheit, Lane als Takler einzusetzen. Lane würde eine Kette ein paarmal um die Achse des Autos wickeln und die Kette anschließend an Land werfen, wo sie mit einem Haken an einem Abschleppwagen befestigt werden würde. Anissa war die Absicherung. Sie beobachtete alles und war bereit mit anzupacken, wenn Lane sie brauchte.

„Adam." Anissas Stimme klang durch den Kopfhörer, den Adam trug. „Es sieht so aus, als ob du schon mal Sabrina anrufen könntest."

Dr. Sabrina Fleming war eine örtliche Professorin für Cybersicherheit und Computerwissenschaft.

„Was habt ihr gefunden?", fragte Adam.

„Einen Laptop."

Die Polizeistation von Carrington County hatte zwar ein wunderbares Forensik-Team, das großartige Arbeit leistete, aber Sabrina hatte ein Labor mit der neuesten Ausrüstung und auch alles andere, was erforderlich war, um an Informationen aus dem wasserdurchtränkten Computer zu gelangen.

„Okay, ich rufe sie an." Adam holte sein Handy aus der Tasche. Er musste sie nicht in seinen Kontakten suchen. Er kannte ihre Nummer auswendig.

Sie nahm sofort ab.

„Anissa", sagte Adam kurze Zeit später, „Sabrina kann sofort kommen. Wie lange dauert es noch, bis ihr den Laptop an Land bringt?"

Unterwasserermittler holten niemals einfach so etwas aus dem Wasser. Der Laptop würde in eine Spezialbox gepackt werden, die mit Seewasser gefüllt war. Die Festplatte wiederherzustellen, war tatsächlich schwerer, wenn sie unsachgemäß trocknete.

„Sag ihr, dass sie kommen kann", sagte Anissa. „Bis sie hier ist, sind wir fertig."

Adam verkniff sich ein Lächeln. Das war jetzt nicht der richtige Zeitpunkt. Jemand war gestorben. Dennoch: Er würde Sabrina heute Nachmittag sehen!

Ein plötzliches Schotterrieseln machte ihn auf den steilen Abhang aufmerksam, der sich um ihn herum erstreckte. Er nickte Dr. Sharon Oliver, der Gerichtsmedizinerin, zu, die gerade die Böschung hinunter zur Leiche ging.

„Hattest du letztes Wochenende nicht Rufbereitschaft?"

Sie schnaubte, als sie ihre Tasche neben der Leiche abstellte. „Hatte ich. Und ich habe auch in den nächsten beiden Wochen Rufbereitschaft, während Dr. Sherman seinen 35. Hochzeitstag bei einer Reise durch Europa feiert."

Adam lachte. Sie klang pikiert, aber er wusste, dass sie es nicht war.

„Du bist nur neidisch."

Sie warf ihm ein boshaftes Grinsen zu. „Da hast du recht." Dann wandte sie sich dem Opfer zu. „In Ordnung, Liebes. Schauen wir mal, was du uns erzählen kannst. Und dann bringen wir dich von den neugierigen Blicken weg."

Gabriel kam zur Leiche und machte einige Fotos, während Dr. Oliver sie untersuchte. „Ich vermute, du sprichst von unseren fliegenden Freunden da oben?"

Er blickte zum Himmel empor, wo ein Nachrichtenhubschrauber seine Kreise drehte.

„Ganz genau."

Adam sah auf die Oberfläche des Wassers. Er war froh, dass er eine Ausrede hatte, nicht die Leiche anschauen zu müssen.

Aber Gabriels leiser Pfiff war schwer zu ignorieren.

„Ähm, Campbell?"

„Was?"

Adam drehte sich nicht zu Gabriel um.

„Das musst du dir ansehen."

Blödmann. Gabriel wusste genau, wie es Adam mit Leichen ging. Jeder wusste das. Er konnte keinen Toten anschauen, ohne an Aaron zu denken.

„Ich muss gucken, was Anissa –“

„Adam!“ Gabriels Tonfall war ernst. Was war denn nur los?

Gabriel legte ihm eine Hand auf den Rücken. „Ich achte auf das Wasser. Du musst mit der Rechtsmedizinerin reden.“

„Wieso –“

Gabriel schüttelte den Kopf und wies auf die Leiche. Adam schaute die Rechtsmedizinerin an. Sie zeigte ebenfalls auf den toten Körper. Warum bestanden sie so darauf, dass er sich die Leiche ansah?

Na gut ...

Herr, hilf mir!

Er warf einen raschen Blick auf das Opfer.

Dann verharrten seine Augen ungläubig auf der Leiche.

Denn auf dem Bauch des Opfers standen mit Edding sieben Wörter geschrieben:

SIE HABEN MICH UMGEBRACHT.
FRAGT ADAM CAMPBELL.

Du willst wissen, wie es weitergeht?
Ab Juni 2020 ist das Buch im Buchhandel erhältlich.